O SEGREDO DO LAGO

ARNALDUR INDRIÐASON

O segredo do lago

Tradução
Álvaro Hattnher

1ª reimpressão

Companhia Das Letras

Grafia atualizada segundo o Acordo Ortográfico da Língua Portuguesa de 1990, que entrou em vigor no Brasil em 2009.

Título original
Kleifarvatn
Traduzido da edição americana (The draining lake)

Capa
Kiko Farkas e Thiago Lacaz/ Máquina Estúdio

Foto de capa
© Kalervo Ojutkangas/ Nordic Photos/ Getty Images

Preparação
Ciça Caropreso

Revisão
Huendel Viana
Marise Leal

Dados Internacionais de Catalogação na Publicação (CIP)
(Câmara Brasileira do Livro, SP, Brasil)

Indriđason, Arnaldur
O segredo do lago / Arnaldur Indriđason ; tradução Álvaro Hattnher. — 1ª ed. — São Paulo : Companhia das Letras, 2013.

Título original: Kleifarvatn.
ISBN 978-85-359-2207-3

1. Ficção islandesa I. Título.

12-14094 CDD-839.693

Índice para catálogo sistemático:
1. Ficção: Literatura islandesa 839.693

[2019]
Todos os direitos desta edição reservados à
EDITORA SCHWARCZ S.A.
Rua Bandeira Paulista, 702, cj. 32
04532-002 — São Paulo — SP
Telefone: (11) 3707-3500
www.companhiadasletras.com.br
www.blogdacompanhia.com.br
facebook.com/companhiadasletras
instagram.com/companhiadasletras
twitter.com/cialetras

Dorme, porque te amo.
Verso tradicional islandês

1.

Ela ficou imóvel por um longo tempo, olhando para os ossos, como se não fosse possível que eles estivessem ali. Não mais possível do que ela mesma estar ali.

No início, pensou que fosse outra ovelha afogada no lago, até que se aproximou e viu o crânio semienterrado no leito do lago e a forma de um esqueleto humano. As costelas se projetavam da areia e sob elas podiam ser vistos os contornos da pelve e dos ossos da coxa. O esqueleto estava deitado sobre o lado esquerdo, por isso ela conseguia ver o lado direito do crânio, as órbitas dos olhos vazias e três dentes da arcada superior. Um deles tinha uma grande obturação prateada. Havia um buraco enorme no crânio, mais ou menos do tamanho de uma caixa de fósforos, que ela instintivamente achou que poderia ter sido feito por um martelo. Inclinou-se e olhou o crânio com atenção. Hesitou um pouco e em seguida explorou o buraco com o dedo. O crânio estava cheio de areia.

A imagem de um martelo voltou à sua mente, e ela estremeceu com a ideia de alguém ser atingido na cabeça com aquilo.

Mas o buraco era grande demais para ter sido feito por um martelo. Decidiu não tocar no esqueleto novamente. Em vez disso, pegou o celular e discou para a emergência.

Perguntou-se o que iria dizer. De certa maneira, aquilo era bem surreal. Um esqueleto tão longe no lago, enterrado no leito de areia. Nem ela andava no melhor da sua forma. Visões de martelos e caixas de fósforos. Estava difícil se concentrar. Seus pensamentos não se fixavam e ela sentia dificuldade em reorganizá-los.

Isso provavelmente porque estava de ressaca. Após ter planejado passar o dia em casa, mudou de ideia e foi para o lago. Tinha se convencido de que precisava verificar os instrumentos. Ela era uma cientista. Sempre quis ser cientista e sabia que as medições deviam ser monitoradas com cuidado. Mas a dor de cabeça a incomodava e seus pensamentos estavam longe de ser lógicos. Na noite anterior, a Agência Nacional de Energia havia realizado seu jantar dançante anual e, como às vezes acontecia, ela bebera demais.

Pensou no homem deitado em sua cama em casa e lembrou que foi por causa dele que havia resolvido ir para o lago. Não queria estar lá quando ele acordasse e esperava que já tivesse ido embora quando ela voltasse. Ele tinha ido para o apartamento dela após o jantar, mas não era muito interessante. Não mais do que os outros que conhecera depois do divórcio. Ele praticamente só ficou falando da sua coleção de CDs e continuou muito depois de ela ter desistido de fingir algum interesse. Então ela adormeceu em uma poltrona da sala. Quando acordou, viu que ele tinha ido para sua cama, onde dormia de boca aberta e com uma cueca minúscula e meias pretas.

"Emergência", disse uma voz do outro lado.

"Olá. Eu gostaria de informar que encontrei uns ossos", disse. "Há um crânio com um buraco."

Fez uma careta. Maldita ressaca! Quem iria falar desse jeito?

Um crânio com um buraco. Lembrou-se da frase de uma canção infantil que falava sobre uma moeda de um centavo com um buraco no meio. Ou era de dez centavos?

"Seu nome, por favor", pediu a voz neutra do atendimento de emergências.

Ela arrumou seus pensamentos desordenados e disse seu nome.

"Onde a senhora está?"

"No lago Kleifarvatn. Lado norte."

"A senhora o pegou com alguma rede de pesca?"

"Não. Ele está enterrado no leito do lago."

"A senhora é mergulhadora?"

"Não, ele está saindo do leito. Costelas e crânio."

"Está no fundo do lago?"

"Isso mesmo."

"Então como a senhora está conseguindo vê-lo?"

"Estou aqui olhando para ele."

"A senhora o trouxe para terra firme?"

"Não, eu não toquei nele", mentiu instintivamente.

A voz no telefone fez uma pausa.

"Que droga é essa?", a voz disse, por fim, com raiva. "É alguma brincadeira? Sabe o que pode acontecer com a senhora por desperdiçar nosso tempo?"

"Não é brincadeira. Estou aqui olhando para ele."

"Então quer dizer que a senhora consegue andar sobre a água?"

"O lago desapareceu", disse ela. "Não há mais água. Apenas o leito. Onde o esqueleto está."

"O que quer dizer com o lago desapareceu?"

"Não desapareceu todo, mas agora está seco no lugar onde estou. Eu sou hidrologista da Agência Nacional de Energia. Eu estava registrando o nível da água, quando descobri esse esqueleto.

Há um buraco no crânio e a maior parte dos ossos está enterrada no fundo da areia. A princípio pensei que fosse uma ovelha."

"Uma ovelha?"

"Encontramos uma outro dia, que havia se afogado anos atrás. Quando o lago era maior."

Houve outra pausa.

"Espere aí", disse a voz com relutância. "Vou mandar uma patrulha."

Ela ficou parada perto do esqueleto por algum tempo, depois foi até a margem e mediu a distância. Tinha certeza de que os ossos não estavam lá quando havia feito medições no mesmo lugar quinze dias antes. Do contrário, ela os teria visto. O nível da água havia caído mais de um metro desde então.

Os cientistas da Agência Nacional de Energia estavam intrigados com aquele enigma; o nível de água no lago Kleifarvatn vinha diminuindo rapidamente. A agência tinha criado seu primeiro monitor automático de nível de superfície em 1964, e uma das tarefas dos hidrologistas era verificar as medições. No verão de 2000, o monitor parecia ter quebrado. Uma incrível quantidade de água estava escoando do lago todos os dias, duas vezes o volume normal.

Ela caminhou de volta até o esqueleto. Estava louca para olhar melhor, desenterrá-lo e tirar a areia dele, mas imaginou que a polícia não iria ficar nem um pouco feliz com isso. Ela se perguntou se seria de um homem ou de uma mulher e vagamente se lembrou de ter lido em algum lugar, talvez em alguma história de detetive, que os esqueletos femininos e masculinos eram quase idênticos: apenas as pelves eram diferentes. Em seguida se lembrou de alguém lhe dizendo para não acreditar em tudo que lesse em histórias de detetive. Como o esqueleto estava enterrado na areia, ela não podia ver a pelve, mas de repente lhe ocorreu que, de qualquer forma, ela não iria perceber a diferença.

A ressaca aumentou e ela se sentou na areia ao lado dos ossos. Era uma manhã de domingo, e de vez em quando um carro passava pelo lago. Imaginou que fossem famílias saindo para um passeio de domingo por Herdísarvík e depois por Selvogur. Essa era uma rota popular e pitoresca, através do campo de lava e de colinas, passando pelo lago até chegar ao mar. Pensou nas famílias em seus carros. Seu marido a havia deixado quando os médicos descartaram a possibilidade de eles terem filhos juntos. Pouco tempo depois ele se casou de novo, e agora tinha dois filhos adoráveis. Havia encontrado a felicidade.

Tudo o que ela havia encontrado era um homem que mal conhecia deitado de meias em sua cama. Com o passar dos anos havia se tornado mais difícil encontrar homens decentes. A maioria era divorciada como ela ou, pior, nunca havia tido um relacionamento.

Olhou com tristeza para os ossos semienterrados na areia e quase chorou.

Cerca de uma hora depois, um carro da polícia se aproximou do Hafnarfjördur. Ele não tinha pressa, percorrendo vagarosamente a estrada rumo ao lago. Era maio, e o sol estava alto no céu, iluminando a superfície lisa da água. Ela estava sentada na areia olhando para a estrada e, quando acenou para o carro, ele parou no acostamento. Dois policiais desceram, olharam em sua direção e caminharam até ela.

Ficaram observando o esqueleto em silêncio por um bom tempo até que um deles cutucou uma das costelas com o pé.

"Você acha que ele estava pescando?", perguntou ao colega.

"Em um barco, você quer dizer?"

"Ou então entrou na água."

"Há um buraco", disse ela, olhando para um e para outro. "No crânio."

Um dos policiais se abaixou.

"Ora", disse.

"Ele poderia ter caído no barco e quebrado o crânio", disse seu colega.

"Está cheio de areia", disse o primeiro.

"Não deveríamos notificar o DIC?", perguntou o outro.

"A maioria deles não está nos Estados Unidos?", lembrou seu colega, olhando para o céu. "Em um congresso sobre crime?"

O outro oficial assentiu. Então eles ficaram em silêncio por algum tempo, inclinados sobre os ossos, até que um deles se virou para ela.

"Para onde foi toda a água daqui?", perguntou.

"Há várias teorias", respondeu ela. "O que vocês vão fazer? Posso ir para casa agora?"

Depois de trocar olhares, eles anotaram o nome dela e agradeceram, sem pedir desculpas por tê-la feito esperar. Ela não se incomodou. Não estava com pressa. Foi um belo dia à beira do lago, e teria gostado ainda mais da companhia de sua ressaca se não tivesse achado o esqueleto. Perguntou-se se o homem de meias pretas teria ido embora de seu apartamento, e certamente esperava que sim. Estava ansiosa para alugar um vídeo à noite e se aconchegar sob um cobertor na frente da televisão.

Olhou para os ossos e para o buraco no crânio.

Talvez devesse alugar um bom filme de detetive.

2.

Os policiais notificaram o sargento de plantão em Hafnarfjördur sobre o esqueleto no lago; eles levaram algum tempo para explicar como ele estava no meio do lago e ainda assim em terra seca. O sargento ligou para o inspetor-chefe na Central de Polícia e o informou sobre a descoberta, querendo saber se eles iriam assumir o caso ou não.

"Isso é para o comitê de identificação", disse o inspetor-chefe. "Acho que tenho o homem certo para o trabalho."

"Quem?"

"Ele está de férias, deve ter uns cinco anos de licença para tirar, eu acho, mas sei que ele vai gostar de ter alguma coisa para fazer. Ele se interessa por pessoas desaparecidas. Gosta de desenterrar coisas."

O inspetor-chefe se despediu, pegou o telefone novamente e pediu que contatassem Erlendur Sveinsson e o enviassem ao lago Kleifarvatn com uma pequena equipe de detetives.

Erlendur estava envolvido com um livro quando o telefone tocou. Tinha tentado bloquear o implacável sol de maio da melhor maneira possível. Cortinas espessas cobriam as janelas da sala, e ele fechou a porta da cozinha, onde não havia cortinas. Criou um ambiente escuro o bastante para ser obrigado a ligar o abajur ao lado de sua poltrona.

Erlendur conhecia bem a história. Ele já a tinha lido muitas vezes. Era o relato de uma viagem realizada no outono de 1868, que começara em Skaftártunga ao longo da trilha de montanha ao norte da geleira Mýrdalsjökull. Várias pessoas viajavam juntas até um acampamento de pesca em Gardar, no sudoeste da Islândia. Entre elas, um jovem de dezessete anos chamado David. Embora os homens fossem viajantes experientes e familiarizados com o percurso, uma perigosa tempestade atingiu-os logo depois que partiram, e eles nunca mais voltaram. Uma extensa busca foi organizada, mas nenhum vestígio deles foi encontrado. Só dez anos depois seus esqueletos foram descobertos, por acaso, ao lado de uma grande duna de areia, ao sul de Kaldaklof. Os homens tinham espalhado cobertores sobre si e estavam deitados quase uns sobre os outros.

Erlendur olhou para cima na escuridão e imaginou o adolescente no grupo, com medo e preocupado. Ele parecia saber o que o futuro lhe reservava antes de partir: alguns agricultores locais observaram como ele tinha distribuído os brinquedos de sua infância entre seus irmãos e irmãs, dizendo que não voltaria para pegá-los.

Abaixando o livro, Erlendur se levantou com o corpo rígido e atendeu o telefone. Era Elínborg.

"Você vem?", foi a primeira coisa que ela disse.

"Eu tenho outra escolha?", Erlendur perguntou. Há muitos anos Elínborg compilava um livro de receitas que agora finalmente ia ser publicado.

"Ah, meu Deus, estou tão nervosa. O que você acha que as pessoas vão pensar dele?"

"Eu mal consigo ligar um forno de micro-ondas", disse Erlendur. "Então, talvez eu não seja..."

"Os editores adoraram", disse Elínborg. "E as fotos dos pratos são espetaculares. Eles contrataram um fotógrafo especializado para tirá-las. E tem um capítulo especial sobre pratos de Natal..."

"Elínborg."

"Diga."

"Você me ligou por algum motivo em particular?"

"Um esqueleto no lago Kleifarvatn", disse Elínborg, baixando a voz quando a conversa se afastou de seu livro de culinária. "Eu fiquei de ir pegar você. O lago encolheu, uma coisa assim, e eles encontraram uns ossos lá hoje de manhã. Querem que você dê uma olhada."

"O lago encolheu?"

"É, eu também não entendi isso."

Sigurdur Óli estava junto ao esqueleto quando Erlendur e Elínborg chegaram ao lago. Uma equipe de perícia estava a caminho. Os policiais de Hafnarfjördur estavam às voltas com a fita amarela de plástico para isolar a área, mas tinham descoberto que não havia nenhum lugar para prendê-la. Sigurdur Óli viu os esforços deles e pensou que agora entendia por que as piadas sobre o idiota da aldeia sempre se passavam em Hafnarfjördur.

"Você não está de férias?", ele perguntou a Erlendur, enquanto este caminhava sobre a areia preta.

"Estou", respondeu Erlendur. "O que você anda fazendo?"

"O de sempre", disse Sigurdur Óli em inglês. Ele olhou para a estrada, onde um jipe grande de uma das emissoras de TV estava estacionando. "Eles a mandaram para casa", disse Sigurdur Óli com um aceno de cabeça para os policiais de Hafnarfjördur. "A mulher que encontrou os ossos. Ela estava fazendo umas medições por aqui. Depois podemos perguntar a ela por que o lago secou. Em circunstâncias normais, estaríamos com água até o pescoço."

"O seu ombro está bom?"

"Está. E Eva Lind, como vai?"

"Ainda não fugiu", disse Erlendur. "Acho que ela lamenta tudo o que aconteceu, mas não tenho muita certeza."

Ele se ajoelhou e examinou a parte exposta do esqueleto. Colocou o dedo no buraco no crânio e esfregou uma das costelas.

"Ele foi atingido na cabeça", disse, voltando a se levantar.

"Isso é bastante óbvio", Elínborg observou sarcasticamente. "Se é que é 'ele'", ela acrescentou.

"Parece ter sido uma briga, não é?", disse Sigurdur Óli. "O buraco está um pouco acima da têmpora direita. Talvez só tenha sido preciso um bom golpe."

"Não podemos descartar a possibilidade de que ele estivesse sozinho em um barco aqui e tenha caído de lado", disse Erlendur, olhando para Elínborg. "Esse sarcasmo, Elínborg, é o estilo que você usa no seu livro de culinária?"

"Claro, o pedaço quebrado do osso já teria desaparecido há muito tempo", disse ela, ignorando a pergunta.

"Precisamos desenterrar os ossos", disse Sigurdur Óli. "Quando a perícia vai chegar?"

Erlendur viu mais carros parando na beira da estrada e presumiu que a notícia sobre a descoberta do esqueleto tinha chegado às redações.

"Eles não vão ter que armar uma barraca?", perguntou, ainda de olho na estrada.

"Vão, sim", respondeu Sigurdur Óli. "Eles devem trazer uma."

"Quer dizer que ele estava pescando no lago sozinho?", perguntou Elínborg.

"Não, isso é apenas uma possibilidade", disse Erlendur.

“Mas e se alguém bateu nele?”

“Então não foi um acidente”, disse Sigurdur Óli.

“Não sabemos o que aconteceu”, disse Erlendur. “Talvez alguém tenha batido nele. Talvez ele estivesse pescando com alguém que, de repente, sacou um martelo. Talvez só houvesse os dois. Talvez fossem três, cinco.”

“Ou”, continuou Sigurdur Óli, “ele foi atingido na cabeça na cidade e trazido para o lago para que o corpo sumisse aqui.”

“Como eles teriam feito para ele afundar?”, perguntou Elínborg. “É preciso ter algum peso para fazer um corpo ficar dentro d’água.”

“É um adulto?”, perguntou Sigurdur Óli.

“Peça a eles que mantenham distância”, disse Erlendur enquanto observava os repórteres escalando o leito do lago, vindos da estrada. Um pequeno avião se aproximou, chegando da direção de Reykjavík, e voou baixo sobre o lago; eles conseguiram ver alguém com uma câmera.

Sigurdur Óli foi até os repórteres. Erlendur caminhou para junto da água. As ondulações batiam preguiçosamente contra a areia, enquanto ele observava o sol da tarde brilhando na superfície da água e se perguntava o que estaria acontecendo. Será que o lago estava escoando devido às ações do homem? Ou aquilo era obra da natureza? Era como se o próprio lago quisesse revelar um crime. Será que ele ocultava mais crimes no trecho onde era mais profundo e ainda escuro e calmo?

Ele olhou para a estrada. Vestindo macacões brancos, os peritos forenses caminhavam apressados pela areia, em sua direção. Carregavam uma barraca e bolsas cheias de mistérios. Olhou para o céu e sentiu o calor do sol no rosto. Talvez o sol estivesse secando o lago.

A primeira descoberta que a equipe da perícia fez quando começaram a limpar a areia do esqueleto com suas espátulas e pincéis de pelo fino foi uma corda que havia deslizado entre as costelas, passado ao lado da coluna vertebral, desaparecendo em seguida na areia, sob o esqueleto.

O nome da hidrologista era Sunna e ela estava aninhada sob um cobertor no sofá. A fita no videocassete era o suspense americano *O colecionador de ossos*. O homem das meias pretas tinha ido embora. Ele havia deixado para trás dois números de telefone que ela jogou no vaso sanitário e deu a descarga. O filme tinha apenas começado quando a campainha tocou. Ela estava sempre sendo perturbada. Se não era gente que tinha errado de endereço, eram pessoas vendendo peixes secos de porta em porta ou os meninos que pediam garrafas vazias, mentindo que as estavam juntando para a Cruz Vermelha. A campainha tocou novamente. Ainda assim, ela hesitou. Então, soltando um suspiro, pôs o cobertor de lado.

Quando abriu a porta, viu dois homens de pé diante dela. Um deles tinha uma aparência lastimável, ombros curvados e uma expressão peculiarmente triste no rosto. O outro era mais jovem e muito mais apresentável — bonito, na verdade.

Erlendur viu que ela olhou com interesse para Sigurdur Óli e não conseguiu evitar um sorriso.

"É sobre o lago Kleifarvatn", disse ele.

Assim que todos se sentaram em sua sala de visitas, Sunna contou o que ela e seus colegas da Agência Nacional de Energia acreditavam ter acontecido.

"Vocês se lembram do grande terremoto no sul da Islândia no dia 17 de junho de 2000?", perguntou Sunna, e eles fizeram que sim com a cabeça. "Cerca de cinco segundos depois, um grande terremoto atingiu também o lago Kleifarvatn, o que fez dobrar a taxa natural de drenagem dele. Quando o lago começou a encolher, as pessoas a princípio pensaram que era por causa da precipitação excepcionalmente baixa, mas depois descobriu-se que a água estava escoando pelas fissuras que correm pelo leito do lago e que estão lá há muito tempo. Aparentemente, elas se abriram mais com o terremoto. O lago, que media dez quilômetros quadrados, tem agora apenas cerca de oito quilômetros quadrados. O nível da água caiu em pelo menos quatro metros."

"E foi assim que você encontrou o esqueleto", disse Erlendur.

"Quando a superfície baixou dois metros, nós encontramos os ossos de uma ovelha", contou Sunna. "Mas é claro que ela não tinha sido atingida na cabeça."

"Como assim, atingida na cabeça?", perguntou Sigurdur Óli.

Ela olhou para ele. Tentou ser discreta ao olhar para as mãos dele. Tentou ver se havia uma aliança.

"Eu vi um buraco no crânio", disse ela. "Vocês já sabem de quem é?"

"Não", disse Erlendur. "Ele teria que ter usado um barco, não é? Para ter conseguido chegar tão longe no lago."

"Se você está perguntando se alguém poderia ter caminhado até onde o esqueleto está, a resposta é não. Até há bem pouco tempo, a profundidade ali era de pelo menos quatro metros. E se isso aconteceu anos atrás, o que, é claro, eu não sei, a profundidade seria ainda maior."

"Então eles estavam em um barco?", disse Sigurdur Óli. "Há barcos nesse lago?"

"Há casas na vizinhança", disse Sunna, olhando bem nos olhos dele. Ele tinha olhos bonitos, azul-escuros sob sobrancelhas delicadas. "Talvez algumas tenham barcos. Eu nunca vi um barco no lago."

Se pelo menos a gente pudesse remar juntos para algum lugar, ela pensou.

O celular de Erlendur começou a tocar. Era Elínborg.

"É melhor você vir para cá", disse ela.
"O que aconteceu?"
"Venha ver. É algo extraordinário. Nunca vi nada igual."

3.

Ele se levantou, ligou a televisão no noticiário e soltou um suspiro. Havia um extenso relato sobre o esqueleto encontrado no lago Kleifarvatn, incluindo uma entrevista com um detetive que informava que haveria uma investigação completa do caso. Ele andou até a janela e olhou para o mar. Na calçada em frente, viu o casal que passava por sua casa todas as noites, o homem alguns passos à frente, como sempre, a mulher tentando acompanhá-lo. Enquanto andavam, os dois iam conversando: o homem falando por cima do ombro e ela, às costas dele. Fazia anos que os dois passavam na frente da casa, e havia muito tempo tinham deixado de prestar atenção à sua volta. No passado, de vez em quando eles olhavam para a casa e para outros edifícios na rua à beira-mar, e para os jardins. Às vezes até paravam para admirar um balanço novo ou algum reparo que estivesse sendo feito em cercas e terraços. Não importava o tempo ou a época do ano, eles sempre faziam sua caminhada à tarde ou à noite. E sempre juntos.

No horizonte, ele viu um navio cargueiro de grande porte. O sol ainda estava alto no céu, embora já fosse tarde da noite.

Ainda havia um período mais luminoso do ano pela frente, antes que os dias começassem a ficar mais curtos novamente e se transformassem em nada. A primavera tinha sido linda. Ele havia notado as primeiras tarambolas douradas do lado de fora da casa em meados de abril. Elas tinham acompanhado o vento da primavera vindo do continente.

Era final do verão quando ele navegou para o exterior pela primeira vez. Naqueles dias os navios cargueiros não eram tão grandes nem transportavam contêineres. Lembrou-se dos marinheiros carregando sacos de cinquenta quilos nas costas. Lembrou-se das histórias que eles contavam sobre contrabando. Eles o conheciam da época em que ele trabalhava no porto durante o verão e gostavam de lhe contar como enganavam os funcionários aduaneiros. Algumas histórias eram tão fantásticas que ele sabia que eram inventadas. Outras tão tensas e emocionantes que eles não precisavam inventar nenhum detalhe. E havia histórias que nunca lhe permitiram ouvir. Mesmo sabendo que ele jamais iria contá-las a alguém. Não o comunista daquela escola chique!

Jamais iria contar.

Olhou de novo para a televisão. Sentiu como se tivesse passado a vida inteira esperando por aquela informação do noticiário.

Ele tinha sido socialista desde que se entendia por gente, como todas as pessoas de ambos os lados de sua família. Apatia política era algo desconhecido, e ele cresceu detestando os conservadores. Seu pai se envolvera com o movimento operário desde as primeiras décadas do século XX. Política era um tema constante de discussão em casa; eles desprezavam particularmente a base americana de Keflavík que a classe capitalista islandesa aceitou com alegria. Foram os capitalistas islandeses que mais se beneficiaram com os militares.

E havia também suas companhias, o amigos que tinham uma história de vida semelhante. Eles podiam se mostrar muito radicais, e alguns eram oradores eloquentes. Lembrava-se bem das reuniões políticas. Lembrava-se da paixão. Dos debates acalorados. Participava das reuniões com seus amigos que, como ele, encontravam espaço no movimento jovem do partido; ouvia os discursos bombásticos e retumbantes do líder deles sobre os ricos que exploravam o proletariado e as forças norte-americanas que os tinham nos bolsos. Ouvira isso sendo dito repetidas vezes e com a mesma convicção sincera e inabalável. Tudo o que ouvia o inspirava, porque fora criado como um nacionalista islandês e socialista radical que nunca duvidou de seus pontos de vista nem por um minuto. Sabia que a verdade estava do seu lado.

Um tema recorrente nas reuniões era a presença norte-americana em Keflavík e as armações que os islandeses gananciosos tinham feito para permitir que uma base militar estrangeira se estabelecesse em solo islandês. Ele sabia como o país fora vendido aos americanos para que os capitalistas continuassem a engordar, como parasitas. Na adolescência, estava do lado de fora do Parlamento quando os lacaios da classe dominante saíram de lá com gás lacrimogêneo e cassetetes e bateram nos que protestavam contra a entrada da Islândia na Otan. Os traidores são os cãezinhos de estimação do imperialismo dos Estados Unidos! Estamos sob a bota do capitalismo norte-americano! Os jovens socialistas não sofriam de escassez de slogans.

Ele mesmo pertencia às classes oprimidas. Foi arrastado pelo fervor e pela eloquência, e pela noção justa de que todos os homens deviam ser iguais. Os patrões deviam trabalhar junto com os operários na fábrica. Abaixo o sistema de classes! Ele tinha uma fé genuína e inabalável no socialismo. Sentia a necessidade de servir à causa, de persuadir os outros e de lutar por todos os desfavorecidos, os trabalhadores e os oprimidos.

Trabalhadores, despertai de vosso sono...

Ele participava ativamente das discussões nas reuniões e lia o que o movimento da juventude recomendava. Havia muito a ser encontrado em bibliotecas e livrarias. Ele queria deixar sua marca. Em seu coração, sabia que estava certo. Muito do que tinha ouvido falar do jovem movimento socialista enchia-o de um senso de justiça.

Aos poucos, aprendeu as respostas das perguntas sobre materialismo dialético, luta de classes como veículo da história, capitalismo e proletariado, e treinou-se para enfeitar seu vocabulário com frases de grandes pensadores revolucionários à medida que lia mais e se tornava cada vez mais inspirado. Em pouco tempo, havia superado seus camaradas em teoria e retórica marxistas, e chamou a atenção dos líderes do movimento da juventude. Eleições para cargos do partido e a elaboração de resoluções eram atividades importantes, e lhe perguntaram se ele queria entrar para o conselho do partido. Tinha, então, dezoito anos. Haviam fundado uma sociedade em sua escola chamada A Bandeira Vermelha. Seu pai decidiu que ele deveria ter o benefício da educação, o único dos quatro filhos. Por isso era eternamente grato ao pai.

Apesar de tudo.

O movimento da juventude publicava um jornal e organizava reuniões regulares. O presidente foi até mesmo convidado a ir a Moscou e voltou cheio de histórias sobre a condição dos trabalhadores. Que desenvolvimento magnífico. As pessoas estavam muito felizes. Todas as suas necessidades atendidas. As cooperativas e a economia centralizada prometiam um progresso sem precedentes. A reconstrução do pós-guerra superava todas as expectativas. Mais e mais fábricas surgiam, de propriedade do Estado, do próprio povo, e por eles administradas. Novos bairros residenciais estavam sendo construídos nos subúrbios. Todos os serviços médicos eram gratuitos. Tudo o que eles tinham lido, tudo o que tinham ouvido, era verdade. Cada palavra. Ah, que grande época!

Outros foram para a União Soviética e descreveram uma experiência diferente. Os jovens socialistas permaneceram inabalados. Os críticos eram servos do capitalismo. Tinham traído a causa, a luta por uma sociedade justa.

As reuniões da Bandeira Vermelha contavam com boa frequência e conseguiam recrutar mais e mais membros. Ele foi eleito presidente da associação por unanimidade e logo notado pela cúpula do Partido Socialista. Em seu último ano na escola, ficou claro que no futuro ele faria parte das lideranças.

Deu as costas para a janela e foi até a fotografia pendurada acima do piano, tirada na cerimônia de formatura da escola. Olhou para os rostos sob os tradicionais chapéus brancos. Os rapazes em frente ao prédio da escola vestindo ternos pretos, as garotas de vestidos. O sol brilhava e os chapéus brancos reluziam. Ele foi o segundo melhor aluno do ano. Por muito pouco não foi o melhor. Passou a mão de leve sobre a fotografia. Sentia saudades daqueles anos. Sentia falta da época em que sua convicção havia sido tão forte que nada poderia abalá-la.

Em seu último ano de escola, ofereceram-lhe um emprego no jornal do partido. Nas férias de verão, havia trabalhado como estivador, para conhecer os trabalhadores e marinheiros, e conversou sobre política com eles. Muitos eram reacionários incorrigíveis e o chamavam de "o comunista". Estava interessado em jornalismo e sabia que o jornal era um dos pilares do partido. Antes de começar a trabalhar lá, o presidente do movimento da juventude levou-o até a casa do vice-líder do partido. O vice-líder, um homem magro, sentado em uma poltrona, limpava os óculos com um lenço e lhes falava sobre o estabelecimento de um Estado socialista na Islândia. Tudo o que aquela voz suave dizia era tão verdadeiro e tão certo que um arrepio percorreu sua espinha enquanto permaneceu sentado na pequena sala, devorando cada palavra.

Ele era um bom aluno. História, matemática ou qualquer outra matéria eram fáceis para ele. Assim que algum item de conhecimento entrava em sua mente, ele o retinha e podia acessá-lo no mesmo instante. Sua memória e a aptidão para os estudos mostraram-se úteis no jornalismo, e ele aprendia depressa. Trabalhava e pensava rápido, e conseguia fazer longas entrevistas sem a necessidade de anotar mais do que algumas frases. Sabia que não era um repórter imparcial, mas ninguém era imparcial naqueles dias.

Naquele outono, havia planejado se inscrever na Universidade da Islândia, mas foi convidado a ficar no jornal durante o inverno. Não pensou duas vezes. No meio do inverno, o vice-líder o convidou para ir à sua casa. O Partido Comunista da Alemanha Oriental estava oferecendo vagas para vários estudantes islandeses na Universidade de Leipzig; se aceitasse, teria que ir até lá por conta própria, mas depois lhe seriam fornecidos alojamento e alimentação.

Ele queria ir para a Europa Oriental ou para a União Soviética para ver a reconstrução do pós-guerra de perto. Viajar, conhecer culturas diferentes e aprender línguas. Queria ver o socialismo em ação. Ele havia pensado em se candidatar a uma vaga na Universidade de Moscou e ainda não tinha se decidido quando visitou o vice-líder. Limpando os óculos, o vice-líder disse que estudar em Leipzig era uma oportunidade única para ele observar o funcionamento de um Estado comunista e treinar para servir seu país ainda melhor.

O vice-líder colocou os óculos.

"E servir à causa", acrescentou. "Você vai gostar de lá. Leipzig é uma cidade histórica e tem ligações com a cultura islandesa. Halldór Laxness visitava seu amigo, o poeta Jóhann Jónsson, lá. E a coletânea de contos populares de Jón Árnason foi publicada por Hinrich Verlag de Leipzig em 1862."

Ele assentiu. Já havia lido tudo o que Laxness escrevera sobre o socialismo na Europa Oriental e admirava seu poder de persuasão.

Ocorreu-lhe a ideia de ir de navio, trabalhando para pagar a passagem. Seu tio conhecia alguém na empresa de navegação. A passagem não seria problema. Sua família estava em êxtase. Nenhum deles tinha ido ao exterior, quanto mais estudar em outro país. Seria uma grande aventura. Eles escreveram uns aos outros e trocaram telefonemas para discutir a notícia maravilhosa. "Ele vai ser alguém", as pessoas diziam. "Não me surpreenderia se fosse parar no governo!"

O primeiro porto de escala foi nas ilhas Faroe, em seguida Copenhagen, Roterdã e Hamburgo. De lá, ele pegou o trem para Berlim e dormiu na estação ferroviária. No dia seguinte, ao meio-dia, embarcou em um trem para Leipzig. Sabia que ninguém ia estar lá para recebê-lo. Ele tinha um endereço anotado em um papel no bolso e pediu informações quando chegou ao destino.

Suspirando pesadamente, parou em frente à fotografia da escola, olhando para o rosto de seu amigo de Leipzig. Eles tinham estudado na mesma classe. Se ao menos na época ele soubesse o que iria acontecer...

Perguntou-se se a polícia acabaria descobrindo a verdade sobre o homem no lago. Consolou-o o pensamento de que fazia muito tempo que aquilo acontecera e que agora já não tinha a menor importância.

Ninguém se preocupava mais com o homem no lago.

4.

A equipe da polícia técnica tinha erguido uma grande tenda sobre o esqueleto. Elínborg estava parada do lado de fora, observando Erlendur e Sigurdur Óli caminhar apressados em sua direção sobre o leito seco do lago. Era tarde da noite e a imprensa tinha ido embora. O tráfego aumentara em torno do lago após o anúncio da descoberta, mas já havia diminuído, e a área estava tranquila novamente.

"Ah, pensei que vocês não viessem mais", disse Elínborg à medida que eles se aproximavam.

"Sigurdur teve que parar para comprar um hambúrguer no caminho", grunhiu Erlendur. "O que está acontecendo?"

"Venham comigo", disse Elínborg, abrindo a barraca. "O patologista está aqui."

Erlendur olhou para baixo na noite calma, em direção ao lago, e pensou nas fissuras do leito. O sol ainda não tinha baixado, portanto havia bastante luz. Olhando para as nuvens brancas diretamente acima dele, pensou em como era estranho ele estar parado em um lugar que já tinha sido um lago de quatro metros de profundidade.

A equipe de peritos desenterrara o esqueleto, que agora podia ser visto por inteiro. Não havia um único pedaço de carne ou resto de roupas nele. Uma mulher de cerca de quarenta anos ajoelhou-se ao lado da ossada, marcando a pelve com um lápis amarelo.

"É um homem", disse. "De estatura média e, provavelmente, de meia-idade, mas preciso verificar com mais cuidado. Não sei há quanto tempo ele está na água, talvez há quarenta ou cinquenta anos. Quem sabe até mais. Mas é só um palpite. Vou poder ser mais precisa depois que levá-lo para o necrotério e estudá-lo adequadamente."

Ela se levantou e cumprimentou-os. Erlendur sabia que o nome dela era Matthildur e que fora recrutada recentemente como patologista. Teve vontade de perguntar o que a levou a investigar crimes. Por que não acabou se tornando médica como todos os outros e se acomodou no sistema público de saúde?

"Ele foi atingido na cabeça?", perguntou Erlendur.

"Parece que sim", respondeu Matthildur. "Mas é difícil estabelecer que tipo de instrumento foi utilizado. Todas as marcas ao redor do buraco desapareceram."

"Estamos falando de assassinato premeditado?", perguntou Sigurdur Óli.

"Todos os assassinatos são premeditados", disse Matthildur. "Alguns são apenas mais estúpidos do que outros."

"Não há dúvida de que foi assassinato", disse Elínborg, que estava ouvindo.

Ela passou por cima do esqueleto e apontou para um grande buraco que os peritos tinham cavado. Erlendur foi até lá e viu que dentro dele havia uma enorme caixa preta de metal, amarrada aos ossos por uma corda. A maior parte ainda se achava enterrada na areia, mas o que parecia ser instrumentos quebrados com mostradores pretos e botões pretos era visível. A caixa estava riscada e amassada, aberta, e havia areia dentro dela.

"O que é isso?", perguntou Sigurdur Óli.

"Só Deus sabe", respondeu Elínborg, "mas foi usado para afundar o corpo."

"Será algum tipo de aparelho de medição?", perguntou Erlendur.

"Eu nunca vi nada parecido", observou Elínborg. "Os peritos disseram que era um rádio transmissor antigo. Eles foram comer alguma coisa."

"Um transmissor?", disse Erlendur. "Que tipo de transmissor?"

"Eles não sabem. Ainda têm que desenterrá-lo."

Erlendur olhou para a corda amarrada ao redor do esqueleto e para a caixa preta usada para afundar o corpo. Imaginou homens carregando o cadáver para fora de um carro, amarrando-o ao transmissor, remando pelo lago com ele e jogando tudo na água.

"Então ele foi afundado?", perguntou.

"É difícil que ele mesmo tenha feito isso", Sigurdur Óli falou sem pensar. "Ele não viria até o lago, se amarraria a um rádio transmissor, levantaria o aparelho e deixaria cair na sua cabeça, tendo ainda o cuidado de ir parar dentro do lago para garantir que desaparecesse. Seria o suicídio mais ridículo da história."

"Você acha que o transmissor é pesado?", perguntou Erlendur, tentando conter sua irritação com Sigurdur Óli.

"Para mim, parece bem pesado", disse Matthildur.

"Faz algum sentido passar um pente-fino no fundo do lago tentando achar alguma arma do crime?", perguntou Elínborg. "Com um detector de metal, caso seja um martelo ou algo assim? Pode ter sido dispensado junto com o corpo."

"A polícia técnica vai cuidar disso", disse Erlendur, ajoelhando-se ao lado da caixa preta. Ele tirou um pouco da areia que havia sobre ela.

"Talvez ele fosse um radioamador", sugeriu Sigurdur Óli.

"Você vai?", perguntou Elínborg. "Ao lançamento do livro?"

"A gente não tem que ir?", disse Sigurdur Óli.

"Eu não vou forçar vocês."

"Como se chama o livro?", perguntou Erlendur.

"*Na cadeia dos sabores*", disse Elínborg. "É uma brincadeira com cadeia e..."

"Muito divertido", comentou Erlendur, lançando um olhar de espanto para Sigurdur Óli, que tentava abafar o riso.

Sentada sobre as pernas, Eva Lind o fitava. Estava de roupão branco, girando o cabelo em torno do dedo indicador, círculo após círculo, como se estivesse hipnotizada. Por regra, os pacientes não podiam receber visitas, mas os funcionários conheciam bem Erlendur e não fizeram objeção quando ele pediu para vê-la. Os dois permaneceram sentados em silêncio por um bom tempo. Estavam no salão dos pacientes, e nas paredes havia cartazes de alerta contra o abuso de álcool e drogas.

"Você ainda está se encontrando com aquela velha?", perguntou Eva, brincando com o cabelo.

"Pare de chamá-la de velha", disse Erlendur. "Valgerdur é dois anos mais nova do que eu."

"Certo, é uma velha. Você ainda se encontra com ela?"

"Sim."

"E... ela vai ao seu apê, essa tal de Valgerdur?"

"Ela foi uma vez."

"Então vocês se encontram em hotéis."

"Algo assim. Como você está? Sigurdur Óli mandou lembranças. Ele diz que o ombro dele está melhorando."

"Eu errei. Queria bater na cabeça dele."

"Você às vezes pode ser bem idiota", disse Erlendur.

"Ela largou do cara? Ela ainda está casada, não é, essa Valgerdur?"

“Não é da sua conta.”

“Então ela está traindo o cara? O que significa que você está trepando com uma mulher casada. Como se sente a esse respeito?”

“Nós não dormimos juntos. Não que isso seja da sua conta. E controle um pouco a sua linguagem!”

“O cacete que vocês não dormiram juntos!”

“Você não devia estar tomando remédios aqui? Para curar esse temperamento?”

Ele levantou. Ela olhou para ele.

“Eu não pedi para você me colocar aqui”, disse ela. “Eu não pedi para você interferir na minha vida. Eu quero que você me deixe em paz. Totalmente em paz.”

Ele saiu do salão sem se despedir.

“Diz pra velha que eu mandei um oi!”, gritou Eva Lind para ele, girando o cabelo devagar. “Diz oi para aquela velha do caralho”, acrescentou em voz baixa.

Erlendur estacionou em frente a seu prédio e entrou na área que levava às escadas. Quando chegou a seu andar, notou um jovem magro de cabelos compridos perto da porta de seu apartamento, fumando. A parte superior do corpo estava nas sombras, e Erlendur não conseguia ver o rosto. No início pensou que fosse um criminoso que tivesse algum assunto para resolver com ele. Às vezes eles telefonavam quando estavam bêbados e o ameaçavam por ter prejudicado de alguma maneira suas vidas miseráveis. De vez em quando aparecia um na sua porta querendo discussão. Ele esperava algo assim no corredor.

O jovem se levantou ao ver Erlendur se aproximar.

“Posso ficar com você?”, perguntou, atrapalhado sem saber o que fazer com a ponta do cigarro. Erlendur percebeu duas bitucas no tapete.

"Quem é...?"

"Sindri", disse o homem, saindo das sombras. "Seu filho. Não está me reconhecendo?"

"Sindri?", exclamou Erlendur, surpreso.

"Eu voltei para morar aqui na cidade de novo", disse Sindri. "Pensei em procurar você."

Sigurdur Óli estava na cama ao lado de Bergthóra quando o telefone tocou. Ele olhou para o identificador de chamadas. Vendo quem era, decidiu não atender. Depois do sexto toque, Bergthóra deu uma cotovelada nele.

"Atende", disse. "Vai fazer bem pra ele falar com você. Ele acha que você o ajuda."

"Eu não vou deixá-lo pensar que pode me ligar em casa de madrugada", disse Sigurdur Óli.

"Vai, atende", insistiu Bergthóra, pegando o telefone por cima dele.

"Sim, ele está aqui", disse ela. "Só um minuto."

Entregou o telefone a Sigurdur Óli.

"É para você", disse ela, sorrindo.

"Você estava dormindo?", perguntou uma voz do outro lado da linha.

"Estava", mentiu Sigurdur Óli. "Eu pedi que você não me ligasse em casa. Não quero que faça isso."

"Desculpe", disse a voz. "Eu não consigo dormir. Estou tomando a medicação, e tranquilizantes e pílulas para dormir, mas nada disso está funcionando."

"Você não pode simplesmente ligar quando bem entende", disse Sigurdur Óli.

"Desculpe", disse o homem. "Eu não estou me sentindo muito bem."

"Está bem", disse Sigurdur Óli.

"Faz um ano", disse o homem. "Exatamente hoje."

"É, faz", disse Sigurdur Óli. "Eu sei."

"Um ano inteiro de inferno."

"Tente parar de pensar nisso. É hora de você parar de se atormentar desse jeito. Isso não ajuda."

"Falar é fácil", disse o homem ao telefone.

"Eu sei", concordou Sigurdur Óli. "Mas pelo menos tente."

"O que eu tinha na cabeça quando pedi aqueles malditos morangos?"

"Nós já falamos disso milhares de vezes", lembrou Sigurdur Óli, balançando a cabeça e olhando de relance para Bergthóra. "Não foi culpa sua. Pare de se torturar."

"Claro que foi", disse o homem. "Claro que foi culpa minha. Foi tudo culpa minha."

Em seguida, desligou.

5.

A mulher olhou para cada um deles, deu um leve sorriso e convidou-os a entrar. Elínborg entrou primeiro e depois Erlendur, que fechou a porta atrás deles. Tinham telefonado com antecedência, e a mulher havia posto rosquinhas e pão caseiro na mesa. O cheiro de café pairava na cozinha. Eles estavam em um sobrado no bairro de Breidholt. Elínborg tinha falado com a mulher ao telefone. Ela se casara novamente. Seu filho do casamento anterior estava fazendo doutorado em medicina nos Estados Unidos. Com seu segundo marido, teve dois outros filhos. Surpresa com o telefonema de Elínborg, ela havia tirado a tarde de folga para recebê-los em casa.

"É ele?", a mulher perguntou, convidando-os a se sentar. Ela se chamava Kristín, tinha mais de sessenta anos e havia engordado com a idade. Ficou sabendo das notícias sobre o esqueleto encontrado no lago Kleifarvatn.

"Não sabemos", disse Erlendur. "Sabemos que é um homem, mas ainda estamos aguardando uma datação mais precisa."

Uns poucos dias haviam se passado desde que o esqueleto fora encontrado. Alguns ossos tinham sido enviados para a análise de carbono, mas a patologista também usara um método diferente, capaz de acelerar os resultados.

"Acelerar os resultados como?", perguntou Erlendur a Elínborg.

"Ela usa a fundição de alumínio em Straumsvík."

"A fundição?"

"Ela está estudando a história da poluição a partir dele. Envolve dióxido de enxofre e flúor, e esse tipo de substância esquisita. Você já ouviu falar nisso?"

"Não."

"Uma certa quantidade de dióxido de enxofre é lançada na atmosfera e cai sobre a terra e o mar; ela é encontrada em lagos perto da fundição, como o Kleifarvatn. Agora eles reduziram a quantidade, com a melhoria do controle da poluição. Ela disse que encontrou um traço nos ossos e, numa estimativa ainda provisória, calcula que o corpo possa ter sido jogado no lago antes de 1970."

"Mais ou menos?"

"Cinco anos a mais ou a menos."

Naquela fase, a investigação sobre o esqueleto de Kleifarvatn estava concentrada em homens que tivessem desaparecido entre 1960 e 1975. Foram oito casos em toda a Islândia. Cinco haviam morado em Reykjavík ou arredores.

O primeiro marido de Kristín fora um deles. Os detetives tinham lido os arquivos. Ela mesmo havia dado queixa do desaparecimento. Um dia ele não voltou do trabalho. Ela o esperava com o jantar pronto. O filho deles brincava no chão. Ela deu banho no menino, colocou-o na cama e arrumou a cozinha. Em seguida, sentou-se e esperou. Ela teria assistido televisão, mas naquela época não havia transmissões às quintas-feiras.

Era outono de 1969. Eles moravam em um pequeno apartamento que haviam comprado não fazia muito tempo. Ele era corretor de imóveis e conseguira um bom preço. Ela tinha acabado a faculdade de comércio quando se conheceram. Um ano depois se casaram com a devida cerimônia, e no ano seguinte o menino nasceu. Seu marido o adorava.

"Por isso eu não consegui entender", disse Kristín, o olhar passando agitado de um para o outro.

Erlendur teve a sensação de que ela ainda esperava pelo marido, que, de maneira tão repentina e inexplicável, tinha desaparecido de sua vida. Visualizou-a esperando sozinha na escuridão do outono. Ligando para as pessoas que o conheciam e para os amigos deles, telefonando para a família, que se reuniria silenciosamente no apartamento nos dias seguintes para dar-lhe apoio e ampará-la.

"Nós éramos felizes", disse ela. "Nosso garotinho, o Benni, era o amor da nossa vida, eu tinha arrumado um emprego na Associação dos Comerciantes e, pelo que sei, meu marido estava indo bem no trabalho. Era uma imobiliária grande, e ele era um excelente vendedor. Nunca foi muito bom na escola, abandonou-a depois de dois anos, mas trabalhou duro e eu achava que ele estava de bem com a vida. Nunca deu a entender o contrário para mim."

Ela despejou café nas xícaras.

"Eu não percebi nada de anormal no último dia", prosseguiu Kristín, passando-lhes o prato de rosquinhas. "Ele se despediu de mim de manhã, telefonou na hora do almoço só para dizer oi e mais uma vez para dizer que ia demorar um pouco para voltar. Essa foi a última vez que falei com ele."

"Mas ele não poderia estar tendo problemas no trabalho, mesmo que não tivesse lhe contado?", perguntou Elínborg. "Nós lemos os relatórios e..."

"Ia haver algumas demissões. Ele tinha falado sobre isso alguns dias antes, mas não sabia quem seriam. Então, naquele dia, ele foi chamado e lhe disseram que não precisavam mais dele. O dono da imobiliária me contou isso depois. Disse que meu marido não contestou, não protestou por estar sendo demitido nem pediu uma explicação; apenas saiu e voltou para sua mesa. Não reagiu."

"Ele não telefonou para lhe contar?", perguntou Elínborg.

"Não", disse a mulher, e Erlendur podia sentir a tristeza que ainda a envolvia. "Como eu falei, ele telefonou, mas não disse uma palavra sobre a demissão."

"Por que ele foi despedido?", perguntou Erlendur.

"Eu nunca tive uma resposta satisfatória para isso. Acho que o dono da imobiliária quis demonstrar compaixão ou consideração quando conversamos. Ele disse que precisaram fazer cortes porque as vendas tinham caído, mas depois ouvi dizer que acreditavam que Ragnar havia perdido o interesse pelo trabalho. Perdido o interesse pelo que fazia. Depois de uma reunião da escola, ele comentou sobre se matricular de novo e terminar o curso. Ele foi convidado para a reunião mesmo tendo largado o curso antes, e todos os seus velhos amigos se tornaram médicos, advogados e engenheiros. Foi isso que ele disse. Como se ter abandonado a escola o tivesse chateado."

"Você relacionou isso, de alguma forma, com o desaparecimento?", perguntou Erlendur.

"Não, não", disse Kristín. "Do mesmo jeito que não associo com uma briguinha que tivemos um dia antes. Ou com o fato de nosso filho dar trabalho à noite. Ou de ele não conseguir comprar um carro novo. Realmente não sei o que pensar."

"Ele era depressivo?", perguntou Elínborg, notando que Kristín tinha passado a usar o tempo presente, como se tudo tivesse acabado de acontecer.

"Não mais do que a maioria dos islandeses. Ele desapareceu no outono, se é que isso significa alguma coisa."

"Na época você descartou a possibilidade de haver algo de criminoso no desaparecimento dele?", perguntou Erlendur.

"Sim", disse ela. "Nem imaginei isso. Ele não estava envolvido em nada desse tipo. Se encontrou alguém que o assassinou, foi puro azar. A ideia de que alguma coisa desse tipo tivesse acontecido nunca me passou pela cabeça, nem pela de vocês da polícia. Vocês também nunca trataram o desaparecimento dele como um possível crime. Ele foi o último a sair do trabalho, todos já tinham ido embora, e essa foi a última vez em que ele foi visto."

"O desaparecimento dele nunca foi investigado como um possível crime?", perguntou Elínborg.

"Não", disse Kristín.

"Diga-me outra coisa: seu marido era operador de rádio?", perguntou Erlendur.

"Operador de rádio? O que é isso?"

"Para falar a verdade, eu mesmo não sei direito", respondeu Erlendur, olhando para Elínborg em busca de ajuda. Ela permaneceu calada. "Eles fazem contato por rádio com pessoas do mundo todo", continuou Erlendur. "Antigamente a pessoa precisava de um transmissor muito potente para emitir seu sinal. Será que ele tinha um equipamento desse tipo?"

"Não", respondeu a mulher. "Operador de rádio?"

"Ele estava envolvido com telecomunicações?", perguntou Elínborg. "Será que ele possuía um transmissor de rádio ou...?"

Kristín olhou para ela.

"O que vocês encontraram nesse lago?", ela perguntou com um olhar de espanto. "Ele nunca teve um rádio transmissor. Que tipo de transmissor, afinal?"

"Ele alguma vez foi pescar no lago Kleifarvatn?", continuou Elínborg, sem responder à pergunta dela. "Ou sabia alguma coisa sobre ele?"

"Não, nunca. Ele não se interessava por pesca. Meu irmão gosta muito de pescar salmão e tentou levá-lo, mas ele nunca foi. Era parecido comigo nesse ponto. Nós nunca gostamos de matar nada, nem por esporte nem por diversão. Nunca fomos ao Kleifarvatn."

Erlendur notou uma fotografia muito bem emoldurada em uma prateleira na sala. Mostrava Kristín com um menino, que deveria ser seu filho órfão, e ele pensou no seu próprio filho, Sindri. Ele não havia percebido de imediato por que o filho tinha aparecido. Sindri sempre evitou o pai, ao contrário de Eva Lind, que queria fazê-lo se sentir culpado por tê-los ignorado durante a infância. Erlendur havia se divorciado da mãe deles depois de um casamento breve e, à medida que os anos passavam, mais ele lamentava não ter tido nenhum contato com seus filhos.

Constrangidos, eles trocaram um aperto de mãos no patamar da escada, como dois estranhos; ele deixou Sindri entrar e fez café. Sindri disse que estava procurando um apartamento ou um quarto. Erlendur disse que não sabia de nenhum lugar vago, mas prometeu lhe dizer, se soubesse de alguma coisa.

"Talvez eu pudesse ficar aqui por enquanto", disse Sindri, olhando para a estante de livros na sala.

"Aqui?", disse Erlendur, surpreso, aparecendo na porta da cozinha. O propósito da visita de Sindri ficou claro para ele.

"Eva disse que você tinha um quarto sobrando cheio de coisas velhas."

Erlendur olhou para o filho. De fato havia um quarto a mais em seu apartamento. As coisas velhas que Eva havia mencionado eram os pertences dos pais dele, que Erlendur guardou porque não tinha coragem de jogar fora. Objetos da casa de sua infância. Um baú cheio de cartas escritas por seu pais e antepassados, uma prateleira entalhada, pilhas de revistas, livros, varas de pescar e uma pesada espingarda velha e quebrada que pertencera a seu avô.

"E a sua mãe?", perguntou Erlendur. "Você não pode ficar com ela?"

"Claro", respondeu Sindri. "Vou fazer isso, então."

Eles ficaram em silêncio.

"Não, há espaço naquele quarto", acabou dizendo Erlendur. "Então... eu não sei..."

"Eva ficou aqui", disse Sindri.

Suas palavras foram seguidas de um profundo silêncio.

"Ela disse que você tinha mudado", disse Sindri por fim.

"E você?", perguntou Erlendur. "Você mudou?"

"Não bebo há meses", disse Sindri. "Se é isso que você quer dizer."

Erlendur escapou de repente de seus pensamentos e tomou um gole de café. Desviou os olhos da fotografia na prateleira e voltou a atenção para Kristín. Ele queria um cigarro.

"Então o garoto nunca conheceu o pai", disse. Com o canto do olho, viu que Elínborg o olhava, mas fingiu não notar. Ele sabia muito bem que estava bisbilhotando a vida pessoal de alguém cujo misterioso desaparecimento do marido há mais de trinta anos nunca fora satisfatoriamente resolvido. A pergunta de Erlendur era irrelevante para a investigação policial.

"O padrasto o trata bem e ele tem um relacionamento muito bom com os irmãos", disse ela. "Não consigo entender o que isso tem a ver com o desaparecimento do meu marido."

"Claro, desculpe", disse Erlendur.

"Então acho que não há mais nada", disse Elínborg.

"Vocês acham que é ele?", perguntou Kristín, levantando-se.

"É provável que não", disse Elínborg. "Mas precisamos investigar mais de perto."

Eles continuaram parados por alguns instantes, como se alguma coisa tivesse deixado de ser dita. Como se houvesse algo no ar que precisasse ser posto em palavras antes daquela reunião terminar.

"Um ano depois do desaparecimento dele", disse Kristín, "um corpo surgiu na praia de Snaefellsnes. Pensaram que fosse ele, mas não era."

Ela apertou as mãos nervosamente.

"Às vezes, ainda hoje, acho que ele pode estar vivo. Que não morreu. Às vezes acho que nos deixou e se mudou para o campo — ou para o exterior — sem nos dizer, e teve uma nova família. Eu mesmo achei que o tinha visto aqui em Reykjavík. Há cerca de cinco anos, pensei que o tinha visto. Segui esse homem por aí como uma imbecil. Foi no centro comercial. Espionei-o até que, é claro, vi que não era ele."

Ela olhou para Erlendur.

"Ele foi embora, mas mesmo assim... ele nunca irá embora", disse com um sorriso triste nos lábios.

"Eu sei", disse Erlendur. "Eu sei o que você quer dizer."

Quando entraram no carro, Elínborg repreendeu Erlendur por sua pergunta indelicada sobre o filho de Kristín. Erlendur disse para ela não ser tão sensível.

O celular dele tocou. Era Valgerdur. Ele estava esperando ela entrar em contato. Os dois haviam se conhecido no Natal anterior, quando Erlendur tinha investigado um assassinato em um hotel em Reykjavík. Ela era uma biotécnica, e eles mantinham um relacionamento muito inconstante desde então. O marido de Valgerdur admitira ter um caso, mas, quando no momento de tomar uma decisão, ele não quis terminar o casamento; em vez disso, humildemente pediu que ela o perdoasse e prometeu se emendar. Valgerdur afirmava que ia deixá-lo, mas isso ainda não tinha acontecido.

"Como está a sua filha?", ela perguntou, e Erlendur contou-lhe rapidamente sobre sua visita a Eva Lind.

"Mas você não acha que está ajudando?", perguntou Valgerdur. "A terapia?"

"Espero que sim, mas sinceramente não sei o que vai ajudá-la", afirmou Erlendur. "Ela está com o mesmo estado de espírito de pouco antes do aborto."

"Vamos tentar nos ver amanhã?", perguntou Valgerdur.

"Vamos, sim", concordou Erlendur, e eles se despediram.

"Era ela?", perguntou Elínborg, ciente de que Erlendur estava tendo algum tipo de relacionamento com uma mulher.

"Se você quer dizer Valgerdur, isso mesmo, era ela", disse Erlendur.

"Ela está preocupada com Eva Lind?"

"O que a polícia técnica disse sobre aquele transmissor?", perguntou Erlendur, para mudar de assunto.

"Eles não sabem muita coisa", respondeu Elínborg. "Mas acham que é russo. O nome e o número de série foram raspados, só que eles estão conseguindo perceber o contorno de uma ou outra letra, e acham que é cirílico."

"Russo?"

"Sim, russo."

Havia algumas casas no extremo sul do lago Kleifarvatn, e Erlendur e Sigurdur Óli reuniram algumas informações sobre seus proprietários. Telefonaram para eles e perguntaram, em termos gerais, sobre pessoas desaparecidas que pudessem estar relacionadas com o lago. Não descobriram nada.

Sigurdur Óli comentou que Elínborg estava ocupada, preparando-se para o lançamento de seu livro de receitas.

"Acho que ela vai ficar famosa com esse livro", disse Sigurdur Óli.

"Será que ela quer isso?", perguntou Erlendur.

"E quem não quer?", respondeu Sigurdur Óli.

"Sapateiros", disse Erlendur.

6.

Sigurdur Óli leu a carta, o último testemunho de um jovem que tinha saído da casa dos pais em 1970 e nunca mais voltado.

Os pais agora estavam com setenta e oito anos e em boas condições de saúde. Tinham dois outros filhos, mais jovens que o irmão desaparecido, ambos na casa dos cinquenta. O casal sabia que seu filho mais velho havia se suicidado. Eles só não sabiam como tinha acontecido nem onde estavam seus restos mortais. Sigurdur Óli perguntou-lhes sobre Kleifarvatn, o rádio transmissor e o buraco no crânio, mas eles não faziam ideia do que ele estava falando. Seu filho nunca brigara com ninguém e não tinha inimigos: isso era indiscutível.

"É absurdo pensar que ele tenha sido assassinado", disse a mãe com um olhar para o marido, ainda ansiosa com o destino do filho mesmo depois de tantos anos.

"Você percebe isso pela carta", disse o marido. "É óbvio o que ele tinha em mente."

Sigurdur Óli releu a carta.

queridos mamãe e papai me perdoem, mas não posso fazer mais nada é insuportável e eu não posso pensar em viver por mais tempo não posso e não vou e não posso.

A carta estava assinada *Jakob*.

"A culpa foi da garota", disse a mulher.

"Nós não sabemos se foi realmente isso", lembrou o marido.

"Ela começou a sair com um amigo dele", disse ela. "Nosso menino não conseguiu suportar."

"Você acha que é ele, o nosso filho?", perguntou o marido. Eles estavam sentados no sofá, de frente para Sigurdur Óli e à espera de respostas para as perguntas que os assombravam desde que seu filho tinha desaparecido. Sabiam que ele não poderia responder à pergunta mais difícil, aquela com a qual tinham convivido durante todos aqueles anos, que dizia respeito às ações e às responsabilidades dos pais, mas ele poderia lhes dizer se o filho fora ou não encontrado. No noticiário haviam informado apenas que um esqueleto masculino tinha sido encontrado em Kleifarvatn. Nada sobre um rádio transmissor e um crânio furado. O casal não entendeu o que Sigurdur Óli quis dizer quando começou a perguntar sobre aquilo. Eles tinham apenas uma pergunta: era ele?

"Acho improvável", disse Sigurdur Óli. Ele olhou de um para outro. O incompreensível desaparecimento e morte de um ente querido havia marcado a vida deles. O caso nunca fora resolvido. O filho ainda não voltara para casa e era assim que tinha sido todos aqueles anos. Não sabiam onde estava ou o que havia acontecido com ele, e aquela incerteza causava desconforto e tristeza.

"Acreditamos que ele entrou no mar", disse a mulher. "Ele era um bom nadador. Sempre achei que foi nadando até saber que tinha ido bem longe ou até que o frio ficasse insuportável."

"Na época a polícia nos disse que, pelo fato do corpo não ter sido encontrado, ele provavelmente tinha se jogado no mar", explicou o marido.

“Por causa daquela menina”, acrescentou a mulher.

“Não podemos culpá-la”, disse o marido.

Sigurdur Óli percebeu que eles tinham voltado a uma antiga rotina. Levantou-se para se despedir.

“Às vezes fico tão zangada com ele...”, disse a mulher, e Sigurdur Óli não soube se ela se referia ao marido ou ao filho.

Valgerdur esperava por Erlendur no restaurante. Ela estava com o mesmo casaco de couro que tinha usado no primeiro encontro deles. Haviam se conhecido por acaso e, em um momento de loucura, ele a convidou para jantar fora. Na época não sabia se ela era casada, porém mais tarde descobriu que sim, com dois filhos crescidos que já tinham saído de casa e um casamento que estava se desfazendo.

No encontro seguinte, ela admitiu que tivera a intenção de usar Erlendur para ficar quite com o marido.

Valgerdur ligou para Erlendur novamente, e desde então os dois passaram a se encontrar. Uma vez ela foi até o apartamento dele. Erlendur tinha tentado arrumar tudo o melhor que pôde, jogando fora jornais velhos, ajeitando os livros nas prateleiras. Raramente recebia visitas e relutou em deixar Valgerdur ir até lá. Ela insistiu, dizendo que queria ver como ele vivia. Eva Lind tinha chamado o apartamento dele de o buraco para onde ele se arrastava para se esconder.

“Olha só todos esses livros”, disse Valgerdur, em pé na sala dele. “Você já leu tudo isso?”

“A maioria”, disse Erlendur. “Quer um café? Comprei uns pastéis dinamarqueses.”

Ela foi até a estante, correu os dedos pelas lombadas de alguns títulos e tirou um livro da prateleira.

“Estes são sobre provações e viagens perigosas?”, perguntou.

Ela logo percebeu que Erlendur tinha um interesse especial por desaparecidos e que ele lia muitos relatos sobre pessoas que haviam se perdido e desaparecido nos ermos da Islândia. Ele lhe contara o que nunca tinha contado a ninguém, além de Eva Lind: que seu irmão havia morrido com oito anos nos pântanos do leste da Islândia no início do inverno, quando Erlendur tinha dez anos. Eles estavam em três, os dois meninos e o pai. Erlendur e o pai conseguiram encontrar o caminho de volta para casa com segurança, mas seu irmão congelou até morrer, e seu corpo nunca foi encontrado.

"Uma vez você me disse que havia um relato sobre você e seu irmão em um desses livros", comentou Valgerdur.

"Isso mesmo", disse Erlendur.

"Você se importaria de me mostrar?"

"Tudo bem", disse Erlendur, hesitante. "Mais tarde. Agora não. Eu te mostro mais tarde."

Valgerdur se levantou quando ele entrou no restaurante e os dois se cumprimentaram com o habitual aperto de mãos deles. Erlendur estava inseguro sobre que tipo de relação era aquela, mas ele gostava. Mesmo depois de virem se encontrando regularmente por quase seis meses, ainda não tinham dormido juntos. Não era um relacionamento sexual. Eles se sentavam e conversavam sobre vários aspectos de suas vidas.

"Por que você não o deixou?", perguntou Erlendur depois de eles terem comido, tomado café e licor, conversado sobre Eva Lind e Sindri, sobre os filhos dela, e trabalho. Várias vezes ela perguntou sobre o esqueleto de Kleifarvatn, mas havia pouco que ele pudesse lhe contar. Apenas que a polícia estava falando com pessoas cujos entes queridos haviam desaparecido durante um período específico por volta de 1970.

Um pouco antes do Natal, Valgerdur havia descoberto que seu marido tinha tido um caso nos últimos dois anos. Ela já sabia sobre um incidente anterior que não fora tão "sério", como ele disse. Ela falou que ia deixá-lo. Ele imediatamente rompeu o relacionamento, e nada havia acontecido desde então.

"Valgerdur...?", começou Erlendur.

"Então você foi ver Eva Lind na clínica de reabilitação", disse ela às pressas, como se intuindo o que viria a seguir.

"Sim, eu a vi."

"Ela se lembra de alguma coisa de quando foi presa?"

"Não, acho que ela não se lembra de ter sido presa. Não falamos disso."

"Pobrezinha."

"Você vai continuar com ele?", perguntou Erlendur.

Valgerdur tomou um gole de licor.

"É tão difícil", disse.

"É?"

"Eu não estou preparada para terminar", disse ela, olhando nos olhos de Erlendur. "Mas também não quero me afastar de você."

Quando Erlendur foi para casa naquela noite, Sindri Snaer estava deitado no sofá, fumando e assistindo televisão. Fez um gesto de cabeça para o pai e continuou vendo o programa. Até onde Erlendur conseguiu ver, era um desenho animado. Ele tinha dado ao filho uma chave do apartamento e, mesmo que não tivesse concordado em deixá-lo ficar, contava que ele aparecesse a qualquer momento.

"Você se importaria de desligar isso?", perguntou, tirando o casaco.

"Eu não achei o controle remoto. Essa televisão é pré-histórica, hein?"

"Tem só uns vinte e poucos anos. Eu não a uso muito."

"Eva ligou para mim hoje", disse Sindri, apagando o cigarro. "Foi algum amigo seu que a prendeu?"

"Sigurdur Óli. Ela bateu nele. Com um martelo. Tentou derrubá-lo, mas o golpe pegou no ombro. Ele queria acusá-la de agressão e resistência à prisão."

"Então você fez um acordo para ela ir para a reabilitação."

"Ela nunca quis terapia. Sigurdur Óli retirou as acusações por minha causa e ela foi para a reabilitação."

Um rapaz chamado Eddi estava envolvido em um caso de tráfico de drogas, e Sigurdur Óli e dois detetives o haviam seguido até um antro pouco acima da estação de ônibus de Hlemmur, perto da delegacia de polícia em Hverfisgata. Alguém que conhecia Eddi havia telefonado para a polícia. A única resistência que encontraram foi de Eva Lind. Ela estava completamente fora de si. Eddi jazia seminu no sofá, sem se mexer. Outra menina, mais nova do que Eva Lind, estava deitada nua ao lado dele. Quando viu a polícia, Eva enlouqueceu. Sabia quem Sigurdur Óli era. Sabia que ele trabalhava com o pai dela. Eva Lind pegou um martelo no chão e tentou derrubá-lo. Embora tivesse errado o golpe, fraturou a clavícula de Sigurdur Óli. Dilacerado pela dor, ele caiu. Quando ela se preparava para dar o segundo golpe, os outros policiais lançaram-se sobre ela e a derrubaram.

Sigurdur Óli não falava do incidente, mas Erlendur ouviu por outros policiais que ele hesitou ao ver Eva Lind partindo para cima dele. Ela era filha de Erlendur e ele não queria machucá-la. Por isso ela conseguiu dar a martelada.

"Eu pensei que ela fosse parar com tudo depois do aborto", disse Erlendur. "Mas ela se tornou uma pessoa ainda mais difícil. É como se agora nada mais tivesse importância para ela."

"Eu gostaria de ir vê-la", disse Sindri. "Mas eles não permitem visitas."

"Vou falar com eles."

O telefone tocou e Erlendur atendeu.

"Erlendur?", disse uma voz fraca do outro lado. Erlendur reconheceu-a na hora.

"Marion?"

"O que foi que você encontrou em Kleifarvatn?", perguntou Marion Briem.

"Ossos. Nada com que você precise se preocupar."

"Ah, é mesmo?", disse Marion, que havia se aposentado, mas achava difícil não se envolver nos casos especialmente interessantes que Erlendur pudesse estar investigando.

Houve um longo silêncio na linha.

"Você quer alguma coisa em especial?", perguntou Erlendur.

"Você deveria dar uma olhada melhor no Kleifarvatn. Mas não quero incomodá-lo. Nem sonharia com isso. Não quero perturbar um antigo colega que já tem bastante com que se ocupar."

"O que tem em Kleifarvatn?", perguntou Erlendur. "Do que você está falando?"

"Nada, não. Até mais", disse Marion, desligando bruscamente.

7.

Às vezes, quando pensava no passado, ele podia sentir o cheiro do quartel-general de Dittrichring, o cheiro sufocante de carpete sujo, suor e medo. Também se lembrou do cheiro acre da fumaça de carvão que cobria a cidade, bloqueando até mesmo o sol.

Leipzig não era como ele havia imaginado. Tinha pesquisado muito antes de sair da Islândia e sabia que a cidade estava localizada na confluência dos rios Elster, Parthe e Pleisse, e que era um antigo centro de publicação e comércio de livros da Alemanha. Bach estava enterrado lá e a cidade abrigava a famosa Auerbachkeller, a adega onde Goethe ambientou uma cena de *Fausto*. O compositor Jón Leifs estudou música em Leipzig e viveu lá por anos. Em sua mente, ele tinha visto uma cidade alemã antiga e repleta de cultura. O que encontrou foi um lugar sombrio e deplorável do pós-guerra. Os aliados ocuparam Leipzig, mas depois a entregaram aos soviéticos, e os buracos de bala ainda podiam ser vistos nas paredes de edifícios e casas semidestruídas, ruínas deixadas pela guerra.

O trem chegou a Leipzig no meio da noite. Ele conseguiu guardar sua mala na estação ferroviária e caminhou pelas ruas até a cidade começar a despertar. Havia um racionamento de energia elétrica e o centro da cidade estava escuro, mas ele se sentia bem por ter chegado e gostava da aventura de estar sozinho, longe de seu lugar de origem. Caminhou na direção da catedral de São Nicolau e, quando chegou à igreja de São Tomás, sentou-se em um banco. Lembrou do relato sobre o escritor Halldór Laxness e o poeta Jóhann Jónsson andando juntos pela cidade tantos anos antes. Amanhecia e ele imaginou os dois olhando para a igreja de São Tomás exatamente como ele estava fazendo, admirando a vista antes de continuarem sua caminhada.

Uma menina vendendo flores passou por ele e lhe ofereceu um buquê, mas como ele estava com a grana curta deu-lhe um sorriso de desculpas.

Estava ansioso por tudo o que viria. Sustentar a si mesmo e ser dono de seu destino. Embora não tivesse ideia do que o esperava, pretendia encarar a situação com mente aberta. Sabia que não iria sentir saudades de casa porque havia partido em uma aventura que moldaria sua vida de forma definitiva. Embora percebesse que o curso seria rigoroso, não sentia medo de se dedicar. Tinha um interesse apaixonado por engenharia e sabia que iria conhecer novas pessoas e fazer novos amigos. Estava impaciente para começar os estudos.

Caminhando em meio às ruínas e pelas ruas sob uma garoa leve, um sorriso cruzou seu rosto quando pensou novamente nos dois amigos escritores andando pelas mesmas ruas muito tempo atrás.

Quando amanheceu, foi buscar sua mala, dirigiu-se à universidade e encontrou o escritório de matrícula sem nenhum problema. Levaram-no a uma moradia estudantil não muito longe do edifício principal. O prédio onde ficava o dormitório era um elegante casarão antigo que fora assumido pela universidade. Ele iria dividir o quarto com dois estudantes. Um deles era Emil, seu colega da escola. O outro, disseram-lhe, era da Tchecoslováquia. Nenhum dos dois estava no quarto quando ele chegou. Era uma casa de três andares com um banheiro compartilhado e cozinha no piso intermediário. O papel de parede antigo estava descascando, os pisos de madeira eram sujos e um cheiro de mofo impregnava o edifício. Em seu quarto havia três colchões não muito grossos e uma escrivaninha velha. Uma lâmpada sem lustre pendia do teto, cujo gesso antigo tinha descascado, revelando estruturas de madeira apodrecida. Havia duas janelas no quarto, uma das quais coberta por tábuas de madeira porque o vidro estava quebrado.

Estudantes sonolentos começaram a emergir dos quartos. Uma fila já havia se formado junto ao banheiro. Com isso, alguns saíram do prédio para urinar. Na cozinha, uma grande panela cheia de água estava sendo aquecida em um fogareiro de aparência ancestral. Havia um fogão antigo ao lado dele. Olhou ao redor para encontrar seu amigo, mas não conseguiu vê-lo. Enquanto observava o grupo na cozinha, de repente percebeu que a residência era mista.

Uma das jovens veio até ele e falou alguma coisa em alemão. Apesar de ter estudado alemão na escola, ele não entendeu. Em um alemão hesitante, pediu que ela falasse mais devagar.

"Você está procurando alguém?", perguntou ela.

"Estou procurando Emil", disse ele. "Ele é da Islândia."

"Você também é da Islândia?"

"Sim. E você? De onde você é?"

"Dresden", disse a garota. "Eu sou Maria."

"Meu nome é Tómas", disse, e eles se apertaram as mãos.

"Tómas?", ela repetiu. "Há alguns islandeses na universidade. Eles costumam visitar Emil. Às vezes temos que expulsá-los, porque eles cantam a noite toda. Seu alemão não é tão ruim."

"Obrigado. É alemão de escola primária. Você conhece o Emil?"

"Ele está no turno de ratos", disse ela. "Lá no porão. Aqui está cheio de ratos. Quer uma xícara de chá? Eles estão montando uma cantina no andar de cima, mas enquanto isso temos que nos virar."

"Turno de ratos?"

"Eles saem à noite. É a melhor hora para capturá-los."

"Há muitos?"

"Se matamos dez, vinte tomam seu lugar. Mas está melhor agora do que durante a guerra."

Instintivamente ele olhou pelo chão, como se esperasse ver as criaturas correndo entre os pés das pessoas. Se havia uma coisa que lhe causava repulsa era rato.

Sentiu um toque em seu ombro e, quando se virou, viu seu amigo de pé atrás dele, sorrindo. Segurando-os pelo rabo, ele levantou dois ratos gigantescos. Tinha uma pá na outra mão.

"A pá é a melhor coisa para matá-los", disse Emil.

Ele se adaptou rapidamente ao ambiente: o cheiro de umidade cada vez maior, o cheiro horrível do banheiro no andar intermediário, o fedor que se espalhava por todo o edifício, colchões podres, cadeiras que rangiam e as primitivas instalações da cozinha. Ele simplesmente afastava essas coisas da cabeça e sabia que a reconstrução no pós-guerra seria um processo demorado.

A universidade era excelente, apesar das instalações simples. O corpo docente era altamente qualificado, os alunos estavam entusiasmados, e ele se saiu bem no curso. Ficou conhecendo os alunos de engenharia de Leipzig, de outras cidades alemãs e de países vizinhos, especialmente da Europa Oriental. Como ele, vários estavam lá com bolsas do governo da Alemanha Oriental. Na verdade, os estudantes da Universidade Karl Marx pareciam vir de todas as partes do mundo. Logo encontrou estudantes vietnamitas e chineses, que tendiam a não se socializar muito. Havia nigerianos também, e no quarto ao lado do dele no velho casarão vivia um indiano simpático chamado Deependra.

O pequeno grupo de islandeses na cidade ficava sempre junto. Karl tinha vindo de uma pequena aldeia de pescadores e estudava jornalismo. Segundo diziam, sua faculdade, apelidada de Claustro Vermelho, aceitava apenas partidários da linha dura. Rut era de Akureyri. Ela havia liderado o movimento da juventude de lá e agora cursava literatura russa. Hrafnhildur estudava língua e literatura alemãs, enquanto Emil, do oeste da Islândia, fazia graduação em economia. De uma forma ou de outra, a maioria tinha sido escolhida pelo Partido Socialista da Islândia para ir à Alemanha Oriental com bolsas de estudos. Eles se encontravam à noite para jogar cartas ou ouvir os discos de jazz de Deependra, ou para ir até o bar da região cantar canções islandesas. A universidade tinha um cineclube ativo e eles assistiram a *Encouraçado Potemkin* e discutiram o filme como um veículo de propaganda. Conversavam sobre política com os outros estudantes. O comparecimento era obrigatório nas reuniões e palestras realizadas pela organização de alunos *Freie Deutsche Jugend* — Juventude Alemã Livre, cuja sigla era FDJ —, a única autorizada a atuar na universidade. Todos queriam forjar um mundo novo e melhor.

Todos com exceção de uma pessoa. Hannes estava em Leipzig havia mais tempo do que os demais islandeses, e evitava os outros. Tómas só o viu dois meses depois de ter chegado a Leipzig. Ele conhecia Hannes de Reykjavík: o partido tinha grandes planos para ele. O presidente mencionara seu nome em uma reunião da redação e se referia a ele como alguém com grande potencial para o futuro. Hannes também havia trabalhado como jornalista no jornal do partido, e Tómas ouviu os repórteres contando histórias sobre ele. Tómas tinha visto Hannes falar em reuniões em Reykjavík e ficou impressionado com seu entusiasmo, suas afirmações de como os caubóis belicistas podiam comprar a democracia na Islândia, de como os políticos islandeses eram fantoches nas mãos dos imperialistas americanos. "A democracia neste país nunca vai valer merda nenhuma enquanto o Exército americano espalhar sua sujeira sobre solo islandês!", ele havia gritado, sob aplausos entusiasmados. Em seu primeiro ano na Alemanha Oriental, Hannes tinha escrito uma coluna regular chamada Carta do Oriente, na qual descrevia as maravilhas do sistema comunista, até que seus artigos deixaram de aparecer. Os islandeses na cidade não tinham muito a dizer sobre Hannes. Ele havia se distanciado deles aos poucos e seguido seu caminho. De vez em quando, conversavam sobre isso, mas davam de ombros como se não tivessem nada a ver com o assunto.

Um dia ele encontrou Hannes na biblioteca da universidade. A noite tinha caído, havia poucas pessoas nas mesas, e Hannes estava com a cabeça enterrada nos livros. Fazia frio e ventava muito lá fora. Às vezes o frio era tanto na biblioteca que a respiração das pessoas se transformava em vapor quando elas falavam. Hannes usava um casaco comprido e um chapéu com abas cobrindo as orelhas. A biblioteca tinha sofrido muito durante os ataques aéreos e somente uma parte dela estava sendo utilizada.

"Você não é Hannes?", ele perguntou em um tom amigável. "Nós não nos conhecemos."

Hannes ergueu os olhos de seus livros.

"Eu sou Tómas." Ele estendeu a mão.

Hannes olhou para ele e para a mão estendida, e em seguida voltou a cabeça para os livros.

“Me deixe em paz”, disse.

Tómas ficou surpreso. Não esperava tal recepção de seu compatriota, muito menos desse homem que gozava de grande respeito e que o impressionara tão profundamente.

“Desculpe. Eu não quis perturbá-lo. Claro, você está estudando.”

Em vez de responder, Hannes continuou fazendo anotações, que retirava dos livros abertos à sua frente. Escrevia rapidamente a lápis e usava luvas cortadas nos dedos para manter as mãos quentes.

“Eu só estava pensando se poderíamos tomar um café um dia desses”, continuou Tómas. “Ou uma cerveja.”

Hannes não respondeu. Tómas estava parado ao lado dele, esperando alguma resposta, mas quando viu que isso não ia acontecer, recuou lentamente da mesa e se afastou. Já estava no meio de uma prateleira de livros quando Hannes levantou os olhos e finalmente respondeu.

“Você disse Tómas?”

“Sim, nós não nos conhecemos, mas eu ouvi...”

“Eu sei quem você é”, disse Hannes. “Eu já fui como você. O que você quer de mim?”

“Nada. Só dizer oi. Eu estava sentado ali do outro lado e observei você. Só quis dizer oi. Eu fui a uma reunião uma vez em que você...”

“O que está achando de Leipzig?”, perguntou Hannes, interrompendo-o.

“Um frio de congelar as bolas de uma estátua e comida ruim, mas a universidade é boa, e a primeira coisa que vou fazer quando voltar para a Islândia é uma campanha pela legalização da cerveja.”

Hannes sorriu.

“É verdade, a cerveja é a melhor coisa deste lugar.”

"Talvez pudéssemos tomar uma jarra juntos algum dia", disse Tómas.

"Talvez", disse Hannes, mergulhando de novo nos livros. A conversa deles estava encerrada.

"O que você quis dizer quando falou que já foi como eu?", perguntou Tómas, hesitante. "O que isso quer dizer?"

"Nada", disse Hannes, olhando para cima e examinando-o. Ele hesitou. "Não leve em conta o que eu digo", disse. "É melhor para você."

Confuso, Tómas saiu da biblioteca e foi de encontro ao vento cortante do inverno. No caminho para o dormitório, encontrou Emil e Rut. Eles tinham ido buscar uma encomenda que chegara da Islândia para ela. Era um pacote com comida e os dois estavam radiantes. Ele não mencionou seu encontro com Hannes porque não tinha entendido o que ele dissera.

"Lothar estava procurando você", disse Emil. "Eu disse que você estava na biblioteca."

"Eu não o vi. Sabe o que ele queria?"

"Não faço a menor ideia", disse Emil.

Lothar era o seu contato, seu *Betreuer*. Todo estrangeiro na universidade tinha um contato, que ficava disponível para ajudar. Lothar fez amizade com os islandeses no dormitório. Ofereceu-se para passear com eles pela cidade e mostrar-lhes lugares interessantes. Ele os ajudava na universidade e de vez em quando pagava a conta quando eles iam à Auerbachkeller. Dizia que queria ir à Islândia estudar islandês, e ele falava bem a língua, sabia até cantar os sucessos mais recentes. Dizia que estava interessado nas antigas sagas islandesas, que tinha lido a *Saga de Njáll* e queria traduzi-la.

"Esse é o prédio", disse Rut de repente, e parou. "O escritório é aí. Há celas de prisão lá dentro."

Eles olharam para o edifício. Era uma construção sombria de quatro andares. Tábuas de compensado haviam sido pregadas em todas as janelas do térreo. Ele olhou o nome da rua: Dittriching. Número 24.

"Celas de prisão? Que lugar é esse?", perguntou.

"A polícia de segurança fica aí", disse Emil em voz baixa, como se alguém pudesse ouvi-lo.

"A Stasi", disse Rut.

Ele olhou de novo para o edifício. As luzes pálidas da rua lançavam uma sombra escura sobre as paredes de pedra e as janelas, e um ligeiro arrepio percorreu-lhe o corpo. Sentiu claramente que nunca ia querer entrar naquele lugar, mas na época não tinha como saber o quanto seus desejos na verdade contavam muito pouco.

Suspirou e olhou para o mar, onde um pequeno veleiro passava.

Décadas depois, quando a União Soviética e o comunismo desmoronaram, ele havia retornado ao quartel-general, identificando imediatamente o antigo e nauseante cheiro. O odor produziu nele o mesmo efeito, como na ocasião em que o rato havia ficado preso atrás do fogão do dormitório e eles o assaram sem querer, mais e mais, até o mau cheiro tornar-se insuportável no velho casarão.

8.

Erlendur ficou olhando Marion sentada em uma poltrona na sala, respirando com a ajuda de uma máscara de oxigênio. A última vez que tinha visto sua antiga chefe no DIC fora no Natal, e ele não sabia que depois disso Marion havia adoecido. Perguntando no trabalho, descobriu que décadas de consumo de cigarros haviam arruinado os pulmões de Marion e que uma trombose tinha causado uma paralisia no lado direito, no braço e em parte do rosto. O apartamento estava às escuras, apesar do sol lá fora, e havia uma camada espessa de pó sobre as mesas. Uma enfermeira a visitava uma vez por dia e ela estava saindo quando Erlendur chegou.

Ele se sentou no sofá, de frente para Marion, e observou o estado lamentável em que sua antiga colega se encontrava. Quase não havia mais carne sobre os ossos. A cabeça enorme balançava lentamente acima de um corpo fraco. Todos os ossos do rosto de Marion estavam visíveis, os olhos afundados sob o cabelo amarelado e desgrenhado. Erlendur olhou demoradamente para os dedos com manchas de tabaco e as unhas secas descansando sobre o braço gasto da poltrona. Marion estava dormindo.

A enfermeira tinha deixado Erlendur entrar e ele se sentou em silêncio, esperando Marion acordar. Lembrou-se da primeira vez em que apareceu no DIC para trabalhar, muitos anos antes.

"Qual é o seu problema?", foi a primeira coisa que Marion lhe disse. "Você nunca sorri?"

Ele não soube o que responder. Não sabia o que esperar daquela criatura nanica para quem um Camel era um acessório permanente, sempre envolta em uma fedorenta névoa azul de fumaça.

"Por que você quer investigar crimes?", continuou Marion quando Erlendur não respondeu. "Por que não quis continuar controlando o tráfego?"

"Achei que eu poderia ajudar", disse Erlendur.

Era um escritório pequeno, abarrotado de papéis e arquivos; um cinzeiro grande em cima da mesa estava cheio de bitucas de cigarro. O ar era denso e esfumaçado lá dentro, mas Erlendur não se importou. Pegou um cigarro.

"Você tem algum interesse particular por crimes?", perguntou Marion.

"Algum", disse Erlendur, procurando uma caixa de fósforos nos bolsos.

"Algum?"

"Estou interessado em pessoas desaparecidas", disse Erlendur.

"Pessoas desaparecidas? Por quê?"

"Sempre me interessei. Eu..." Erlendur fez uma pausa.

"O quê? O que você ia dizer?" Marion fumava um cigarro atrás do outro e acendeu mais um Camel com uma bituca pequena e ainda brilhando quando foi parar no cinzeiro. "Vá direto ao ponto! Se a trabalho você ficar fazendo rodeio para dizer as coisas, eu não vou querer nada com você. Pode ir falando!"

"Acho que os desaparecimentos podem ter mais a ver com crimes do que as pessoas imaginam", disse Erlendur. "Não tenho nada para sustentar essa ideia. É apenas um palpite."

Erlendur desligou-se de repente dessa lembrança. Olhou para Marion inalando o oxigênio. Olhou através da janela da sala. Apenas um palpite, ele pensou.

Os olhos de Marion Briem se abriram devagar e observaram Erlendur no sofá. Seus olhares se encontraram e Marion removeu a máscara de oxigênio.

"Todo mundo se esqueceu daqueles malditos comunistas?", disse Marion com uma voz rouca, arrastada, a boca retorcida pela trombose.

"Como você está se sentindo?", perguntou Erlendur.

Marion deu um sorriso rápido. Ou talvez fosse uma careta.

"Vai ser um milagre se eu durar mais um ano."

"Por que não me contou?"

"De que adiantaria? Você pode me arrumar novos pulmões?"

"Câncer?"

Marion assentiu.

"Você fumou demais", disse Erlendur.

"O que eu não daria por um cigarro", disse Marion.

Marion colocou a máscara de volta e ficou olhando para Erlendur, como que esperando que ele tirasse o maço de cigarros do bolso. Erlendur balançou a cabeça. A televisão estava ligada em um canto, e os olhos da paciente com câncer brilharam na direção da tela. A máscara foi abaixada novamente.

"Como está indo com o esqueleto? Todo mundo se esqueceu dos comunistas?"

"O que é toda essa conversa sobre os comunistas?"

"O seu chefe veio aqui ontem me dizer olá, ou talvez adeus. Nunca fui com a cara daquele convencido. Não entendo por que você não quer ser um desses chefes. Qual é a explicação? Você pode me dizer? Você estaria fazendo metade do que faz e ganhando o dobro do dinheiro há séculos."

"Não há explicação", disse Erlendur.

"Ele deixou escapar que o esqueleto estava amarrado a um rádio transmissor russo."

"Isso mesmo. Achamos que é russo e que é um rádio transmissor."

"Você não vai me dar um cigarro?"

"Não."

"Eu não tenho muito mais tempo. Você acha que vai fazer diferença?"

"Comigo você não vai conseguir um cigarro. Foi por isso que você telefonou? Porque assim eu poderia acabar de vez com você? Por que você simplesmente não me pede para meter uma bala na sua cabeça?"

"Você faria isso por mim?"

Erlendur sorriu, e o rosto de Marion se iluminou por um instante.

"O derrame foi o pior. Eu falo como uma idiota e não consigo mexer a mão."

"Que conversa fiada é essa sobre os comunistas?"

"Foi alguns anos antes de você se juntar a nós. Quando foi mesmo?"

"Em 1977", respondeu Erlendur.

"Você disse que estava interessado em pessoas desaparecidas, eu me lembro", disse Marion Briem, o corpo estremecendo. Ela recolocou a máscara de oxigênio e recostou-se, com os olhos fechados. Um longo tempo se passou. Erlendur olhou ao redor na sala. O ambiente fazia com que ele se lembrasse, desconfortavelmente, de seu próprio apartamento.

"Você quer que eu chame alguém?"

"Não, não chame ninguém", pediu Marion, tirando a máscara. "Depois você pode me ajudar a fazer um café para nós. Eu só preciso reunir as minhas forças. Mas com certeza você se lembra. Quando encontramos aqueles aparelhos."

"Que aparelhos?"

"No lago Kleifarvatn. Será que ninguém se lembra de mais nada?"

Marion olhou para ele e com voz fraca começou a recontar a história dos aparelhos do lago; de repente Erlendur entendeu do que sua antiga chefe estava falando. Ele se lembrava do assunto apenas vagamente e de maneira alguma ligara aquilo ao esqueleto no lago, embora devesse ter percebido logo.

No dia 10 de setembro de 1973, o telefone tocou na delegacia de polícia em Hafnarfjördur. Dois homens-rãs de Reykjavík — "Eles não são mais chamados de homens-rãs", disse Marion, rindo com doloroso esforço — haviam descoberto por acaso uma pilha de equipamentos no lago. Estava a uma profundidade de dez metros. Logo ficou claro que a maior parte deles era russa e que as letras em cirílico tinham sido raspadas. Engenheiros de telefonia foram chamados para examinar a descoberta e determinaram que se tratava de uma variedade de aparelhos de telecomunicações e de escuta.

"Havia uma porção de coisas", disse Marion Briem. "Gravadores de fita, aparelhos de rádio, transmissores."

"O caso era seu?"

"Eu estava no lago quando eles pescaram tudo de lá, mas não encarregada da investigação. O caso recebeu um monte de publicidade. Foi no auge da Guerra Fria, e ficou evidente que estava ocorrendo espionagem russa na Islândia. Claro, os americanos também espionavam, mas eles eram uma nação amiga. A Rússia era o inimigo."

"Transmissores?"

"Sim. E receptores. Descobriu-se que alguns estavam ajustados para o comprimento de onda da base americana de Keflavík."

"Então você está associando o esqueleto no lago com esse equipamento?"

"O que você acha?", disse Marion Briem, fechando os olhos novamente.

"Parece bastante razoável."

"Tenha isso em mente", disse Marion com uma expressão de cansaço no rosto.

"Há alguma coisa que eu possa fazer por você?", perguntou Erlendur. "Quer que eu traga alguma coisa?"

"Às vezes assisto filmes de faroeste", disse Marion após uma longa pausa, ainda sentada de olhos fechados.

Erlendur não teve certeza de ter ouvido bem.

"Filmes de faroeste? Você está falando de filmes de caubói?"

"Você poderia me trazer um bom faroeste?"

"O que é um bom faroeste?"

"John Wayne", disse Marion, a voz desaparecendo.

Erlendur permaneceu sentado ao lado de Marion por mais algum tempo, para o caso de sua antiga chefe acordar de novo. Era quase meio-dia. Ele foi até a cozinha, fez café e serviu duas xícaras. Lembrou que Marion bebia café preto sem açúcar, como ele, e colocou uma delas ao lado da poltrona. Não soube mais o que fazer.

Naquela tarde Sigurdur Óli foi até o escritório de Erlendur. O homem tinha ligado novamente no meio da noite, anunciando que ia cometer suicídio. Sigurdur Óli tinha enviado um carro de polícia à casa dele, mas não havia ninguém lá. O homem morava sozinho em uma pequena casa. Seguindo as ordens de

Sigurdur Óli, os policiais arrombaram a porta, mas não encontraram ninguém.

"Ele me telefonou de novo hoje de manhã", disse em seguida Sigurdur Óli. "Ele tinha voltado para casa. Não aconteceu nada, mas estou ficando um pouco cansado dele."

"É aquele que perdeu a mulher e o filho?"

"É. Inexplicavelmente, ele se culpa e se recusa a ouvir qualquer coisa em contrário."

"Foi pura coincidência, não foi?"

"Não na cabeça dele."

Sigurdur Óli tinha sido temporariamente designado para investigar acidentes de estrada. Um Range Rover havia batido em um carro no cruzamento da rua Breidholt, matando uma mãe e sua filha de cinco anos que estava no banco de trás, usando cinto. O motorista do Range Rover, bêbado, tinha cruzado o sinal vermelho. O carro das vítimas era o último de uma longa fila que passava pelo cruzamento no exato momento em que o Range Rover atravessou o farol vermelho. Se a mãe tivesse esperado o próximo sinal verde, o Range Rover teria seguido seu caminho sem causar nenhum dano. O motorista bêbado provavelmente teria causado um acidente em outro lugar, mas não naquele cruzamento.

"Mas é exatamente assim que a maioria dos acidentes acontecem", disse Sigurdur Óli a Erlendur. "Coincidências incríveis. Isso é o que o homem não entende."

"A consciência dele está matando-o", disse Erlendur. "Você devia demonstrar alguma compreensão."

"Compreensão? Ele me liga em casa no meio da noite. Como posso demonstrar mais compreensão?"

A mulher tinha ido fazer compras com a filha no supermercado em Smáralind. Estava no caixa quando o marido ligou para o celular dela, pedindo que levasse uma caixa de morangos. Ela fez isso, o que a atrasou por alguns minutos. O homem estava convencido de que, se ele não tivesse telefonado, ela não estaria no cruzamento no momento em que o Range Rover passou. Então culpava a si mesmo. O acidente tinha acontecido porque ele ligara para ela.

A cena do acidente foi horrível. Rasgado ao meio, o carro da mulher teve perda total. O Range Rover havia saído da pista. O motorista sofreu traumatismo craniano grave e múltiplas fraturas, e estava inconsciente quando a ambulância o levou. A mãe e a filha morreram na hora. Foi preciso cortar as ferragens para retirá-las dos destroços. O sangue escorreu pela rua.

Sigurdur Óli foi com um padre levar a notícia para o marido. O carro estava registrado no nome dele. Ele estava começando a ficar preocupado com a demora da mulher e da filha e entrou em choque quando viu Sigurdur Óli e o padre em sua porta. Quando lhe disseram o que tinha acontecido, teve uma crise nervosa e eles chamaram um médico. Desde então, em diversas ocasiões, ele havia telefonado para Sigurdur Óli, que se tornara uma espécie de confidente, embora contra sua vontade.

"Eu não quero ser o maldito confessor dele", gemeu Sigurdur Óli. "Mas o sujeito não me deixa em paz. Liga à noite e fala sobre se matar! Por que ele não liga para o padre? Ele estava lá também."

"Fala para ele ir consultar um psiquiatra."

"Ele já faz isso."

"É claro que é impossível você se colocar no lugar dele", afirmou Erlendur. "Ele deve estar se sentindo péssimo."

"É", disse Sigurdur Óli.

"Ele está pensando em suicídio?"

"É o que ele diz. E é bem capaz de fazer algo estúpido. Eu simplesmente não quero ser incomodado com tudo isso."

"O que Bergthóra acha?"

"Ela acha que eu posso ajudá-lo."
"Morangos?"
"Eu sei. Estou sempre dizendo a ele. É ridículo."

9.

Sentado, Erlendur ouvia um relato sobre alguém que tinha desaparecido na década de 1960. Sigurdur Óli estava com ele. Desta vez era um homem de quase quarenta anos.

Um exame preliminar do esqueleto indicou que o corpo em Kleifarvatn era de um homem entre trinta e cinco e quarenta anos. Com base na idade do aparelho russo encontrado com ele, o homem fora deixado no lago depois de 1961. Foi feito um estudo detalhado da caixa preta descoberta embaixo do esqueleto. Era um dispositivo de escuta — conhecido na época como um receptor de micro-ondas — que conseguia interceptar a frequência utilizada pela Otan em 1960. O ano de fabricação, 1961, mal limado, podia ser visto, e as inscrições, que ainda precisavam ser decifradas, estavam claramente em russo.

Erlendur examinou matérias jornalísticas de 1973 sobre equipamentos russos encontrados no lago Kleifarvatn, e a maior parte do que Marion Briem lhe contara coincidia com esses textos. Os aparelhos tinham sido descobertos em uma profundidade de dez metros perto do cabo Geirshöfdi, a certa distância de onde o esqueleto fora encontrado. Ele contou isso a Sigurdur Óli e a Elínborg e os três discutiram se poderia haver alguma ligação com o esqueleto. Elínborg achou que era óbvio. Se a polícia tivesse explorado com mais cuidado quando encontraram os equipamentos russos, eles poderiam ter encontrado o corpo.

De acordo com os relatórios policiais da época, os mergulhadores tinham visto uma limusine preta na estrada para Kleifarvatn quando estiveram lá. Eles imediatamente pensaram que fosse um carro diplomático. A embaixada soviética não respondeu a perguntas sobre o caso, nem outros representantes do Leste Europeu em Reykjavík. Erlendur encontrou um breve relatório atestando que os equipamentos eram russos. Entre os aparelhos, havia dispositivos de escuta com um alcance de cento e sessenta quilômetros, provavelmente utilizados para interceptar conversas telefônicas em Reykjavík e ao redor da base de Keflavík. Os dispositivos provavelmente datavam da década de 1960 e usavam válvulas que haviam se tornado obsoletas com a tecnologia de transistores. Eram alimentados por baterias pequenas e cabiam em malas comuns.

A mulher sentada diante deles estava perto dos setenta anos, mas tinha envelhecido bem. Ela e seu companheiro não haviam tido filhos até a época do desaparecimento repentino dele. Não eram casados, mas tinham conversado sobre a ideia de ir ao cartório. Ela não vivera com mais ninguém desde então, contou timidamente, porém com um leve tom de arrependimento na voz.

"Ele era tão bom...", disse a mulher, "eu sempre achei que ele fosse voltar. Era melhor acreditar nisso do que pensar que ele estava morto. Eu não podia aceitar essa ideia. E nunca aceitei."

Eles tinham encontrado um pequeno apartamento e planejavam ter filhos. Ela trabalhava em uma loja de laticínios. Isso foi em 1968.

"Você se lembra delas", ela disse para Erlendur. "Talvez você também se lembre", acrescentou, dirigindo-se a Sigurdur Óli. "Eram lojas de laticínios especiais que só vendiam leite, coalhada, coisas assim. Nada além de laticínios."

Erlendur assentiu em silêncio. Sigurdur Óli já havia perdido o interesse.

O companheiro tinha dito que iria buscá-la no trabalho, como fazia todos os dias, mas ela ficou esperando sozinha na frente da loja.

"Já faz mais de trinta anos", disse ela, olhando para Erlendur, "e eu sinto como se ainda estivesse esperando em pé na frente da loja. Todos esses anos. Ele sempre foi pontual e me lembro que depois de dez minutos pensei como ele estava atrasado, voltei a pensar nisso depois de quinze minutos e de novo depois de meia hora. Eu me lembro de como a espera foi infinitamente longa. Era como se ele tivesse me esquecido."

Ela suspirou.

"Mais tarde, foi como se ele nunca tivesse existido."

Eles tinham lido os relatórios. Ela comunicou o desaparecimento dele no começo da manhã seguinte. A polícia foi à sua casa. Ele foi dado como desaparecido nos jornais, no rádio e na televisão. A polícia disse a ela que certamente ele iria voltar logo. Perguntaram se ele bebia ou se já tinha desaparecido daquele jeito alguma vez, se ela sabia de outra mulher na vida dele. Ela negou todas essas sugestões, mas as perguntas fizeram-na pensar no homem de forma diferente. Será que havia outra mulher? Será que em algum momento ele tinha sido infiel? Ele era um vendedor que percorria todo o país. Vendia equipamentos e máquinas agrícolas, tratores, equipamentos para forragem, escavadoras e máquinas de terraplenagem, e viajava muito. Nas viagens mais longas, várias semanas seguidas. Ele tinha acabado de voltar de uma quando desapareceu.

"Eu não sei o que ele poderia estar fazendo em Kleifarvatn", ela disse, olhando de um detetive para outro. "Nunca fomos lá."

Eles não tinham contado a ela sobre o equipamento soviético de espionagem nem sobre o crânio com um buraco; apenas que um esqueleto fora encontrado onde o lago havia secado e que eles estavam investigando pessoas que haviam desaparecido em um período específico.

"O carro da senhora foi encontrado dois dias depois, fora da estação rodoviária", disse Sigurdur Óli.

"Ninguém lá reconheceu meu companheiro pelas descrições", disse a mulher. "Eu não tinha fotos dele. Nem ele tinha foto minha. Não fazia muito tempo que estávamos juntos e não possuíamos uma câmera. Nunca saímos juntos. Não é nessas ocasiões que as pessoas usam as câmeras?"

"E no Natal", disse Sigurdur Óli.

"É, no Natal", ela concordou.

"E os pais dele?"

"Eles tinham morrido fazia tempo. Ele passou muitos anos no exterior. Trabalhou em navios mercantes e morou na Grã-Bretanha e na França. Ele tinha um leve sotaque por ter ficado fora durante tanto tempo. Entre o momento em que ele desapareceu e o instante em que o carro foi encontrado, cerca de trinta ônibus partiram da rodoviária em direção a toda a Islândia, mas nenhum motorista soube dizer se ele era um dos passageiros. Acharam que não. Os policiais estavam certos de que alguém teria percebido se ele tivesse entrado em um dos ônibus, mas sei que eles apenas tentaram me consolar. Acho que imaginaram que meu companheiro tinha ido para alguma farra na cidade e que iria acabar aparecendo. Contaram que esposas preocupadas às vezes chamavam a polícia quando seus maridos estavam fora, bebendo."

A mulher ficou em silêncio.

"Eu não acho que eles tenham investigado com muito cuidado", disse por fim. "Não senti que eles estavam particularmente interessados no caso."

"Por que a senhora acha que ele levou o carro até a estação rodoviária?", perguntou Erlendur. Ele notou que Sigurdur Óli tinha anotado a observação sobre o trabalho da polícia.

"Não tenho a menor ideia."

"A senhora acha que outra pessoa poderia ter levado o carro para lá? Para despistar a senhora ou a polícia? Para que as pessoas pensassem que ele tinha saído da cidade?"

"Não sei. É claro que eu não parava de me perguntar se ele não teria, afinal, sido morto, mas eu não entendo quem poderia ter feito isso, e muito menos por quê. Eu simplesmente não consigo entender."

"Muitas vezes é apenas uma coincidência", disse Erlendur. "Nem sempre é preciso haver uma explicação. Na Islândia quase nunca há um motivo real por trás de um assassinato. Ou é um acidente, ou uma decisão precipitada, não premeditada, e na maioria dos casos ele é cometido sem nenhuma razão óbvia."

De acordo com os relatórios da polícia, o homem tinha saído cedo naquele dia para uma viagem curta de vendas e pretendia voltar para casa depois. Um fazendeiro perto de Reykjavík estava interessado em adquirir um trator e ele planejava ir até lá para tentar concluir o negócio. O agricultor disse que o vendedor não apareceu. Esperou por ele o dia todo, mas ele nunca mais o procurou.

"Tudo parece perfeito, e então ele faz a si mesmo desaparecer", disse Sigurdur Óli. "O que a senhora acha que pode ter acontecido?"

"Ele não desapareceu porque quis", retorquiu a mulher. "Por que você diz isso?"

"Me desculpe", disse Sigurdur Óli. "Claro que não. Ele desapareceu. Desculpe."

"Não sei", disse a mulher. "Ele ficava um pouco deprimido às vezes, silencioso, fechado. Talvez se tivéssemos tido filhos... Talvez tudo fosse diferente se tivéssemos tido filhos."

Eles ficaram em silêncio. Erlendur imaginou a mulher esperando do lado de fora da loja de laticínios, ansiosa e decepcionada.

"Por acaso ele estava em contato com alguma embaixada em Reykjavík?", perguntou Erlendur.

"Embaixada?"

"Sim, embaixada", disse Erlendur. "Ele tinha alguma ligação com as embaixadas, especialmente as do Leste Europeu?"

"De jeito nenhum", respondeu a mulher. "Eu não entendo... o que você quer dizer?"

"Ele não conhecia ninguém das embaixadas, nem tinha trabalhado para elas ou algo assim?"

"Não, com certeza não, ou pelo menos não depois que o conheci. Não que eu soubesse."

"Que tipo de carro vocês tinham?", perguntou Erlendur. Ele não conseguia se lembrar do modelo que constava nos arquivos.

A mulher ficou pensando. Aquelas perguntas estranhas a estavam confundindo.

"Era um Ford", disse. "Acho que era chamado de Falcon."

"Pelo que dizem os arquivos do caso, parece que dentro do carro não foi encontrada nenhuma pista do desaparecimento dele."

"Não, eles não conseguiram encontrar nada. Uma das calotas havia sido roubada, apenas isso."

"Em frente da estação rodoviária?", perguntou Sigurdur Óli.

"Foi o que eles pensaram."

"Uma calota?"

"Sim."

"O que aconteceu com o carro?"

"Eu vendi. Estava precisando de dinheiro. Nunca tive muito dinheiro."

Ela se lembrava da placa e mecanicamente repetiu o número para eles. Sigurdur Óli anotou. Erlendur fez um gesto para ele, se levantou e agradeceu a ela por tê-los recebido. A mulher permaneceu imóvel na poltrona. Ele pensou como ela devia estar se sentindo solitária.

"De onde vinham todas as máquinas que ele vendia?", perguntou Erlendur, apenas para dizer alguma coisa.

"As máquinas agrícolas? Vinham da Rússia e da Alemanha Oriental. Ele dizia que não eram tão boas quanto o material americano, mas que eram muito mais baratas."

Erlendur não conseguia imaginar o que Sindri Snaer queria dele. Seu filho era completamente diferente de sua irmã Eva, que achava que Erlendur não tinha lutado o suficiente por seu direito de ver os filhos. Os dois nunca teriam sabido que ele existia se a mãe não vivesse falando mal dele. Quando Eva cresceu, foi ao encalço do pai e despejou sua raiva sem dó. Sindri Snaer não pareceu ter o mesmo propósito. Ele não perturbou Erlendur com a ideia de que o pai havia destruído a família nem o condenou por não ter demonstrado nenhum interesse por ele e por Eva quando eles eram apenas crianças que acreditavam que o pai era mau por tê-los abandonado.

Quando Erlendur chegou em casa, Sindri estava cozinhando espaguete. Ele tinha arrumado a cozinha, o que significava que havia jogado fora algumas caixas de comida congelada para micro-ondas, lavado dois garfos e limpado a máquina de café por dentro e por fora. Erlendur entrou na sala e assistiu ao noticiário na televisão. O esqueleto do lago Kleifarvatn foi a quinta notícia. A polícia havia tomado o cuidado de não mencionar o equipamento soviético.

Sentaram-se em silêncio, comendo o macarrão. Erlendur picava-o com o garfo e espalhava manteiga sobre ele, enquanto Sindri franzia os lábios e chupava-o com ketchup. Erlendur perguntou a ele como estava sua mãe, e Sindri disse que não tinha notícias dela desde que chegara à cidade. Um programa de entrevistas estava começando na televisão. Uma estrela pop contava seus triunfos na vida.

"Eva me falou no Ano-Novo que você teve um irmão que morreu", disse Sindri de repente, limpando a boca com um pedaço de papel toalha.

"Isso mesmo", respondeu Erlendur depois de pensar um pouco. Ele não esperava por aquilo.

"Eva disse que isso teve um grande efeito sobre você."

"É isso mesmo."

"E que explica um pouco como você é."

"Explica como eu sou? Eu não sei como eu sou. Nem Eva!"

Eles continuaram comendo, Sindri sugando o espaguete e Erlendur lutando para equilibrar os pedaços no garfo. Pensou que iria comprar um pouco de mingau de aveia e *haggis* temperado na próxima vez que passasse por uma mercearia.

"Não é minha culpa", disse Sindri.

"O quê?"

"Que eu mal saiba quem você é."

"Não", disse Erlendur. "Não é culpa sua."

Eles comeram em silêncio. Sindri pousou o garfo e limpou a boca com o papel toalha novamente. Levantou-se, pegou uma caneca de café, encheu-a com água da torneira e se sentou à mesa.

"Ela disse que ele nunca foi encontrado."

"É isso mesmo, ele nunca foi encontrado", disse Erlendur.

"Então ele ainda está lá em cima?"

Erlendur parou de comer e pousou o garfo.

"Acho que sim", disse, olhando o filho nos olhos. "Aonde você quer chegar com isso?"

"Às vezes você o procura?"

"Se eu o procuro?"

"Você ainda está procurando por ele?"

"O que você quer de mim, Sindri?", perguntou Erlendur.

"Eu estava trabalhando lá no leste. Em Eskifjördur. Eles não sabiam que nós...", Sindri buscou a palavra certa, "... que nós nos conhecíamos, mas depois que Eva me contou sobre esse negócio com o seu irmão comecei a perguntar para os moradores de lá, para as pessoas mais velhas, que estavam trabalhando na fábrica de peixe comigo."

"Você começou a perguntar sobre mim?"

"Não diretamente. Não sobre você. Perguntei sobre os velhos tempos, sobre as pessoas que moraram lá e os fazendeiros. Seu pai era um fazendeiro, não era? Meu avô."

Erlendur não respondeu.

"Alguns se lembram bem", disse Sindri.

"Lembram do quê?"

"Dos dois meninos que subiram para as montanhas com seu pai, e o menino mais novo que morreu. E que a família se mudou para Reykjavík depois."

"Com quem você esteve falando?"

"Pessoas que moram lá no leste."

"Você estava me espionando?", perguntou Erlendur, irritado.

"Eu não estava espionando você de jeito nenhum", disse Sindri. "Eva Lind me contou a história e eu perguntei às pessoas sobre o que aconteceu."

Erlendur afastou o prato.

"E o que aconteceu?"

"O tempo estava maluco. Seu pai chegou em casa e a equipe de resgate foi chamada. Você foi encontrado enterrado em um monte de neve. Seu pai não participou das buscas. As pessoas disseram que ele se afundou na autopiedade e que depois saiu dos trilhos."

"Saiu dos trilhos?", disse Erlendur com raiva. "Besteira."

"Sua mãe era muito mais durona", continuou Sindri. "Ela saiu procurando com a equipe de resgate todos os dias. E muito tempo depois também. Até vocês se mudarem de lá dois anos depois. Ela estava sempre indo para os pântanos procurar o filho. Era uma obsessão para ela."

"Ela queria enterrá-lo", disse Erlendur. "Se é que se pode chamar isso de obsessão."

"As pessoas me contaram sobre você também."

"Você não devia dar ouvidos a fofocas."

"Elas disseram que o irmão mais velho, o que foi resgatado, voltava à região regularmente e caminhava pelas montanhas e pântanos. Podiam se passar anos entre uma visita e outra, e ele não era visto durante um longo tempo. Mesmo assim, eles sempre o esperavam por lá. Ele vem sozinho, com uma barraca, aluga alguns cavalos e vai para as montanhas. Retorna uma semana ou dez dias depois, talvez quinze dias e em seguida vai embora. Ele nunca fala com ninguém, a não ser quando aluga os cavalos, e mesmo assim não diz muita coisa."

"As pessoas lá no leste ainda falam sobre isso?"

"Acho que não", disse Sindri. "Não muito. Eu é que estava curioso e conversei com pessoas que se lembravam do que aconteceu. Lembravam de você. Eu falei com o fazendeiro que aluga os cavalos para você."

"Por que você fez tudo isso? Você nunca..."

"Eva Lind disse que passou a entendê-lo melhor depois que você contou tudo a ela. Ela sempre quer falar sobre você. Eu nunca fiquei pensando em você, de jeito nenhum. Não consigo entender o que você representa para ela. Você não tem a menor importância para mim. E eu não tenho problemas com isso. Estou bem por não precisar de você. Nunca precisei. Eva precisa de você. Ela sempre precisou."

"Eu tenho tentado fazer o que posso por Eva", disse Erlendur.

"Eu sei. Ela me disse. Às vezes, ela acha que você está interferindo, mas acho que ela entende o que você está tentando fazer por ela."

"Restos humanos podem ser encontrados uma geração mais tarde", afirmou Erlendur. "Mesmo centenas de anos depois. Por puro acaso. Existem muitas histórias sobre isso."

"Tenho certeza que sim", disse Sindri, olhando para as prateleiras de livros. "Eva disse que você se sentiu responsável pelo que aconteceu com ele. Que você o soltou. É por isso que você costuma ir para o leste procurá-lo?"

"Eu acho que..."

Erlendur parou.

"É a sua consciência?", perguntou Sindri.

"Não sei se é a minha consciência", disse Erlendur com um sorriso vago.

"Mas você nunca o encontrou."

"Não", disse Erlendur.

"É por isso que você continua voltando."

"Eu gosto de ir para o leste. Mudar de ambiente. Ficar um pouco sozinho."

"Eu vi a casa em que você morou. Está abandonada há séculos."

"Está", disse Erlendur. "Há muito tempo. Uma parte dela desabou. Às vezes eu faço planos para transformá-la em uma casa de veraneio, mas..."

"É no meio do nada."

Erlendur olhou para Sindri.

"É bom dormir lá", disse Erlendur. "Com os fantasmas."

Quando se deitou para dormir naquela noite, pensou nas palavras de seu filho. Sindri estava certo. Ele tinha ido para o leste por vários verões para procurar seu irmão. Não conseguia explicar por quê, além da razão óbvia: encontrar seus restos mortais e encerrar o assunto, muito embora, no fundo, soubesse que encontrar alguma coisa àquela altura era uma esperança vã. Na primeira e na última noite, ele sempre dormia na velha casa abandonada. Dormia no chão da sala olhando para o céu através das janelas quebradas e pensando nos velhos tempos em que tinha se sentado naquela mesma sala com sua família e parentes ou vizinhos. Olhou para a porta cuidadosamente pintada e viu sua mãe chegando com um bule de café e enchendo as xícaras dos convidados na luz suave da sala. Seu pai, no batente da porta, sorria por algo que tinha sido dito. Seu irmão foi até ele, tímido por causa dos convidados, e perguntou se podia comer outra rosca. Ele, sozinho perto da janela, olhava para os cavalos lá fora. Alguns cavaleiros tinham parado por ali, alegres e barulhentos.

Aqueles eram os seus fantasmas.

10.

Marion Briem parecia um pouco mais animada quando Erlendur passou por lá na manhã seguinte. Ele tinha conseguido arrumar um faroeste de John Wayne. Chamava-se *Rastros de ódio* e pareceu animar Marion, que lhe pediu para colocá-lo no videocassete.

"Desde quando você assiste faroestes?", perguntou Erlendur.

"Eu sempre gostei de faroestes", disse Marion. A máscara de oxigênio estava na mesa ao lado da poltrona na sala. "Os melhores contam histórias simples de pessoas simples. Você iria gostar desse tipo de coisa. Histórias de caubóis. Um matuto como você."

"Eu nunca fui fã de cinema."

"Algum progresso com o caso de Kleifarvatn?", perguntou Marion.

"O que significa um esqueleto, provavelmente da década de 1960, ser encontrado amarrado a um dispositivo de escuta russo?", perguntou Erlendur.

"Não existe apenas uma possibilidade?", sugeriu Marion.

"Espionagem?"

"Sim."

"Você acha que poderia ser um espião islandês de verdade no lago?"

"Quem falou que ele é islandês?"

"Não seria uma suposição bem evidente?"

"Não há nada que diga que ele é islandês", disse Marion, explodindo de repente em um ataque de tosse e com respiração ofegante. "Me passa o oxigênio, eu me sinto melhor quando tenho o oxigênio."

Erlendur pegou a máscara, colocou-a no rosto de Marion e ligou o cilindro de oxigênio. Perguntou-se se deveria chamar uma enfermeira ou mesmo um médico. Marion pareceu ler seus pensamentos.

"Relaxe. Eu não preciso de mais ajuda. A enfermeira vem mais tarde."

"Eu não deveria estar cansando você desse jeito."

"Não vá ainda. Você é o único visitante com quem eu ainda quero conversar. E o único que talvez possa me dar um cigarro."

"Eu não vou lhe dar um cigarro."

Ficaram em silêncio até Marion remover a máscara novamente.

"Será que houve algum espião islandês durante a Guerra Fria?", perguntou Erlendur.

"Eu não sei", disse Marion. "O que eu sei é que havia pessoas tentando fazer os islandeses se tornar espiões. Me lembro de um sujeito que nos procurou dizendo que os russos não o deixavam em paz." Os olhos de Marion se fecharam. "Foi uma história barata de espionagem, mas muito islandesa, é claro."

Os russos entraram em contato com o homem e lhe perguntaram se iria ajudá-los. Eles precisavam de informações sobre a base de Keflavík e seus edifícios. Os russos levavam o assunto a sério e queriam encontrar o homem em um lugar isolado, fora da cidade. Ele os achou muito insistentes e não conseguia se livrar deles. Embora se recusasse a fazer o que lhe pediram, eles continuaram insistindo, e no fim ele acabou cedendo. Mas entrou em contato com a polícia, e uma armadilha simples foi montada. Quando o homem partiu para se encontrar com os russos no lago Hafravatn, havia dois policiais no carro com ele, escondidos debaixo de um cobertor. Outros policiais se posicionaram nas proximidades. Os russos não suspeitaram de nada, até que os policiais saíram do carro do homem e os prenderam.

"Eles foram deportados", disse Marion, com um sorriso condoído por pensar nas tentativas amadoras de espionagem dos russos. "Sempre vou me lembrar do nome deles: Kisilev e Dimitriev."

"Eu queria saber se você se lembra de alguém de Reykjavík que desapareceu na década de 1960", disse Erlendur. "Um homem que vendia máquinas agrícolas. Ele não compareceu a uma reunião com um agricultor nos arredores da cidade, e nunca mais foi visto."

"Eu me lembro muito bem disso. Foi Níels quem cuidou do caso. Aquele desgraçado preguiçoso."

"É mesmo", disse Erlendur, que conhecia Níels. "O homem tinha um Ford Falcon, que foi encontrado fora da rodoviária. Estava sem uma das calotas."

"Ele não queria apenas escapar da sua garota? Pelo que me lembro, foi essa a nossa conclusão. Que ele se matou."

"Pode ser", disse Erlendur.

Os olhos de Marion se fecharam novamente. Erlendur ficou sentado no sofá em silêncio por algum tempo, assistindo ao filme, enquanto Marion dormia. A sinopse na caixa do vídeo dizia que John Wayne era um confederado veterano da Guerra Civil caçando índios que mataram seu irmão e sua cunhada e que sequestraram sua sobrinha. O soldado passou anos procurando a menina, e quando finalmente a encontrou ela tinha esquecido suas origens e se tornado uma índia.

Depois de vinte minutos, Erlendur se levantou e se despediu de Marion, que ainda dormia sob a máscara.

Quando chegou à delegacia, Erlendur sentou-se com Elínborg, que escrevia sua fala para o lançamento do livro. Sigurdur Óli estava na sala dela também. Ele contou que havia traçado o histórico de donos do Falcon até o proprietário mais recente.

"Ele vendeu o carro a um comerciante de peças de Kópavogur antes de 1980", disse Sigurdur Óli. "A empresa ainda está na ativa. Mas eles não atendem o telefone. Talvez estejam em férias."

"Alguma novidade da perícia sobre o dispositivo de escuta?", perguntou Erlendur, e ele percebeu que Elínborg movia os lábios enquanto olhava para a tela do computador, como se estivesse ensaiando o discurso para ver como ele ia soar.

"Elínborg!", ele disse em voz alta.

Ela levantou um dedo para que ele esperasse.

"... E espero que este meu livro", ela leu em voz alta na tela, "traga a vocês um infinito prazer na cozinha e amplie seus horizontes. Tentei mantê-lo puro e simples, tentei enfatizar o espírito familiar, porque culinária e cozinha são o ponto focal..."

"Muito bom", disse Erlendur.

"Espere", disse Elínborg, "... o ponto focal de todo bom lar onde a família se reúne todos os dias para relaxar e desfrutar de momentos felizes."

"Elínborg", disse Sigurdur Óli.

"Está muito sentimental?", perguntou Elínborg, fazendo uma careta.

"Dá vontade de vomitar", disse Sigurdur Óli.

Elínborg olhou para Erlendur.

"O que a perícia disse sobre o equipamento?", perguntou ele.

"Eles ainda estão examinando", respondeu Elínborg. "Estão tentando entrar em contato com especialistas da Telecom da Islândia."

"Eu estava pensando sobre todos os equipamentos que eles encontraram no Kleifarvatn anos atrás", disse Sigurdur Óli, "e agora este amarrado ao esqueleto. Não deveríamos conversar com algum coroa do corpo diplomático?"

"Sim, descubra com quem podemos falar", disse Erlendur. "Alguém que se lembre da Guerra Fria."

"Estamos falando sobre espionagem na Islândia?", perguntou Elínborg.

"Não sei", respondeu Erlendur.

"Não é muito absurdo?", comentou Elínborg.

"Não mais do que 'onde a família se reúne todos os dias para relaxar e desfrutar de momentos felizes'", disse Sigurdur Óli, imitando o jeito de Elínborg falar.

"Ah, cala a boca", disse Elínborg, apagando o que havia escrito.

Havia carros destruídos atrás de uma grande cerca, alguns montes com até seis. Viam-se veículos completamente destroçados, outros apenas velhos e muito usados. O revendedor de peças se parecia com eles, um homem cansado beirando os sessenta anos, com um macacão rasgado e sujo que um dia tinha sido azul-claro. Ele estava arrancando o para-choque dianteiro de um carro novo japonês que havia sido atingido por trás e ficara amassado como uma sanfona até os bancos da frente.

Erlendur ficou parado avaliando os destroços, até que o homem olhou para cima.

"Um caminhão entrou na traseira dele", disse. "Por sorte não havia ninguém no banco de trás."

"E era um carro novinho", disse Erlendur.

"O que você está procurando?"

"Estou atrás de um Ford Falcon preto", respondeu Erlendur. "Ele foi vendido ou doado para este ferro-velho por volta de 1980."

"Um Ford Falcon?"

"Eu sei que não há muita esperança, é claro...", disse Erlendur.

"Já seria um carro velho quando chegou aqui", disse o homem, tirando um pano para limpar as mãos. "Eles pararam de fazer Falcons em torno de 1970, talvez antes."

"Quer dizer que ele não teria nenhuma utilidade para você?"

"Quase todos os Falcons saíram das ruas bem antes de 1980. Por que você está procurando um? Está atrás de peças? Você está montando um?"

Erlendur disse que era da polícia e que o carro estava ligado a um caso antigo de uma pessoa desaparecida. O interesse do homem aumentou. Ele disse que tinha comprado o negócio de um sujeito chamado Haukur em meados dos anos 1980, mas não se lembrava de nenhum Falcon Ford no estoque. O proprietário anterior, que havia morrido anos atrás, tinha mantido um registro de todos os carros destroçados que ele havia comprado, disse o comerciante, mostrando a Erlendur um quarto pequeno cheio até o teto com arquivos e caixas de papéis.

"Estes são os nossos livros", disse o homem com um sorriso de desculpas. "Nós, bem... nunca jogamos nada fora. Fique à vontade para dar uma olhada. Eu nunca me preocupei em manter registros dos carros, nunca vi razão para fazer uma coisa dessa, mas ele fez isso conscientemente."

Erlendur agradeceu e começou a examinar a lombada dos arquivos, onde estava anotado um ano. Ao localizar uma pilha da década de 1970 em diante, começou por ali. Não sabia por que estava procurando aquele carro. Mesmo que ele existisse, Erlendur não fazia ideia de como poderia ajudá-lo. Sigurdur Óli tinha perguntado por que ele estava interessado especificamente naquela pessoa desaparecida, mais do que nas outras sobre as quais ele ouvira falar nos últimos dias. Erlendur não soube responder. Sigurdur Óli jamais teria entendido se ele tivesse dito que estava preocupado com uma mulher solitária que acreditara ter finalmente encontrado a felicidade, inquieta na frente de uma loja de laticínios, olhando para o relógio e esperando o homem que amava.

Três horas depois, quando Erlendur estava prestes a desistir e o proprietário já tinha lhe perguntado várias vezes se ele havia achado alguma coisa, ele encontrou o que procurava: uma fatura do carro. O comerciante tinha vendido um Ford Falcon preto em 21 de outubro de 1979, motor imprestável, interior em estado razoável, pintura em boas condições. Nenhuma placa de licença. Grampeada à folha de papel descrevendo a venda, havia um recibo preenchido a lápis: Falcon 1967. 35.000 coroas. Comprador: Hermann Albertsson.

11.

O primeiro-secretário da embaixada russa em Reykjavík tinha a mesma idade de Erlendur, mas era muito mais magro e exibia uma aparência consideravelmente mais saudável. Quando os recebeu em seu escritório, pareceu fazer um esforço especial para se mostrar espontâneo. Usava calça cáqui e disse, com um sorriso, que estava a caminho do campo de golfe. Indicou duas cadeiras a Erlendur e Elínborg, em seguida sentou-se atrás de uma grande mesa e abriu um sorriso. Ele sabia o motivo da visita. A reunião fora marcada com bastante antecedência, por isso Erlendur ficou surpreso ao ouvir a desculpa do golfe. Teve a impressão de que eles deveriam apressar o encontro e, em seguida, desaparecer. Conversaram em inglês e, embora o primeiro-secretário estivesse ciente do motivo da investigação, Elínborg relembrou brevemente o porquê daquela reunião. Um dispositivo de escuta russo fora encontrado amarrado ao esqueleto de um homem provavelmente assassinado e jogado no lago Kleifarvatn depois de 1961. A descoberta do equipamento russo ainda não vazara para a imprensa.

"Houve diversos embaixadores soviéticos e russos na Islândia desde 1960", disse o secretário, sorrindo cheio de autoconfiança, como se nada do que eles tinham relatado lhe dissesse respeito. "Os que estiveram aqui nos anos 1960 e início dos anos 1970 estão mortos há muito tempo. Duvido que soubessem alguma coisa sobre equipamentos russos nesse lago. Ao menos não mais do que eu."

Ele sorriu. Erlendur sorriu também.

"Mas na Guerra Fria vocês praticaram espionagem aqui na Islândia, não? Ou pelo menos tentaram."

"Isso foi antes da minha época", afirmou o secretário. "Eu não saberia dizer."

"Isso significa que vocês não espionam mais?"

"Por que espionaríamos? Simplesmente acessamos a internet como todo mundo. Além disso, a base militar de vocês não é mais tão importante. Se é que ainda tem alguma importância. As zonas de conflito mudaram. Os Estados Unidos já não precisam de um porta-aviões como a Islândia. Ninguém consegue entender o que eles estão fazendo aqui com essa base cara. Se aqui fosse a Turquia, eu até entenderia."

"Não é *nossa* base militar", disse Elínborg.

"Sabemos que alguns funcionários da embaixada foram expulsos da Islândia sob suspeita de espionagem", afirmou Erlendur. "Quando as coisas estavam muito tensas durante a Guerra Fria."

"Então vocês sabem mais do que eu", disse o secretário. "E é claro que é a base militar de vocês", acrescentou, olhando para Elínborg. "Se houve espiões nesta embaixada, com certeza houve o dobro de agentes da CIA na embaixada dos Estados Unidos. Você já perguntou a eles? A descrição do esqueleto que vocês encontraram me sugere, como dizer?... um assassinato ao estilo da Máfia. Já pensaram nisso? Botas de concreto e águas profundas. É praticamente um filme americano de gângster."

"Era um equipamento russo", lembrou Erlendur. "Amarrado ao corpo. O esqueleto..."

"Isso não significa nada", afirmou o secretário. "Embaixadas ou escritórios de outros países do Pacto de Varsóvia também usavam equipamentos soviéticos. Isso não está ligado necessariamente à *nossa* embaixada."

"Temos uma descrição detalhada do dispositivo, e fotografias", disse Elínborg, entregando o material para ele. "Pode nos dizer alguma coisa sobre como ele era usado? Quem o usava?"

"Não estou familiarizado com esse equipamento", disse o secretário enquanto olhava as fotografias. "Desculpe. Vou me inteirar do assunto. Mas mesmo que nós o reconhecêssemos não poderíamos ajudá-los muito."

"Não pode tentar?", perguntou Erlendur.

O secretário sorriu.

"Vocês precisam acreditar em mim. O esqueleto no lago não tem nada a ver com esta embaixada ou seus funcionários. Nem no presente nem no passado."

"Acreditamos que é um dispositivo de escuta", disse Elínborg. "Ele está sintonizado no antigo comprimento de onda das tropas americanas em Keflavík."

"Não posso comentar sobre isso", disse o secretário, olhando para o relógio. A partida de golfe estava esperando.

"Se vocês tivessem praticado espionagem nos velhos tempos, algo que vocês não fizeram", disse Erlendur, "o que os teria interessado?"

O secretário hesitou por um instante.

"*Se* tivéssemos feito alguma coisa, obviamente, íamos querer observar a base, o transporte de equipamentos militares, a movimentação de navios de guerra, aviões, submarinos. Íamos querer informações sobre a capacidade bélica dos Estados Unidos a todo tempo. Isso é óbvio. Íamos querer saber o que andava acontecendo na base e em outras instalações militares na Islândia. Elas estavam por toda parte. Não apenas em Keflavík. Havia atividades em toda a Islândia. Também teríamos monitorado as atividades de outras embaixadas, observado as políticas internas, os partidos políticos, esse tipo de coisa."

"Uma quantidade enorme de equipamentos foi encontrada no lago Kleifarvatn em 1973", disse Erlendur. "Transmissores, equipamentos de micro-ondas, gravadores, até mesmo rádios. Tudo vindo dos países do Pacto de Varsóvia. A maioria da União Soviética."

"Não tenho conhecimento desse incidente", disse o secretário.

"Não, é claro que não", disse Erlendur. "Mas que razão poderia haver para jogar esse equipamento no lago? Vocês tinham algum método específico de se livrar de coisas velhas?"

"Infelizmente não posso ajudá-lo nisso", disse o secretário, agora sem sorrir. "Tentei lhes responder da melhor forma possível, mas há algumas coisas que eu simplesmente não sei. E é isso."

Erlendur e Elínborg se levantaram. Havia uma arrogância naquele homem que desagradou Erlendur. A base de vocês! O que ele sabia sobre bases militares na Islândia?

"O equipamento era obsoleto, por isso não fazia sentido enviá-lo a seus lugares de origem pelo malote diplomático?", perguntou ele. "Vocês não poderiam ter jogado fora como qualquer outro tipo de lixo? Esses dispositivos demonstram claramente que houve espionagem na Islândia. Quando o mundo parecia mais simples e as linhas estavam claramente traçadas."

"Pense o que quiser", disse o secretário, em pé. "Agora eu preciso ir."

"O homem cujo corpo foi encontrado em Kleifarvatn... ele poderia ter sido da embaixada?"

"Isso não faz o menor sentido."

“Ou de outra embaixada do bloco oriental?”

“Não acredito que haja a menor chance. Agora preciso lhes pedir para...”

“Existem pessoas que desapareceram nessa época?”

“Não.”

“Você sabe bem disso? Não precisa pesquisar?”

“Eu pesquisei. Não temos nenhum desaparecido.”

“Nenhuma pessoa que tenha desaparecido e que vocês não sabem o que possa ter acontecido com ela?”

“Até logo”, disse o secretário com um sorriso. Ele abriu a porta.

“Então, sem sombra de dúvida, ninguém desapareceu?”, perguntou Erlendur enquanto caminhava para o corredor.

“Ninguém”, disse o secretário, fechando a porta na cara deles.

Sigurdur Óli teve negado um encontro com o embaixador dos Estados Unidos ou seus funcionários. Em troca, recebeu uma mensagem da embaixada onde se lia “Confidencial”, afirmando que nenhum cidadão dos Estados Unidos na Islândia havia sido dado como desaparecido durante o período em questão. Sigurdur Óli quis levar o assunto adiante e insistiu em uma reunião, mas seu pedido foi recusado pelos altos funcionários do DIC. A polícia precisaria de algo tangível para ligar o corpo no lago à embaixada dos Estados Unidos, à base ou a cidadãos norte-americanos na Islândia.

Sigurdur Óli telefonou para um amigo, chefe de seção no Departamento de Defesa do Ministério das Relações Exteriores, para perguntar se ele conseguiria encontrar algum funcionário antigo que pudesse conversar com a polícia sobre funcionários de embaixadas estrangeiras nas décadas de 1960 e 1970. Procurou passar o mínimo possível de informações sobre a investigação, apenas o suficiente para despertar o interesse do outro, e seu amigo prometeu que voltaria a falar com ele.

Erlendur estava sem jeito, com um copo de vinho branco na mão, observando as pessoas que haviam comparecido ao lançamento do livro de Elínborg. Ele havia tido muita dificuldade para decidir se iria ou não, mas no fim resolveu aparecer. Aglomerações o irritavam, as poucas das quais não conseguiu escapar. Bebeu um gole do vinho e fez uma careta. Estava azedo. Pensou com tristeza em sua garrafa de Chartreuse em casa.

Sorriu para Elínborg, que estava no meio da multidão acenando para ele. Ela conversava com a imprensa. O fato de que uma mulher da Delegacia de Investigações Criminais de Reykjavík tivesse escrito um livro de culinária tinha atraído bastante publicidade, e Erlendur estava satisfeito por ver Elínborg desfrutando aquela atenção. Ela já o havia convidado, além de Sigurdur Óli e sua mulher, Bergthóra, para um jantar em que testou uma nova receita indiana com frango que ela havia dito que estaria no livro. Era um prato particularmente picante e saboroso, e eles tinham elogiado Elínborg até ela corar.

Erlendur não reconheceu muitas pessoas além dos policiais e ficou aliviado ao ver Sigurdur Óli e Bergthóra vindo em sua direção.

"Tente sorrir pelo menos um pouquinho quando você nos encontra", disse Bergthóra, beijando-o no rosto. Ele tomou um pouco de vinho branco, e depois eles brindaram a Elínborg.

"Quando é que nós vamos conhecer essa mulher com quem você está saindo?", perguntou Bergthóra, e Erlendur percebeu que Sigurdur Óli ficou tenso ao lado dela. A relação de Erlendur com uma mulher era o assunto principal nas conversas do DIC, mas poucos ousavam perguntar sobre ele.

"Um dia, talvez", respondeu Erlendur. "No seu octogésimo aniversário."

"Mal posso esperar", disse Bergthóra.

Erlendur sorriu.

"Quem é toda essa gente?", perguntou Bergthóra, olhando o enorme grupo de pessoas reunidas ali.

"Eu só conheço os policiais", disse Sigurdur Óli. "E acho que todos aqueles gorduchos ali estão com Elínborg."

"Lá está Teddi", disse Bergthóra, acenando para o marido de Elínborg.

Alguém bateu uma colher em uma taça e o murmúrio parou. Em um canto distante do salão, um homem começou a falar e eles não conseguiram ouvir uma só palavra, mas todo mundo riu. Viram Elínborg abrir caminho para chegar até ele e começar o discurso que havia preparado. Aproximaram-se um pouco mais para ouvi-la e conseguiram entender os agradecimentos finais a sua família e a seus colegas da polícia por sua paciência e apoio. Seguiu-se uma salva de palmas.

"Vocês vão ficar muito tempo?", perguntou Erlendur, parecendo pronto para ir embora.

"Não fique tão tenso", disse Bergthóra. "Relaxe. Divirta-se um pouco. Fique bêbado."

Ela pegou um copo de vinho branco da bandeja mais próxima.

"Toma isto aqui!"

Elínborg apareceu do meio da multidão, cumprimentou a todos com um beijo e perguntou se eles estavam entediados. Olhou para Erlendur, que tomou um gole de vinho branco azedo. Ela e Bergthóra começaram a conversar sobre uma mulher que estava lá, uma estrela da televisão que estava tendo um caso com um empresário. Erlendur viu Sigurdur Óli apertar a mão de alguém que ele não reconheceu e estava prestes a sair à francesa, quando esbarrou em um antigo colega. Ele se aproximava da aposentadoria, algo que Erlendur sabia que ele temia.

"Você ficou sabendo sobre a Marion?", perguntou o homem, bebendo seu vinho branco. "Pulmões arruinados, foi o que me contaram. Fica só sentada em casa, sofrendo."

"Isso mesmo", disse Erlendur. "E assistindo filmes de caubóis."

"Você estava investigando sobre o Falcon?", perguntou o homem, esvaziando o copo e pegando outro de uma bandeja que passou por eles.

"O Falcon?"

"Ouvi uma conversa sobre isso na delegacia. Que você estava procurando pessoas desaparecidas que pudessem estar associadas com o esqueleto do lago Kleifarvatn."

"Você se lembra de alguma coisa sobre o Falcon?", perguntou Erlendur.

"Não, não exatamente. Nós o encontramos estacionado fora da rodoviária. Níels estava encarregado da investigação. Acabei de vê-lo aqui agora mesmo. Que belo livro essa garota escreveu", acrescentou. "Eu estava dando uma olhada. Ótimas fotos."

"Acho que essa garota está na casa dos quarenta", disse Erlendur. "E sim, é realmente um belo livro."

Ele procurou Níels e o encontrou sentado em um largo peitoril de janela. Erlendur sentou ao lado dele e lembrou que já o invejara. Níels tinha uma longa carreira na polícia e uma família da qual qualquer um se orgulharia. Sua mulher era uma pintora conhecida, eles tiveram quatro filhos promissores, todos com pós-graduação e que agora lhes proporcionavam uma sucessão de netos. O casal possuía uma grande casa no subúrbio de Grafarvogur, esplendidamente projetada por ela, dois carros, e não havia nada que pudesse lançar nem sequer uma sombra sobre a felicidade eterna deles. Erlendur às vezes se perguntava se uma vida mais feliz e mais bem-sucedida era possível. Os dois não eram exatamente grandes amigos. Erlendur sempre achou Níels preguiçoso e inadequado para o trabalho de detetive. Nem seu sucesso pessoal diminuía a antipatia que Erlendur sentia por ele.

"Fiquei sabendo que a Marion está muito doente", disse Níels quando Erlendur sentou ao lado dele.

"Tenho certeza de que ela ainda tem algum tempo", disse Erlendur, contrariando sua verdadeira opinião. "E com você, tudo bem?", perguntou apenas por educação. Ele não tinha dúvida de que com Níels estava sempre tudo bem.

"Eu desisti de tentar entender", disse Níels. "Nós prendemos o mesmo homem por roubo cinco vezes num fim de semana. Em todas as vezes ele confessou e foi liberado porque o caso foi esclarecido. Ele arromba uma porta em algum lugar, é preso, é solto e vai roubar de novo em algum outro lugar. Não faz o menor sentido. Por que eles não criam um sistema, aqui, para enviar idiotas como esse direto para a prisão? Eles acumulam mais ou menos uns vinte crimes até receberem a pena mínima de prisão, e aí, um minuto depois que conseguem a liberdade condicional, você tem que prender os malandros. Qual é o sentido dessa loucura? Por que esses desgraçados não recebem uma sentença apropriada?"

"Não há sistema judicial mais falho que o islandês", disse Erlendur.

"Aquela escória faz os juízes de bobos", disse Níels. "E aqueles pedófilos! E os psicopatas!"

Eles ficaram em silêncio. O debate sobre a leniência era uma questão nevrálgica para os policiais, que prendiam criminosos, estupradores e pedófilos apenas para ficar sabendo depois que eles foram condenados a penas leves ou até mesmo tiveram suas penas suspensas.

"Queria falar sobre uma coisa com você", disse Erlendur. "Lembra do homem que vendia máquinas agrícolas? Ele tinha um Ford Falcon. Desapareceu sem deixar vestígios."

"O daquele carro da estação rodoviária?"

"Isso."

"Ele tinha uma namorada legal, aquele cara. O que você acha que aconteceu com ela?"

"Ainda está esperando por ele", disse Erlendur. "Uma das calotas do carro tinha sumido. Você se lembra disso?"

"Nós deduzimos que ela foi roubada quando o carro estava na rodoviária. Não havia nada no caso que sugerisse uma atividade criminosa, além do fato da calota ter sido roubada. Se é que *foi* roubada. Ele pode ter batido em algum meio-fio. De qualquer forma, nunca foi encontrada. Nem o proprietário."

"Por que ele se mataria?", disse Erlendur. "Tudo estava a favor dele. Uma namorada bonita. Um futuro brilhante. Ele tinha comprado um Ford Falcon."

"Você sabe que nada disso conta quando as pessoas cometem suicídio", disse Níels.

"Você acha que ele pegou um ônibus em algum lugar?"

"Nós achamos que isso era provável, se bem me lembro. Conversamos com os motoristas, mas eles não se lembraram dele. Ainda assim, isso não significa que ele não tenha tomado um ônibus para outra cidade."

"Você acha que ele se matou."

"Acho", disse Níels. "Mas..."

Níels hesitou.

"O quê?", perguntou Erlendur.

"Ele estava fazendo algum tipo de jogo, aquele cara", disse Níels.

"Como assim?"

"Ela disse que o nome dele era Leopold, mas não conseguimos encontrar ninguém com esse nome e com a idade que ela disse que ele tinha; não havia ninguém em nossos arquivos ou no registro nacional. Nenhuma certidão de nascimento. Nenhuma carteira de motorista. Não havia um Leopold que pudesse ter sido aquele homem."

"O que você quer dizer?"

"Ou todos os registros sobre ele haviam desaparecido, ou..."

"Ou ele a estava enganando?"

"Talvez não se chamasse Leopold", disse Níels.

"O que ela disse sobre isso? O que a namorada dele disse quando você lhe perguntou sobre isso?"

"Nós tivemos a sensação de que ele a estava enganando", disse Níels por fim. "Sentimos pena dela. Ela não tinha uma fotografia sequer dele. O que isso lhe parece? Ela não sabia nada sobre aquele homem."

"E então?"

"Nós não contamos a ela."

"Não contaram o quê?"

"Que o Leopold dela não existia em nenhum arquivo", disse Níels. "Para nós era líquido e certo. Ele mentiu para ela e depois a abandonou."

Erlendur ficou em silêncio enquanto tentava entender as implicações do que Níels lhe dissera.

"Para ela, estava fora de cogitação", acrescentou Níels.

"E ela ainda não sabe?"

"Acho que não."

"Por que vocês mantiveram segredo?"

"Talvez por delicadeza."

"Ela ainda está lá, sentada, esperando por ele", disse Erlendur. "Eles iam se casar."

"Ele a convenceu disso antes de ir embora."

"E se ele foi assassinado?"

"Consideramos isso muito improvável. É um quadro raro, mas sem dúvida conhecido: os homens mentem para entrar na vida das mulheres, para ficarem, como dizer, confortáveis e depois desaparecem. Acho que no fundo ela sabia. Nós não precisamos dizer a ela."

"E sobre o carro?"

"Estava no nome dela. O empréstimo para comprá-lo também. Ela era a proprietária do carro."

"Você deveria ter dito a ela."

"Talvez. Mas será que ela teria ficado melhor? Ela teria descoberto que o homem que ela amava era um malandro que traiu sua confiança. Ele nunca lhe contou nada sobre sua família. Ela não sabia nada sobre ele. Ele não tinha amigos. Sempre em viagens de vendas pelo país. O que lhe parece?"

"Ela sabia que estava apaixonada", disse Erlendur.

"E ele retribuiu desse modo."

"O que o agricultor falou, aquele com quem ele ia se encontrar?"

"Está tudo nos arquivos", disse Níels, com um aceno e um sorriso para Elínborg, que travava uma conversa séria com seu editor. Elínborg certa vez mencionou que ele se chamava Anton.

"Conte mais, sabemos que nem tudo vai para os arquivos."

"Ele nunca se encontrou com o agricultor", disse Níels, e Erlendur percebeu que ele estava tentando se lembrar dos detalhes do caso. Todos eles se lembravam dos grandes casos, dos assassinatos ou desaparecimentos, de todas as prisões importantes, de cada assalto e estupro.

"Não deu para afirmar, pelo exame do Falcon, se ele havia se encontrado ou não com o agricultor?"

"Não achamos nada no carro que indicasse que ele tinha ido à fazenda."

"Vocês pegaram amostras do assoalho perto dos bancos da frente? Sob os pedais?"

“Está tudo nos arquivos.”

“Eu não vi isso. Vocês poderiam ter determinado se ele visitou o agricultor. Ele teria trazido coisas em seus sapatos.”

“Não era um caso complicado, Erlendur, e ninguém queria transformá-lo em um. O homem evaporou. Talvez tenha se matado. Nem sempre encontramos os corpos, você sabe disso. Mesmo se tivéssemos encontrado alguma coisa embaixo dos pedais, isso poderia ter acontecido em qualquer lugar. Ele viajava muito pelo país. Vendia máquinas agrícolas.”

“O que eles disseram no lugar onde ele trabalhava?”

Níels pensou na pergunta.

“Foi há tanto tempo, Erlendur.”

“Tente se lembrar.”

“Ele não estava na folha de pagamentos, disso eu me lembro, coisa rara naqueles dias. Ele trabalhava por comissão, como *freelancer*.”

“O que significa que ele mesmo pagava seus impostos.”

“Como eu disse, ele não constava nos registros sob o nome de Leopold. Nada.”

“Então você acha que ele manteve aquela mulher quando estava em Reykjavík, mas... morava em outro lugar?”

“Ou até mesmo tinha uma família”, disse Níels. “Há sujeitos assim.”

Erlendur tomou um gole de vinho e olhou para o nó de gravata perfeito sob o colarinho da camisa de Níels. Ele não era um bom detetive. Para ele, nenhum caso jamais fora complicado.

“Você devia ter dito a verdade a ela.”

“Pode ser que sim, mas ela tinha boas lembranças dele. Nós concluímos que não era uma questão criminal. O desaparecimento nunca foi investigado como um homicídio porque não encontramos pistas que justificassem isso.”

Eles pararam de conversar. O murmúrio dos convidados se transformara em uma sólida parede de ruídos.

"Você ainda se interessa por pessoas desaparecidas", afirmou Níels. "Por que isso? O que você está procurando?"

"Não sei", respondeu Erlendur.

"Foi um desaparecimento de rotina", assegurou Níels. "Seria preciso algo mais para transformá-lo em uma investigação de assassinato. Não surgiu uma única pista que desse motivo para isso."

"Não, provavelmente não."

"Você nunca se cansa disso tudo?", perguntou Níels.

"Às vezes."

"E sua filha, sempre envolvida na mesma merda de sempre", disse Níels, com seus quatro filhos muito bem-educados que tinham constituído lindas famílias e viviam vidas perfeitas e impecáveis, exatamente como ele.

Erlendur sabia que toda a polícia estava ciente da prisão de Eva Lind e de como ela atacara Sigurdur Óli. Às vezes ela acabava sob custódia da polícia e não recebia tratamento especial por ser sua filha. Com toda a certeza Níels tinha ouvido falar de Eva. Erlendur olhou para ele, com suas roupas de bom gosto e unhas bem cuidadas, e se perguntou se uma vida feliz fazia as pessoas ficarem ainda mais chatas do que eram normalmente.

"Sim", disse Erlendur. "Ela continua maluca como sempre."

12.

Quando Erlendur chegou em casa naquela noite, Sindri não estava lá para recebê-lo. Ele ainda não tinha aparecido quando Erlendur foi para a cama pouco antes da meia-noite. Não havia nenhuma mensagem nem um número de telefone onde ele pudesse ser encontrado. Erlendur sentiu falta da companhia dele. Ligou para o auxílio à lista, mas o número do celular de Sindri não constava.

Ele estava pegando no sono quando o telefone tocou. Era Eva Lind.

"Você sabia que eles dopam a gente aqui?", ela disse com voz arrastada.

"Eu estava dormindo", mentiu Erlendur.

"Eles dão uns comprimidos pra derrubar a gente", disse Eva. "Nunca fiquei tão chapada na vida. O que você está fazendo?"

"Tentando dormir", disse Erlendur. "Você estava causando problemas?"

"Sindri veio aqui hoje", disse Eva sem responder. "Ele disse que vocês tiveram uma conversa."

"Você sabe onde ele está?"

"Ele não está com você?"

"Acho que ele foi embora", disse Erlendur. "Talvez esteja com sua mãe. Eles deixam você fazer chamadas telefônicas sempre que quiser aí?"

"Também é bom falar com você", rosnou Eva. "E eu não estou causando problema porra nenhuma." Ela bateu o telefone.

Erlendur ficou deitado olhando para a escuridão. Pensou em seus dois filhos, Eva Lind e Sindri Snaer, e na mãe deles, que o odiava. Pensou em seu irmão, que ele procurara em vão durante todos aqueles anos. Seus ossos estavam em algum lugar. Talvez no fundo de uma fissura ou em um ponto muito mais alto nas montanhas do que ele podia imaginar — embora tivesse percorrido uma grande distância de suas encostas, tentando pensar no quanto um menino de oito conseguiria subir em más condições e debaixo de uma nevasca que impedia completamente a visão.

"Você nunca se cansa disso tudo?"

Cansado daquela procura interminável.

No dia seguinte, Hermann Albertsson abriu a porta para ele pouco antes do meio-dia. Era um homem magro com cerca de sessenta anos, ágil, que vestia calça de brim desbotado e camisa xadrez vermelha de algodão, e com um sorriso largo que parecia nunca abandonar seu rosto. Da cozinha vinha o cheiro de hadoque cozido. Ele morava sozinho e sempre tinha cozinhado, contou a Erlendur. Ele cheirava a óleo de freio.

"Venha comer um pouco do hadoque", disse quando Erlendur o seguiu até a cozinha.

Erlendur recusou com firmeza, mas Hermann o ignorou e pôs um lugar à mesa; antes mesmo de se dar conta, Erlendur estava sentado com um estranho, comendo hadoque cozido e batatas com manteiga. Os dois comeram a pele do hadoque e a casca das batatas, e por um instante os pensamentos de Erlendur voltaram-se para Elínborg e seu livro de culinária. Quando estava trabalhando nele, ela o usara como cobaia para experimentar um tamboril fresco com molho de limão, e amarelo devido à quantidade de manteiga que colocara nele. Elínborg levou um dia inteiro para ferver o caldo do peixe até que restassem apenas umas quatro colheres no fundo, só a essência do tamboril; ela ficou acordada a noite toda tirando a espuma da água. O molho é tudo, era o lema de Elínborg. Erlendur sorriu consigo mesmo. O hadoque de Hermann estava delicioso.

"Eu arrumei aquele Falcon", disse Hermann, colocando um pedaço grande de batata na boca. Ele era mecânico de automóveis e como passatempo restaurava carros antigos e depois tentava vendê-los. Era um negócio que estava se tornando cada vez mais difícil, ele contou a Erlendur. Ninguém mais se interessava por carros antigos, só por Range Rovers novos que nunca enfrentaram situações mais difíceis do que um congestionamento a caminho do centro da cidade.

"Você ainda tem o carro?", perguntou Erlendur.

"Eu o vendi em 1987", disse Hermann. "Agora eu tenho um Chrysler 1979, na verdade é quase uma limusine. Fiquei mexendo nele mais ou menos uns seis anos."

"Você vai ganhar alguma coisa por isso?"

"Nada", disse Hermann, oferecendo-lhe um café. "E nem quero vendê-lo também."

"Você não registrou o Falcon quando era dono dele."

"Não", Hermann disse. "Ele nunca teve placas enquanto esteve aqui. Eu brinquei com ele por alguns anos, pura diversão. Eu o dirigia pelo bairro e, se queria ir com ele a Thingvellir ou a algum outro lugar, eu punha as placas do meu próprio carro. Achei que não valia a pena pagar o seguro."

"Nós não conseguimos encontrá-lo registrado em lugar nenhum", disse Erlendur, "portanto o novo proprietário também não o licenciou."

Hermann encheu duas xícaras.

"Não precisaria fazer isso necessariamente", disse Hermann. "Talvez tenha desistido e se livrado dele."

"Diga-me outra coisa: as calotas do Falcon. Elas tinham alguma coisa de especial, eram bastante procuradas?"

Erlendur tinha pedido que Elínborg desse uma olhada na internet para ele, e no site ford.com eles encontraram fotografias de Ford Falcons antigos. Um deles era preto, e quando Elínborg imprimiu a foto dele, as calotas se destacaram.

"Elas eram extravagantes", disse Hermann, pensativo. "As calotas dos carros americanos."

"Faltava uma calota", disse Erlendur. "Na época."

"É mesmo?"

"Você comprou uma calota nova quando pegou o carro?"

"Não, um dos donos anteriores tinha comprado um jogo novo muito tempo antes. Elas não eram as originais quando eu comprei o carro."

"Era um carro chamativo, o Falcon?"

"O que era chamativo nele era o fato de não ser grande", afirmou Hermann. "Não era monstruoso, como a maioria dos carros americanos. Como o meu Chrysler. O Falcon era pequeno e compacto, bom de dirigir. Não era um carro luxuoso de maneira alguma. Longe disso."

A atual proprietária era uma viúva alguns anos mais velha do que Erlendur. Ela morava em Kópavogur. Seu marido, um fabricante de móveis maníaco por carros, tinha morrido de ataque cardíaco alguns anos antes.

"Ele estava em boas condições", disse ela, abrindo a garagem para Erlendur, que não teve certeza se ela se referia ao carro ou ao coração do marido. O carro estava coberto por uma lona grossa, e Erlendur perguntou se poderia retirá-la. A mulher assentiu com a cabeça.

"Meu marido cuidava muito desse carro", disse ela com voz fraca. "Passava todo o tempo aqui fora. Comprava peças muito caras para ele. Viajou por todo o país para encontrá-las."

"Alguma vez ele o dirigiu?", perguntou Erlendur enquanto lutava para desatar um nó.

"Apenas em volta do quarteirão", disse a mulher. "Ele parece bom, mas os meus meninos não estão interessados nele e também não conseguiram vendê-lo. Não existem muitos entusiastas por carros antigos hoje em dia. Meu marido ia colocar placas nele quando morreu. Ele morreu em sua oficina. Costumava trabalhar sozinho, e quando não voltou para casa para jantar e não atendeu o telefone, mandei meu filho ver o que estava acontecendo; ele o encontrou caído no chão."

"Deve ter sido difícil", disse Erlendur.

"Havia problemas cardíacos na família dele", disse a mulher. "A mãe dele se foi dessa forma e o mesmo aconteceu com um primo."

Ela ficou olhando Erlendur lidar com a lona. Não dava a impressão de estar sentindo muito a falta do marido. Talvez tivesse superado a dor e estivesse tentando recomeçar.

"Qual é o problema com esse carro, afinal?", perguntou.

Ela fizera a mesma pergunta quando Erlendur telefonou e ele ainda não tinha encontrado uma maneira de lhe dizer por que estava interessado no carro sem contar o que o caso envolvia. Ele não queria entrar em detalhes. Não pretendia falar muito por enquanto. Mal sabia por que tinha ido atrás do carro ou se a busca se mostraria útil.

"Ele já esteve relacionado com um caso de polícia", explicou Erlendur com relutância. "Eu só queria saber se ele ainda estava por perto, em bom estado."

"Foi algum caso famoso?"

"Não, de maneira alguma. Nem um pouco famoso", disse Erlendur.

"Você quer comprá-lo ou...?", perguntou a mulher.

"Não", disse Erlendur. "Eu não quero comprá-lo. Eu não me interesso por carros velhos."

"Como eu falei, ele está em boas condições. Valdi, meu marido, disse que o principal problema era o protetor do cárter. Tinha enferrujado e ele precisou trocar. Fora isso, ele estava bom. Valdi desmontou todo o motor, limpou cada pedacinho e comprou peças novas quando foi necessário."

Ela fez uma pausa.

"Ele não se importava de gastar dinheiro com o carro", disse por fim. "Para mim nunca comprou nada. Os homens são assim mesmo."

Erlendur puxou a lona, que deslizou pelo carro e caiu no chão. Por um momento ficou olhando para as linhas elegantes e bonitas do Ford Falcon, cujo dono havia desaparecido fora da rodoviária. Ele se ajoelhou junto a uma das rodas dianteiras. Considerando que uma calota estava faltando quando o carro foi descoberto, ele se perguntou onde ela estaria.

Seu celular tocou no bolso. Era a perícia com informações sobre o equipamento russo encontrado em Kleifarvatn. Pulando todas as formalidades, o chefe da perícia lhe disse que o dispositivo não parecia estar funcionando quando foi jogado no lago.

"É mesmo?", disse Erlendur.

"Sim", confirmou o chefe da perícia. "Com certeza já estava imprestável antes de cair na água. O leito do lago é de areia porosa e os danos no aparelho são grandes demais para terem sido feitos pela ação da água. Já não estava funcionando quando caiu lá."

"E o que isso significa?", perguntou Erlendur.

"Não faço a menor ideia", respondeu o chefe da perícia.

13.

O casal caminhava pela calçada, o homem um pouco à frente da mulher. Era um entardecer glorioso de primavera. Raios de sol caíam sobre a superfície do mar, e à distância viam-se pancadas de chuva. O casal parecia indiferente à beleza da noite. Eles avançaram, o homem aparentemente agitado. Ele falava sem parar. A esposa o seguia em silêncio, tentando não ficar para trás. Ele os viu passar de sua janela, olhou para o sol da tarde e pensou em quando ele era jovem e o mundo começava a se tornar infinitamente complexo e incontrolável.

Quando a tragédia começou.

Ele encerrou com muito sucesso seu primeiro ano na universidade e voltou para a Islândia no verão. Nas férias, trabalhou para o jornal do partido, escrevendo artigos sobre a reconstrução de Leipzig. Nas reuniões, contava que estudava lá e discutia os laços históricos e culturais da Islândia com a cidade. Reuniu-se com as lideranças do partido, que tinham grandes planos para ele. Estava ansioso para voltar. Sentia ter um papel a desempenhar, talvez maior do que o dos outros. Dizia-se que ele era bastante promissor.

No outono, retornou à Alemanha Oriental; seu segundo Natal no alojamento estudantil se aproximava. Os islandeses estavam ansiosos, pois alguns iriam receber pacotes com comida de casa: iguarias islandesas tradicionais de Natal, como cordeiro defumado, peixe salgado, peixe seco, doces, e livros também. Karl já havia recebido seu pacote e, quando começou a cozinhar uma enorme perna de carneiro que tinha vindo de Húnavatnssýsla, onde seu tio possuía uma fazenda, o cheiro tomou conta do velho prédio. Na caixa havia também uma garrafa de bebida alcoólica islandesa, que Emil confiscou.

No Natal, apenas Rut se deu ao luxo de ir para casa, na Islândia. Ela também foi a única que sentiu muitas saudades de casa depois de retornar das férias de verão, e quando foi embora nas festas alguns comentaram que ela talvez não voltasse mais. O casarão estava mais vazio do que o habitual, pois a maioria dos estudantes alemães voltara para casa, como haviam feito alguns europeus orientais que tinham autorização para viajar e direito a transporte ferroviário barato.

Por esse motivo, apenas um pequeno grupo se reuniu na cozinha em volta da perna de carneiro defumada e de uma garrafa de aguardente que Emil tinha colocado no meio da mesa. Dois estudantes suecos contribuíram com batatas, outros trouxeram repolho roxo e Karl, de alguma forma, havia conseguido produzir um molho branco decente para a carne. Lothar Weiser, o contato que tinha feito uma amizade especial com os islandeses, apareceu e foi convidado para se juntar à festa. Todos gostavam de Lothar. Ele era falante e divertido. Parecia profundamente interessado em política e, por vezes, sondava-os sobre suas opiniões a respeito da universidade, de Leipzig, da República Democrática Alemã e do primeiro-secretário Walter Ulbricht e sua economia planificada. Ele quis saber se eles achavam Ulbricht excessivamente atrelado ao governo soviético e perguntou várias vezes sobre acontecimentos na Hungria e as tentativas capitalistas norte-americanas de provocar uma fissura na amizade com a União Soviética por meio de suas transmissões de rádio e intermináveis propagandas anticomunistas. Em particular, achava os jovens muito crédulos em propaganda e que eles estavam cegos diante das verdadeiras intenções dos governos capitalistas ocidentais.

"Não podemos apenas nos divertir um pouco?", perguntou Karl quando Lothar começou a falar em Ulbricht e tomou de uma vez um gole da bebida. Fazendo uma careta terrível, disse que nunca gostara da aguardente islandesa.

"*Ja, ja, natürlich*", disse Lothar, rindo. "Chega de política."

Lothar falava islandês, que dizia ter aprendido na Alemanha, e eles achavam que ele devia ser um gênio linguístico, pois falava a língua quase tão bem quanto eles, sem nunca ter visitado o país. Quando perguntaram como havia adquirido tal domínio, ele respondeu que tinha ouvido discos e transmissões de rádio. Nada os divertia mais do que quando ele cantava antigas canções de ninar.

"Chuva se aproximando", das previsões meteorológicas islandesas, era outra frase que ele repetia sem parar.

Na caixa, duas cartas para Karl traziam as principais notícias da Islândia desde o outono e alguns recortes de jornais. Eles davam notícias de casa, e alguém observou que Hannes estava ausente, como de costume.

"*Ja*, Hannes", disse Lothar com um sorriso.

"Eu falei com ele sobre isso", disse Emil, tomando uma dose.

"Por que ele é tão misterioso?", perguntou Hrafnhildur.

"Ah, sim, misterioso", disse Lothar.

"É muito estranho", disse Emil. "Ele nunca aparece nas reuniões da FDJ ou nas palestras. Eu nunca o vi fazendo trabalho voluntário. Ele é bom demais para trabalhar nas ruínas? Não somos bons o suficiente para ele? Será que ele acha que é melhor do que nós? Tómas, você falou com ele."

"Eu acho que Hannes só quer terminar seu curso", disse Tómas, dando de ombros. "Ele só tem mais este ano."

"Todo mundo sempre falou dele como uma futura estrela do partido", disse Karl. "Ele sempre foi descrito como alguém com condições de participar da liderança. Ele não parece muito promissor aqui. Acho que só o vi duas vezes neste inverno, e ele nem falou comigo direito."

"A gente mal o vê", disse Lothar. "Ele é muito mal-humorado", acrescentou, balançando a cabeça, e em seguida tomou um gole da aguardente, fazendo o mesmo tipo de careta que Karl.

Eles ouviram o som da porta da frente se abrindo no térreo, seguido de passos rápidos na escada. Dois rapazes e uma moça surgiram na escuridão do final do corredor. Eram estudantes que Karl conhecia de passagem.

"Ficamos sabendo que vocês estavam dando uma festa de Natal islandesa", disse a garota quando entrou na cozinha e viu a mesa. Havia sobrado bastante carneiro e os outros abriram espaço para eles na mesa. Um dos rapazes fez aparecer duas garrafas de vodca, sob aplausos entusiasmados. Eles se apresentaram: os rapazes eram da Tchecoslováquia e a garota, húngara.

Ela se sentou ao lado dele e ele sentiu as pernas tremerem. Havia procurado não olhar para ela depois que ela emergiu da escuridão do corredor, mas quando a viu lá pela primeira vez sentiu uma onda rápida de sensações que nunca imaginou um dia sentir, sensações que achou difíceis de entender. Algo estranho aconteceu, e de repente ele foi tomado por uma euforia e uma alegria peculiares, misturadas com timidez. Nenhuma garota jamais tivera um efeito daqueles sobre ele.

"Você também é da Islândia?", ela lhe perguntou em bom alemão, virando-se para ele.

"Sim, sou da Islândia", gaguejou, também em alemão, que agora ele sabia falar bem. Quando se deu conta que a encarava desde que ela havia se sentado a seu lado, afastou lentamente os olhos.

"Que monstruosidade é essa?", ela perguntou, apontando para a cabeça de carneiro cozida sobre a mesa, ainda intocada.

"A cabeça de uma ovelha serrada ao meio e tostada", ele respondeu, e viu que ela se encolheu.

"Que tipo de gente faz isso?", ela perguntou.

"Os islandeses", disse ele. "Na verdade é muito gostoso", acrescentou, hesitando bastante. "A língua e as bochechas..." Parou ao perceber que aquilo não soava especialmente apetitoso.

"Então vocês também comem os olhos e os lábios?", ela perguntou, sem tentar esconder o nojo.

"Os lábios? Sim, também. E os olhos."

"Vocês não devem ter tido muita comida se tiveram que recorrer a isso", disse ela.

"Fomos uma nação muito pobre", disse ele, balançando a cabeça.

"Eu sou Ilona", ela se apresentou, estendendo a mão. Eles se cumprimentaram e ele disse que se chamava Tómas.

Um dos companheiros dela a chamou. Ele tinha um prato cheio de cordeiro defumado com batatas e pediu que experimentasse, dizendo-lhe que estava delicioso. Ela se levantou, pegou um prato e cortou uma fatia da carne.

"Nós nunca temos muita carne", disse, sentando-se ao lado dele novamente. "Hum, maravilhoso", acrescentou, com a boca cheia de cordeiro defumado.

"Melhor do que olhos de carneiro", observou ele.

Eles continuaram celebrando até de madrugada. Outros estudantes ficaram sabendo da festa, e a casa se encheu. Um velho gramofone foi montado e alguém pôs discos de Sinatra. Tarde da noite, as diferentes nacionalidades se revezavam cantando músicas de seus países. Karl e Emil, definitivamente sentindo os efeitos do pacote vindo da Islândia, começaram a cantar uma ode melancólica de Jónas Hallgrímsson. Depois foi a vez dos húngaros, seguidos por tchecos, suecos e alemães, e por um estudante do Senegal que sentia saudades das noites quentes africanas. Hrafnhildur insistiu que queria ouvir as palavras mais bonitas de todas as línguas maternas que havia ali, e depois de alguma confusão concordaram que um representante de cada país ficaria de pé e recitaria a passagem mais bonita em sua língua. Os islandeses foram unânimes. Hrafnhildur levantou-se e declamou o mais belo poema islandês já escrito:

A estrela do amor
sobre o grande dedo rochoso
está envolta em nuvens de noite.
Lá do céu ela riu uma vez
Da profunda tristeza
do rapaz no fundo do vale escuro.

Sua apresentação foi cheia de emoção e, apesar de apenas alguns terem-na entendido, o grupo caiu, impressionado, em um silêncio momentâneo, até que uma entusiasmada salva de palmas soou e Hrafnhildur fez uma reverência.

Ele ainda estava sentado com Ilona à mesa da cozinha; ela olhou para ele com curiosidade. Ele lhe contou sobre o personagem do poema recitado, que refletia sobre uma longa jornada por regiões ermas da Islândia com uma jovem que ele desejava. Ele sabia que jamais poderiam ser amantes, e com esses pensamentos melancólicos voltou sozinho para seu vale, sob o peso da tristeza. Acima dele, brilhava a estrela de amor que já iluminara seu caminho, mas que agora tinha desaparecido atrás de uma nuvem, e ele pensou que o amor deles, embora não consumado, iria durar para sempre.

Ela ficou olhando para ele enquanto ele falava e, motivada talvez pela história do jovem amante triste, ou pela maneira como ele a contou, ou apenas pela bebida islandesa, de repente o beijou nos lábios, de maneira tão terna que ele se sentiu um menino outra vez.

Rut não retornou das férias de Natal. Enviou uma carta a cada um de seus amigos de Leipzig em que mencionava as instalações e fazia várias outras queixas, e ele entendeu que ela se cansara de tudo aquilo. Ou talvez estivesse com muita saudade de casa. Na cozinha do dormitório, os islandeses conversaram sobre isso. Karl disse sentir falta dela e Emil concordou com a cabeça. Hrafnhildur disse que ela era muito delicada.

Quando encontrou Hannes de novo, perguntou por que ele não quisera se juntar a eles na residência. Isso aconteceu depois de uma palestra sobre tensão estrutural que tinha tomado um rumo estranho. Hannes também havia comparecido. Vinte minutos após a palestra ter começado, a porta se abriu e três estudantes entraram, identificando-se como membros da FDJ e que gostariam de dizer algumas palavras. Com eles estava um jovem que ele tinha visto algumas vezes na biblioteca e que supusera ser um estudante de literatura alemã. O estudante olhava para o chão. O líder do grupo, que se apresentou como secretário da FDJ, começou a falar sobre solidariedade estudantil e lembrou a eles sobre os quatro objetivos do trabalho da universidade: ensinar-lhes a teoria marxista, torná-los socialmente ativos, colocá-

-los para trabalhar a serviço da sociedade dentro de um programa organizado por jovens comunistas e formar uma classe de intelectuais que mais tarde se tornariam profissionais em suas respectivas áreas.

Ele se virou para o estudante que os acompanhava e contou como ele tinha admitido que ouvia transmissões de rádios ocidentais e depois prometera mudar de postura. O estudante levantou a cabeça, deu um passo para a frente, confessou seu crime e disse que não iria mais sintonizar nos programas ocidentais. Disse que eles estavam corrompidos pelo imperialismo e pela ganância de lucro capitalista, e pediu que todos na sala, no futuro, ouvissem apenas as rádios do Leste Europeu.

O secretário agradeceu ao estudante e em seguida pediu que os alunos se juntassem a ele na promessa de que ninguém naquela sala iria ouvir rádios ocidentais. Depois que todos repetiram o juramento, o secretário voltou-se para o professor, pediu desculpas por tê-lo incomodado, e o grupo se retirou.

Sentado duas fileiras à frente, Hannes se virou e olhou para ele com uma expressão que misturava uma tristeza profunda e raiva.

Quando a palestra terminou e Hannes saiu apressado, ele foi correndo atrás do outro, agarrou-o e perguntou com veemência se estava tudo bem.

"Se está tudo bem?", disse Hannes. "Você acha que o que acabou de acontecer lá dentro mostra que está tudo bem? Você viu aquele pobre sujeito?"

"O que aconteceu", disse ele, "não, eu... Mas, é claro... nós precisamos..."

"Deixe-me em paz", interrompeu Hannes. "Apenas me deixe em paz."

"Por que você não foi ao jantar de Natal? Os outros acham você um pouco arrogante", disse ele.

"Bobagem", retrucou Hannes, acelerando o passo, como se quisesse se livrar dele.

"Qual é o problema?", perguntou ele. "Por que você está agindo dessa forma? O que aconteceu? O que nós te fizemos?"

Hannes parou no corredor.

"Nada. Vocês não me fizeram nada", disse. "Eu só quero que me deixem em paz. Termino meu curso na primavera, e depois acabou. Só isso. Vou voltar para a Islândia, e fim. Fim dessa farsa. Você não viu? Não viu como eles trataram aquele cara? É isso que você quer na Islândia?"

Em seguida ele se afastou, andando rápido.

"Tómas", ele ouviu uma voz chamando atrás de si. Virou-se e viu Ilona acenando. Sorriu para ela. Eles haviam combinado se encontrar após a palestra. Ela tinha ido ao dormitório perguntar por ele um dia depois da festa. A partir daí, se encontraram regularmente. Naquele dia, fizeram uma longa caminhada ao redor da cidade e sentaram-se na igreja de São Tomás. Ele contou a ela histórias sobre dois amigos escritores islandeses que certa vez ficaram em Leipzig e se sentaram onde eles estavam sentados agora. Um deles morreu de tuberculose. O outro se tornou o maior escritor do país.

"Você fica tão triste quando fala dos seus islandeses", disse ela com um sorriso.

"Só acho que é uma história incrível. Eles andando pelas mesmas ruas que eu nesta cidade. Dois poetas islandeses."

Perto da igreja, ele notou que ela estava desconfortável e parecia na defensiva. Olhava ao redor como se estivesse procurando alguém.

"Você está bem?", ele perguntou.

"Tem um homem..."

Ela parou.

"Que homem?"

“Aquele homem ali”, disse Ilona. “Não olhe, não vire a cabeça, eu também o vi ontem. Simplesmente não consigo me lembrar onde.”

“Quem é ele? Você o conhece?”

“Eu nunca o tinha visto, mas agora já o vi duas vezes em dois dias.”

“Ele é da universidade?”

“Não, acho que não. Ele é mais velho.”

“Você acha que ele está te vigiando?”

“Não, não é nada. Vamos.”

Em vez de morar no campus, Ilona alugara um quarto na cidade, e os dois foram para lá. Ele tentou se certificar de que o homem da igreja de São Tomás não os havia seguido, mas não o viu em lugar nenhum.

O quarto ficava em um pequeno apartamento cuja proprietária era uma viúva que trabalhava em uma loja de gravuras. Ilona contou que ela era muito gentil e permitia que ela circulasse por todo o apartamento como bem entendesse. A mulher havia perdido o marido e dois filhos na guerra. Ele viu fotos dos três nas paredes. Os dois filhos usavam uniformes do exército alemão.

No quarto de Ilona havia pilhas de livros, e jornais e revistas alemãs e húngaras, uma máquina de escrever portátil em mau estado sobre a escrivaninha e um futon. Enquanto ela foi até a cozinha, ele deu uma olhada nos livros e bateu em algumas teclas da máquina de escrever. Na parede acima do futon, havia fotografias de pessoas que ele presumiu serem parentes dela.

Ilona voltou com duas xícaras de chá e fechou a porta atrás de si com o calcanhar. Colocou as xícaras cuidadosamente na escrivaninha, ao lado da máquina de escrever. O chá fumegava de tão quente.

“Vai estar no ponto certo para tomarmos, quando tivermos terminado”, disse ela.

Então se aproximou dele e beijou-o longa e intensamente. Recuperando-se da surpresa, ele a abraçou e beijou-a com paixão, até que os dois caíram sobre o futon e ela começou a levantar o suéter dele e abrir seu cinto. Ele era muito inexperiente. Tinha feito sexo pela primeira vez após o baile de despedida na escola e uma outra vez na confraternização anual do jornal do partido, mas nessas ocasiões ele se atrapalhara bastante. Não era especialmente habilidoso, no entanto ela parecia ser, e de bom grado ele deixou que ela assumisse o controle.

Ela tinha razão. Quando ele caiu ao lado dela e ela abafou um longo gemido, o chá tinha chegado à temperatura certa.

Dois dias depois, na adega Auerbachkeller, eles conversaram sobre política e discutiram pela primeira e única vez. Ela começou descrevendo a forma pela qual a Revolução Russa gerou uma ditadura, afirmando que as ditaduras eram sempre perigosas, não importa a forma que tomassem.

Ele não quis discutir com ela, embora soubesse perfeitamente bem que ela estava errada.

"Foi graças ao programa de industrialização de Stálin que os nazistas foram derrotados", lembrou ele.

"Ele também fez um pacto com Hitler", disse ela. "Ditadura fomenta o medo e o servilismo. Estamos arcando com o ônus disso na Hungria agora. Não somos uma nação livre. Eles vêm estabelecendo sistematicamente um Estado comunista sob controle soviético. Ninguém nos perguntou, ninguém perguntou à nação, o que queríamos. Queremos administrar nossos próprios assuntos, mas não podemos. Os jovens são jogados na prisão. Alguns desaparecem. Dizem que são mandados para a União Soviética. Vocês têm um exército americano em seu país. Como se sentiriam se ele administrasse tudo lá com seu poderio militar?

Ele balançou a cabeça.

"Veja as eleições aqui", disse ela. "Chamam de livres, mas há apenas um partido em atividade. O que há de livre nisso? Se você pensa diferente, é jogado na prisão. O que é isso? Isso é o socialismo? Em quem mais as pessoas poderiam votar nessas eleições livres? Será que todo mundo esqueceu o levante que houve aqui há dois anos, esmagado pelos soviéticos, que atiraram nos civis nas ruas, nas pessoas que queriam mudanças?"

"Ilona..."

"E a vigilância interativa", continuou Ilona, agitada. "Eles dizem que é para nos ajudar. Devemos espionar nossos amigos e nossa família e informar sobre atitudes antissocialistas. Se você sabe que um de seus amigos ouve rádios ocidentais, você deve denunciá-lo, e ele é arrastado de um interrogatório a outro para confessar seu crime. Crianças são incentivadas a informar sobre as atividades de seus pais."

"O partido precisa de algum tempo para se adaptar", ponderou ele.

Quando a novidade de estar em Leipzig havia perdido força e eles passaram a confrontar a realidade, os islandeses discutiram a situação. Ele tinha chegado a uma conclusão consistente sobre a sociedade de vigilância, sobre o que chamavam de "vigilância interativa", em que cada cidadão mantinha um olho em todos os outros. Também sobre a ditadura do partido comunista, a proibição da liberdade de expressão e de imprensa, e a participação obrigatória em reuniões e passeatas. Ele achava que, em vez de fazer segredo sobre os métodos que empregava, o partido deveria admitir que certos métodos eram necessários durante essa fase da transição para um Estado socialista. Eles eram justificáveis se fossem apenas temporários. Com o tempo, tais métodos deixariam de ser necessários. As pessoas iriam perceber que o socialismo era o sistema mais adequado.

"As pessoas estão assustadas", disse Ilona.

Ele balançou a cabeça e os dois começaram a discutir. Ele não tinha ouvido muito sobre os acontecimentos na Hungria, e ela ficou magoada por ele duvidar de sua palavra. Ele tentou empregar argumentos das reuniões do partido em Reykjavík, argumentos apresentados pela liderança do partido e pelo movimento jovem, pelas obras de Marx e Engels, todos sem sucesso. Ela apenas olhou para ele e disse repetidas vezes: "Você não deve fechar os olhos para isso".

"Você deixa a propaganda imperialista ocidental colocá-la contra a União Soviética", disse ele. "Eles querem destroçar a solidariedade entre os países comunistas porque os temem."

"Isso está errado", disse ela.

Eles permaneceram em silêncio. Haviam terminado seus copos de cerveja. Ele estava aborrecido com ela. Nunca tinha visto ou ouvido ninguém descrever a União Soviética e os países do Leste Europeu daquela forma, a não ser a imprensa conservadora da Islândia. Conhecia o poder da máquina de propaganda das potências ocidentais, que funcionava bem na Islândia, e reconhecia que essa era uma das razões pelas quais era preciso restringir a liberdade de expressão e a liberdade de imprensa também na Europa Oriental. Podia aceitar isso enquanto os Estados socialistas estavam sendo construídos durante o pós-guerra. Não considerava aquilo uma repressão.

"Não vamos brigar", propôs ela.

"Não", disse ele, deixando algum dinheiro na mesa. "Vamos embora."

Na saída, Ilona puxou de leve seu braço e ele olhou para ela. Ela estava tentando dizer alguma coisa pela expressão de seu rosto. Então, disfarçadamente, apontou com a cabeça em direção ao bar.

"Lá está ele", disse.

Ele olhou e viu o homem que Ilona tinha dito que a estava seguindo. Vestido com um sobretudo, bebericava uma cerveja e agia como se os dois não estivessem lá. Era o mesmo homem que estava na igreja de São Tomás.

"Vou falar com ele", disse ele.

"Não", disse Ilona. "Não. Vamos embora."

Poucos dias depois, ele viu Hannes sentado à sua mesa na biblioteca, e sentou-se ao lado dele. Hannes continuou escrevendo a lápis em seu livro de exercícios sem levantar os olhos.

"Ela está enrolando você?", perguntou Hannes, ainda escrevendo.

"Quem?"

"Ilona."

"Você conhece Ilona?"

"Eu sei quem ela é", disse Hannes, erguendo os olhos. Ele usava um cachecol grosso e luvas cortadas nos dedos.

"Você sabe sobre nós?"

"As notícias circulam", disse Hannes. "Ilona é da Hungria, portanto não é tão verde quanto nós."

"Tão verde quanto nós?"

"Esqueça", disse Hannes, enterrando a cabeça de novo no livro de exercícios.

Ele estendeu a mão até o outro lado da mesa e pegou o livro. Hannes olhou para cima surpreso e tentou recuperar seu livro, porém ele estava fora de seu alcance.

"O que está acontecendo?", perguntou Tómas. "Por que você está se comportando desse jeito?"

Hannes olhou para o livro que Tómas segurava e em seguida para ele.

"Não quero me envolver no que está acontecendo aqui, só quero ir para casa e esquecer isto", disse. "É um grande absurdo. Eu já estava aqui há menos tempo que você quando fiquei farto de tudo."

"Mas você ainda está aqui."

"É uma boa universidade. E demorou algum tempo até eu entender todas as mentiras e perder a paciência com elas."

"O que é que eu não estou conseguindo ver?", ele perguntou, temendo a resposta. "O que você descobriu? O que está me escapando?"

Hannes olhou-o nos olhos, olhou ao redor da biblioteca, em seguida o livro que Tómas segurava, e então de volta nos olhos do outro.

"Apenas siga em frente", disse. "Agarre-se às suas convicções. Não saia do caminho. Acredite, você não vai ganhar nada com isso. Se você está confortável com isso, então está tudo certo. Não mergulhe muito fundo. Você nem imagina o que poderá encontrar."

Hannes estendeu a mão para o seu livro de exercícios.

"Acredite em mim", disse. "Esqueça isso."

"E Ilona?", ele perguntou.

"Esqueça-a também", disse Hannes.

"O que você está querendo dizer?"

"Nada."

"Por que você está falando por enigmas?"

"Deixe-me em paz", disse Hannes. "Apenas me deixe em paz."

Três dias depois, ele estava em uma floresta nos arredores da cidade. Ele e Emil tinham se inscrito no Grêmio de Esportes e Tecnologia. Os anúncios diziam que era um clube desportivo versátil que oferecia passeios a cavalo, ralis e muito mais. Os alunos eram incentivados a participar das atividades do clube e também do trabalho voluntário organizado pela FDJ. Compreendia uma semana de colheita no outono, um dia por período letivo ou nas férias para limpar os escombros dos ataques aéreos, trabalho em fábricas, na produção de carvão ou em algo semelhante. O comparecimento era voluntário, mas quem não se inscrevesse estava sujeito a punição.

Ele ponderava sobre esse sistema, de pé, na floresta com Emil e seus outros companheiros, uma semana de acampamento à frente deles, a qual, como iriam ver depois, seria em grande parte de treinamento militar.

Assim era a vida em Leipzig. Muito pouco era exatamente o que parecia. Os estudantes estrangeiros estavam sob vigilância e tomavam cuidado para não dizer nada em público que pudesse ofender os anfitriões. Eles aprendiam os valores socialistas em reuniões obrigatórias e o trabalho voluntário era voluntário apenas no nome.

Com o passar do tempo, foram se acostumando com tudo aquilo e se referiam ao conjunto de acontecimentos como "a farsa". Ele acreditava que aquela situação era temporária. Os outros não se mostravam tão otimistas. Riu consigo mesmo quando descobriu que o Grêmio de Esportes e Tecnologia não passava de uma mal disfarçada unidade militar. Emil não se divertia tanto; não via nada de engraçado na situação e, ao contrário dos outros, nunca a chamava de "a farsa". Nada sobre Leipzig lhe parecia engraçado. Estavam deitados em uma barraca em sua primeira noite com seus novos companheiros. A noite toda Emil tinha falado com fervor de um Estado socialista na Islândia.

"Toda aquela injustiça em um país tão pequeno, onde todos poderiam facilmente ser iguais", disse Emil. "Eu quero mudar isso."

"Você gostaria de um Estado socialista como este?", perguntou Tómas.

"Por que não?"

“Com todas essas armadilhas? Com vigilância? Paranoico assim? Com restrições à liberdade de expressão? Com toda a farsa?”

“Ela está começando a te influenciar?”

“Quem?”

“Ilona.”

“O que você quer dizer com me influenciar?”

“Nada.”

“Você conhece Ilona?”

“Nem um pouco”, disse Emil.

“Você também já teve namoradas. Hrafnhildur me contou sobre uma do Claustro Vermelho.”

“Aquilo não foi nada”, disse Emil.

“Não, foi muito.”

“Talvez algum dia você me conte mais sobre Ilona”, disse Emil.

“Ela não é tão ortodoxa como nós. Ela vê problemas com este sistema e quer consertá-lo. A situação na Hungria é exatamente a mesma daqui, exceto que lá os jovens estão fazendo alguma coisa. Estão lutando contra a farsa.”

“Lutando contra a farsa!”, rosnou Emil. “Isso é uma puta duma bobagem. Veja como as pessoas estão vivendo na Islândia. Tremendo de frio em barracões Nissen americanos. As crianças estão passando fome. As pessoas mal conseguem ter roupas. E o tempo todo a elite balofa fica mais e mais rica. Isso não é uma farsa? Que mal há em manter as pessoas sob vigilância e restringir a liberdade de expressão por algum tempo? Erradicar a injustiça pode significar fazer sacrifícios. Que mal há nisso?”

Eles pararam de conversar. O silêncio havia descido sobre o acampamento e tudo estava escuro como breu.

“Eu faria qualquer coisa pela revolução islandesa”, disse Emil. “Qualquer coisa para erradicar a injustiça.”

* * *

À janela, ele observava os raios de sol e um arco-íris distante, e sorriu consigo mesmo ao se lembrar do clube desportivo. Viu Ilona rindo na festa do carneiro defumado e pensou no beijo suave que ainda podia sentir nos lábios, na estrela do amor e no jovem angustiado no fundo de seu vale escuro.

14.

Os funcionários do Ministério das Relações Exteriores mostravam-se mais do que dispostos a ajudar a polícia. Sigurdur Óli e Elínborg estavam tendo uma reunião com o subsecretário, um homem afável da idade de Sigurdur Óli. Eles haviam sido colegas em seus anos de estudantes nos Estados Unidos, e relembraram seu tempo lá. O subsecretário disse que o ministério ficou surpreso com o pedido da polícia e queria saber por que eles precisavam de informações sobre os ex-funcionários de embaixadas estrangeiras em Reykjavík. Eles permaneceram tão silenciosos quanto um túmulo. Apenas investigação de rotina, disse Elínborg, sorrindo.

"E não estamos falando de todas as embaixadas", disse Sigurdur Óli, sorrindo também. "Apenas as dos antigos países do Pacto de Varsóvia."

O subsecretário olhou para um e outro.

"Vocês estão se referindo aos antigos países comunistas?", perguntou, deixando claro que sua curiosidade de maneira alguma estava satisfeita. "Por que só eles? Qual é o problema com eles?"

"É apenas investigação de rotina", repetiu Elínborg.

Ela estava excepcionalmente de bom humor. O lançamento do livro fora um sucesso e ela ainda se sentia radiante com uma resenha publicada no jornal de maior circulação do país, elogiando seu livro, as receitas e as fotografias, e que concluía dizendo esperar que aquela não fosse a última vez que eles ouviam falar de Elínborg, a detetive gourmet.

"Os Estados comunistas...", disse o subsecretário, pensativo. "O que foi que vocês encontraram no lago?"

"Nós ainda não sabemos se tem ligação com alguma embaixada", afirmou Sigurdur Óli.

"Acho que vocês devem me acompanhar", disse o subsecretário, levantando-se. "Vamos falar com o diretor-geral, se ele estiver aqui."

O diretor-geral convidou-os a entrar em seu escritório e ouviu o pedido deles. Tentou persuadi-los a dizer por que necessitavam daquela informação em especial, mas os dois não revelaram nada.

"Temos um registro desses funcionários?", perguntou o diretor-geral. Era um homem alto, com expressão preocupada no rosto e olheiras profundas que denotavam cansaço.

"Na verdade, temos, sim", disse o subsecretário. "Vai demorar um pouco para compilar a lista, mas não será nenhum problema."

"Vamos fazer isso, então", disse o diretor-geral.

"Houve espionagem na Islândia durante a Guerra Fria?", perguntou Sigurdur Óli.

"Você acha que é um espião no lago?", perguntou o subsecretário.

"Não podemos entrar em detalhes da investigação, mas parece que o esqueleto está no lago desde antes de 1970", disse Elínborg.

"Seria ingenuidade supor que não houve espionagem", afirmou o diretor-geral. "Estava acontecendo em toda parte ao nosso redor, e a Islândia era estrategicamente vital na época, muito mais do que hoje. Havia aqui várias embaixadas de países do Leste Europeu, além, é claro, dos países nórdicos, Reino Unido, Estados Unidos e Alemanha Ocidental."

"Quando dizemos espionagem", Sigurdur Óli disse, "do que exatamente estamos falando?"

"Acho que, acima de tudo, significava ficar de olho no que os outros estavam fazendo", disse o diretor-geral. "Em alguns casos, houve tentativas de estabelecer contato. Fazer com que alguém do outro lado trabalhasse para você, esse tipo de coisa. E, claro, havia a base, os detalhes das operações realizadas lá e os exercícios militares. Não acho que isso tivesse muito a ver com os islandeses em si. Mas há histórias de tentativas de fazê-los colaborar."

O diretor-geral perdeu-se em seus pensamentos.

"Vocês estão procurando algum espião islandês?", perguntou.

"Não", respondeu Sigurdur Óli, embora não tivesse a menor ideia do que estavam procurando. "Houve espiões? Espiões islandeses? Não é uma ideia um pouco ridícula?"

"Talvez vocês devessem conversar com Ómar", sugeriu o diretor.

"Quem é Ómar?", perguntou Elínborg.

"Ele foi o diretor-geral daqui durante a maior parte da Guerra Fria. Está muito velho, mas totalmente lúcido", acrescentou o diretor, batendo na cabeça com o dedo indicador. "Ainda participa do nosso jantar anual, e é a vida e a alma da festa. Ele conheceu todos os caras das embaixadas. Talvez possa ajudá-los de alguma forma."

Sigurdur Óli anotou o nome.

“Na verdade, é uma imprecisão falar sobre embaixadas”, disse o diretor-geral. “Naquela época alguns desses países só tinham delegações aqui; delegações comerciais ou escritórios comerciais, ou como queiram chamá-los.”

Os três detetives se encontraram na sala de Erlendur ao meio-dia. Erlendur passara a manhã tentando localizar o fazendeiro que havia esperado o motorista do Falcon e que contara à polícia que ele não apareceu no encontro. Seu nome estava nos arquivos. Erlendur descobriu que algumas antigas terras de plantio tinham sido vendidas a empreendedores imobiliários da cidade de Mosfellsbaer. O homem deixou de trabalhar com agricultura por volta de 1980. Agora estava registrado em um lar de idosos em Reykjavík.

Erlendur convocou um perito forense que levou seu equipamento para a garagem e aspirou cada grão de pó do chão do carro à procura de manchas de sangue.

“Você só está fazendo isso para ter o que fazer”, disse Sigurdur Óli enquanto mordia uma baguete. Mastigou rapidamente e ficou claro que ainda não tinha terminado de falar. “O que você está tentando encontrar?”, perguntou. “O que vai fazer com esse caso? Está planejando reabrir a investigação? Você acha que não temos nada melhor para fazer do que mexer em casos antigos de pessoas desaparecidas? Há um milhão de outras coisas que poderíamos estar fazendo.”

Erlendur olhou para Sigurdur Óli.

“Uma jovem”, disse ele, “está em frente à loja de laticínios onde trabalha, esperando seu namorado. Ele não vem. Eles vão casar. Está tudo muito bem combinado. Um futuro brilhante, como se diz. Nada sugere que eles não viverão felizes para sempre.”

Sigurdur Óli e Elínborg não dizem nada.

"Nada na vida deles sugere que algo esteja errado", continuou Erlendur. "Nada sugere que ele seja deprimido. Ele promete buscá-la depois do trabalho. Mas ele não aparece. Ele sai do trabalho para encontrar alguém, mas não é visto, e some para sempre. Há indícios de que ele pode ter pego um ônibus para outra cidade. Existem sinais de que ele se suicidou. Seria a explicação mais óbvia para seu desaparecimento. Muitos islandeses sofrem de depressão grave, embora a maioria mantenha isso bem escondido. E há sempre a possibilidade de que alguém tenha acabado com ele."

"Não se trata apenas de suicídio?", perguntou Elínborg.

"Não temos nenhum registro oficial de um homem chamado Leopold desaparecido naquela época", disse Erlendur. "Parece que ele estava mentindo para a namorada. Níels, encarregado do caso, não se importou com o sumiço do homem. Ele até mesmo acreditou que o sujeito morava em outro lugar e que estava tendo um caso em Reykjavík. Se é que não havia se suicidado."

"Então ele tinha uma família em algum lugar do interior e a mulher em Reykjavík era sua amante?", perguntou Elínborg. "Não é exagero pensar isso apenas porque o carro dele foi encontrado do lado de fora da rodoviária?"

"Você está querendo dizer que ele poderia ter voltado para o outro canto do país e parado de afogar o ganso em Reykjavík?", perguntou Sigurdur Óli.

"Afogar o ganso em Reykjavík!", esbravejou Elínborg. "Como a pobre Bergthóra aguenta você?"

"Essa teoria não é necessariamente menos tola do que qualquer outra", afirmou Erlendur.

"Será que uma pessoa consegue esconder sua bigamia na Islândia?", quis saber Sigurdur Óli.

"Não", respondeu Elínborg com convicção. "Nós somos muito poucos."

"Nos Estados Unidos eles publicam anúncios sobre caras assim", comentou Sigurdur Óli. "Eles têm programas especiais para esse tipo de pessoa desaparecida, criminosos e bígamos. Alguns matam suas famílias, desaparecem e em seguida iniciam uma nova."

"Naturalmente, uma coisa dessa é mais fácil de esconder nos Estados Unidos", disse Elínborg.

"Pode ser", admitiu Erlendur. "Mas não é bem simples levar uma vida dupla, mesmo que por um período curto de tempo, numa comunidade pequena? Esse homem passava muito tempo em zonas rurais, às vezes semanas a fio. Ele conheceu uma mulher em Reykjavík e talvez tenha se apaixonado, ou talvez ela fosse apenas um caso. Quando a relação se tornou séria, ele decidiu terminá-la."

"Uma doce historinha de amor urbana", disse Sigurdur Óli.

"Eu me pergunto se a mulher da loja de laticínios considerou essa possibilidade", disse Erlendur pensativo.

"Eles não anunciaram o desaparecimento desse tal Leopold?", perguntou Sigurdur Óli.

Erlendur tinha verificado isso e encontrou um pequeno anúncio nos jornais informando o desaparecimento do homem, juntamente com um pedido para que qualquer pessoa que o tivesse visto entrasse em contato com a polícia. O anúncio descrevia que roupas ele usava, sua altura e a cor do cabelo.

"Não deu em nada", contou Erlendur. "Ele nunca tinha sido fotografado. Níels me disse que nunca revelou à mulher que o registro dele não foi encontrado."

"Eles não contaram isso a ela?", exclamou Elínborg.

"Você sabe como é o Níels", disse Erlendur. "Se ele puder evitar um problema, ele evita. Achava que a mulher tinha sido enganada, e tenho certeza que sentiu que ela já havia sofrido o bastante. Eu não sei. Ele não é particularmente..."

Erlendur não terminou a frase.

"Talvez o homem tenha achado uma nova namorada", sugeriu Elínborg, "e não teve coragem de contar a ela. Não há covarde maior do que um homem que trai."

"Lá vamos nós...", disse Sigurdur Óli.

"Ele não viajava pelo país vendendo... o que era mesmo? Máquinas agrícolas?", disse Elínborg. "Ele não estava sempre perambulando pelas fazendas e aldeias? Talvez a gente não possa descartar a possibilidade de ele ter conhecido alguém e começado uma vida nova. E não teve coragem de contar para a namorada de Reykjavík."

"E está escondido desde então?", acrescentou Sigurdur Óli.

"Claro que em 1970 as coisas eram diferentes", disse Erlendur. "Para ir de carro até Akureyri, levava um dia — a estrada principal que contorna a Islândia ainda não estava terminada. O transporte era bem pior e as comunidades regionais estavam muito mais isoladas."

"Você está querendo dizer que havia vários lugares desconhecidos que ninguém nunca visitava", disse Sigurdur Óli.

"Uma vez ouvi uma história sobre uma mulher", disse Elínborg, "que tinha um desses namorados maravilhosos, e tudo ia muito bem até que um dia ele telefonou para ela e disse que estava tudo terminado, e depois de fazer um monte de rodeios admitiu que ia se casar com alguém na semana seguinte. A namorada nunca mais ouviu falar dele. É como eu digo: não há limites para a estupidez dos homens."

"Então por que Leopold estaria em Reykjavík sob falsos pretextos", perguntou Erlendur, "se ele acabou não dizendo à namorada que conheceu alguém fora da cidade e que iria começar uma vida nova? Por que esse jogo de esconde-esconde?"

“O que sabemos realmente sobre homens assim?”, disse Elínborg num tom resignado.

Todos se calaram.

“E quanto ao corpo no lago?”, perguntou por fim Erlendur.

“Acho que estamos à procura de um estrangeiro”, disse Elínborg. “É ridículo pensar que seja um islandês com um equipamento espião russo amarrado no corpo. Eu simplesmente não consigo imaginar isso.”

“A Guerra Fria...”, lembrou Sigurdur Óli. “Tempos estranhos.”

“Sim, tempos estranhos”, concordou Erlendur.

“Para mim, a Guerra Fria sempre foi medo do fim do mundo”, disse Elínborg. “Eu sempre lembro que pensava isso. De um jeito ou de outro, você nunca iria conseguir escapar dele. O dia do juízo final pairando constantemente sobre você. Essa foi a única Guerra Fria que eu conheci.”

“Um estopim acende e *ca-boom*!”, disse Sigurdur Óli.

“Esse medo tem que aparecer em algum lugar”, disse Erlendur. “Naquilo que fazemos. Naquilo que somos.”

“E em suicídios, como o homem que dirigia o Falcon?”, insinuou Elínborg.

“A menos que ele esteja vivo, saudável e bem casado em Sheepsville”, disse Sigurdur Óli. Ele amassou o papel de embrulho da baguete e jogou-o no chão ao lado de uma lixeira próxima.

Assim que Sigurdur Óli e Elínborg foram embora, o telefone de Erlendur tocou. Do outro lado da linha estava um homem que ele não conhecia.

“É Erlendur quem está falando?”, disse a voz, profunda e com raiva.

“Sim, quem é?”, perguntou Erlendur.

"Eu quero lhe pedir para deixar minha mulher em paz."

"Sua mulher?"

As palavras pegaram Erlendur completamente desprevenido. Não lhe ocorreu que a voz se referia a Valgerdur.

"Entendeu?", disse a voz. "Eu sei o que você está fazendo e quero que pare."

"O que ela faz é problema dela", respondeu Erlendur quando finalmente percebeu que era o marido de Valgerdur. Lembrou-se de que ela havia contado que o marido tivera um caso e de como, no início, o objetivo de se encontrar com Erlendur fora apenas se vingar do marido.

"Deixe-a em paz", disse a voz, mais ameaçadora.

"Não enche", disse Erlendur, batendo o telefone.

15.

Ómar, o diretor-geral aposentado do Ministério das Relações Exteriores, tinha cerca de oitenta anos, estava totalmente careca, lúcido e muito satisfeito por receber visitantes; tinha um rosto largo, boca e queixo grandes. Lamentou-se amargamente com Erlendur e Elínborg por ter sido forçado a se aposentar quando fez setenta anos, ainda em boa forma e com sua capacidade de trabalho intacta. Morava em um apartamento grande em Kringlumýri, pelo qual, segundo contou, havia trocado sua casa depois da morte de sua mulher.

Várias semanas tinham se passado desde que a hidrologista da Agência Nacional de Energia tropeçara no esqueleto. Era junho e fazia dias incomumente quentes e ensolarados. A cidade tinha se soltado após a escuridão do inverno, as pessoas se vestiam com mais leveza e pareciam, de alguma forma, mais felizes. Os cafés tinham posto mesas e cadeiras nas calçadas à moda do continente, e as pessoas sentavam-se sob o sol bebendo cerveja. Sigurdur Óli estava aproveitando suas férias de verão e fazia churrascos sempre que surgia uma oportunidade. Convidou Erlendur e Elínborg. Erlendur ficou relutante. Não tinha notícias de Eva Lind, mas achava que ela não estava mais na terapia. Pelo que sabia, ela já havia terminado o tratamento. Sindri Snaer não tinha entrado em contato.

Ómar gostava muito de falar, especialmente sobre si mesmo, e Erlendur logo precisou conter o fluxo de suas palavras.

"Como eu lhe disse por telefone...", começou Erlendur.

"Sim, sim, de fato, eu vi tudo no noticiário, sobre o esqueleto em Kleifarvatn. Vocês acham que é um assassinato e..."

"Sim", interrompeu Erlendur, "mas o detalhe que os noticiários não divulgaram, e que ninguém conhece, e que você deve manter em segredo, é que um dispositivo de escuta russo da década de 1960 estava preso ao esqueleto. O equipamento foi adulterado para esconder sua origem, mas não há dúvida de que veio da União Soviética."

Ómar olhou para os dois e eles perceberam como aquilo despertou seu interesse. Mais cauteloso, ele pareceu voltar à sua antiga maneira de se portar no ministério.

"Como posso ajudá-los?", perguntou.

"As questões que estamos considerando são, principalmente, se houve na época espionagem em qualquer escala na Islândia e se é possível que o corpo seja de um islandês ou de um funcionário de embaixada estrangeira."

"Vocês já procuraram o registro de pessoas desaparecidas naquela época?", perguntou Ómar.

"Sim", disse Elínborg. "Não conseguimos associar nenhuma delas a aparelhos de escuta russos."

"Acho que islandês nenhum se tornou um espião de fato", disse Ómar após uma longa reflexão, e os dois sentiram que ele escolhia as palavras com cuidado. "Sabemos que o Pacto de Varsóvia e os países da Otan tentaram cooptá-los e que houve algum tipo de espionagem nos países vizinhos."

"Nos outros países nórdicos, por exemplo?", sugeriu Erlendur.

"Sim", disse Ómar. "Mas, é claro, há um problema óbvio. Se os islandeses estivessem espionando para ambos os lados, não saberíamos disso se a atividade fosse bem-sucedida. Jamais se soube de nenhum espião islandês."

"Existe alguma outra explicação possível para o equipamento russo estar junto com o esqueleto?", perguntou Elínborg.

"Claro", disse Ómar. "Não tem necessariamente alguma coisa a ver com espionagem, mas a inferência de vocês pode estar correta. É uma explicação suficientemente razoável a de que tal descoberta incomum esteja, de alguma forma, relacionada com as embaixadas do ex-Pacto de Varsóvia."

"O tal espião poderia ter saído, digamos, do Ministério das Relações Exteriores?", perguntou Erlendur.

"Que eu saiba, nenhum funcionário do Ministério das Relações Exteriores desapareceu", disse Ómar.

"O que quero dizer é: onde teria sido mais útil para os russos, por exemplo, plantar espiões?"

"Provavelmente em qualquer lugar do governo", disse Ómar. "O funcionalismo público é pequeno e todos os funcionários se conhecem, por isso guardam poucos segredos uns dos outros. Os assuntos relacionados à defesa dos Estados Unidos eram tratados principalmente por nós no Ministério das Relações Exteriores, então teria valido a pena ter alguém lá. Mas imagino que teria sido suficiente para espiões estrangeiros ou funcionários da embaixada ler os jornais islandeses — o que eles faziam, é claro. Estava tudo lá. Em uma democracia como a nossa, há sempre muitos debates públicos e é difícil esconder as coisas."

"E havia também as festas e recepções", lembrou Erlendur.

"Sim, não devemos esquecê-las. As embaixadas eram bastante inteligentes ao montar as listas de convidados. Somos uma comunidade pequena, todo mundo se conhece e se relaciona com todo mundo, e eles tiravam proveito disso."

"Você nunca teve a sensação de que vazavam informações do serviço público?", perguntou Erlendur.

"Até onde eu sei, isso nunca aconteceu", disse Ómar. "Se havia alguma espionagem aqui, em qualquer escala, ela provavelmente teria vindo à tona após o desmoronamento do sistema soviético e depois que antigos serviços secretos foram desbaratados na Europa Oriental. Os ex-espiões desses países têm se ocupado em publicar suas memórias, e nunca fizeram nenhuma menção à Islândia. A maioria de seus arquivos foi aberta e as pessoas podiam retirar as pastas que encontrassem sobre si mesmas. Os antigos países comunistas reuniram uma quantidade enorme de informações pessoais, e os registros foram destruídos antes do Muro de Berlim cair. Foram picotados."

"Alguns espiões do Ocidente foram descobertos após a queda do Muro", afirmou Elínborg.

"Com certeza", disse Ómar. "Posso imaginar que isso tenha feito tremer toda a comunidade de espionagem."

"Mas nem todos os arquivos tornaram-se públicos", disse Erlendur. "Não é como se todos estivessem à espera de quem quisesse olhar."

"Não, claro que não. Ainda existem segredos oficiais nesses países, assim como há aqui. Na verdade não sou nenhum especialista em espionagem, nem no exterior nem na Islândia. Acho que sei pouco mais que vocês. Sempre achei um pouco absurdo falar de espionagem na Islândia. De certa forma, é muito irreal para nós."

"Você se lembra quando os mergulhadores encontraram alguns equipamentos no Kleifarvatn?", perguntou Erlendur. "Eles estavam um pouco longe de onde encontramos o esqueleto, mas os equipamentos estabelecem uma ligação óbvia entre os casos."

"Eu me lembro de quando eles foram descobertos", disse Ómar. "Claro que os russos negaram tudo, e o mesmo fizeram as demais embaixadas do bloco oriental. Eles alegaram desconhecer os dispositivos, mas, se estou bem lembrado, a teoria foi que tinha sido simplesmente o descarte de dispositivos de escuta e equipamentos de rádio antigos. Não valia a pena arcar com a despesa de enviá-los para casa em malas diplomáticas, e eles também não podiam ser simplesmente jogados no lixo..."

"Eles tentaram escondê-los no lago."

"Imagino que tenha sido algo assim, mas, como eu disse, não sou nenhum especialista. O equipamento mostrou que continuava havendo espionagem na Islândia. Não há dúvida disso. Mas ninguém ficou surpreso."

Eles permaneceram em silêncio. Erlendur olhou ao redor da sala. Ela estava repleta de lembranças do mundo todo após uma longa carreira no ministério. Ómar e sua mulher tinham viajado muito e visitado os quatro cantos do globo. Havia Budas e fotografias de Ómar na Grande Muralha da China e no Cabo Canaveral, com um ônibus espacial em segundo plano. Erlendur também viu fotos dele com uma sucessão de ministros.

Ómar pigarreou para limpar a garganta. Erlendur e Elínborg acharam que ele estava pensando se iria ajudá-los mais um pouco ou se simplesmente os mandava embora. Depois que mencionaram o equipamento russo no lago, eles sentiram o ex-diretor-geral mais cauteloso e tiveram a sensação de que ele estava pesando cada palavra que dizia.

"Pode ser, eu não sei, que não seja má ideia vocês falarem com Bob", ele disse por fim, tropeçando nas próprias palavras.

"Bob?", repetiu Elínborg.

"Robert Christie. Bob. Chefe de segurança da embaixada dos Estados Unidos nas décadas de 1960 e 1970, um bom homem. Nós acabamos nos conhecendo bem e mantivemos contato. Eu sempre o visito quando vou à América. Ele mora em

Washington, se aposentou há muito tempo, como eu, tem uma memória brilhante e uma personalidade vibrante."

"Como ele poderia nos ajudar?", perguntou Erlendur.

"As embaixadas espionavam umas às outras", disse Ómar. "Isso ele me contou. Não sei em que escala, e não creio que quaisquer islandeses estivessem envolvidos, mas o pessoal das embaixadas dos países da Otan e do Pacto de Varsóvia tinha espiões a seu serviço. Ele me contou isso depois do fim da Guerra Fria, e a história, é claro, acabou confirmando. Uma das tarefas das embaixadas era monitorar os movimentos de diplomatas dos países inimigos. Eles sabiam exatamente quem vinha para cá e quem saía, quais eram seus postos de trabalho, de onde tinham vindo e para onde iam, seus nomes, detalhes pessoais e situação familiar. A maioria dos esforços era despendida para reunir esse tipo de informação."

"Qual o motivo?", perguntou Elínborg.

"Alguns funcionários eram espiões conhecidos", disse Ómar. "Eles vinham para cá, ficavam pouco tempo e partiam novamente. Havia uma hierarquia, então se alguém de certa posição chegasse, dava para saber com razoável certeza que alguma coisa estava acontecendo. Vocês se lembram, naqueles dias, das notícias de expulsão de diplomatas? Ocorreu aqui também, e acontecia constantemente nos países vizinhos. Os americanos expulsavam alguns russos por espionagem. Os russos negavam as acusações e reagiam imediatamente, expulsando norte-americanos. Aconteceu assim no mundo todo. Todos sabiam as regras. Todos sabiam tudo sobre todos. Eles seguiam os movimentos uns dos outros. Mantinham registros precisos sobre quem havia chegado às embaixadas e quem tinha ido embora."

Ómar fez uma pausa.

"Uma das prioridades deles era recrutamento", ele continuou. "Recrutamento de novos espiões."

"Você quer dizer treinar diplomatas para espionar?", perguntou Erlendur.

"Não, recrutar espiões do inimigo." Ómar sorriu. "Conseguir que funcionários de outras embaixadas espionassem para eles. Claro, eles tentaram encontrar pessoas de todos os tipos e profissões para espionar e recolher informações, mas os funcionários das embaixada eram os mais procurados."

"E?"

"Bob talvez possa ajudá-los com isso."

"Com isso o quê?", perguntou Elínborg.

"Com os diplomatas", explicou Ómar.

"Eu não entendo o que...", disse Elínborg.

"Você está querendo dizer que ele pode saber se algo incomum ou anormal aconteceu na rede de espionagem?", perguntou Erlendur.

"Com certeza ele não lhes contaria nada com detalhes. Ele nunca conta a ninguém. Não me conta e com certeza não contaria a vocês. Eu já perguntei muitas vezes, mas ele apenas ri e faz piadas. Mas talvez possa lhes contar alguma coisa mais inocente, que tenha despertado um interesse superficial e que tenha sido difícil de explicar, algo estranho."

Erlendur e Elínborg olharam para Ómar com expressões ligeiramente intrigadas.

"Por exemplo, se alguém veio para a Islândia e nunca mais foi embora", insinuou Ómar. "Bob poderia lhes dizer isso."

"Você está pensando no aparelho de escuta russo?", perguntou Erlendur.

Ómar assentiu.

"E quanto a vocês? O ministério deve ter ficado de olho em quem começou a trabalhar nas embaixadas e que tipo de pessoas eram."

"Sim, nós ficamos. Sempre fomos informados sobre mudanças organizacionais, novos funcionários, coisas desse tipo. Mas não tivemos a oportunidade ou a capacidade — ou, via de regra, nem mesmo o desejo — de manter as embaixadas sob vigilância na mesma proporção em que eles o fizeram."

"Então, se, por exemplo, um homem tivesse se juntado ao corpo de uma das embaixadas comunistas em Reykjavík", disse Erlendur, "e trabalhasse aqui sem que a embaixada norte-americana percebesse que ele deixou o país, seu amigo Bob saberia sobre isso?"

"Saberia", disse Ómar. "Acho que Bob poderia ajudá-los nesse tipo de pergunta."

Marion Briem puxou o cilindro de oxigênio de volta para a sala depois de abrir a porta para Erlendur. Ele seguiu-a, imaginando se aquele seria o seu destino quando envelhecesse, definhando em casa sozinho, esquecido pelo mundo e arrastando um tubo de oxigênio atrás de si. Pelo que sabia, Marion não tinha irmãos nem muitos amigos, mas a velhota com máscara de oxigênio nunca havia se arrependido de não ter constituído uma família.

"Para quê?", Marion tinha dito uma vez. "Famílias só atrapalham."

O assunto da família de Erlendur surgira, o que não acontecia muitas vezes, porque Erlendur não gostava de falar de si mesmo. Marion tinha perguntado sobre seus filhos, se ele mantinha contato com eles. Isso fora muitos anos atrás.

"Não são dois?", Marion tinha perguntado.

Erlendur estava sentado em sua sala escrevendo um relatório sobre um caso de fraude, quando Marion apareceu de repente e começou a perguntar sobre a família dele. O golpe envolveu duas irmãs que tinham enganado a mãe, deixando-a sem um tostão. Isso levara Marion a rotular as famílias como um incômodo.

"Sim, tenho dois", respondeu Erlendur. "Não podemos falar sobre o caso? Acho que..."

"E quando foi a última vez que você os viu?", perguntou Marion.

"Não acho que seja da sua con...."

"Não, não é da minha conta, mas é da sua conta, não é? Não é da sua conta? Ter dois filhos?"

A lembrança se dissipou na mente de Erlendur quando ele se sentou na frente de Marion, que desabou sobre a poltrona velha. Havia uma razão para Erlendur não gostar de sua ex-chefe. Ele acreditava que fosse a mesma razão pela qual a paciente com câncer recebia poucas visitas. Marion não atraía amigos. Pelo contrário. Mesmo Erlendur, que a visitou com certa regularidade, não era um grande amigo.

Marion olhou para Erlendur e colocou a máscara de oxigênio. Algum tempo se passou sem que uma palavra fosse dita. Por fim, Marion tirou a máscara. Erlendur tossiu.

"Como está se sentindo?"

"Terrivelmente cansada", disse Marion. "Sempre cochilando. Talvez seja o oxigênio."

"Talvez ele seja saudável demais para você", disse Erlendur.

"Por que você continua vindo aqui?", perguntou Marion com voz fraca.

"Eu não sei. Como foi o faroeste?"

"Você deveria assistir", disse Marion. "É uma história de obstinação. Como estão as coisas no caso Kleifarvatn?"

"Vão indo."

"E o motorista do Falcon? Você o localizou?"

Erlendur fez que não com a cabeça, mas disse que tinha encontrado o carro. A atual proprietária era uma viúva que não sabia muito sobre Ford Falcons e queria vendê-lo. Contou a Marion como o homem, Leopold, era uma figura misteriosa. Nem mesmo a namorada sabia muito a seu respeito. Não havia nenhuma fotografia dele e ele não estava nos registros oficiais. Era como se nunca tivesse existido, como se tivesse sido apenas fruto da imaginação da mulher que trabalhava na loja de laticínios.

"Por que está procurando por ele?", perguntou Marion.

"Não sei", disse Erlendur. "Muita gente já me perguntou isso. Não faço ideia. Por causa de uma mulher que trabalhou numa loja de laticínios. Porque estava faltando uma calota no carro. Porque um carro novo foi abandonado na frente da estação rodoviária. Alguma coisa não encaixa em tudo isso."

Marion afundou ainda mais na poltrona, agora de olhos fechados.

"Temos o mesmo nome", ela disse com uma voz quase inaudível.

"O quê?", disse Erlendur, inclinando-se para a frente. "O que foi que você disse?"

"Eu e John Wayne. O mesmo nome."

"Do que você está falando?", perguntou Erlendur.

"Não acha isso estranho?"

Erlendur estava prestes a responder, quando viu que Marion tinha adormecido. Ele pegou a caixinha do vídeo e leu o título: *Rastros de ódio*. Uma história de obstinação, pensou. Olhou para Marion e de novo para a capa, que mostrava John Wayne a cavalo, brandindo um rifle. Olhou para a televisão em um nicho na sala, colocou a fita no aparelho, ligou a TV, sentou-se de novo no sofá e assistiu a *Rastros de ódio* enquanto Marion dormia tranquilamente.

16.

Sigurdur Óli estava saindo de seu escritório quando o telefone tocou. Ele hesitou. Teve vontade de simplesmente bater a porta atrás de si, mas em vez disso soltou um suspiro e atendeu a ligação.

"Estou incomodando?", disse o homem ao telefone.

"Na verdade, está", disse Sigurdur Óli. "Estou indo para casa. Então..."

"Desculpe."

"Pare de pedir desculpas para tudo — e pare também de me telefonar. Eu não posso fazer nada por você."

"Eu não tenho muitas pessoas com quem falar", disse o homem.

"E eu não sou uma delas. Sou apenas alguém que esteve no local do acidente. Só isso. Eu não sou conselheiro espiritual. Vá falar com o padre."

"Você não acha que é culpa minha?", perguntou o homem. "Se eu não tivesse telefonado..."

Eles já tinham tido aquela conversa inúmeras vezes. Nenhum dos dois acreditava em um deus inescrutável que exigia sacrifícios como o da esposa daquele homem e de sua filha. Nenhum dos dois era fatalista. Eles não acreditavam que todas as coisas estivessem predeterminadas e que não podiam ser influenciadas. Ambos acreditavam em simples coincidências. Ambos eram realistas e concordavam que se o homem não tivesse telefonado para sua mulher, atrasando-a no supermercado, ela não estaria no cruzamento no instante em que o motorista bêbado do Range Rover passou o farol vermelho. No entanto, Sigurdur Óli não culpava o homem pelo que havia acontecido e achava o raciocínio dele absurdo.

"O acidente não foi culpa sua", disse Sigurdur Óli. "Você sabe disso, então pare de se atormentar. Não é você quem vai ser preso por homicídio culposo; é aquele idiota do Range Rover."

"Isso não faz nenhuma diferença", disse o homem, suspirando.

"O que a psiquiatra disse?"

"Ela só fala sobre comprimidos e efeitos colaterais. Se eu tomar esses medicamentos vou engordar de novo. Se eu tomar aqueles, vou perder o apetite. Se eu tomar os outros, vou vomitar o tempo todo."

"Imagine a seguinte cena", disse Sigurdur Óli. "Há vinte e cinco anos um grupo de pessoas acampa todos os anos. O primeiro a sugerir que fizessem isso foi um membro do grupo. Então, num ano há um acidente fatal. Uma pessoa do grupo morre. A pessoa que teve a ideia do acampamento é culpada? É claro que pensar isso seria uma besteira! Até onde se pode levar uma especulação? Coincidências são coincidências. Ninguém consegue controlá-las."

O homem não respondeu.

"Você entende o que eu quero dizer?", perguntou Sigurdur Óli.

"Sei o que você está querendo dizer, mas isso não ajuda."

"Certo, muito bem, eu preciso desligar", disse Sigurdur Óli.
"Obrigado", disse o homem, e desligou.

Erlendur estava sentado em sua poltrona em casa, lendo. Iluminado por uma lanterna, ele caminhava com um grupo de viajantes sob as encostas do Óshlíd no início do século XX. Eram sete no grupo, percorrendo Steinófaera a caminho de Ísafjördur. De um lado, a encosta da montanha, cheia de neve; do outro, o mar gelado. Eles caminhavam bem juntos para se beneficiar da luz da única lanterna de que dispunham. Alguns tinham ido assistir a uma peça em Ísafjördur naquela noite, *Sheriff Leonard*. Estavam na metade do inverno e, quando atravessavam Steinófaera, alguém mencionou que havia uma rachadura na cobertura de neve acima deles, como se uma pedra tivesse rolado para baixo. Comentaram que aquilo poderia ser sinal de que a neve mais acima na montanha estava se movendo. Eles pararam e, naquele instante, uma avalanche desabou, varrendo-os para o mar. Uma pessoa sobreviveu, mutilada. Tudo que se encontrou dos outros foi um pacote que um deles carregava e a lanterna que lhes tinha iluminado o caminho.

O telefone tocou e Erlendur levantou os olhos do livro. Pensou em deixá-lo tocar, mas podia ser Valgerdur ou até mesmo Eva Lind, embora ele não esperasse muito isso.

"Você estava dormindo?", perguntou Sigurdur Óli quando ele finalmente atendeu.

"O que você quer?"

"Você vai trazer aquela mulher no meu churrasco amanhã? Bergthóra está perguntando. Ela precisa saber quantos convidados vêm."

"De que mulher você está falando?", disse Erlendur.

"A que você conheceu no Natal. Vocês não estão saindo?"

“E por acaso isso é da sua conta?”, disse Erlendur. “E de que churrasco você está falando? Quando é que eu falei que queria ir ao seu churrasco?”

Alguém bateu na porta. Sigurdur Óli tinha começado um palavrório sobre como Erlendur tinha dito que iria ao churrasco que ele e Bergthóra iam fazer, e sobre como Elínborg ia cozinhar, quando Erlendur desligou o telefone bruscamente e foi atender a porta. Valgerdur deu um sorriso rápido quando ele a recebeu, e perguntou se podia entrar. Depois de hesitar por um instante, ele disse que claro que sim, e ela entrou na sala e se sentou no sofá surrado dele. Erlendur disse que iria fazer café, mas ela pediu que ele não se incomodasse.

“Eu o deixei”, disse ela.

Ele se sentou em uma cadeira de frente para ela e se lembrou do telefonema do marido de Valgerdur dizendo-lhe para deixá-la em paz. Ela olhou para ele e viu preocupação em seu rosto.

“Eu deveria ter feito isso há muito tempo. Você estava certo. Eu deveria ter resolvido isso muito antes.”

“E por que agora?”, ele perguntou.

“Ele me contou que telefonou para você”, disse Valgerdur. “Eu não quero que você seja arrastado para um assunto que é meu e dele. Não quero que ele fique telefonando para você. Isso é entre mim e ele. Não tem a ver com você.”

Erlendur sorriu. Lembrando-se do Chartreuse no armário, levantou-se e foi pegar a garrafa e dois copos. Encheu-os e entregou um a ela.

“Não é isso que eu quis dizer; você sabe o que eu quis dizer”, disse ela, e os dois bebericaram o licor. “Tudo o que temos feito é conversar. Ele não tem do que reclamar.”

“Mas até agora você não queria deixá-lo”, lembrou Erlendur.

"É difícil depois de todos esses anos. Depois de todo esse tempo. Nossos filhos e... é muito difícil."

Erlendur não disse nada.

"Esta noite eu vi como tudo acabou entre nós", continuou Valgerdur. "E de repente percebi que eu *quero* que tudo esteja acabado. Conversei com os meninos. Eles precisam saber o que está acontecendo, por que estou me separando dele. Vou me encontrar com eles amanhã. Tenho tentado poupá-los também. Eles o adoram."

"Eu desliguei o telefone na cara dele", contou Erlendur.

"Eu sei, ele me disse. De repente vi tudo. Ele não tem mais nenhum direito de controlar o que eu faço ou o que eu quero. Nenhum. Não sei quem ele pensa que é."

Valgerdur havia relutado em revelar muito sobre seu marido, exceto que ele a tinha traído por dois anos com uma enfermeira do hospital e que tivera outros casos antes. Ele era médico do Hospital Nacional, onde ela também trabalhava, e Erlendur algumas vezes tinha se perguntado, quando pensava em Valgerdur, como devia ter sido para ela trabalhar em um lugar onde todos, menos ela, sabiam com certeza que seu marido andava atrás de outras mulheres.

"E o trabalho?", perguntou ele.

"Eu vou dar um jeito."

"Você quer dormir aqui esta noite?"

"Não", disse Valgerdur. "Falei com a minha irmã e vou ficar com ela por enquanto. Ela tem me apoiado bastante."

"Quando você diz que não tem a ver comigo..."

"Eu não estou me separando dele por sua causa; é para o meu próprio bem", disse Valgerdur. "Não quero mais que ele controle cada movimento meu. E você e minha irmã têm razão, eu deveria tê-lo deixado há séculos. Assim que descobri aquele caso."

Fez uma pausa e olhou para Erlendur.

"Ele alegou há pouco que eu é que o levei àquilo. Porque eu não estava... não estava... interessada em sexo o suficiente."

"Todos mencionam isso", disse Erlendur. "É a primeira coisa que eles dizem. Ignore isso."

"Ele foi rápido em me culpar."

"O que mais ele poderia dizer? Está tentando encontrar uma justificativa."

Eles ficaram em silêncio e terminaram de beber o licor.

"Você é...", disse ela, mas parou no meio da frase. "Eu não sei o que você é", disse por fim. "Ou quem você é. Não faço a menor ideia."

"Nem eu", disse Erlendur.

Valgerdur sorriu.

"Você gostaria de ir a um churrasco comigo amanhã?", perguntou Erlendur de repente. "Meus amigos vão se reunir. Elínborg acaba de publicar um livro de culinária, talvez você já tenha ouvido falar. Ela é quem vai fazer o churrasco. Cozinha muito bem", acrescentou Erlendur, olhando para sua mesa, onde havia uma embalagem com almôndegas para micro-ondas.

"Não quero apressar nada", disse ela.

"Nem eu", disse Erlendur.

Pratos tiniam no refeitório do lar de idosos enquanto Erlendur caminhava pelo corredor em direção ao quarto do velho fazendeiro. Os funcionários estavam arrumando tudo depois do café da manhã e faziam a limpeza dos quartos. A maioria das portas estava aberta e o sol brilhava através das janelas. Mas a porta do quarto do fazendeiro encontrava-se fechada. Erlendur bateu.

"Deixe-me em paz", ele ouviu uma voz forte e rouca dizer lá dentro. "Diacho de perturbação a toda hora!"

Erlendur girou a maçaneta, a porta se abriu e ele entrou. Sabia muito pouco sobre o ocupante daquele quarto. Apenas que se chamava Haraldur e que havia deixado sua terra fazia vinte anos. Quando desistiu da agricultura, antes de se mudar para o lar de idosos, ele morava em um conjunto de apartamentos no bairro de Hlídar em Reykjavík. Erlendur havia recolhido algumas informações sobre ele com um funcionário, que lhe contou que Haraldur era um velho excêntrico e encrenqueiro. Não fazia muito tempo, havia batido em outro morador com uma bengala e tratava mal os funcionários. A maioria não o suportava.

"Quem é você?", perguntou Haraldur ao ver Erlendur em pé na porta. Ele tinha oitenta e quatro anos, cabelos brancos e mãos grandes endurecidas pelo trabalho físico. Estava sentado na beira da cama com suas meias de lã, inclinado para trás e a cabeça afundada entre as omoplatas. Uma barba áspera cobria-lhe metade do rosto. O quarto cheirava mal e Erlendur se perguntou se Haraldur usava rapé.

Apresentou-se dizendo ser da polícia. Isso pareceu aguçar o interesse de Haraldur; ele se endireitou e olhou nos olhos de Erlendur.

"O que a polícia quer de mim?", perguntou. "Será que é porque dei uma bengalada no Thórdur na hora do jantar?"

"Por que o senhor bateu no Thórdur?", perguntou Erlendur. Ele estava curioso.

"Thórdur é um idiota", disse Haraldur. "Eu não tenho que contar nada a você sobre isso. Saia e feche a porta. Eles estão sempre olhando para a gente o dia todo. Metendo o nariz na vida das pessoas."

"Eu não vim falar com o senhor sobre Thórdur", disse Erlendur, entrando no quarto e fechando a porta.

"Escute", disse Haraldur, "pouco me importa se você veio passear por aqui. O que significa isso? Saia. Saia e me deixe em paz!"

O velho ergueu o corpo, levantou a cabeça o mais que pôde e olhou furioso para Erlendur, que se sentou calmamente em frente a ele na cama. Ela ainda estava arrumada, e Erlendur pensou que ninguém iria querer compartilhar o quarto com o velho e mal-humorado Haraldur. Havia poucos artigos de uso pessoal no quarto. Na mesa de cabeceira ele viu dois livros de poesia de Einar Benediktsson que claramente tinham sido lidos muitas vezes a julgar pelas páginas cheias de orelhas.

"O senhor não está confortável aqui?", perguntou Erlendur.

"Eu? O que você tem a ver com isso, porra? O que quer de mim? Quem é você? Por que não sai daqui logo como eu disse para fazer?"

"O senhor foi ligado a um antigo caso de uma pessoa desaparecida", disse Erlendur, começando a descrever o homem que vendia máquinas agrícolas e que era dono de um Ford Falcon preto. Haraldur ouviu o relato em silêncio, sem interromper. Erlendur não teve certeza se Haraldur se lembrava da história. Ele mencionou que a polícia havia perguntado a Haraldur se o homem tinha ido até a fazenda e que ele negara veementemente tê-lo encontrado.

"O senhor se lembra disso?", perguntou Erlendur.

Haraldur não respondeu. Erlendur repetiu a pergunta.

"Uh", gemeu Haraldur. "Ele não veio, o safado. Isso foi há mais de trinta anos. Eu não lembro de nada mais."

"Mas o senhor se lembra que ele não veio?"

"Sim, porra, eu não acabei de dizer isso? Mas que porra! Vá embora daqui! Eu não gosto de gente no meu quarto."

"O senhor tinha ovelhas?", perguntou Erlendur.

"Ovelhas? Quando eu era fazendeiro? Sim, eu tinha algumas ovelhas e cavalos, e umas dez vacas. Satisfeito?"

"O senhor conseguiu um bom preço pela terra", continuou Erlendur. "Tão perto da cidade."

"Você é da Receita Federal?", rosnou Haraldur. Ele olhou para o chão. Curvado pelo trabalho braçal e pela velhice, para ele era um esforço levantar a cabeça.

"Não, eu sou da polícia", disse Erlendur.

"Eles estão conseguindo muito mais por ela agora", disse Haraldur. "Aqueles gângsteres. Agora a cidade vai quase até lá. Aqueles tubarões desgraçados tiraram a terra de mim. Tubarões desgraçados. Saia daqui!", acrescentou com raiva, levantando a voz. "Você deveria falar com aqueles tubarões desgraçados!"

"Que tubarões?", perguntou Erlendur.

"Aqueles tubarões. Eles ficaram com a minha terra por uma miséria."

"O que o senhor ia comprar dele? Do vendedor que dirigia o carro preto?"

"O que eu ia comprar dele? Um trator. Eu precisava de um trator bom. Fui para Reykjavík dar uma olhada nos tratores e gostei da aparência deles. Eu conheci o cara lá. Ele pegou o número do meu telefone e estava sempre me atormentando. São todos iguais, esses vendedores. Assim que percebem seu interesse, não te deixam mais em paz. Eu disse que o receberia se ele fosse até a fazenda. Ele disse que ia me levar alguns folhetos. Então eu o esperei como um idiota, e ele nunca apareceu. Logo depois, um palhaço como você me telefonou para perguntar se eu o tinha visto. Eu disse o que estou dizendo a você agora. E isso é tudo o que sei, portanto pode ir embora."

"Ele tinha um Ford Falcon novinho", disse Erlendur. "O homem que ia lhe vender o trator."

"Não sei do que você está falando."

"O engraçado é que o carro ainda está por aí, e à venda, se eles conseguirem encontrar um comprador", disse Erlendur. "Quando o carro foi encontrado depois do desaparecimento do vendedor, faltava uma das calotas. O senhor sabe o que pode ter acontecido com a calota?"

"Do que você está falando?", disse Haraldur, erguendo a cabeça para olhar com raiva para Erlendur. "Eu não sei absolutamente nada sobre ele. E por que você está me falando desse carro? Onde é que eu entro nessa história?"

"Minha esperança é que isso possa nos ajudar", disse Erlendur. "Carros como aquele podem preservar evidências para sempre. Por exemplo, se aquele homem foi até sua fazenda e deu uma volta pelo quintal, andou dentro da fazenda, ele poderia ter levado alguma coisa no sapato que ainda está lá no carro. Mesmo depois de todos esses anos. Pode ser algo trivial. Um grão de areia basta, se for do mesmo tipo que há em sua fazenda. O senhor entende o que estou dizendo?"

O velho olhou em silêncio para o chão.

"A fazenda ainda está lá?", perguntou Erlendur.

"Cala a boca", disse Haraldur.

Erlendur examinou o quarto. Ele não sabia quase nada sobre o homem sentado na beira da cama diante dele, exceto que era desagradável e boca suja e que seu quarto cheirava mal. Ele lia Einar Benediktsson, mas Erlendur pensou que, ao contrário do poeta, ele provavelmente nunca na vida tinha "transformado escuridão em luz do dia".

"O senhor já morava sozinho na fazenda?"

"Saia daqui, já falei!"

"O senhor tinha um caseiro?"

"Éramos dois irmãos. Jói morreu. Agora me deixe em paz."

"Jói?" Erlendur não se lembrava de nenhuma menção a outra pessoa a não ser Haraldur nos relatórios da polícia. "Quem era ele?", perguntou.

"Meu irmão", disse Haraldur. "Ele morreu há vinte anos. Agora saia. Pelo amor de Deus, saia daqui e me deixe em paz!"

17.

Ele abriu a caixa de cartas e retirou-as uma por uma, leu alguns envelopes e os deixou de lado, abriu outros e devagar foi lendo todos. Não olhava aquelas cartas há anos. Elas tinham vindo da Islândia, de seus pais e de sua irmã, e de camaradas do movimento jovem do partido que queriam saber sobre como era a vida em Leipzig. Lembrou-se das cartas que escreveu em resposta, descrevendo a cidade, a reconstrução e o moral de lá, e de como tudo tinha sido em termos positivos. Escreveu sobre o espírito coletivo do proletariado e sobre a solidariedade socialista, toda aquela retórica vazia e carregada de clichês. Não escreveu nada sobre as dúvidas que começavam a surgir dentro dele. Nunca escreveu sobre Hannes.

Mergulhou mais fundo na pilha. Havia uma carta de Rut e embaixo dela o bilhete de Hannes.

E lá no fundo da pilha estavam as cartas dos pais de Ilona.

Ele quase não pensou em outra coisa senão em Ilona durante as primeiras semanas e meses em que estiveram juntos.

Com pouco dinheiro, ele vivia frugalmente e tentava agradá-la com pequenos presentes. Um dia, quando seu aniversário se aproximava, ele recebeu um pacote da Islândia no qual havia também uma edição de bolso de poemas de Jonas Hallgrímsson. Deu o volume a ela e contou que era do poeta que tinha escrito as palavras mais bonitas da língua islandesa. Ela disse que estava ansiosa para aprender islandês com ele, para poder lê-los. Disse que não tinha nada para lhe dar em troca. Ele sorriu e balançou a cabeça. Ele não contara a ela que era seu aniversário.

"Eu me contento em ter você", disse.

"Rá-rá", disse ela.

"O quê?"

"Menino impertinente!"

Ela largou o livro, empurrou-o de volta para a cama onde ele estava sentado e montou nele. Deu-lhe um beijo longo e intenso. Acabou sendo o melhor aniversário de sua vida.

No inverno ele se aproximou mais de Emil e os dois passaram muito tempo juntos. Gostava de Emil, que se tornava mais radical quanto mais tempo eles permaneciam em Leipzig e quanto mais ele ia conhecendo o sistema. Emil não se abalava com as críticas dos outros islandeses sobre espionagem e vigilância pessoal, escassez de bens de consumo, frequência obrigatória em reuniões da FDJ e coisas assim. Emil zombava de tudo isso. Tendo em vista o objetivo final, tais considerações de curto prazo eram banais. Ele e Emil se davam bem juntos e apoiavam um ao outro.

"Mas por que eles não produzem mais bens de que as pessoas necessitam?", perguntou Karl certa vez, quando eles estavam sentados na nova lanchonete discutindo o governo de Ulbricht. "As pessoas têm um elemento de comparação óbvio na Alemanha Ocidental, que está inundada de bens de consumo e de tudo que qualquer um poderia desejar. Por que a Alemanha Oriental precisa colocar uma ênfase tão grande no desenvolvimento industrial, quando há escassez de alimentos? A única coisa que eles têm em abundância é linhito, que nem chega a ser de fato carvão."

"A economia planejada acabará sendo bem-sucedida", observou Emil. "A reconstrução mal começou e eles não têm o mesmo fluxo de dólares que os Estados Unidos. Tudo leva tempo. O que importa é que o Partido da Unidade Socialista está no caminho certo."

Tómas e Ilona não eram o único casal no seu círculo em Leipzig. Tanto Karl quanto Hrafnhildur conheceram alemães que se encaixaram bem no grupo. Karl era visto com frequência cada vez maior com uma estudante pequena de olhos castanhos, de Leipzig; seu nome era Ulrika. A mãe mal-humorada dela não aprovava o relacionamento, e as descrições de Karl sobre os malabarismos que os dois faziam para driblar a mãe provocavam gargalhadas em todos. Ele contou que os dois haviam conversado sobre viver juntos, até mesmo se casar. Eles tinham muita compatibilidade, ambos eram alegres e descontraídos, e ela falava em ir à Islândia, e até em morar lá. Hrafnhildur começara a sair com um estudante de química tímido e um tanto desinteressante de um pequeno vilarejo perto de Leipzig, que às vezes fornecia bebida alcoólica destilada ilegalmente para as festas.

Era fevereiro. Ele via Ilona todos os dias. Eles não discutiam mais sobre política, e o resto ia bem, os dois tinham muito que conversar. Ele contou a ela sobre a terra das cabeças de ovelha fervidas e ela contou a ele sobre sua família. Ela tinha dois irmãos mais velhos que não facilitavam muito as coisas para ela. Seus pais eram médicos. Ela estava estudando literatura e alemão. Um de seus poetas favoritos era Friedrich Hölderlin. Ela lia muito e lhe perguntava sobre a literatura islandesa. Os livros eram um interesse comum.

Lothar passava cada vez mais tempo com os islandeses. Ele os divertia com seu islandês exato e formal e com suas incessantes perguntas sobre tudo que dizia respeito à Islândia. Tómas se dava bem com Lothar. Ambos eram comunistas da linha dura e conversavam sobre política sem discutir. Lothar praticava seu islandês com ele, e Tómas respondia em alemão. Lothar era de Berlim, segundo ele um lugar maravilhoso. Havia perdido o pai na guerra, mas a mãe ainda morava lá. Lothar convidou Tómas para visitar a cidade com ele em algum momento — não era longe, indo de trem. Em outros aspectos, o alemão não era de se abrir muito, o que Tómas atribuía às dificuldades que ele tinha enfrentado quando menino durante a guerra. Perguntava cada vez mais sobre a Islândia e parecia ter um interesse insaciável pelo país. Queria saber sobre a universidade de lá, sobre conflitos políticos, líderes políticos e empresariais, sobre como as pessoas viviam e sobre a base dos Estados Unidos em Keflavík. Tómas explicou que a Islândia havia lucrado enormemente com a guerra, Reykjavík tinha crescido depressa e o país havia passado, quase da noite para o dia, de uma comunidade de agricultores pobres para uma sociedade burguesa moderna.

Às vezes, ele falava com Hannes na universidade. Costumavam se encontrar na biblioteca ou no refeitório do edifício principal. Tornaram-se bons amigos, apesar de tudo, apesar do pessimismo de Hannes. Ele tentou, em vão, mudar a opinião de Hannes. Hannes havia perdido o interesse por tudo aquilo. Só pensava em terminar os estudos e ir para casa.

Um dia ele se sentou ao lado de Hannes no refeitório. Nevava lá fora. Ele tinha recebido um casaco quente da Islândia no Natal. Havia mencionado em uma de suas cartas como fazia frio em Leipzig. Hannes fez questão de perguntar sobre o casaco e ele detectou uma pitada de inveja na voz do outro.

O que ele não sabia é que aquela era a última vez que eles conversariam em Leipzig.

"Como Ilona é?", perguntou Hannes.

"Como você conhece Ilona?", ele replicou.

"Eu não a conheço", disse Hannes, olhando ao redor do refeitório, como se para se certificar de que ninguém poderia ouvi-los. "Só sei que ela é da Hungria. E que é sua namorada. Não é isso? Vocês não estão saindo juntos?"

Ele tomou um gole do café e não respondeu. O tom de voz de Hannes estava estranho. Mais duro e mais inflexível do que o habitual.

"Ela já conversou com você sobre o que está acontecendo na Hungria?", perguntou Hannes.

"Às vezes. Procuramos não falar muito sobre..."

"Você sabe o que está acontecendo lá?", interrompeu Hannes. "Os soviéticos vão recorrer à força militar. Estou surpreso por ainda não terem feito isso. Eles não podem evitar. Se permitirem que o que está ocorrendo na Hungria cresça, toda a Europa Oriental irá atrás, e haverá uma rebelião total contra a autoridade soviética. Ela nunca fala sobre isso?"

"Nós conversamos sobre a Hungria", disse ele. "Apenas não concordamos."

"Não, é claro. Você sabe mais sobre o que está acontecendo lá do que ela, a húngara."

"Não estou dizendo isso."

"Então o que você *está* dizendo?", perguntou Hannes. "Já se perguntou seriamente sobre isso? Quando o brilho vermelho foi se apagando dos seus olhos?"

"O que aconteceu com você, Hannes? Por que está tão zangado? O que aconteceu depois de você vir para cá? Você era a Grande Esperança lá na Islândia."

"A Grande Esperança", bufou Hannes. "Provavelmente não sou mais."

Eles ficaram em silêncio.

"Eu vi o que está por trás de toda essa porcaria", disse Hannes depois de algum tempo, em voz baixa. "Toda a porra dessa mentira. Eles encheram a nossa cabeça com imagens do paraíso dos trabalhadores, igualdade e fraternidade, até cantamos a Internacional como se a agulha estivesse empacada no disco. Um enorme coro de aleluia sem uma única palavra de crítica. Lá em casa vamos a reuniões de campanha. Aqui não há outra coisa além de discursos elogiosos. Você está vendo algum debate? É "Viva o Partido!" e nada mais! Você já conversou com as pessoas que vivem aqui? Sabe o que elas pensam? Já conversou com pelo menos um cidadão comum desta cidade? Será que eles quiseram Walter Ulbricht e o Partido Comunista? Será que quiseram um partido único e uma economia centralizada? Será que eles quiseram ver banida a liberdade de expressão, a liberdade de imprensa e os partidos políticos verdadeiros? Será que quiseram levar tiros nas ruas no levante de 1953? Lá na Islândia pelo menos podemos discutir com os nossos adversários e escrever nos jornais. Aqui isso é proibido. Há apenas uma linha, *finito*. E quando as pessoas são arrebanhadas para votar no único partido autorizado a atuar no país, eles chamam isso de eleições! Os moradores daqui acham que é uma farsa total. Eles sabem que isto não é democracia!"

Hannes fez uma pausa. Estava agitado, com raiva.

"As pessoas não se atrevem a dizer o que pensam, porque tudo aqui está sob vigilância. Toda a porra desta sociedade. Tudo que você diz e faz pode repercutir em você, e você é intimado, preso, expulso. Fale com as pessoas. Os telefones são grampeados. Eles espionam os cidadãos!"

Os dois continuaram sentados em silêncio.

Ele sabia que Hannes e Ilona tinham razão. Achava que o melhor era o partido ser honesto e admitir que eleições livres e discussões abertas eram, por enquanto, impossíveis. Elas viriam mais tarde, quando o objetivo fosse alcançado: uma economia socialista. Eles às vezes tinham zombado dos alemães por estes concordarem com todas as propostas nas reuniões e, em seguida, dizerem exatamente o contrário em particular. As pessoas estavam com medo de ser sinceras, quase não se atreviam a apresentar uma ideia independente, temendo que ela fosse interpretada como antissocialista e elas acabassem sendo punidas.

"Eles são homens perigosos, Tómas", disse Hannes após um longo silêncio. "Eles não estão para brincadeira."

"Por que vocês estão sempre falando em liberdade de opinião?", ele disse com raiva. "Você e Ilona. Olhe só para a caça às bruxas contra os comunistas nos Estados Unidos. Você pode ver muito bem como eles estão empurrando as pessoas para fora do país, para fora de seus empregos. E quanto à sociedade da vigilância lá? Já leu sobre os covardes que delataram seus camaradas para o Comitê de Atividades Antiamericanas? O partido comunista é ilegal lá. Também permitem apenas uma opinião lá — a opinião dos cartéis capitalistas, dos imperialistas, dos fomentadores da guerra. Eles rejeitam tudo o mais. Tudo."

Ele se levantou.

"Você está aqui a convite do proletariado deste país", ele disse com raiva. "Ele está pagando a sua educação e você deveria ter vergonha de si mesmo por falar assim. Vergonha! Você deve mesmo voltar para casa!"

Ele saiu da cafeteria pisando duro.

"Tómas", chamou-o Hannes, mas ele não respondeu.

Saiu a passos largos pelo corredor que levava ao refeitório e deu um encontrão em Lothar, que perguntou que pressa era aquela. Olhando para trás, ele disse que não era nada. Os dois saíram juntos do prédio. Lothar se ofereceu para lhe pagar uma cerveja e ele aceitou. Quando se sentaram no café Baum, ao lado da igreja de São Tomás, ele contou a Lothar sobre a discussão e sobre como Hannes, por algum motivo, tinha se virado completamente contra o socialismo e o estava denegrindo. Disse a Lothar que não podia tolerar a hipocrisia de Hannes, que discorria contra o sistema socialista ao mesmo tempo que colhia seus benefícios estudando lá.

"Eu não entendo", ele disse a Lothar. "Não entendo como ele tem coragem de abusar da sua posição desse jeito. Eu nunca faria isso", disse. "Nunca."

Naquela noite, ele encontrou Ilona e lhe contou sobre a discussão. Comentou que às vezes Hannes dava a impressão de que a conhecia, mas ela fez que não com a cabeça. Nunca tinha ouvido falar dele nem falado com ele.

"Você concorda com Hannes?", ele perguntou hesitante.

"Concordo", disse ela após uma longa pausa. "Eu concordo com ele. E não só eu. Há muitos, muitos outros. Pessoas da minha idade em Budapeste. Jovens aqui de Leipzig."

"Por que essas pessoas não se manifestam?"

"Estamos fazendo isso em Budapeste. Mas estamos enfrentando uma oposição enorme. É incrível. E há medo. Medo em todos os lugares sobre o que pode acontecer."

"O Exército?"

"A Hungria é um dos troféus de guerra da União Soviética. Eles não vão desistir de nós sem lutar. Se conseguirmos nos libertar deles, não se sabe o que poderá acontecer no resto da Europa Oriental. Essa é a grande questão. Uma reação em cadeia."

Dois dias depois, sem aviso, Hannes foi expulso da universidade e lhe ordenaram que deixasse o país.

Ele ouviu dizer que um policial tinha sido deixado do lado de fora de onde Hannes morava e que ele fora escoltado até o aeroporto por dois policiais de segurança. Pelo que ele entendeu, nenhum dos cursos que Hannes fizera seria reconhecido por qualquer outra universidade. Era como se Hannes nunca tivesse estudado lá. Ele havia sido apagado.

Ele não acreditou no que ouviu quando Emil entrou correndo com as notícias. Emil não sabia muito. Ele havia encontrado Karl e Hrafnhildur, que lhe contaram sobre o policial e sobre como todos estavam dizendo que Hannes tinha sido levado para o aeroporto. Emil teve que contar tudo de novo até que todas aquelas informações fossem absorvidas. Seu compatriota estava sendo tratado como se tivesse cometido um crime horrível. Como se fosse um criminoso comum. Naquela noite não se falou de outra coisa no dormitório. Ninguém sabia ao certo o que tinha acontecido.

No dia seguinte, três dias depois da discussão que tiveram no refeitório, ele recebeu uma mensagem de Hannes. O companheiro de quarto de Hannes foi quem o entregou. Estava em um envelope lacrado com apenas seu nome na frente. Tómas. Ele abriu o envelope e se sentou na cama com o bilhete. Não demorou muito para ler.

Você me perguntou o que tinha acontecido em Leipzig. O que tinha acontecido comigo. É simples. Eles ficaram me pedindo para espionar os meus amigos, para contar o que eles diziam sobre o socialismo, sobre a Alemanha Oriental, sobre Ulbricht, sobre que emissoras de rádio você ouvia. Não apenas você, mas todos que eu conhecia. Eu me recusei a ser informante deles. Eu disse que não iria espionar os meus amigos. Eles acharam que eu poderia ser persuadido. Do contrário, disseram, eu seria expulso da universidade. Eu recusei e eles me deixaram em paz. Até agora.

Por que você simplesmente não me deixou em paz?

Hannes

Ele leu o bilhete repetidas vezes e não podia acreditar no que estava escrito ali. Um arrepio percorreu sua espinha e sua cabeça girava.

Por que você simplesmente não me deixou em paz?

Hannes o culpava por sua expulsão. Hannes acreditava que ele tinha ido até as autoridades universitárias e revelado suas opiniões, sua oposição ao sistema. Se ele o tivesse deixado em paz, aquilo nunca teria acontecido. Ele olhou para o bilhete. Era um mal-entendido. O que Hannes estava querendo dizer? Ele não tinha falado com as autoridades universitárias, apenas com Ilona e Lothar, e à noite havia mencionado sua surpresa com as opiniões de Hannes para Emil, Karl e Hrafnhildur na cozinha. Isso não era novidade. Eles concordavam com ele. Eles sentiam que a forma como Hannes tinha mudado era, na melhor das hipóteses, exagerada e, na pior, desprezível.

Só poderia ser coincidência Hannes ter sido expulso depois da discussão, e um mal-entendido de Hannes vincular aquilo ao encontro que tiveram. Ele não podia achar que era culpa de Tómas ele ser proibido de terminar o curso. Ele não tinha feito nada. Não havia contado a ninguém, exceto a seus amigos. Será que o homem não estava ficando paranoico? Será que acreditava mesmo naquilo?

Emil estava no quarto e ele mostrou-lhe o bilhete. Emil bufou. Não gostava de Hannes e de tudo que ele representava, e não escondia isso.

"Ele é louco", disse Emil. "Não ligue para ele."

"Mas por que ele está dizendo isso?"

"Esqueça, Tómas. Ele está tentando culpar alguém por seus erros. Ele deveria ter saído daqui há muito tempo."

Tómas levantou-se de um salto, pegou seu casaco, vestiu-o andando rápido pelo corredor, correu até a casa de Ilona e bateu na porta. A senhoria atendeu e levou-o até ela. Já de casaco e sapato, Ilona estava colocando um chapéu. Ia sair. Claramente surpresa por vê-lo, percebeu a enorme agitação de Tómas.

"O que aconteceu?", perguntou, indo até ele.

Ele fechou a porta.

"Hannes pensa que eu tive algo a ver com a expulsão e deportação dele. Como se eu tivesse falado alguma coisa a alguém!"

"O que você está dizendo?"

"Ele está me culpando por sua expulsão!"

"Com quem você falou?", perguntou Ilona. "Depois que encontrou Hannes?"

"Só com você e os outros. Ilona, o que você quis dizer no outro dia quando se referiu aos jovens de Leipzig? São os que concordam com Hannes? Quem são eles? Como você os conhece?"

"Você não falou com mais ninguém? Tem certeza?"

"Não, só com Lothar. O que você sabe sobre os jovens de Leipzig, Ilona?"

"Você contou a Lothar o que Hannes tinha dito?"

"Contei. Como assim? Ele sabe tudo sobre Hannes."

Ilona fitou-o pensativo.

"Por favor, me diga o que está acontecendo", ele perguntou a ela.

"Nós não sabemos exatamente quem é Lothar", disse Ilona. "Você acha que alguém o seguiu até aqui?"

"Se alguém me seguiu? O que você quer dizer? Quem é que não sabe quem é o Lothar?"

Ilona olhou para ele com a expressão mais séria que ele já tinha visto nela, com um olhar quase de terror. Ele não fazia ideia do que estava acontecendo. Tudo o que sabia era que sua consciência o atormentava por causa de Hannes, o qual achava que ele era o culpado de tudo que havia acontecido. Mas ele não tinha feito nada. Absolutamente nada.

"Você conhece o sistema. É perigoso falar demais."

"Falar demais! Eu não sou criança, eu sei sobre a vigilância."

"É claro."

"Eu não disse nada, a não ser para os meus amigos. Isso não é ilegal. Eles são meus amigos. O que está acontecendo, Ilona?"

"Você tem certeza de que ninguém o seguiu?"

"Ninguém me seguiu. O que você está querendo dizer? Por que alguém iria me seguir? Do que você está falando?" Então ele pensou um pouco: "Eu não sei se alguém me seguiu. Eu não estava prestando atenção. Por que me seguiriam? Quem estaria me seguindo?".

"Eu não sei", disse Ilona. "Vamos, vamos sair pela porta dos fundos."

"Para onde?"

"Venha comigo."

Ilona pegou-o pela mão e levou-o para fora através da pequena cozinha, onde a velha estava em uma cadeira, fazendo tricô. Ela olhou para cima e sorriu, eles sorriram de volta e disseram adeus. Saíram em um quintal escuro, escalaram uma cerca e foram parar em um beco estreito. Ele não sabia o que estava acontecendo. Por que seguia atrás de Ilona em uma noite escura, olhando por cima do ombro para ver se alguém os seguia?

Ela enveredou por alguns desvios, parando de vez em quando e guardando silêncio para ouvir sons de passos. Em seguida foi em frente, com ele logo atrás. Depois de um longo trajeto, desembocaram em um novo bairro residencial onde conjuntos de apartamentos estavam sendo construídos em um terreno vazio, a uma distância razoável do centro da cidade. Alguns edifícios não tinham janelas nem portas, e as pessoas se mudaram para outros. Eles entraram em um dos blocos parcialmente ocupados e correram para o porão. Ilona bateu em uma porta. Vozes podiam ser ouvidas do lado de dentro: elas se calaram de repente ao som da batida. A porta se abriu. Cerca de dez pessoas estavam em um apartamento pequeno, olhando para eles na porta. Elas o examinaram. Ilona entrou, cumprimentou a todos e o apresentou.

"Ele é um amigo de Hannes", disse, e todos olharam para ele e assentiram com a cabeça.

Um amigo de Hannes, ele pensou espantado. Como eles conheciam Hannes? Ele fora apanhado totalmente desprevenido. Uma garota avançou, estendeu a mão e o cumprimentou.

"Você sabe o que aconteceu?", perguntou ela. "Sabe por que ele foi expulso?"

Ele fez que não com a cabeça.

"Não faço ideia", disse. Ele examinou o grupo. "Quem são vocês?", perguntou. "Como todos aqui conhecem Hannes?"

"Será que alguém seguiu vocês?", a garota perguntou a Ilona.

"Não. Tómas não sabe o que está acontecendo e eu queria que ele ouvisse isso de vocês."

"Nós sabíamos que eles estavam vigiando Hannes", explicou a garota. "Depois que ele se recusou a trabalhar para eles. Estavam apenas esperando uma chance. Esperando a oportunidade de expulsá-lo da universidade."

"O que eles queriam que ele fizesse?"

"Eles chamam isso de servir ao partido comunista e ao proletariado."

Um homem se aproximou dele.

"Ele sempre foi tão cuidadoso", disse o homem. "Fazia questão de nunca dizer nada que pudesse lhe trazer problemas."

"Conte-lhe sobre Lothar", propôs Ilona. A tensão havia diminuído um pouco. Algumas pessoas no grupo recostaram-se. "Lothar é o *Betreuer* de Tómas."

"Ninguém seguiu vocês mesmo?", perguntou alguém do grupo, lançando um olhar ansioso para Ilona.

"Ninguém. Eu já disse. Tenho certeza."

"E quanto a Lothar?", ele perguntou, incrédulo sobre tudo o que tinha ouvido e visto. Olhou ao redor do pequeno apartamento, para as pessoas que o fitavam com medo e curiosidade.

Percebeu que estava em uma reunião de célula, mas às avessas. Não era como as reuniões dos jovens socialistas na Islândia. Não era uma reunião para fazer campanha a favor do socialismo, e sim um encontro clandestino de dissidentes. Essas pessoas se reuniam em segredo, com medo de ser punidas por atitude antissocialista.

Eles lhe contaram sobre Lothar. Ele não tinha nascido em Berlim, como dizia. Era de Bonn e havia sido educado em Moscou, onde, entre outras matérias, estudou língua islandesa. Sua missão era recrutar jovens na universidade para o partido comunista. Ele se esforçava especialmente para isso com estudantes estrangeiros em lugares como Leipzig, estudantes que poderiam ser úteis quando voltassem para casa. Fora Lothar quem havia tentado fazer Hannes trabalhar para ele. Sem dúvida, foi Lothar quem acabou tendo um papel decisivo na expulsão dele.

"Por que você não me disse que conhecia Hannes?", ele perguntou a Ilona, perplexo.

"Nós não falamos sobre isso", disse Ilona. "Para ninguém. Hannes nunca falou para você também, não é? Caso contrário, você teria vazado tudo para Lothar."

"Para Lothar?"

"Você contou a ele sobre Hannes", disse Ilona.

"Eu não sabia..."

"Precisamos ter cuidado com o que dizemos o tempo todo. Você certamente não ajudou Hannes ao falar com Lothar."

"Eu não sabia sobre o Lothar, Ilona."

"Não precisaria ser Lothar. Poderia ser qualquer um. A gente nunca sabe. Você nunca sabe quem é. É assim que o sistema funciona. É assim que *eles* funcionam."

Ele olhou para Ilona e soube que ela estava certa. Lothar o tinha usado, tinha se aproveitado de sua raiva. O que Hannes havia escrito no bilhete era verdade. Ele dissera algo a alguém, algo que deveria ter sido mantido em segredo. Ninguém o avisou. Ninguém havia falado em segredos. Mas no fundo do seu coração ele também sabia que ninguém precisaria ter lhe dito. Sentiu-se péssimo. Consumido pela culpa. Sabia muito bem como o sistema funcionava. Sabia tudo sobre vigilância interativa. Ele tinha deixado que sua raiva o conduzisse ao caminho errado. Sua ingenuidade os ajudara a expulsar Hannes.

"Hannes parou de andar conosco, com os islandeses", disse ele.

"Isso mesmo", admitiu Ilona.

"Porque ele..." Não terminou a frase.

Ilona assentiu com a cabeça.

"O que está acontecendo?", perguntou ele. "O que realmente está acontecendo aqui? Ilona?"

Ela olhou para todos no grupo, como se à espera de uma resposta. O homem que havia falado antes assentiu com a cabeça para ela e Ilona revelou que eles é que a tinham contatado. Um membro do grupo — Ilona apontou para a garota que o cumprimentara com um aperto de mão — estudava alemão com ela na universidade e quis saber detalhes do que estava acontecendo na Hungria, como era a dissidência contra o partido comunista lá e o medo da União Soviética. Após cautelosas conversas iniciais para sondar as opiniões, e depois de a garota estar convencida de que Ilona era a favor da revolta na Hungria, ela lhe pediu que fosse conhecer seus companheiros. O grupo realizava reuniões clandestinas. A vigilância estava aumentando consideravelmente, e as pessoas eram cada vez mais instadas a notificar a polícia de segurança caso percebessem comportamentos ou condutas antissocialistas. Isso estava relacionado com o levante de 1953 e, em certa medida, era uma reação à situação húngara. Ilona conheceu Hannes em seu primeiro encontro com os ativistas jovens de Leipzig. Eles queriam saber sobre a Hungria e se uma resistência semelhante poderia ser construída na Alemanha Oriental.

"Por que Hannes estava neste grupo?", perguntou ele. "Como ele acabou entrando nisso tudo?"

"Hannes sofreu uma lavagem cerebral completa, assim como você", disse Ilona. "Vocês devem ter uma liderança forte na Islândia." Ela olhou na direção do homem que falara antes. "Martin e Hannes são amigos da engenharia. Martin demorou para conseguir fazer Hannes entender o que estávamos dizendo. Mas confiávamos nele. Não tínhamos razão para não confiar."

"Se vocês sabem tudo isso sobre Lothar, por que não fazem alguma coisa?", perguntou ele.

"Não podemos fazer nada a não ser evitá-lo, o que é difícil, porque ele é treinado para ser amigo de todos", explicou um homem. "O que podemos fazer quando ele fica muito curioso é confundi-lo. As pessoas não se apegam a ele. Ele diz o que queremos ouvir e concorda com os nossos pontos de vista. Mas é falso. É perigoso."

"Espere um pouco", disse ele, olhando para Ilona. "Vocês sabiam sobre Lothar, mas e o Hannes? Ele não sabia quem Lothar era?"

"Sim, Hannes sabia", disse Ilona.

"Por que ele não disse nada? Por que não me avisou? Por que ele não disse nada?"

Ilona se aproximou dele.

"Ele não confiava em você", disse ela. "Não sabia qual era a sua posição."

"Ele disse que queria ser deixado em paz."

"Ele realmente queria ser deixado em paz. Ele não queria nos espionar nem espionar seus conterrâneos."

"Ele me chamou depois que eu discuti com ele. Ele ia me dizer mais alguma coisa, mas... Eu estava com raiva, saí furioso. E em seguida dei um encontrão com Lothar."

Ele olhou para Ilona.

"Então não foi uma coincidência?"

"Duvido", disse Ilona. "Mas com certeza teria acontecido mais cedo ou mais tarde. Eles estavam mantendo uma vigilância cerrada sobre Hannes."

"Há mais pessoas como Lothar na universidade?", perguntou ele.

"Há", disse Ilona. "Mas não sabemos quem elas são. Só conhecemos algumas."

"Lothar é o seu *Betreuer*", disse um homem sentado em uma cadeira e que tinha ouvido a conversa sem dizer uma palavra.

"É verdade."

"O que você quer dizer?", Ilona perguntou ao homem.

"Os agentes de ligação devem vigiar os estrangeiros", explicou o homem, pondo-se de pé. "Eles devem relatar tudo sobre os estrangeiros. Sabemos que a Lothar também cabe fazer com que eles colaborem."

"Diga-lhe o que você está querendo dizer", sugeriu Ilona, dando um passo na direção do homem.

"Como saber se podemos confiar nesse seu amigo?"

"Eu confio nele", disse Ilona. "Isso é o suficiente."

"Como você sabe que Lothar é perigoso?", perguntou ele. "Quem lhe disse isso?"

"Esse é o nosso negócio", respondeu o homem.

"Ele está certo", disse Tómas, olhando para o homem que duvidara de sua integridade. "Por que você confiaria em mim?"

"Nós confiamos em Ilona", foi a resposta.

Ilona sorriu sem jeito.

“Hannes disse que mais cedo ou mais tarde você iria cair em si”, disse ela.

Ele olhou para a folha de papel desbotado e leu o velho bilhete de Hannes. Logo seria noite e o casal iria passar a pé por sua janela. Ele pensou sobre aquela noite no apartamento de porão em Leipzig e como ela tinha mudado sua vida. Pensou em Ilona, em Hannes e em Lothar. E pensou sobre as pessoas aterrorizadas no porão.

Foram os filhos dessas pessoas que, décadas depois, haviam transformado a igreja de São Nicolau em sua fortaleza e que correram para as ruas quando a situação finalmente atingiu o ponto de ebulição.

18.

Valgerdur não foi com Erlendur ao churrasco de Sigurdur Óli, nem seu nome foi mencionado. Elínborg fez na churrasqueira um delicioso lombo de cordeiro que ela havia marinado em um molho picante especial com raspas de limão, mas antes eles comeram um prato de camarão preparado por Bergthóra e que Elínborg elogiou muito. A sobremesa foi a musse feita por Elínborg; Erlendur não percebeu o que havia nela, mas o gosto era bom. Ele nunca teve intenção de ir ao churrasco, porém, após a interminável insistência de Sigurdur Óli e Bergthóra, acabou cedendo. E não foi tão ruim quanto o lançamento do livro de Elínborg. Bergthóra ficou tão feliz por ele ter ido que o deixou fumar na sala de visitas. Sigurdur Óli ficou aborrecido quando ela trouxe o cinzeiro. Erlendur observou-o com um sorriso e sentiu que tinha ganho sua recompensa.

Eles não conversaram sobre trabalho, a não ser quando Sigurdur Óli perguntou por que o equipamento russo teria sido danificado antes de ser jogado no lago com o corpo. Erlendur contou a eles os resultados da perícia. Os três estavam juntos no pátio, Elínborg preparando a grelha.

"E isso diz alguma coisa?", perguntou ela.

"Não sei", disse Erlendur. "Não sei se vem ao caso se ele funcionava ou não. Não consigo ver a diferença. Um aparelho de escuta é um aparelho de escuta. Russos são russos."

"É, acho que sim", admitiu Sigurdur Óli. "Talvez tenha sido danificado em uma luta. Caiu no chão e quebrou."

"É possível", disse Erlendur. Ele olhou para o sol. Não fazia ideia do que estava fazendo lá fora no terraço. Nunca tinha estado na casa de Sigurdur Óli e Bergthóra, apesar de já trabalharem juntos há muito tempo. Não se surpreendeu de encontrar tudo limpo e arrumado: móveis de design, objetos artísticos e um piso sofisticado. Não se via um grão de pó. Nem livros.

Dentro da casa, Erlendur se animou quando soube que Teddi, o marido de Elínborg, entendia de Ford Falcons. Teddi era um mecânico de automóveis gordinho apaixonado pela culinária de Elínborg, como a maioria das pessoas que a conheciam. Seu pai possuiu um Falcon e era um grande admirador do modelo. Teddi contou a Erlendur que o carro era muito bom de dirigir, com banco da frente inteiriço, câmbio automático e um grande volante de marfim. Era um carro para a família menor do que outros modelos americanos dos anos 1960, que tendiam a ser enormes.

"Ele não se saiu tão bem nas estradas velhas da Islândia", disse Teddi enquanto filava um cigarro de Erlendur. "Talvez não tenha sido construído forte o suficiente para as condições islandesas. Nós tivemos muitos problemas quando o eixo quebrou uma vez no campo. Meu pai teve que achar um caminhão para transportá-lo de volta à cidade. Não eram carros especialmente potentes, mas eram bons para famílias pequenas."

"As calotas tinham alguma coisa de especial?", perguntou Erlendur, acendendo o cigarro de Teddi.

"As calotas dos carros americanos sempre foram muito chamativas, e as do Falcon eram assim também. Mas não tinham nada de especial. Veja bem, a Chevrolet..."

Para famílias pequenas, pensou Erlendur, e a voz de Teddi foi se apagando. O vendedor desaparecido tinha comprado um bom carro para a pequena família que ele pretendia ter com a mulher da loja de laticínios. Esse era o futuro. Quando ele desapareceu, faltava uma calota em seu carro. Ele pode ter feito uma curva muito rápido ou ter raspado na calçada. Ou talvez a calota simplesmente tenha sido roubada fora da rodoviária.

"... Então veio a crise do petróleo na década de 1970 e eles tiveram que fabricar motores mais econômicos", dizia Teddi, bebericando sua cerveja.

Erlendur assentiu distraidamente e apagou o cigarro. Viu Sigurdur Óli abrindo uma janela para que a fumaça saísse. Erlendur estava tentando reduzir, mas sempre fumava mais do que pretendia. Estava pensando em desistir de se preocupar com cigarros. Não tinha adiantado nada até agora. Pensou em Eva Lind, que não tinha entrado em contato desde que abandonara a reabilitação. Ela não se preocupava com a própria saúde. Olhou para o pequeno pátio atrás do sobrado de Sigurdur Óli e Bergthóra, e ficou observando Elínborg na churrasqueira; ela parecia estar cantando uma música para si mesma. Ele olhou para a cozinha, onde Sigurdur Óli beijou Bergthóra na nuca quando passou por ela. Lançou um olhar de soslaio para Teddi, que saboreava sua cerveja.

Talvez desfrutar a vida fosse aquilo. Talvez fosse simples assim, quando o sol estava brilhando em um dia agradável de verão.

Naquela noite, em vez de ir para casa ele saiu da cidade, passando por Grafarholt, a caminho de Mosfellsbaer. Pegou uma estrada secundária em direção a uma fazenda enorme e saiu dela mais perto do mar, até atingir as terras que Haraldur e seu irmão Johann tinham cultivado. Haraldur lhe passara apenas informações limitadas e tentou dificultar as coisas ao máximo. Recusou-se a dizer a Erlendur se as antigas construções da fazenda ainda estavam de pé, alegando nada saber sobre elas. Seu irmão Johann havia morrido subitamente, ataque cardíaco, afirmou. Nem todo mundo tem a sorte do meu irmão Jói, acrescentou.

As construções ainda estavam de pé. Chalés de verão haviam sido construídos aqui e ali nas terras da fazenda. A julgar pelas árvores em torno de algumas, elas estavam lá havia algum tempo. Outras eram recentes. Erlendur viu um campo de golfe ao longe. Embora já fosse tarde, avistou algumas criaturas acertando bolas e em seguida indo devagar atrás delas sob o sol quente.

A fazenda era constituída de construções deterioradas: uma pequena casa e barracões próximos a ela. A casa de fazenda estava coberta de placas de ferro onduladas. Algum dia ela fora pintada de amarelo, mas a cor tinha desbotado quase inteiramente. Mais placas de metal corrugado e enferrujado pendiam do lado de fora; outras, afetadas pelo vento e pelo mau tempo, tinham caído no chão. A maioria das telhas foi lançada ao mar pelo vento, imaginou Erlendur. Todas as janelas estavam quebradas e não havia porta da frente. Ali perto, viu as ruínas de um pequeno galpão ao lado de um estábulo e de um celeiro.

Parou diante da casa da fazenda arruinada. Era quase como a sua casa de infância.

Entrando, ele avançou por um pequeno saguão e depois por um corredor estreito. À direita estava a cozinha e uma área de serviço; à esquerda, uma pequena copa. Um fogão islandês antiquado ainda estava na cozinha, com três chapas e um pequeno forno, totalmente enferrujado. No final do corredor havia dois quartos e uma sala. As tábuas do assoalho rangeram no silêncio da noite. Ele não sabia o que estava procurando. Não sabia por que tinha ido até lá.

Ele foi até os barracões. Ao longo da fileira de baias do estábulo e do interior do celeiro, ele viu um chão de terra. Quando deu a volta pelo barracão, notou traços de um monte de esterco atrás do estábulo. Uma porta estava pendurada no barracão de ferramentas, mas quando ele a puxou ela saiu das dobradiças, caiu no chão e se quebrou com um som que pareceu um gemido pesado. Dentro do barracão havia prateleiras com compartimentos pequenos para porcas e parafusos, e pregos nas paredes para pendurar as ferramentas. Não viu nenhuma ferramenta. Quando se mudaram para Reykjavík, os irmãos tinham, sem dúvida, levado tudo o que pudessem usar. Uma bancada quebrada estava apoiada contra a parede. O capô de um trator repousava sobre uma pilha de objetos indistintos de ferro no chão. A pina da roda traseira de um trator estava jogada a um canto.

Erlendur penetrou mais fundo no barracão. Será que ele esteve aqui, o motorista do Falcon? Ou será que tomou um ônibus para algum lugar da zona rural? Se esteve aqui, no que estava pensando? O dia já chegava ao fim quando ele saiu de Reykjavík. Ele sabia que não tinha muito tempo. Ela iria esperá-lo na frente da loja de laticínios e ele não queria se atrasar. Mas não quis apressar os irmãos. Eles estavam interessados em comprar um trator dele. Não demoraria muito para fechar a venda. Mas não queria bancar o insistente. Poderia comprometer o negócio, se ele se mostrasse muito ansioso. No entanto, estava com pressa. Queria terminar logo a transação.

Se ele de fato esteve aqui, por que os irmãos não contaram isso? Por que mentiram? Eles não tinham interesses escusos. Não sabiam nada sobre aquele homem. E por que estava faltando uma calota em seu carro? Será que ela tinha caído? Teria sido roubada fora da estação rodoviária? Ou teria sido roubada aqui?

Se ele era o homem no lago com o crânio furado, como foi parar lá? De onde teria vindo o aparelho que estava amarrado nele? Será que era relevante ele vender tratores e máquinas agrícolas do bloco oriental? Haveria alguma conexão?

O celular tocou em seu bolso.

"Alô", disse secamente.

"Me deixa em paz", disse uma voz que ele conhecia muito bem. E conhecia a voz particularmente bem quando ela estava naquele estado.

"É o que eu pretendo fazer", respondeu.

"Então faça", disse a voz. "Me deixa em paz de agora em diante. Pare de interferir na minha vida."

Ele desligou. Era mais difícil desligar a voz. Ela ecoava em sua cabeça: chapada, irritada, repulsiva. Ele sabia que ela deveria estar em um antro qualquer de algum lugar com alguém cujo nome podia ser Eddi e que tinha o dobro da idade dela. Tentava não pensar com muitos detalhes sobre a vida que ela levava. Repetidas vezes ele tinha feito tudo a seu alcance para ajudá-la. Não sabia o que mais tentar. Estava completamente perdido em relação à filha viciada. Em outros tempos teria tentado localizá-la. Sairia correndo e a encontraria. Em outros tempos teria se convencido de que quando ela dizia "Me deixa em paz" ela realmente estava querendo dizer "Venha me ajudar". Agora não. Ele não queria mais fazer isso. Queria dizer a ela: "Acabou. Cuide de si mesma".

Ela fora morar com ele no Natal. Na época, após um breve intervalo, quando teve um aborto espontâneo e ficou confinada em um hospital, ela recomeçou a usar drogas. No Ano-Novo, ele percebeu a inquietação da filha, que desaparecia por períodos diferentes de tempo. Ele ia atrás dela, a levava de volta para casa, mas na manhã seguinte ela já tinha ido embora. Foi assim até que ele parou de ir atrás dela, parou de fingir que o que ele fazia tinha algum significado para ela. A vida era dela. Se tinha escolhido viver daquela forma, a decisão era dela. Ele era incapaz de fazer mais. Não tinha notícias dela havia mais de dois meses, quando ela atingiu Sigurdur Óli no ombro com o martelo.

Ficou parado no quintal olhando para as ruínas de uma vida que já havia existido. Pensou no dono do Falcon. Pensou na mulher que ainda esperava por ele. Pensou em sua própria filha e em seu filho. Olhou para o sol noturno e pensou em seu irmão morto. O que ele pensou sob aquela tempestade de neve?

Estava muito frio?

Não seria muito bom voltar para casa e se aquecer?

Na manhã seguinte, Erlendur voltou à mulher que esperava o homem que dirigia o Falcon. Era um sábado e ela não estava trabalhando. Ele ligou com antecedência e ela já havia preparado o café para ele, embora ele tivesse deixado claro que ela não precisava se incomodar. Eles se sentaram na sala dela como antes. Seu nome era Ásta.

"Claro, você sempre trabalha nos fins de semana", ela disse, acrescentando que trabalhava na cozinha do Hospital Municipal de Fossvogur.

"Sim, com frequência há muitas coisas para fazer", ele disse, tomando cuidado para não entrar em detalhes. Ele poderia não ter trabalhado naquele fim de semana, mas o caso do Falcon despertara sua curiosidade e ele sentiu uma necessidade estranha e premente de investigá-lo a fundo. Não sabia por quê. Talvez por causa da mulher sentada diante dele que tinha trabalhado duro a vida toda, que ainda vivia sozinha e cuja expressão cansada refletia como fora a vida para ela. Era como se ela pensasse que o homem que um dia ela amou iria voltar, como sempre tinha feito, iria beijá-la, contar sobre o seu dia no trabalho e perguntar como ela estava.

"Na última vez que estivemos aqui, você disse que não acreditava que houvesse outra mulher", ele disse com cautela.

A caminho da casa dela, Erlendur havia revisto sua abordagem. Não queria devastar as lembranças dela. Não queria destruir qualquer coisa a que ela tivesse se apegado. Ele tinha visto isso acontecer muitas vezes, quando eles chegavam à casa de algum criminoso cuja esposa ficava ali olhando para eles, incapaz de acreditar nos próprios olhos e ouvidos. As crianças atrás dela. Sua fortaleza desmoronando a seu redor. Meu marido! Vendendo drogas? O senhor deve estar louco!

"Por que você está perguntando sobre isso?", quis saber a mulher, sentada em sua poltrona. "Você sabe mais do que eu? Já descobriu alguma coisa? Vocês descobriram algo novo?"

"Não, nada", disse Erlendur, hesitando por dentro ao sentir a ansiedade na voz dela. Ele descreveu sua visita a Haraldur e como tinha localizado o Falcon, ainda em bom estado e guardado em uma oficina de Kópavogur. Também contou que havia visitado uma fazenda abandonada perto de Mosfellsbaer. O desaparecimento do companheiro dela, no entanto, continuava um mistério.

"Você disse que não tinha fotografias dele ou de vocês juntos", ele afirmou.

"É isso mesmo", disse Ásta. "Fazia pouco tempo que nós nos conhecíamos."

"Então nenhuma fotografia dele apareceu nos jornais ou na televisão quando ele foi dado como desaparecido?"

"Não, mas forneceram uma descrição detalhada. Eles iam usar a foto da carteira de habilitação. Eles disseram que sempre mantinham cópias das habilitações, mas não conseguiram encontrá-la. Como se ele não tivesse entregado ou eles a tivessem perdido."

"Você alguma vez viu a carteira de habilitação dele?"

"A carteira de habilitação? Não, não que eu me lembre. Por que você perguntou sobre outra mulher?"

A pergunta foi feita em um tom mais duro, mais insistente. Erlendur hesitou antes de abrir aquela porta que, para a mente dela, com certeza seria a do próprio inferno. Talvez ele tivesse se antecipado demais. Certos pontos precisavam de um exame mais rigoroso. Talvez ele devesse esperar.

"Há casos de homens que deixam suas mulheres sem se despedir e começam uma nova vida", disse ele.

"Uma nova vida?", ela exclamou, como se o conceito estivesse além de sua compreensão.

"Sim", disse ele. "Até mesmo aqui na Islândia. As pessoas pensam que todo mundo conhece todo mundo, mas isso está longe de ser verdade. Existem muitas cidadezinhas e vilarejos pouco visitados, exceto, talvez, no auge do verão, às vezes nem isso. Nos velhos tempos, esses lugares eram ainda mais isolados do que hoje — alguns quase nem tinham contato com outros lugares. O transporte também era pior naquela época."

"Eu não estou entendendo", disse ela. "Aonde você quer chegar?"

"Eu só queria saber se você, alguma vez, pensou nessa possibilidade."

"Que possibilidade?"

"De ele ter pegado um ônibus e voltado para casa", disse Erlendur.

Ele a observou, tentando sondar o insondável.

"Do que você está falando?", ela gemeu. "Uma casa? Uma casa onde? O que você quer dizer?"

Ele percebeu que tinha ultrapassado o limite. Que, apesar de todos os anos que haviam transcorrido desde que o homem tinha desaparecido da vida dela, uma ferida não curada permanecia, fresca e aberta. Desejou não ter ido tão longe. Não devia tê-la confrontado em um estágio tão inicial. Sem ter nada de mais tangível além de suas fantasias e de um carro abandonado do lado de fora da rodoviária.

"É apenas uma hipótese", disse ele em um esforço de amortecer o impacto de suas palavras. "Claro, a Islândia é pequena demais para uma coisa como essa", apressou-se a dizer. "É apenas uma ideia, sem nenhum fundamento real."

Erlendur passara um bom tempo refletindo sobre o que podia ter acontecido se o homem não tinha cometido suicídio. Quando a ideia de outra mulher passou a se enraizar em sua mente, ele começou a perder o sono. A princípio, a hipótese não poderia ter sido mais simples: em suas viagens pela Islândia, o vendedor tinha encontrado todo tipo de gente, de diferentes esferas da vida: agricultores, funcionários de hotel, os habitantes das cidades e das aldeias de pescadores, mulheres. Era possível que tivesse achado uma namorada em uma de suas viagens e com o tempo passou a preferi-la à de Reykjavík, sem porém ter coragem de dizer isso a ela.

Quanto mais Erlendur pensava no assunto, mais tendia a acreditar que, se outra mulher estava envolvida, o homem devia ter tido um motivo ainda mais forte para desaparecer; ele havia começado a pensar em uma palavra que entrou em sua mente quando estava na fazenda abandonada de Mosfellsbaer que o tinha feito se lembrar de sua própria casa no leste da Islândia.

Sua casa.

Eles haviam discutido isto no escritório. E se o paradigma fosse invertido? E se a mulher diante dele agora fosse a namorada de Leopold em Reykjavík e ele tivesse uma família em outro lugar? E se ele tivesse decidido pôr um fim ao dilema que havia criado para si mesmo e decidido voltar para casa?

Ele traçou as linhas gerais dessas ideias para a mulher e notou como uma nuvem escura desceu aos poucos sobre ela.

"Ele não tinha nenhum problema", disse ela. "O que você está dizendo é uma bobagem. Como você pode pensar numa coisa dessa? Como pode falar dele desse jeito?"

"O nome dele não é muito comum", disse Erlendur. "Há apenas um punhado de homens com esse nome no país. Leopold. Você não sabia o número da carteira de identidade dele. Você tem poucos objetos pessoais dele."

Erlendur ficou em silêncio. Lembrou que Níels não havia contado a ela sobre os indícios de que Leopold não usara seu nome verdadeiro. Que a tinha enganado dizendo ser alguém que não era. Níels não havia contado a Ásta sobre essas suspeitas porque sentiu pena dela. Agora Erlendur entendia o que ele quis dizer.

"Talvez ele não tenha usado seu nome verdadeiro", disse. "Isso alguma vez lhe ocorreu? Ele não estava oficialmente registrado com esse nome. Não conseguimos encontrá-lo nos registros."

"Alguém da polícia me ligou", disse a mulher com raiva. "Depois. Bem depois. Chamava-se Briem, uma coisa assim. Falou sobre sua teoria de que Leopold podia não ser quem ele alegava ser. Disse que eu deveria ter sido informada de imediato, mas que tinha havido um atraso. Agora eu estou aqui ouvindo as suas teorias, e elas são ridículas. Leopold nunca se faria passar por outra pessoa. Nunca."

Erlendur não disse nada.

"Você está tentando me dizer que ele poderia ter tido uma família para a qual ele voltou. Que eu era apenas a noiva dele da cidade? Que tipo de besteira é essa?"

"O que você sabe sobre esse homem?", insistiu Erlendur. "O que você realmente sabe sobre ele? É muita coisa?"

"Não fale assim", disse ela. "Por favor, não fique pondo essas ideias idiotas na minha cabeça. Pode guardar suas opiniões para si mesmo. Eu não estou interessada em ouvi-las."

Ásta parou de falar e olhou para ele.

"Eu não...", começou Erlendur, mas ela o interrompeu.

"Quer dizer que ele ainda está vivo? É isso que você está me dizendo? Que ele ainda está vivo? Morando em algum vilarejo?"

"Não", disse Erlendur. "Não estou dizendo isso. Só estou querendo analisar essa possibilidade com você. Tudo que eu venho dizendo são apenas conjecturas. Pode ser que não haja nenhum fato que prove isso, e no momento não há nenhum. Eu só queria saber se você se lembrava de alguma coisa que pudesse nos dar um motivo para supor isso. Nada mais. Não estou dizendo que qualquer coisa pode servir, porque eu não sei se qualquer coisa pode servir."

"Você está falando um monte de bobagens. Como se ele tivesse me enganado o tempo todo... Por que eu tenho que ouvir uma coisa dessa?"

Enquanto Erlendur tentava convencê-la, um pensamento estranho passou por sua cabeça. A partir de agora, depois do que ele tinha dito e não podia mais retirar, seria um consolo muito maior para a mulher saber que o homem estava morto em vez de encontrá-lo vivo. Isso lhe causaria um sofrimento imensurável. Ele olhou para ela, e ela parecia estar pensando em algo semelhante.

"Leopold está morto", ela afirmou. "Não há nenhuma razão para você me dizer o contrário. Para mim, ele está morto. Morreu anos atrás. Uma vida inteira atrás."

Ambos ficaram em silêncio.

"Mas o que você sabe sobre esse homem?", repetiu Erlendur após algum tempo. "De verdade?"

O olhar dela dava a entender que ela queria dizer a ele que desistisse e fosse embora.

"Você realmente está querendo dizer que o nome dele era outro, que ele não estava usando seu nome verdadeiro?", ela perguntou.

"Tudo que eu disse não precisa, necessariamente, ter acontecido", voltou a frisar Erlendur. "A explicação mais provável, e eu sinto muito, é que, por algum motivo, ele tenha se matado."

"O que sabemos sobre os outros?", ela disse de repente. "Ele era um tipo quieto e não falava muito de si mesmo. Algumas pessoas são reservadas demais. Não sei se isso é melhor. Ele me disse um monte de coisas lindas, coisas que nunca ninguém tinha me dito. Eu não fui criada nesse tipo de família. Onde as pessoas dizem coisas boas."

"Você nunca quis retomar a vida? Encontrar um novo homem? Casar? Ter uma família?"

"Eu tinha mais de trinta anos quando nos conhecemos. Eu pensava que fosse acabar uma velha solteirona. Que o meu tempo iria se esgotar. Esse nunca foi o plano, mas, de alguma forma, foi o que aconteceu. Então você chega a uma certa idade e tudo que você tem é você mesma num quarto vazio. É por isso que ele... ele mudou isso. E embora ele não falasse muito e ficasse fora durante bastante tempo, ele ainda era o meu homem."

Ela olhou para Erlendur.

"Nós estávamos juntos, e depois de ele ter desaparecido eu esperei vários anos, e provavelmente ainda estou esperando. Quando a gente para? Existe alguma regra para isso?"

"Não", respondeu Erlendur. "Não existe nenhuma regra."

"Eu não achei mesmo que existisse", disse ela, e Erlendur sentiu muita pena dela quando percebeu que ela estava começando a chorar.

19.

Um dia, surgiu uma mensagem na mesa de Sigurdur Óli, vinda da embaixada dos Estados Unidos em Reykjavík, declarando que eles tinham informações que poderiam ser úteis para a polícia na investigação sobre o esqueleto de Kleifarvatn. A mensagem foi entregue pela mão enluvada de um motorista da embaixada, que disse que iria esperar pela resposta. Com a ajuda de Ómar, o ex-diretor geral do Ministério das Relações Exteriores, Sigurdur Óli tinha contatado Robert Christie em Washington, que prometeu ajudá-los depois de ouvir o que o pedido envolvia. De acordo com Ómar, Robert — ou Bob, como ele o chamava — tinha se interessado pelo caso e a embaixada logo entraria em contato.

Sigurdur Óli olhou para o motorista e suas luvas de couro preto. Ele usava um terno preto e um boné de pala com galões de ouro; parecia um completo idiota com aquela roupa. Depois de ler a mensagem, Sigurdur Óli assentiu. Disse ao motorista que estaria na embaixada às duas horas, naquele mesmo dia, e que levaria uma detetive chamada Elínborg. O motorista sorriu.

Sigurdur Óli achou que ele fosse bater continência ao sair, mas isso não aconteceu.

Elínborg quase deu um encontrão no motorista na porta da sala de Sigurdur Óli. Ele pediu desculpas e ela ficou olhando enquanto ele se afastava pelo corredor.

"Que diabos era aquilo?", ela perguntou.

"A embaixada dos Estados Unidos", respondeu Sigurdur Óli.

Eles chegaram à embaixada às duas da tarde. Dois seguranças islandeses postados do lado de fora do prédio olharam para eles com desconfiança à medida que se aproximavam. Eles disseram a razão de sua visita, o portão foi aberto e permitiram que entrassem. Dois outros seguranças, dessa vez americanos, os receberam. Elínborg preparava-se para uma verificação de armas, quando um homem surgiu no saguão e saudou-os com um aperto de mão. Disse que seu nome era Christopher Melville e pediu que o seguissem. Elogiou a pontualidade deles. A conversa transcorreu em inglês.

Sigurdur Óli e Elínborg seguiram Melville até o andar seguinte e percorreram um corredor até chegar a uma porta que ele abriu. A placa na porta dizia: Diretor de Segurança. Um homem de cerca de sessenta anos os esperava lá dentro, cabelo cortado ao estilo militar, embora estivesse usando roupas civis; apresentou-se como o diretor, Patrick Quinn. Melville saiu e eles se sentaram com Quinn em um sofá pequeno no espaçoso escritório. Ele disse que tinha falado com o Departamento de Defesa do Ministério de Relações Exteriores da Islândia e que os norte-americanos de bom grado ajudariam a polícia islandesa no que fosse possível. Trocaram alguns comentários sobre o tempo e concordaram que aquele estava sendo um bom verão para os padrões de Reykjavík.

Quinn disse que estava na embaixada desde a visita de Richard Nixon à Islândia, em 1973, para a reunião de cúpula com o presidente francês Georges Pompidou, realizada no Museu de Arte Kjarvalsstadir. Disse que gostava muito da Islândia, apesar do frio e dos invernos escuros. Nessa época do ano, ele tentava passar um período de férias na Flórida. Sorriu. "Na verdade, sou de Dakota do Norte, então estou acostumado com o tipo de inverno que temos aqui. Mas sinto falta de verões mais quentes."

Sigurdur Óli retribuiu o sorriso. Pensou que eles já tinham conversado sobre amenidades tempo suficiente, embora gostaria de ter contado a Quinn que havia estudado criminologia por três anos nos Estados Unidos e que adorava o país e tudo que fosse americano.

"Você estudou nos Estados Unidos, não é?", disse Quinn. "Criminologia. Durante três anos, não foi?"

O sorriso congelou no rosto de Sigurdur Óli.

"Pelo que sei, você gosta do país", acrescentou Quinn. "É bom para nós termos amigos nestes tempos difíceis."

"Vocês... vocês têm um arquivo sobre mim aqui?", perguntou Sigurdur Óli, confuso.

"Um arquivo?" Quinn riu. "Apenas telefonei para Bára, da Fundação Fulbright."

"Bára, ah, sim, sei", disse Sigurdur Óli. Ele também conhecia o diretor da fundação.

"Você recebeu uma bolsa de estudos, certo?"

"Isso mesmo", disse Sigurdur Óli, constrangido. "Por um momento pensei que..." Ele balançou a cabeça, pensando em como fora tolo.

"Não, mas eu tenho o arquivo da CIA sobre você aqui", disse Quinn, estendendo a mão para pegar uma pasta na mesa.

O sorriso congelou no rosto de Sigurdur Óli novamente. Quinn mostrou uma pasta vazia para ele e começou a rir.

"Rapaz, ele está tenso", Quinn disse a Elínborg.

"Quem é esse colega de vocês?", perguntou ela.

"Robert Christie ocupou o posto que agora eu tenho aqui na embaixada", disse Quinn. "Mas o trabalho hoje é totalmente diferente. Ele foi diretor de segurança da embaixada durante a Guerra Fria. As questões de segurança com as quais eu lido são as de um mundo que se trasformou, onde o terrorismo é a maior ameaça para os Estados Unidos e, como confirmaram os acontecimentos, para o resto do mundo."

Olhou para Sigurdur Óli, que ainda estava se recuperando.

"Desculpe", disse Quinn. "Não quis assustar você."

"Não, tudo bem", disse Sigurdur Óli. "Uma brincadeirinha nunca fez mal a ninguém."

"Bob e eu somos bons amigos", continuou Quinn. "Ele me pediu para ajudá-los com esse esqueleto que vocês encontraram no lago... como ele se chama? Klowffervatten?"

"Kley-varrr-vahtn", Elínborg pronunciou para ele.

"Certo", disse Quinn. "Vocês não têm ninguém dado como desaparecido que pudesse ser o esqueleto que encontraram?"

"Nada parece se encaixar com o homem de Kleifarvatn."

"Apenas dois dos quarenta e quatro casos de pessoas desaparecidas nos últimos cinquenta anos foram investigados como crimes", afirmou Sigurdur Óli. "Esse com o qual estamos lidando é o que queremos investigar mais de perto."

"Certo", disse Quinn, "e pelo que entendi o corpo estava amarrado a um dispositivo de rádio russo. Teríamos prazer em examiná-lo para vocês, caso encontrem dificuldade em estabelecer o modelo, a data e suas potenciais aplicações. Isso pode ser feito facilmente."

"Acho que o pessoal da perícia está trabalhando nisso com a Islândia Telecom", disse Sigurdur Óli, animado. "Eles podem entrar em contato com você."

"De qualquer forma, uma pessoa desaparecida que não é necessariamente um islandês", disse Quinn, colocando seus óculos de leitura. Pegou uma pasta preta em sua mesa e folheou alguns papéis. "Como vocês devem saber, o pessoal das embaixadas estava sob estreita vigilância nos velhos tempos. Os vermelhos nos vigiavam e nós vigiávamos os vermelhos. Era assim que as coisas funcionavam, e ninguém achava estranho."

"Talvez vocês continuem pensando assim hoje em dia", disse Sigurdur Óli.

"Nós demos uma olhada em nossos arquivos", disse Quinn, agora sem sorrir. "Bob se lembrou bem. Todo mundo achou que era um mistério na época, e o que realmente estava acontecendo nunca foi descoberto. O que aconteceu, de acordo com nossos registros — e eu conversei com Bob em detalhe sobre isso também —, é que um adido da Alemanha Oriental entrou na Islândia em um determinado momento, mas depois nunca o vimos sair."

Eles olharam para ele sem entender.

"Talvez vocês queiram que eu repita", disse Quinn. "Um diplomata da Alemanha Oriental veio para a Islândia, mas não foi embora. De acordo com nossas informações, bastante confiáveis, ou ele ainda está aqui — e fazendo algo completamente diferente do trabalho da embaixada —, ou foi morto e seu corpo foi eliminado ou enviado para fora do país."

"Então vocês o perderam na Islândia?", perguntou Elínborg.

"É o único caso desse tipo que conhecemos", disse Quinn. "Na Islândia, quero dizer. O homem era um espião da Alemanha Oriental. Era conhecido por nós como tal. Nenhuma embaixada nossa em outras partes do mundo o localizou depois que ele veio para a Islândia. Um alerta especial sobre ele foi enviado. Ele nunca apareceu. Fizemos uma verificação especial para saber se ele havia retornado para a Alemanha Oriental. Era como se a terra o tivesse engolido. A terra da Islândia."

Elínborg e Sigurdur Óli refletiram sobre aquelas palavras.

"Será que ele passou para o lado do inimigo — quero dizer, o de vocês, dos britânicos ou dos franceses?", sugeriu Sigurdur Óli, tentando se lembrar de filmes e livros sobre espiões que já tinha visto e lido. "E depois passado para a clandestinidade?", acrescentou, sem saber exatamente do que estava falando. Ele não era um grande fã de histórias de espionagem.

"Fora de cogitação", afirmou Quinn. "Nós teríamos sabido."

"Ou deixou o país com uma identidade falsa?", propôs Elínborg, tateando igualmente no escuro como Sigurdur Óli.

"Nós conhecíamos a maioria deles", disse Quinn. "E mantivemos uma boa vigilância nas embaixadas com esse objetivo. Acreditamos que o homem nunca saiu do país."

"E se foi de uma maneira diferente da que vocês imaginaram?", disse Sigurdur Óli. "Por navio?"

"Analisamos essa possibilidade", disse Quinn. "E, sem entrar em detalhes sobre nossos procedimentos na época ou agora, posso lhes assegurar que esse homem jamais apareceu na Alemanha Oriental, que foi de onde ele veio, nem na União Soviética ou em qualquer outro país da Europa Ocidental ou Oriental. Ele desapareceu."

"O que você acha que aconteceu? Ou achou na época?"

"Que eles o mataram e enterraram no jardim da embaixada", disse Quinn sem pestanejar. "Mataram seu próprio espião. Ou, como já foi divulgado, ele afundou no lago Kleifarvatn amarrado a um dos dispositivos de escuta deles. Não sei por quê. Está perfeitamente claro que ele não trabalhava para nós, nem para nenhum país da Otan. Ele não era um agente da contraespionagem. Se era, estava trabalhando tão disfarçado que ninguém sabia disso, e talvez nem ele próprio."

Quinn folheou o conteúdo da pasta e contou a eles que o homem tinha chegado à Islândia primeiro em 1960 e trabalhado por alguns meses no corpo diplomático. No outono de 1962, ele foi embora, mas voltou dois anos depois por um breve período. Em seguida, teve postos na Noruega, Alemanha Oriental e Moscou por um ano e terminou na embaixada da Alemanha Oriental na Argentina com o título de "adido comercial — como a maioria deles", disse Quinn com um sorriso malicioso. "O nosso pessoal também. Em 1967, ele passou um curto período na embaixada em Reykjavík, depois voltou à Alemanha e de lá foi para Moscou. Retornou à Islândia em 1968, na primavera. Quando o outono chegou, ele tinha desaparecido."

"Outono de 1968?", disse Elínborg.

"Foi quando percebemos que ele não estava mais na embaixada. Investigamos por meio de canais específicos, e ele não foi encontrado em parte alguma. Na verdade, os alemães orientais não tinham uma embaixada em Reykjavík, mas apenas o que chamavam de uma delegação comercial, porém isso é irrelevante."

"O que vocês sabem sobre esse homem?", perguntou Sigurdur Óli. "Ele tinha amigos aqui? Ou inimigos em casa? Pelo que vocês sabem, ele fez alguma coisa de errado?"

"Não. Como eu disse, não temos conhecimento disso. Claro que não sabemos tudo. Suspeitamos que algo aconteceu com ele aqui em 1968. Não sabemos o quê. Ele poderia facilmente ter deixado o serviço diplomático e desaparecido. Ele sabia como fazer isso, como fundir-se na multidão. Vocês é que sabem como vão interpretar essa informação. Isso é tudo que sabemos."

Fez uma pausa.

"Talvez ele tenha escapado de nós", disse então. "Talvez haja uma explicação racional para tudo isso. É tudo que temos. Agora me contem uma coisa. Bob foi quem perguntou. Como ele foi morto? O homem no lago."

Elínborg e Sigurdur Óli trocaram olhares.

"Ele foi atingido na cabeça; havia um buraco no crânio, perto da têmpora", explicou Sigurdur Óli.

"Atingido na cabeça?", perguntou Quinn.

"Ele poderia ter caído, mas teria que ser de uma altura muito grande", disse Elínborg.

"Então não foi uma simples execução? Uma bala na nuca?"

"Execução?", disse Elínborg. "Nós somos islandeses. A última execução que houve neste país foi feita com um machado quase duzentos anos atrás."

"Sim, claro", disse Quinn. "Não estou dizendo que um islandês o matou."

"Isso lhe diz alguma coisa, o fato dele ter morrido assim?", perguntou Sigurdur Óli. "Se o homem encontrado no lago for o espião?"

"Não, nada", respondeu Quinn. "O homem era um espião e seu trabalho implicava riscos."

Ele se levantou. Eles podiam dizer que a conversa estava chegando ao fim. Quinn colocou a pasta em cima da mesa. Sigurdur Óli olhou para Elínborg.

"Como ele se chamava?"

"Lothar", disse Quinn.

"Lothar...", repetiu Elínborg.

"Isso mesmo", disse Quinn, olhando para os papéis que estava segurando. "Seu nome era Lothar Weiser, nascido em Bonn. E, o que é bastante curioso, falava islandês como um nativo."

20.

Algumas horas depois, naquele mesmo dia, eles solicitaram uma reunião na embaixada alemã, revelando antes o motivo, a fim de que os funcionários tivessem tempo para coletar informações sobre Lothar Weiser. A reunião foi marcada para alguns dias depois, naquela mesma semana. Eles contaram a Erlendur o que o encontro com Patrick Quinn tinha revelado e discutiram a possibilidade de o homem no lago ser um espião da Alemanha Oriental. Achavam que uma série de indícios apontava nessa direção, em especial o dispositivo russo e o local. Concordaram que havia algo estranho naquele assassinato. Aguma coisa que eles quase nunca, ou quem sabe nunca, tinham visto. Sem dúvida fora bastante violento, mas todos os assassinatos eram violentos. E, o mais importante, ele parecia ter sido planejado com todo o cuidado, fora habilmente executado e permanecera oculto por tantos anos. Os assassinatos islandeses não costumavam ser cometidos dessa forma. Eram mais fruto de coincidências, desajeitados e degradantes, e os autores, quase sem exceção, deixavam um rastro de pistas.

"Isso se ele simplesmente não caiu de cabeça", disse Elínborg.

"Ninguém cai de cabeça se não foi amarrado a um dispositivo de espionagem e jogado no Kleifarvatn", disse Erlendur.

"Algum progresso com o Falcon?", perguntou Elínborg.

"Nenhum", respondeu Erlendur, "a não ser eu ter assustado a namorada de Leopold, que não consegue entender o que eu falo." Erlendur contou-lhes sobre os irmãos que moraram perto de Mosfellsbaer e sua hipótese mal elaborada de que o dono do Falcon poderia até mesmo estar vivo ou morando em algum outro lugar da Islândia. Eles já tinham discutido essa hipótese e consideravam-na da mesma forma que a namorada do homem desaparecido — não havia nada de substancial que a apoiasse. "Não faz sentido aqui na Islândia", comentou Sigurdur Óli. Elínborg concordou. "Talvez numa cidade de um milhão de habitantes."

"Curioso é que esse cara não seja encontrado no sistema", disse Sigurdur Óli.

"Esse é o ponto", disse Erlendur. "Leopold, como ele chamava a si mesmo — pelo menos isso nós sabemos —, é uma figura bastante misteriosa. Níels, que cuidou do caso no início, nunca olhou para os antecedentes dele de maneira correta, nunca encontrou nenhum registro. Não foi feita uma investigação criminal."

"Não mais do que acontece com a maioria das pessoas desaparecidas na Islândia", opinou Elínborg.

"Poucas pessoas tinham esse nome na época, e todas podem ser identificadas. Eu fiz uma verificação rápida. A namorada disse que ele havia passado muito tempo no exterior. Ele pode até ter nascido no exterior. Nunca se sabe."

"Em primeiro lugar, por que você acha que ele se chamava Leopold?", perguntou Sigurdur Óli. "Não é um nome bem estranho para um islandês?"

"Pelo menos foi o nome que ele usou", disse Erlendur. "Ele pode muito bem ter usado outro nome em outro lugar. Na verdade, isso é bem provável. Não sabemos nada sobre esse homem até ele aparecer de repente vendendo tratores e máquinas agrícolas e como namorado de uma mulher que, de alguma forma, torna-se a vítima do caso todo. Ela sabe muito pouco sobre ele, mas ainda guarda luto por ele. Não temos seus antecedentes. Nada de certidão de nascimento. Nada sobre escolaridade. Só sabemos que ele viajava muito, que viveu no exterior e que pode ter nascido lá. Viveu no exterior durante tanto tempo que tinha um leve sotaque estrangeiro."

"A menos que ele tenha simplesmente se matado", lembrou Elínborg. "A única fundamentação para a sua teoria da vida dupla de Leopold são suas próprias fantasias."

"Eu sei", admitiu Erlendur. "São esmagadoras as chances de que ele tenha se suicidado, e esse é o único mistério que existe sobre o caso."

"Acho que você foi tremendamente grosseiro ao testar essa ideia ridícula com a mulher", observou Elínborg. "Agora ela acha que ele pode estar vivo."

"Ela acredita nisso há muito tempo", disse Erlendur. "Bem lá no fundo. Que ele apenas a tenha abandonado."

Eles pararam de conversar. Era final do dia. Elínborg olhou para o relógio. Ela estava testando um novo escabeche para filés de peito de frango. Sigurdur Óli tinha prometido levar Bergthóra para Thingvellir. Eles iam passar uma noite de verão no hotel de lá. O tempo estava ótimo para junho: quente, ensolarado e com o perfume das flores no ar.

"O que você vai fazer esta noite?", Sigurdur Óli perguntou a Erlendur.

"Nada."

"Você gostaria de ir a Thingvellir comigo e com Bergthóra?", ele perguntou, sem conseguir dissimular a resposta que no fundo queria ouvir. Erlendur sorriu. A preocupação que eles tinham com ele lhe dava nos nervos. Às vezes, como agora, era apenas educação.

"Estou esperando uma visita", disse Erlendur.

"Como Eva Lind está indo?", perguntou Sigurdur Óli, esfregando o ombro.

"Eu não tenho tido muitas notícias dela. Só sei que ela terminou a reabilitação; depois não soube de mais nada."

"O que você falou sobre Leopold?", perguntou Elínborg de repente. "Ele tinha sotaque estrangeiro? Foi isso que você disse?"

"Lothar provavelmente tinha sotaque", disse Sigurdur Óli.

"Como assim?", perguntou Erlendur.

"Bom, o sujeito da embaixada dos Estados Unidos disse que esse alemão, Lothar, falava islandês fluentemente. Mas talvez tivesse algum sotaque."

"Vamos ter que nos lembrar disso, sem dúvida", disse Erlendur.

"Que eles são o mesmo homem?", perguntou Elínborg. "Leopold e Lothar?"

"Sim", disse Erlendur. "Acho que é uma suposição natural a se fazer. Pelo menos os dois desapareceram no mesmo ano, 1968."

"Então Lothar se chamava Leopold?", disse Sigurdur Óli. "Por quê?"

"Não sei", disse Erlendur. "Não faço ideia do que estava acontecendo. A menor ideia."

"Além disso ainda há o equipamento russo", lembrou Erlendur depois de um longo silêncio.

"E?", disse Elínborg.

"O último negócio que Leopold fez foi na fazenda de Haraldur. Onde Haraldur teria conseguido um dispositivo russo de escuta para afundar no lago junto com ele? Até daria para começar a entender o envolvimento de Lothar se ele fosse um espião e algo tivesse acontecido que terminou com seu corpo sendo jogado no lago. Mas Haraldur e Leopold pertenciam a mundos distintos."

"Haraldur nega taxativamente que o vendedor tenha ido até sua fazenda", disse Sigurdur Óli. "Não importa se o nome era Leopold ou Lothar."

"Essa é a questão", disse Erlendur.

"Que questão?", perguntou Elínborg.

"Acho que ele está mentindo."

Erlendur foi a três locadoras de vídeo até encontrar o faroeste que queria levar para Marion Briem. Uma vez ele ouviu Marion descrevê-lo como um de seus favoritos porque era sobre um homem que enfrentava sozinho um perigo iminente, quando a comunidade, inclusive seus melhores amigos, tinha lhe virado as costas.

Bateu na porta, mas ninguém atendeu. Marion esperava por ele, porque Erlendur havia telefonado antes, então ele abriu a porta, que estava destrancada, e entrou. Não tinha intenção de ficar lá, só pretendia deixar o vídeo. Naquela noite Valgerdur, que tinha se mudado para a casa da irmã, iria até a casa dele.

"Então você veio?", disse Marion, que adormecera no sofá. "Ouvi você bater. Estou me sentindo tão cansada. Dormi o dia inteiro. Você se importa de pegar o oxigênio para mim?"

Erlendur deixou o cilindro ao lado do sofá e a velha lembrança de uma morte solitária e absurda lhe veio de repente à cabeça ao ver a mão de Marion estendendo-se em direção ao oxigênio.

A polícia fora chamada para ir até uma casa em Thingholt. Ele acompanhara Marion. Só estava no DIC havia alguns meses.

Alguém tinha morrido na casa, o que foi classificado como morte acidental. Uma mulher idosa e imensa estava sentada em uma poltrona em frente à televisão. Estava morta fazia uns quinze dias. O mau cheiro do apartamento quase derrubou Erlendur. Um vizinho da mulher chamara a polícia por causa do cheiro. Fazia algum tempo que ele não a via e por fim percebeu que o dia todo ouvia a televisão dela suavemente através da parede. Ela tinha engasgado. Havia um prato de carne salgada e nabos cozidos na mesa ao lado dela, uma faca e um garfo caídos ao lado da cadeira. Uma enorme protuberância de carne havia entalado em sua garganta. Ela não tinha conseguido sair da poltrona funda. Seu rosto estava azul-escuro. Descobriu-se que ela não tinha parentes que a visitassem. Ela nunca recebeu a visita de ninguém. Ninguém sentiu falta dela.

"Eu sei que todos nós vamos morrer", disse Marion, olhando para o corpo, "mas não quero morrer assim."

"Pobre mulher", disse Erlendur, cobrindo o nariz e a boca.

"Sim, pobre mulher", disse Marion. "Foi por isso que você entrou para a polícia? Para ver essas coisas?"

"Não", disse Erlendur.

"Por que então? Por que está fazendo isso?"

"Senta", ele ouviu Marion dizer, e a voz dela atravessou seus pensamentos. "Não fica aí parado como um idiota."

Voltou a si e sentou em uma cadeira de frente para Marion.

"Você não precisa me visitar, Erlendur."

"Eu sei. Eu lhe trouxe outro filme. Estrelado por Gary Cooper."

"Você assistiu?", perguntou Marion.

"Assisti. Há muitos anos."

"Por que está tão triste? No que você estava pensando?", perguntou Marion.

"'Todos nós vamos morrer, mas não quero morrer assim.'"

"Sim", disse Marion depois de uma breve pausa. "Eu me lembro dela. A velhota na poltrona. E agora você olha para mim e pensa a mesma coisa."

Erlendur deu de ombros.

"Você não respondeu à minha pergunta naquele dia", disse Marion. "Até hoje não respondeu."

"Eu não sei por que entrei para a polícia", disse Erlendur. "Era um trabalho. Um cômodo trabalho de escritório."

"Não, havia mais alguma coisa. Alguma coisa mais do que apenas um cômodo trabalho de escritório."

"Você não tem ninguém?", perguntou Erlendur, tentando mudar de assunto. Não sabia como dizer. "Alguma pessoa que possa cuidar das coisas depois... quando tudo acabar?"

"Não", disse Marion.

"O que você quer que seja feito com você?", perguntou Erlendur. "Não temos que discutir isso em algum momento? As coisas práticas? Provavelmente você já providenciou tudo isso, se a conheço bem."

"Você está aguardando ansiosamente que isso aconteça?", perguntou Marion.

"Eu nunca aguardo nada ansiosamente", disse Erlendur.

"Eu falei com um advogado, um advogado jovem, que vai cuidar dos meus negócios, obrigada. Talvez você possa se encarregar do lado prático. Da cremação."

"Cremação?"

"Eu não quero apodrecer dentro de um caixão", disse Marion. "Vou ser cremada. Não haverá uma cerimônia. Sem confusões."

"E as cinzas?"

"Você sabe mesmo sobre o que é o filme?", perguntou Marion, claramente tentando escapar da resposta. "O filme de Gary Cooper. É sobre a caça às bruxas contra os comunistas na década de 1950 nos Estados Unidos. Uma gangue chega à cidade para atacar Cooper, e seus amigos lhe viram as costas. Ele acaba sozinho e indefeso. *Matar ou morrer*. Os melhores faroestes são muito mais do que apenas histórias de bangue-bangue."

"Sim, você me disse isso uma vez."

Era tarde da noite, mas o céu ainda estava claro. Erlendur olhou pela janela. Também não iria escurecer. Sentia falta disso no verão. Sentia falta da escuridão. Ansiava pelo negror frio da noite, pelo inverno carregado.

"Por que você tem essa coisa com faroestes?", quis saber Erlendur. Ele não resistiu a perguntar. Até então, nunca soubera da paixão de Marion por faroestes. Na verdade, sempre soube muito pouco sobre Marion e, quando começou a pensar sobre isso, sentado na sala, lembrou que pouquíssimas vezes havia tido uma conversa mais pessoal com ela.

"As paisagens", disse Marion. "Os cavalos. Os espaços abertos."

O silêncio se arrastou pela sala. Marion parecia estar cochilando.

"Na última vez que estive aqui, mencionei Leopold, o dono do Ford Falcon que desapareceu na estação rodoviária", disse Erlendur. "Você me contou que tinha telefonado para a namorada dele para lhe dizer que não havia registro de um homem com esse nome em nenhum lugar."

"E que importância tem isso? Se bem me lembro, aquele idiota do Níels estava evitando contar para ela. Eu nunca tinha ouvido uma coisa mais estúpida."

"O que ela disse quando você lhe contou isso?"

A mente de Marion voltou no tempo. Erlendur sabia que, apesar da idade e de várias doenças, a memória de Marion Briem ainda era infalível.

"Naturalmente não ficou muito contente. Níels estava à frente do caso e eu não quis interferir muito."

"Você lhe deu alguma esperança de que ele ainda pudesse estar vivo?"

"Não", disse Marion. "Isso teria sido ridículo. Totalmente absurdo. Espero que você não tenha esse tipo de obsessão."

"Não", disse Erlendur. "Não tenho."

"E não a deixe pensar isso!"

"Não", disse Erlendur. "Isso definitivamente seria ridículo."

Eva Lind telefonou quando ele chegou em casa. Ele estivera fora de sua sala quase o dia todo e depois tinha ido comprar comida. Havia colocado uma refeição pronta no micro-ondas, e o sinal sonoro tocou no mesmo instante que o telefone. Eva Lind estava bem mais calma. Embora não tivesse contado onde estava, disse que tinha conhecido um homem na clínica de reabilitação com quem ela ia ficar por algum tempo, e disse ao pai que não se preocupasse com ela. Ela havia encontrado Sindri em um café na cidade. Ele estava procurando emprego.

"Será que ele vai morar em Reykjavík?", perguntou Erlendur.

"Vai, ele quer voltar para a cidade. Isso é ruim?"

"Ele se mudar para a cidade?"

"Você vê-lo com mais frequência."

"Não, não acho que seja uma coisa ruim. Acho que é bom, se ele quiser voltar. Não pense sempre o pior de mim, Eva. Quem é esse homem com quem você está?"

"Ninguém. E eu nem sempre penso o pior de você."

"Vocês estão se drogando juntos?"

"Drogando?"

"Eu ouço, Eva. A maneira como você fala. Não estou te repreendendo. Não vou me preocupar mais. Você pode fazer o que quiser, mas não minta para mim. Não vou tolerar você mentindo."

"Eu não... o que você sabe sobre a maneira como eu falo? Você sempre tem que..."

Ela desligou na cara dele.

Valgerdur não veio, conforme haviam planejado. Telefonou para dizer que tinha ficado presa no trabalho e que havia acabado de chegar à casa da irmã.

"Está tudo bem?", perguntou ele.

"Está", disse ela. "Mais tarde a gente conversa."

Ele foi até a cozinha e tirou a refeição do micro-ondas: almôndegas ao molho com purê de batatas. Pensou em Eva, em Valgerdur, e depois em Elínborg. Jogou a embalagem, fechada, na lata de lixo e acendeu um cigarro.

O telefone tocou pela terceira vez naquela noite. Ele ficou olhando o aparelho tocar, esperando que parasse e o deixasse em paz, mas como o telefone continuou tocando, ele atendeu. Era um dos peritos da polícia.

"É sobre o Falcon", disse.

"Sim, o que tem o Falcon? Vocês acharam alguma coisa?"

"Nada além de sujeira de rua", disse o perito. "Analisamos tudo e descobrimos substâncias que poderiam ter vindo de esterco de vaca ou coisa semelhante, de algum estábulo. Não havia sangue em parte alguma."

"Esterco de vaca?"

"Sim, há todo tipo de areia e lama, como na maioria dos carros, mas esterco de vaca também. O homem não morava em Reykjavík?"

"Morava", disse Erlendur, "mas ele viajava muito pelo país."

"Não é nada muito importante", disse o técnico. "Não depois de todo esse tempo e depois de tantos proprietários."

"Obrigado", disse Erlendur.

Eles se despediram e uma ideia passou pela cabeça de Erlendur. Olhou para o relógio. Já passava das dez. Ninguém vai dormir a uma hora desta, pensou, na dúvida se deveria seguir em frente. Não no verão. No entanto, se conteve. Mas acabou se decidindo.

"Alô", disse Ásta, a namorada de Leopold. Erlendur fez uma careta. Percebeu imediatamente que ela não estava acostumada a receber telefonemas tão tarde da noite. Mesmo que fosse no meio do verão. Depois que ele se apresentou, ela perguntou, surpresa, o que ele queria e por que aquilo não podia esperar.

"Claro que pode esperar", disse Erlendur, "mas acabei de descobrir que havia estrume de vaca no chão do carro. Mandei colherem uma amostra. Há quanto tempo você e Leopold eram donos do carro quando ele desapareceu?"

"Não fazia muito tempo — apenas algumas semanas. Pensei que já tivesse lhe dito isso."

"Ele chegou a dirigi-lo no campo?"

"No campo?"

A mulher refletiu um pouco.

"Não", disse, "acho que não. Ele ficou com o carro por pouco tempo. Eu também me lembro dele dizendo que não queria colocá-lo nas estradas rurais, que estavam em péssimas condições. No começo ele pretendia usá-lo apenas na cidade."

"Há mais uma coisa", disse Erlendur. "Me desculpe incomodá-la tão tarde, é que este caso... Eu sei que o carro foi registrado em seu nome. Você se lembra de como Leopold pagou por ele? Será que pediu um empréstimo? Será que ele tinha alguma poupança? Você por acaso se lembra?"

Outro silêncio se seguiu na linha enquanto a mulher voltava no tempo e tentava recordar detalhes que poucas pessoas conseguiriam guardar na memória.

"Eu não paguei nada", disse ela por fim. "Lembro-me disso. Acho que ele já tinha a maior parte do valor. Ele havia feito economias quando estava trabalhando nos navios, ele me disse. Por que você quer saber isso? Por que me telefonou tão tarde? Aconteceu alguma coisa?"

"Você sabe por que ele quis que o carro ficasse em seu nome?"

"Não."

"Não acha estranho?"

"Estranho?"

"Que ele não registrasse o carro no nome dele? Esse teria sido o procedimento normal. Os homens compravam os carros e os registravam como propriedades deles. Havia poucas exceções a essa regra naqueles dias."

"Não sei nada sobre isso", disse Ásta.

"Ele pode ter feito assim para não deixar pistas", sugeriu Erlendur. "Ter o carro registrado no nome dele forneceria certas informações sobre ele que talvez Leopold não quisesse."

Houve um longo silêncio.

"Ele não estava se escondendo", disse a mulher por fim.

"Não, talvez não", disse Erlendur. "Mas talvez ele tivesse outro nome. Diferente de Leopold. Você não quer saber quem ele era? Quem ele realmente era?"

"Eu sei muito bem quem ele era", disse a mulher, e ele percebeu que ela estava à beira das lágrimas.

"Claro", disse Erlendur. "Sinto muito tê-la incomodado. Não me dei conta das horas. Eu lhe informo se descobrirmos alguma coisa."

"Eu sei muito bem quem ele era", repetiu a mulher.

"Claro", disse Erlendur. "Claro que sabe."

21.

O esterco de vaca não ajudou em nada. O carro teve outros proprietários antes de ser vendido para a sucata e qualquer um deles poderia ter pisado no estrume e o levado para dentro. Reykjavík era tão provinciana trinta anos atrás que o proprietário do carro não precisaria ter saído da cidade para cruzar com vacas.

O humor de Haraldur não tinha melhorado desde a última vez que Erlendur estivera em seu quarto. Ele ingeria seu almoço, uma espécie de mingau ralo com uma fatia de salsicha macia de fígado, a dentadura descansando no criado-mudo. Erlendur se conteve para não dar uma olhada rápida nos dentes. Ouvir o barulho que ele fazia com a boca ao tomar o mingau e ver o líquido escorrer por um dos cantos de sua boca era o bastante. Haraldur sugava seu mingau e saboreava a salsicha de fígado.

"Sabemos que o dono do Falcon visitou o senhor e seu irmão na fazenda", disse Erlendur quando o barulho na boca parou e Haraldur limpou os lábios. Como na outra vez, ele bufou quando viu Erlendur e lhe disse para ir embora, mas o detetive apenas sorriu e se sentou.

“Será que você não pode me deixar em paz?”, Haraldur tinha dito com um olhar guloso em seu mingau. Ele não queria começar a comer com Erlendur observando-o.

“Coma seu mingau”, tinha dito Erlendur. “Eu espero.”

Haraldur lançou-lhe um olhar raivoso, mas logo se rendeu.

“E que prova você tem?”, disse Haraldur. “Você não tem prova nenhuma, porque ele nunca foi à fazenda. Não existe nenhuma lei contra esse tipo de assédio? Você tem permissão para ficar incomodando as pessoas dia sim, dia não?”

“Agora sabemos que ele foi ver vocês”, afirmou Erlendur.

“Ah, uma bela besteira isso. E por que você acha que ele foi lá?”

“Nós examinamos o carro dele mais detalhadamente”, contou Erlendur. Na verdade, ele não tinha nada de concreto, mas achou que valia a pena pressionar um pouco o velho. “Na época, a perícia não fez uma investigação minuciosa no carro. Mas de lá para cá a tecnologia microscópica sofreu uma importante revolução.”

Ele procurou usar palavras longas. Haraldur abaixou a cabeça como antes e olhou para o chão.

“E então conseguimos algumas novas evidências”, continuou Erlendur. “Na época, o caso não foi investigado como uma questão criminal. Pessoas desaparecidas geralmente não são investigadas assim, porque neste país, quando as pessoas desaparecem, isso não é considerado relevante. Pode ser por causa do clima. Ou por causa da indiferença islandesa. Talvez não nos importemos com a nossa taxa alta de suicídios.”

“Eu não sei do que você está falando”, disse Haraldur.

“O nome dele era Leopold. Você se lembra? Ele era um vendedor e o senhor o atraiu falando sobre a possível compra de um trator, e tudo que faltava ele fazer era ir até lá falar com vocês naquele dia. E acho que ele fez isso.”

“Eu devo ter os meus direitos”, disse Haraldur. “Você não pode simplesmente entrar aqui sempre que quiser.”

"Eu acho que Leopold foi ver vocês", repetiu Erlendur sem responder a Haraldur.

"Besteira."

"Ele foi falar com o senhor e com seu irmão, e alguma coisa aconteceu. Não sei o quê. Ele viu alguma coisa que não deveria ter visto. Vocês começaram a discutir com ele sobre alguma coisa que ele disse. Talvez ele estivesse insistindo muito. Talvez quisesse fechar a venda naquele dia."

"Não sei do que você está falando", repetiu Haraldur. "Ele nunca foi lá. Disse que ia, mas não foi."

"Quanto tempo o senhor acha que ainda tem de vida?", perguntou Erlendur.

"Sei lá, porra. E se você tivesse alguma evidência teria me contado. Mas você não tem nada. Porque ele nunca foi lá."

"O senhor não vai me contar o que aconteceu?", disse Erlendur. "O senhor não tem muito mais tempo. Iria se sentir melhor. Mesmo que ele tenha ido até a fazenda de vocês, isso não significa que o mataram. Não estou afirmando isso. Ele pode muito bem ter desaparecido depois que saiu da fazenda de vocês."

Haraldur levantou a cabeça e encarou-o sob as sobrancelhas espessas.

"Vá embora", disse. "Não quero mais ver você aqui de novo."

"Vocês tinham vacas na fazenda, o senhor e seu irmão, não tinham?"

"Saia daqui!"

"Eu fui lá e vi o estábulo e o monte de estrume atrás dele. O senhor me contou que havia dez vacas."

"Aonde você quer chegar?", perguntou Haraldur. "Nós éramos fazendeiros. Você vai me bater por causa disso?"

Erlendur se levantou. Haraldur o irritara, mesmo sabendo que não deveria ter permitido que isso acontecesse. Deveria ter ido embora e continuado sua investigação, em vez de permitir que o outro o irritasse. Haraldur não passava de um velho mal--humorado e chato.

"Nós encontramos estrume de vaca no carro", disse. "Por isso é que eu ando pensando nas suas vacas. Margarida e Mimosa, ou seja lá como vocês as chamavam. Não acho que o esterco tenha sido levado para o carro no sapato dele. É claro que há uma chance de ele ter pisado no esterco e ter ido embora. Mas acho que outra pessoa levou o esterco para o carro. Alguém que morava em uma das fazendas que ele visitou. Alguém que brigou com ele. Alguém que o atacou, depois entrou no carro com sua bota de borracha vinda diretamente do curral e dirigiu o carro até a estação rodoviária."

"Deixe-me em paz. Eu não sei nada sobre nenhum esterco de vaca."

"Tem certeza?"

"Tenho, agora vá embora. Me deixe em paz."

Erlendur olhou para Haraldur.

"Essa minha teoria só tem uma falha", continuou Erlendur.

"Hum", grunhiu Haraldur.

"O negócio da estação rodoviária."

"O que é que tem?"

"Duas coisas não encaixam."

"Eu não estou interessado. Tire o seu traseiro daqui, porra."

"É algo bem inteligente."

"Hum."

"E você é estúpido demais."

A empresa para a qual Leopold trabalhava quando desapareceu ainda existia, mas agora como um dos três departamentos de uma grande companhia importadora de carros. O primeiro proprietário tinha saído uns bons anos antes. Seu filho contou a

Erlendur que ele havia lutado para manter a empresa à tona, mas ela se revelou um empreendimento sem esperança e no fim ele a vendeu, quase à beira da falência. O filho fez parte da transação e se tornou gerente do novo departamento de máquinas agrícolas e de terraplenagem da empresa. Tudo isso acontecera havia mais de uma década. Alguns funcionários o tinham acompanhado, mas nenhum deles trabalhava mais na empresa. O filho contou a Erlendur detalhes sobre o pai e sobre o vendedor mais antigo da companhia, que tinha estado lá na mesma época em que Leopold.

Quando Erlendur voltou à sua sala, procurou o vendedor na lista telefônica e ligou para ele. Ninguém atendeu. Em seguida telefonou para o ex-proprietário. A mesma história.

Erlendur pegou o telefone de novo. Olhou pela janela e viu o verão nas ruas de Reykjavík. Não sabia por que estava tão envolvido no caso do proprietário do Falcon. Certamente o homem se suicidara. Mesmo não havendo muita coisa que sugerisse o contrário, ali estava ele sentado, de telefone na mão, pronto para solicitar uma autorização de busca do corpo na fazenda dos irmãos, com um grupo de cinquenta policiais, equipes de resgate e todo o rebuliço que isso iria provocar na mídia.

Quem sabe, no final das contas, o vendedor fosse Lothar, o homem no fundo do lago Kleifarvatn? Talvez os dois fossem o mesmo homem.

Lentamente, recolocou o fone no gancho. Será que sua ansiedade para resolver casos de pessoas desaparecidas havia turvado seu julgamento? Ele tinha absoluta certeza de que a coisa mais sensata a fazer seria trancar o caso de Leopold numa gaveta e deixá-lo desaparecer, como outros desaparecimentos para os quais nenhuma explicação simples pôde ser encontrada.

Enquanto estava absorto em seus pensamentos, o telefone tocou. Era Patrick Quinn, da embaixada dos Estados Unidos. Eles trocaram amabilidades e em seguida o diplomata foi ao ponto.

"Nós demos ao seu pessoal a informação que, naquele momento, nos sentíamos seguros de revelar", disse Quinn. "Agora fomos autorizados a ir um pouquinho além."

"Eles não são, na verdade, o meu pessoal", disse Erlendur, pensando em Sigurdur Óli e Elínborg.

"Sim, tanto faz", disse Quinn. "Entendo que você está no comando da investigação sobre o esqueleto no lago. Eles não ficaram totalmente convencidos do que lhes contamos sobre o desaparecimento de Lothar Weiser. Tínhamos informações de que ele veio para a Islândia e que nunca deixou o país, mas a forma como as apresentamos pareceu um pouco, como direi... sem estofo. Entrei em contato com Washington e obtive permissão para ir um pouco mais além. Temos o nome de um homem, um tcheco, que pode ser capaz de confirmar o desaparecimento de Weiser. Ele se chama Miroslav. Vou ver o que posso fazer."

"Diga-me outra coisa", falou Erlendur. "Você tem alguma fotografia de Lothar Weiser que possa nos emprestar?"

"Eu não sei", disse Quinn. "Vou verificar. Pode demorar um pouco."

"Obrigado."

"Mas não espere muito", disse Quinn, e desligou.

Erlendur tentou entrar em contato com o velho vendedor outra vez e estava prestes a desligar quando ele atendeu. Com dificuldades de audição, o homem confundiu Erlendur com um assistente social e começou a reclamar dos almoços que tinham sido entregues em sua casa. "A comida está sempre fria", disse. "E isso não é tudo", continuou.

Erlendur teve a impressão de que o vendedor estava prestes a iniciar um longo discurso sobre como os idosos eram tratados em Reykjavík.

"Eu sou da polícia", disse Erlendur em voz alta e clara. "Eu queria perguntar sobre um vendedor que trabalhou com o senhor na empresa de máquinas agrícolas há muito tempo. Ele desapareceu um dia e nunca mais ninguém ouviu falar dele."

"Você está falando de Leopold?", disse o homem. "Por que está perguntando dele? Vocês o encontraram?"

"Não", respondeu Erlendur. "Ele não foi encontrado. O senhor se lembra dele?"

"Um pouco", disse o homem. "Provavelmente mais do que a maioria das outras pessoas, apenas por causa do que aconteceu. Por ele ter desaparecido. Ele não deixou um carro novinho em folha em algum lugar?"

"Do lado de fora da rodoviária", disse Erlendur. "Que tipo de homem ele era?"

"Hein?"

Erlendur estava de pé agora. Repetiu a pergunta, quase gritando ao telefone.

"É difícil dizer. Ele era um sujeito misterioso. Nunca falou muito de si mesmo. Ele trabalhou em navios, pode até ter nascido no exterior. Pelo menos falava com um pouco de sotaque. E tinha a pele mais escura, não era um lírio branco como nós, islandeses. Um sujeito bastante amigável. Triste o que aconteceu."

"Ele fazia viagens de vendas pelo país", disse Erlendur.

"Ah, sim, pode apostar, todos nós fazíamos isso. Visitávamos as fazendas com nossos panfletos e tentávamos vender o material para os agricultores. Ele provavelmente se esforçava bastante. Levava consigo bebida, sabe, para quebrar o gelo. Todo mundo levava. Ajudava nos negócios."

"Vocês tinham áreas de vendas específicas, quero dizer, vocês compartilhavam as regiões?"

"Não, na verdade não. Os agricultores mais ricos estão no Sul e no Norte, é claro, e tentávamos dividi-los entre nós. Mas a maldita cooperativa controlava todos eles de qualquer maneira."

"Leopold ia para lugares específicos? Lugares que ele visitava mais que outros?"

Houve um silêncio e Erlendur imaginou o velho vendedor tentando desenterrar detalhes sobre Leopold que ele tinha esquecido havia muito tempo.

"Agora que você falou...", disse por fim. "Leopold passava bastante tempo nos fiordes do Leste, na parte sul deles. Você poderia dizer que esse era o pedaço favorito dele. O Oeste também, todo o oeste da Islândia. E os fiordes do Oeste. E também o Sudoeste. Na verdade, ele ia a toda parte."

"Ele vendia muito?"

"Não, eu não diria isso. Às vezes, ficava afastado durante semanas a fio, meses até, sem produzir muito. Mas você deveria falar com o velho Benedikt. O proprietário. Ele talvez saiba mais. Leopold não ficou conosco por muito tempo e, se bem me lembro, houve algum problema para colocá-lo na firma."

"Problema para colocá-lo na firma?"

"Acho que eles tiveram que despedir alguém para abrir caminho para Leopold. Benedikt insistiu que ele ingressasse na empresa, mas depois não ficou feliz com o rendimento dele. Eu nunca entendi isso. Fale com ele. Fale com Benedikt."

Em casa, Sigurdur Óli desligou a televisão. Estava assistindo aos melhores momentos do futebol islandês, a última edição da noite. Bergthóra tinha ido a seu grupo de costura. Ele pensou que era ela chamando quando atendeu o telefone. Não era.

"Desculpe, eu estou sempre telefonando para você", disse a voz.

Sigurdur Óli hesitou um pouco antes de desligar o telefone. Ele recomeçou a tocar em seguida. Sigurdur Óli olhou para o aparelho.

"Merda", disse.

"Não desligue", disse o homem. "Eu só quero falar com você. Sinto que posso falar com você. Desde que você veio com a notícia."

"Eu... é sério, eu não sou seu terapeuta. Você está indo longe demais. Eu quero que você pare com isso. Não posso ajudá-lo. Foi uma coincidência terrível e nada mais. Você vai ter que aceitar. Tente entender. Adeus."

"Eu sei que foi uma coincidência", disse o homem. "Mas eu fiz isso acontecer."

"Ninguém faz coincidências acontecerem", disse Sigurdur Óli. "É por isso que elas são coincidências. Elas começam no momento em que nascemos."

"Se eu não tivesse atrasado ela, as duas teriam chegado em casa em segurança."

"Isso é um absurdo. E você sabe disso. Não pode se culpar. Simplesmente não pode. Nenhuma pessoa pode se culpar por esse tipo de coisa."

"Por que não? As coincidências não vêm do nada. Elas são consequências das condições que criamos. Como eu fiz naquele dia."

"Isso é tão absurdo que não vou nem discutir."

"Por quê?"

"Porque se deixarmos esse tipo de pensamento controlar nossas ações, como é que vamos tomar decisões? Sua mulher foi à loja em um determinado momento, você nem ficou sabendo dessa decisão. Então foi suicídio? Não! Foi algum idiota bêbado em um Range Rover. Nada mais."

"Eu fiz a coincidência acontecer quando liguei para ela."

"Nós podemos continuar nisso até o fim dos tempos", disse Sigurdur Óli. "Será que a gente devia dar um passeio de carro fora da cidade? Devemos ir ao cinema? Devemos nos encontrar em um café? Quem ousaria sugerir qualquer coisa por medo de que alguma coisa pudesse acontecer? Você é ridículo."

"Essa é a questão", disse o homem.

"O quê?"

"Como é que podemos fazer alguma coisa?"

Sigurdur Óli ouviu Bergthóra entrando.

"Eu tenho que acabar com isso", disse ele. "É uma grande bobagem."

"Eu também", disse o homem. "Eu também tenho que acabar com isso."

E em seguida desligou o telefone.

22.

Ele acompanhou na televisão, no rádio e no jornal as reportagens sobre a descoberta do esqueleto e viu como a história foi aos poucos perdendo a importância, até finalmente não se falar mais no assunto. De vez em quando aparecia uma breve declaração em que se dizia não haver nada de novo e mencionando um detetive chamado Sigurdur Óli. Ele sabia que a calmaria das notícias sobre o esqueleto não significava nada. A investigação devia estar em pleno andamento e se algum progresso ocorresse, alguém acabaria batendo à sua porta. Ele não sabia quando ou quem seria. Talvez em breve. Talvez esse Sigurdur Óli. Talvez eles nunca viessem a descobrir o que havia acontecido. Sorriu consigo mesmo. Não tinha mais certeza se era o que desejava. Aquilo o havia consumido por muito tempo. Às vezes, sentia como se não tivesse uma existência e que sua vida se resumia a ter medo do passado.

Antes, algumas vezes ele tinha sentido uma compulsão, um impulso incontrolável de revelar o que havia acontecido, de se apresentar e contar a verdade. Ele sempre resistiu. Com o passar do tempo se acalmou, essa necessidade desapareceu e ele voltou a ficar insensível em relação ao que ocorrera. Não se arrependia de nada. Não teria mudado nada, tendo em vista a maneira como as coisas aconteceram.

Sempre que voltava os olhos para o passado, via o rosto de Ilona quando a conheceu. Quando ela se sentou ao lado dele na cozinha, ele lhe explicou o poema "Fim da jornada", de Jónas Hallgrímsson, e ela o beijou. Mesmo agora, sozinho com seus pensamentos e revendo tudo que lhe era tão precioso, quase podia sentir de novo o beijo suave em seus lábios.

Sentou-se na poltrona perto da janela e recordou o dia em que seu mundo tinha desmoronado.

Em vez de voltar para a Islândia no verão, ele trabalhou em uma mina de carvão por algum tempo e viajou pela Alemanha Oriental com Ilona. Tinham planejado ir à Hungria, mas ele não conseguiu autorização. Pelo que entendeu, estava cada vez mais difícil para os estrangeiros obterem permissão de entrada. Ele ouviu dizer que as viagens para a Alemanha Ocidental também estavam sendo severamente restringidas.

Eles viajaram de trem e de ônibus, mas também andaram muito a pé, e gostaram de viajar por conta própria. Algumas vezes, dormiram ao ar livre. Outras, em pequenos hotéis, edifícios escolares ou em estações ferroviárias ou rodoviárias. Também passaram alguns dias em fazendas que encontraram por acaso em seu caminho. A permanência mais longa foi com um criador de ovelhas que ficou impressionado por um islandês bater à sua porta e a todo momento perguntava sobre a terra natal dele no Norte, especialmente sobre a geleira Snaefellsjökull; em determinado momento ficou claro que ele tinha lido *Viagem ao centro da terra*, de Júlio Verne. Os dois passaram duas semanas com o criador de ovelhas e gostaram de trabalhar em sua fazenda.

Sabendo muito mais sobre agricultura, eles se despediram do agricultor e de sua família com uma mochila cheia de comida, e levando consigo os votos de boa sorte deles.

Ela descreveu sua casa de infância em Budapeste e seus pais médicos. Ela lhes contara sobre ele em suas cartas para casa. O que eles planejavam fazer?, escreveu sua mãe. Ela era filha única. Ilona disse para ela não se preocupar, mas não adiantou. Vocês vão se casar? E os seus estudos? E quanto ao futuro?

Essas eram todas as questões sobre as quais tinham pensado, juntos e separadamente, mas eles não tinham pressa. Tudo o que importava eram os dois no presente. O futuro se mostrava misterioso e desconhecido, e a única certeza que tinham era a de que iriam encontrá-lo juntos.

Às vezes, à noite, ela lhe contava sobre seus amigos — que iriam recebê-lo bem, ela lhe assegurou — e como eles se sentavam em bares e cafés sempre discutindo as reformas necessárias que estavam no horizonte. Ele olhava para Ilona e a via animada ao falar sobre uma Hungria livre. Ela falava sobre a liberdade que ele tinha conhecido e desfrutado por toda a vida como se fosse uma miragem, intangível e remota. Tudo o que Ilona e seus amigos desejavam ele sempre teve, e aquilo era tão normal em sua vida que nunca pensara a respeito. Ela contava de amigos que haviam sido presos e passado algum tempo na prisão, de pessoas que tinham desaparecido e cujo paradeiro era desconhecido. Ele percebia o medo em sua voz, mas também o entusiasmo causado por sua convicção profunda e pelo fato de lutar por ela, independentemente do quanto lhe custava. Ele sentiu sua tensão e entusiasmo com os grandes acontecimentos que se desenrolavam.

Ele pensou muito durante as semanas que passaram viajando naquele verão e se convenceu de que o socialismo que havia encontrado em Leipzig fora construído em cima de uma mentira. Começou a entender como Hannes se sentia. Da mesma forma que Hannes, ele havia despertado para a compreensão de que a verdade não era única, simples e socialista; de fato, nenhuma verdade era simples. Isso complicou incomensuravelmente sua visão do mundo, forçando-o a encarar questões novas e desafiadoras. A primeira e mais importante dizia respeito a como reagir. Estava na mesma situação que Hannes. Será que deveria continuar estudando em Leipzig? Será que deveria voltar para a Islândia? As circunstâncias associadas a seu período de estudos em Leipzig haviam mudado. O que ele iria dizer à sua família? Recebeu notícias da Islândia informando que Hannes, o ex-líder do movimento da juventude, tinha escrito artigos em jornais e falado em reuniões sobre a Alemanha Oriental, criticando a política comunista. Ele provocou ira e tumulto entre os socialistas islandeses e enfraqueceu a causa deles, especialmente em relação ao pano de fundo do que ocorria na Hungria.

Ele sabia que ainda era um socialista e que isso não iria mudar, mas a versão do socialismo que ele tinha visto em Leipzig não era o que queria.

E quanto a Ilona? Ele não desejava fazer nada sem ela. Tudo o que fariam depois, fariam juntos.

Discutiram tudo isso nos últimos dias da viagem e chegaram a uma decisão conjunta. Ela continuaria estudando e trabalhando em Leipzig, iria para suas reuniões clandestinas, distribuiria informações e acompanharia o desenrolar dos acontecimentos na Hungria. Ele continuaria estudando e agindo como se nada tivesse mudado. Lembrou-se da crítica dura que fizera a Hannes por ele abusar da hospitalidade do partido comunista da Alemanha Oriental. Agora pretendia fazer exatamente a mesma coisa, e tinha problemas para justificar isso a si mesmo.

Sentiu-se incomodado. Nunca havia enfrentado esse tipo de dilema — sua vida sempre fora simples e segura. Pensou em seus amigos na Islândia. O que iria lhes dizer? Estava completamente desorientado. Tudo em que havia acreditado de maneira tão firme adquirira outra natureza. Ele sabia que sempre iria viver de acordo com o ideal socialista da igualdade e da justa distribuição da riqueza, mas o socialismo na forma praticada na Alemanha Oriental não era mais algo em que valesse a pena acreditar ou pelo qual valesse a pena lutar. Sua cabeça apenas começava a mudar. Levaria tempo para compreender aquilo completamente e para redefinir o mundo; entretanto, não tinha a intenção de tomar nenhuma decisão radical.

Quando voltaram a Leipzig, ele se mudou do casarão caindo aos pedaços para o quarto de Ilona. Eles dormiam juntos no velho futon. A princípio, a senhoria ficou em dúvida. Como católica praticante, queria manter o decoro, mas acabou cedendo. Ela contou a ele que havia perdido o marido e os dois filhos no cerco a Stalingrado. Mostrou-lhe fotografias dos três. Eles se deram muito bem. Ele fazia todo tipo de tarefa para ela no apartamento, consertava coisas, comprava utensílios de cozinha e alimentos, e cozinhava. Seus amigos do dormitório às vezes o visitavam, mas ele sentia que se afastava cada vez mais deles, e estes o achavam mais contido e reticente.

Emil, seu melhor amigo, comentou isso uma vez, quando se sentou com ele na biblioteca.

"Está tudo bem?", perguntou Emil, fungando. Ele estava resfriado. Era um outono sombrio e tempestuoso, e o dormitório estava muito gelado.

"Tudo bem?", ele respondeu. "Está tudo bem."

"Não, porque...", disse Emil, "bem, ficamos com a sensação de que você está nos evitando. Não é nada disso, é?"

Ele olhou para Emil.

"É claro que não. É que muitas coisas mudaram para mim. Ilona e, você sabe, muitas coisas mudaram."

“Sim, eu sei”, disse Emil com uma voz preocupada. “Claro. Ilona e tudo isso. Você conhece bem essa garota?”

“Eu sei tudo sobre ela”, ele disse, rindo. “Está tudo bem, Emil. Não precisa se preocupar.”

“Lothar estava falando dela.”

“Lothar? Ele voltou?”

Ele não tinha contado a seus amigos o que os companheiros de Ilona revelaram sobre Lothar Weiser e seu papel na expulsão de Hannes da universidade. Lothar não estava na universidade quando as atividades foram retomadas naquele outono e não o tinha visto nem ouvido falar dele até então. Resolvera evitar Lothar, evitar tudo que tivesse ligação com ele, evitar conversar com ele e sobre ele.

“Ele estava na cozinha anteontem à noite”, disse Emil. “Trouxe uma sacola enorme cheia de costeletas de porco. Ele sempre tem muita comida.”

“O que ele falou de Ilona? Por que estava falando dela?”

Ele não conseguiu esconder sua ansiedade. Olhou agitado para Emil.

“Só falou que ela era húngara e que eles fazem o que bem entendem lá”, disse Emil. “Esse tipo de coisa. Todo mundo está falando sobre o que está acontecendo na Hungria, mas ninguém parece saber exatamente o que é. Ilona contou alguma coisa? Contou o que está acontecendo na Hungria?”

“Eu não sei muita coisa”, disse ele. “Tudo o que eu sei é que as pessoas estão discutindo mudanças. O que exatamente Lothar disse sobre Ilona? Fazem o que bem entendem? Por que ele disse isso? O que ele quis dizer com isso?”

Percebendo sua ansiedade, Emil tentou se lembrar exatamente das palavras de Lothar.

“Ele disse que não sabia qual era a posição dela”, arriscou-se a dizer depois de uma longa pausa. “Duvidou que ela seja uma verdadeira socialista e disse que ela era uma má influência. Que ela falava das pessoas pelas costas. E de nós também, seus camaradas. Ele disse que ela era bem desagradável quando o assunto éramos nós. Ele a ouviu fazendo isso."

"Por que ele disse uma coisa dessa? O que ele sabe sobre Ilona? Eles nem se conhecem. Ela nunca conversou com ele."

"Eu não sei", disse Emil. "É só fofoca de quem não tem o que fazer. Não é?"

Ele não respondeu, imerso em pensamentos.

"Tómas?", disse Emil. "Isso que o Lothar disse não é só fofoca de quem não tem o que fazer?"

"Claro que é besteira", ele respondeu. "Emil não sabe nada sobre Ilona. Ela nunca falou mal de vocês. É uma mentira escrota. Lothar..."

Estava prestes a contar a Emil o que sabia sobre Lothar, quando de repente percebeu que não podia. Percebeu que não podia confiar em Emil. Seu amigo. Embora não tivesse nenhuma razão para desconfiar dele, sua vida de repente começou a girar em torno daqueles em quem ele podia confiar e daqueles em quem não podia. Pessoas para quem podia abrir seu coração e aquelas com quem não podia falar. Não porque elas tivessem sido desleais, traiçoeiras e coniventes, mas porque poderiam deixar escapar alguma indiscrição, exatamente como ele fizera com Hannes. Isso incluía Emil, Hrafnhildur e Karl, seus amigos do dormitório. Ele havia lhes contado de sua experiência no porão, de como Ilona e Hannes se conheciam, de como tudo era emocionante, até mesmo perigoso. Ele não podia mais falar essas coisas.

Quanto a Lothar, precisaria tomar muito cuidado. Tentou imaginar por que Lothar havia falado de Ilona daquele jeito, para que seu amigo ouvisse. Tentou se lembrar se o alemão alguma vez havia descrito Hannes da mesma forma. Não conseguiu se lembrar. Talvez fosse um recado para ele e Ilona. Eles sabiam muito pouco sobre Lothar. Não sabiam exatamente para quem ele estava trabalhando. Ilona acreditava em seus amigos que achavam que ele estava a serviço da polícia de segurança. E esse poderia muito bem ser o método que a polícia usava. Espalhar calúnias em pequenos grupos para criar atritos.

"Tómas?"

Emil estava tentando chamar sua atenção.

"O que tem o Lothar?"

"Desculpe", disse Tómas. "Eu estava pensando."

"Você ia dizer alguma coisa sobre Lothar", lembrou Emil.

"Não, não era nada."

"E quanto a você e Ilona?", perguntou Emil.

"O que tem?"

"Vocês vão ficar juntos?", perguntou Emil hesitante.

"Como assim? Claro. Por que a pergunta?"

"Apenas tome cuidado", disse Emil.

"O que você está querendo dizer?"

"Bem, depois que Hannes foi expulso, a gente não sabe o que pode acontecer."

Ele contou a Ilona sobre sua conversa com Emil, tentando minimizá-la o mais que pôde. A expressão dela tornou-se imediatamente ansiosa, e ela lhe pediu cada detalhe do que Emil tinha dito. Eles tentaram decifrar a motivação de Lothar. Ele claramente a tinha caluniado na frente dos outros alunos e do círculo mais próximo dela, amigos de Tómas. Seria aquilo o início de algo maior? Será que Lothar mantinha alguma vigilância especial sobre ela? Será que sabia das reuniões? Eles decidiram ficar quietos por algumas semanas.

"Eles só vão nos mandar para casa", disse Ilona, tentando sorrir. "O que mais poderiam fazer? Vamos pelo mesmo caminho de Hannes. Não vai ser mais grave do que isso."

"Não", ele disse consoladoramente, "não será mais grave do que isso."

"Eles poderiam me prender por subversão", disse ela. "Propaganda anticomunista. Conspiração contra o Partido da União Socialista. Eles têm expressões específicas para isso."

"Você não pode parar? Se afastar por um tempo? Para ver o que acontece?"

Ela olhou para ele.

"Como assim? Eu não permito que idiotas como Lothar determinem o que eu faço."

"Ilona!"

"Eu digo o que penso. Sempre. Eu contaria a todo mundo que tivesse interesse sobre o que está acontecendo na Hungria, sobre as reformas que as pessoas estão exigindo. Sempre fui assim. Você sabe disso. E não vou mudar."

Ambos caíram em um silêncio ansioso.

"Qual a pior coisa que eles podem fazer?"

"Mandar você de volta para casa."

"Eles vão me mandar para casa."

Os dois se entreolharam.

"Nós vamos precisar ter cuidado", disse ele. "Você precisa ter cuidado. Prometa-me isso."

Semanas e meses se passaram. Ilona continuou como antes, porém mais cautelosa do que nunca. Ele frequentava as aulas, mas era assolado por preocupações com Ilona, dizendo-lhe repetidas vezes que tomasse cuidado. Então, um dia ele encontrou Lothar. Fazia um bom tempo que não o via, e quando depois pensou sobre o que tinha acontecido, percebeu que o encontro não fora casual. Ele estava saindo da aula para se encontrar com Ilona ao lado da igreja de São Tomás quando Lothar surgiu do nada. Lothar cumprimentou-o calorosamente. Ele não retribuiu a saudação e estava prestes a continuar andando, quando Lothar segurou-o pelo braço.

“Não quer me cumprimentar?”, perguntou.

Ele se soltou e ia começar a descer as escadas, quando sentiu a mão em seu braço novamente.

“Precisamos conversar”, disse Lothar quando Tómas se virou.

“Não temos nada para conversar”, ele replicou.

Lothar sorriu de novo, mas seus olhos não estavam mais sorrindo.

“Pelo contrário”, disse Lothar. “Temos muito que conversar.”

“Me deixa em paz”, disse ele, e continuou descendo as escadas para o andar onde ficava a lanchonete. Ele não olhou para trás e esperava que Lothar o deixasse em paz, mas Lothar parou-o de novo e olhou ao redor. Ele não queria chamar a atenção.

“O que significa tudo isto?”, ele perguntou rispidamente a Lothar. “Eu não tenho nada para lhe dizer. Tente enfiar isso na sua cabeça. Me deixe em paz!”

Tentou passar por ele, mas Lothar bloqueou o caminho.

“Qual é o problema?”, disse Lothar.

Ele olhou nos olhos do alemão sem responder.

“Nada”, disse por fim. “Apenas me deixe em paz.”

“Me diz por que você não quer falar comigo. Eu pensei que fôssemos amigos.”

“Não, nós não somos amigos”, disse ele. “Hannes era meu amigo.”

“Hannes?”

“Sim, Hannes.”

“Isso tudo é por causa de Hannes?”, perguntou Lothar. “É por causa de Hannes que você está agindo assim?”

“Me deixe em paz”, disse ele.

“O que Hannes tem a ver comigo?”

“Você...”

Ele parou na hora. Onde Hannes entrava naquele quadro? Ele não tinha visto Lothar desde a expulsão de Hannes. Depois daquilo, Lothar havia desaparecido no ar. Nesse meio-tempo, tinha ouvido Ilona e seus amigos descreverem Lothar como um fantoche da polícia de segurança, um traidor e informante que tentava fazer as pessoas revelarem o que seus amigos pensavam e diziam. Lothar não sabia das suas suspeitas. Mas ele estava preparado para lhe contar tudo o que Ilona havia dito sobre Lothar. De repente, ocorreu-lhe que se havia uma coisa que ele não devia fazer era dizer a Lothar o que pensava, ou sugerir que sabia alguma coisa sobre ele.

Ocorreu-lhe o quanto ainda precisava aprender sobre aquele jogo que ele estava começando a jogar não só com Lothar mas também com seus companheiros islandeses e, na verdade, com todos que ele conhecia, além de Ilona.

"Eu o quê?", disse Lothar, insistindo.

"Nada."

"Aqui não era mais o lugar de Hannes", disse Lothar. "Ele não tinha mais o que fazer aqui. Você mesmo disse isso. Você disse isso para mim. Você veio falar comigo e conversamos sobre o assunto. Estávamos sentados no bar e você me disse o quanto achava Hannes um pão-duro. Você e Hannes não eram amigos."

"É verdade", disse ele com um gosto desagradável na boca. "Nós não éramos amigos."

Sentiu que precisava dizer isso. Ele não tinha plena consciência de quem estaria acobertando. Já não sabia exatamente qual era sua posição. Por que ele não dizia o que pensava, como tinha feito no passado. Estava jogando algum jogo de blefe cujas regras mal conhecia, tentando avançar centímetro por centímetro na total escuridão. Talvez ele não fosse mais corajoso que isso. Talvez ele fosse um covarde. Seus pensamentos se voltaram para Ilona. Ela teria sabido o que dizer a Lothar.

“Eu nunca falei que ele devia ser expulso”, disse ele na defensiva.

“Na verdade, eu me lembro de você falando exatamente isso”, afirmou Lothar.

“Eu não”, disse ele, levantando a voz. “É mentira.”

Lothar sorriu.

“Calma”, disse.

“Me deixe em paz.”

Estava prestes a ir embora, porém Lothar o deteve. Dessa vez, foi mais ameaçador e apertou com mais força o braço dele, puxando-o para perto de si e sussurrando em seu ouvido.

“Nós precisamos conversar.”

“Não temos nada para conversar”, disse ele, tentando se soltar. Mas Lothar segurou-o rápido.

“Nós só precisamos trocar uma palavrinha sobre a sua Ilona.”

Ele sentiu seu rosto corar de repente. Os músculos se afrouxaram e Lothar sentiu o braço dele ficar inerte por um instante.

“Do que você está falando?”, perguntou, tentando não se entregar.

“Eu não acho que ela seja uma boa companhia para você”, disse Lothar. “E eu digo isso como seu *Betreuer* e seu companheiro. Espero que você me perdoe por eu me intrometer.”

“Do que você está falando?”, repetiu ele. “Boa companhia? Eu não acho que seja da sua conta o que...”

“Eu não acho que ela esteja envolvida com gente como nós”, disse Lothar interrompendo-o. “Tenho medo que ela arraste você para a lama.”

Atônito, ele olhou para Lothar.

“Do que você está falando?”, ele falou pela terceira vez, sem pensar; não sabia mais o que dizer. Sua mente estava em branco. Tudo em que conseguia pensar era em Ilona.

"Nós sabemos sobre as reuniões que ela organiza", disse Lothar. "Sabemos quem vai às reuniões. Sabemos que você esteve nessas reuniões. Sabemos sobre os panfletos que ela distribui."

Ele não podia acreditar no que estava ouvindo.

"Deixe-nos ajudá-lo", disse Lothar.

Ele olhou para Lothar, que o fitava com expressão séria. Lothar tinha abandonado toda a farsa. Seu sorriso falso havia desaparecido. Ele via apenas inflexibilidade em seu rosto.

"Nós?", disse. "Nós quem? Do que você está falando?"

"Venha comigo", disse Lothar. "Quero lhe mostrar uma coisa."

"Não vou, não. Não tenho que ir com você a lugar nenhum!"

"Não vai se arrepender", disse Lothar com a mesma voz firme. "Estou tentando ajudá-lo. Tente entender isso. Deixe eu lhe mostrar uma coisa. Então você vai entender exatamente do que estou falando."

"O que é que você tem para me mostrar?"

"Vamos lá", disse Lothar, meio que o empurrando para a frente. "Estou tentando ajudá-lo. Confie em mim."

Ele quis resistir, mas o medo e a curiosidade levaram a melhor e ele cedeu. Se Lothar tinha algo para lhe mostrar, talvez valesse a pena ver, em vez de lhe virar as costas. Deixaram o edifício da universidade e foram para o centro da cidade, na direção da praça Karl Marx e ao longo da Barfussgässchen. Logo percebeu que estavam se aproximando do número 24 da rua Dittrichring, que ele sabia ser o quartel-general da polícia de segurança na cidade. Diminuiu o passo e então parou completamente quando viu que Lothar pretendia subir os degraus para entrar no prédio.

"O que estamos fazendo aqui?", perguntou.

"Vamos lá", disse Lothar. "Precisamos conversar com você. Não torne isso mais difícil para si mesmo."

"Difícil? Eu não vou entrar aí!"

"Ou você vem agora, ou eles pegam você depois", disse Lothar. "É melhor assim."

Ele ficou parado, imóvel. Pensou no quanto gostaria de fugir. O que é que a polícia de segurança queria com ele? Não tinha feito nada. Da esquina, olhou em todas as direções. Será que alguém o veria entrando?

"Como assim?", disse em voz baixa. Ele realmente estava com medo.

"Vamos", disse Lothar, abrindo a porta.

Hesitante, subiu os degraus e seguiu Lothar para dentro do edifício. Os dois entraram em um pequeno saguão com uma escadaria de pedra cinza e paredes de mármore acastanhado. Uma porta no alto da escada levava a uma recepção. Ele imediatamente sentiu o cheiro do linóleo sujo, das paredes encardidas, de cigarros, suor e medo. Lothar acenou para o homem na recepção e abriu uma porta que dava para um corredor comprido. As paredes eram pintadas de verde. A meio caminho do corredor havia um nicho que dava acesso a um escritório com a porta aberta e, ao lado, uma porta de aço estreita. Lothar entrou no escritório onde um homem com ar cansado e de meia-idade estava sentado atrás de uma mesa. Ele olhou para cima e reconheceu Lothar.

"Você demorou pra cacete", disse o homem para Lothar, ignorando o visitante.

O homem fumava cigarros grossos de cheiro forte. Seus dedos eram amarelados, e o cinzeiro estava cheio de bitucas. Tinha um bigode espesso, descoloridos pelo tabaco. Era moreno, com costeletas grisalhas. Em uma das gavetas da escrivaninha, ele pegou uma pasta e abriu-a. Dentro havia algumas páginas datilografadas e algumas fotografias em preto e branco. O homem retirou as fotografias, examinou-as e jogou-as sobre a mesa na direção dele.

"Este aqui não é você?", perguntou ele.

Tómas apanhou as fotografias. Demorou algum tempo para perceber o que eram. Elas haviam sido tiradas à noite, a certa distância, e mostravam pessoas saindo de um bloco de apartamentos. A luz acima da porta iluminava o grupo. Examinando mais de perto a fotografia, de repente viu Ilona e um homem que tinha estado na reunião no apartamento do porão, outra mulher da mesma reunião e a si próprio. Olhou todas as fotografias. Algumas eram ampliações de rostos — o rosto de Ilona e o seu.

Depois de acender um cigarro, o homem do bigode espesso recostou-se novamente em sua cadeira. Lothar sentou em uma cadeira a um canto do escritório. Em uma das paredes havia um mapa das ruas de Leipzig e uma fotografia de Ulbricht. Três armários de aço resistentes estavam encostados na outra parede.

Ele se virou para Lothar, tentando esconder o tremor nas mãos.

"O que é isto?", perguntou.

"Você é quem deveria nos dizer", retrucou Lothar.

"Quem tirou estas fotos?"

"Você acha que isso importa?", disse Lothar.

"Vocês estão me espionando?"

Lothar e o homem do bigode queimado entreolharam-se, e então Lothar começou a rir.

"O que vocês querem?", perguntou, dirigindo-se a Lothar. "Por que tiraram essas fotos?"

"Você sabe que reunião é essa?", perguntou Lothar.

"Eu não conheço essas pessoas", disse, e não estava mentindo. "Além de Ilona, é claro. Por que vocês tiraram fotografias delas?"

"Não, claro que você não os conhece", disse Lothar. "Além da bela Ilona. Você a conhece. Conhece-a melhor do que a maioria das pessoas. Você a conhece ainda melhor do que o seu amigo Hannes conheceu."

Ele não sabia aonde Lothar estava querendo chegar. Olhou para o homem de bigode. Olhou para o corredor onde a porta de aço o confrontava. Havia um pequeno buraco nela, com uma espécie de obturador. Ele se perguntava se havia alguém lá dentro. Se eles tinham alguém sob custódia. Ele daria qualquer coisa para sair daquele escritório. Sentia-se um animal encurralado, desesperadamente à procura de uma rota de fuga.

"Vocês querem que eu pare de ir a essas reuniões?", ele sugeriu. "Isso não é problema. Eu não fui a muitas."

Olhou para a porta de aço. De repente, foi tomado por um medo avassalador. Já tinha começado a recuar, já tinha começado a prometer que iria se corrigir, apesar de não saber exatamente o que fizera de errado ou o que poderia fazer para satisfazê-los. Faria qualquer coisa para sair daquele escritório.

"Parar?", disse o homem de bigode. "De maneira nenhuma. Ninguém está lhe pedindo que pare. Pelo contrário. Gostaríamos que você fosse a mais reuniões. Elas devem ser muito interessantes. Qual é o propósito delas?"

"Nenhum", respondeu, esforçando-se para imprimir no rosto uma expressão corajosa. Eles deviam estar percebendo. "Propósito nenhum. Só conversamos sobre assuntos universitários. Música. Livros. Essas coisas."

O homem de bigode sorriu. Com certeza estava percebendo o medo. Devia estar vendo como o medo dele era evidente. Quase palpável. De qualquer forma, ele nunca soubera mentir muito bem.

"O que você disse sobre Hannes?", ele perguntou, hesitante, olhando para Lothar. "Que eu conheço Ilona melhor do que Hannes conheceu? Do que você está falando?"

"Você não sabia?", disse Lothar, fingindo surpresa. "Eles estiveram juntos, da mesma maneira que você e Ilona estão juntos agora. Antes de você entrar em cena. Ela não mencionou isso?"

Sem palavras, ele olhou pasmo para Lothar.

"Por que acha que ela nunca lhe contou?", disse Lothar com o mesmo tom de falsa surpresa. "Ela deve ter mesmo um jeitinho todo especial com vocês, islandeses. Sabe o que eu acho? Acho que Hannes não estava disposto a ajudá-la."

"Ajudá-la?"

"Ela quer se casar com um de vocês e se mudar para a Islândia", disse Lothar. "Não deu certo com Hannes. Talvez você possa ajudá-la. Fazia tempo que ela queria deixar a Hungria. Ela não lhe contou nada sobre isso? Ela se esforçou bastante para fugir."

"Eu não tenho tempo para tudo isso", disse, tentando se controlar. "Eu preciso ir embora. Obrigado por me contar tudo. Lothar, eu discuto esse assunto melhor com você mais tarde."

Caminhou em direção à porta, meio hesitante. O homem de bigode olhou para Lothar, que deu de ombros.

"Senta aí, seu idiota do caralho!", gritou o homem, praticamente saltando da cadeira.

Ele parou na porta, atordoado, e se virou.

"Nós não toleramos subversão!", gritou o homem de bigode bem perto do rosto dele. "Especialmente de uns putos de uns estrangeiros como você, que vêm aqui para estudar sob falsos pretextos. Senta aí, seu idiota! Fecha a porta e senta!"

Ele fechou a porta, voltou para o escritório e sentou-se numa cadeira ao lado da mesa.

"Agora você o deixou furioso", disse Lothar, balançando a cabeça.

* * *

Desejou voltar para a Islândia e esquecer todo aquele assunto. Invejava Hannes por ter escapado daquele pesadelo. Esse foi o primeiro pensamento que atravessou sua mente quando enfim o liberaram. Eles o proibiram de deixar o país. Foi instruído a entregar seu passaporte naquele mesmo dia. Então seus pensamentos se voltaram para Ilona. Sabia que jamais poderia deixá-la, e quando grande parte de seu medo havia diminuído, menos ainda desejou fazer isso. Jamais poderia deixar Ilona. Eles a usaram para ameaçá-lo. Se não fizesse o que disseram, alguma coisa poderia acontecer a ela. Embora não fosse explícita, a ameaça era suficientemente clara. Se contasse a Ilona o que tinha acontecido, algo poderia acontecer a ela. Não disseram o quê. Deixaram a ameaça pairando, para que ele imaginasse o pior.

Era como se o tivessem na mira havia muito tempo. Sabiam exatamente o que fazer e como queriam que ele os servisse. Nada disso fora decidido de última hora. Até onde conseguiu perceber, planejavam instalá-lo como seu homem na universidade. Deveria se reportar a eles, monitorar atividades antissociais, informar. Sabia que daqui em diante estaria sob vigilância; tinham lhe dito isso. O que mais interessava a eles eram as atividades de Ilona e de seus companheiros em Leipzig e no restante da Alemanha. Queriam saber o que acontecia nas reuniões. Quem eram os líderes. Qual a ideologia orientadora. Se havia ligações com a Hungria ou com outros países do Leste Europeu. O quanto a dissidência havia se disseminado. O que diziam sobre Ulbricht e o partido comunista. Enumeraram mais pontos, porém fazia tempo que ele tinha deixado de ouvir. Seus ouvidos zumbiam.

"E se eu me recusar?", perguntou a Lothar em islandês.

"Fala alemão!", ordenou o homem de bigode rispidamente.

"Você não vai recusar", disse Lothar.

O homem disse o que aconteceria se ele se recusasse. Ele não seria deportado. Não iria se safar com tanta facilidade como havia acontecido com Hannes. Aos olhos deles, ele era inútil. Era como uma praga. Se não fizesse da maneira como fora instruído, perderia Ilona.

"Mas se eu lhes contar tudo, vou perdê-la de qualquer maneira", argumentou.

"Mas não da maneira como planejamos", disse o homem de bigode, apagando outro cigarro.

Não da maneira como planejamos.

Essa a frase que o perseguiria depois de haver deixado o quartel-general e que permaneceria em sua cabeça todo o caminho de casa.

Não da maneira como planejamos.

Olhou para Lothar. Eles já haviam planejado alguma coisa contra Ilona. Já tinham tudo pronto. Tudo iria simplesmente acontecer. Se ele não fizesse como lhe ordenaram.

"O que você é na verdade?", perguntou a Lothar, levantando-se nervosamente de sua cadeira.

"Senta!", gritou o homem de bigode, também se levantando.

Lothar olhou para ele com um sorriso vago nos lábios.

"Como você dorme à noite?"

Lothar não respondeu.

"E se eu contar a Ilona sobre isso?"

"Você não deve fazer isso", disse Lothar. "Diga-me outra coisa, como é que ela conseguiu conquistá-lo? De acordo com nossas informações, você era o mais radical dos linhas-duras. O que aconteceu? Como ela conseguiu transformá-lo?"

Ele caminhou até Lothar. Reuniu a coragem de dizer a ele o que queria. O homem de bigode deu a volta pela mesa e se colocou atrás dele.

“Não foi ela que me conquistou”, disse em islandês. “Foi você. Tudo o que você defende me convenceu. O seu cinismo. Ódio. Ambição por poder. Tudo o que você é me conquistou.”

“É muito simples”, disse Lothar. “Ou você é socialista, ou não é.”

“Não”, disse ele. “Você não entendeu, Lothar. Ou você é um ser humano, ou não é.”

Correu para casa, pensando em Ilona. Precisava dizer a ela o que havia acontecido, não importava o que eles exigiam ou tinham planejado. Ela precisava fugir da cidade. Será que conseguiriam ir juntos para a Islândia? Sentiu como a Islândia estava infinitamente distante. Talvez ela pudesse escapar para a Hungria. Talvez até mesmo conseguisse passar para a Alemanha Ocidental. Para Berlim Ocidental. Os controles não eram tão rigorosos. Ele poderia dizer-lhes tudo o que queriam ouvir para mantê-los afastados de Ilona, enquanto ela planejava sua fuga. Ela precisava deixar o país.

E aquilo sobre Hannes? O que Lothar tinha dito sobre Hannes e Ilona? Eles estiveram juntos no passado? Ilona nunca lhe contara. Disse apenas que eram amigos e passaram a se conhecer melhor nas reuniões. Será que Lothar estava fazendo um jogo psicológico com ele? Ou Ilona pretendia realmente usá-lo para fugir?

Pôs-se a correr. As pessoas passavam sem que ele percebesse. Ia de uma rua a outra totalmente distraído, a cabeça fervilhando com pensamentos sobre si mesmo e Ilona e Lothar, sobre a polícia de segurança, a porta de aço com a pequena abertura na parte superior e o homem de bigode. Eles não teriam piedade. Tinha certeza. Fosse ou não cidadão islandês. Não fazia diferença para aqueles homens. Queriam que espionasse para eles. Que apresentasse relatórios sobre o que acontecia nas reuniões com Ilona. Que informasse sobre o que ouvia nos corredores da universidade, entre os islandeses no dormitório e outros estudantes estrangeiros. Eles sabiam que tinham uma vantagem. Caso se recusasse, não iria se safar com tanta facilidade como Hannes.

Eles tinham Ilona.

Quando finalmente chegou em casa, ele chorava, e abraçou Ilona em silêncio. Ela estava preocupada. Disse que tinha passado horas à espera dele em frente à igreja de São Tomás. Ele contou tudo a ela, apesar de terem dito que não fizesse isso. Ilona ouvi-o em silêncio e em seguida começou a interrogá-lo. Ele respondeu com o máximo de precisão. A primeira coisa que ela perguntou foi sobre o grupo de amigos dela, os que eram de Leipzig, se poderiam ser identificados pelas fotografias. Ele disse que achava que a polícia sabia de todos eles.

"Ah, meu Deus", gemeu Ilona. "Precisamos avisá-los. Como é que eles descobriram? Eles devem ter nos seguido. Alguém entregou o ouro. Alguém que sabia das reuniões. Quem? Quem informou sobre nós? Fomos sempre tão cautelosos. Ninguém sabia das reuniões."

"Não sei", disse ele.

"Eu preciso entrar em contato com eles", disse ela, andando de um lado para o outro no pequeno quarto. Parou ao lado da janela que dava para a rua e olhou para fora. "Eles estão nos vigiando?", perguntou. "Agora?"

"Não sei", respondeu ele.

"Ah, meu Deus", gemeu Ilona de novo.

"Eles disseram que você e Hannes já estiveram juntos", disse ele. "Lothar me contou isso."

"É mentira", disse ela. "Tudo que eles dizem é mentira. Você sabe disso. Eles estão jogando, jogando conosco. Precisamos decidir o que fazer. Eu preciso avisar os outros."

"Eles disseram que você se ligou a nós pensando em fugir para a Islândia."

“É claro que eles disseram isso, Tómas. O que mais eles diriam? Pare de ser tão burro.”

“Não era para eu contar nada a você, então precisamos agir com cuidado”, ele disse, sabendo que ela tinha razão. Tudo o que eles disseram era mentira. Tudo. “Você está correndo um grande perigo”, disse ele. “Eles me disseram. Não devemos fazer nenhuma idiotice.”

Eles se entreolharam desesperados.

“No que nós nos metemos?”, ele disse, soltando um suspiro.

“Eu não sei”, disse ela, abraçando-o e se acalmando um pouco. “Eles não querem outra Hungria. Foi *nisso* que nós nos metemos.”

Três dias depois, Ilona desapareceu.

Karl estava com ela quando eles chegaram e a prenderam. Ele foi correndo encontrar Tómas no campus e, ofegante, deu-lhe a notícia. Karl tinha ido buscar um livro que ela ia lhe emprestar. De repente a polícia apareceu na porta. Jogaram-no contra a parede. Viraram o quarto de cabeça para baixo. Ilona foi levada.

Karl estava apenas na metade do relato quando Tómas saiu correndo. Eles tinham sido tão cautelosos. Ilona havia passado uma mensagem para seus companheiros e eles fizeram planos para sair de Leipzig. Ela queria voltar para a Hungria a fim de ficar com sua família, ele iria voltar para a Islândia e se encontrar com ela em Budapeste. Seus estudos não tinham mais importância. Apenas Ilona importava.

Quando chegou à casa dela, seus pulmões explodiam. A porta estava aberta, ele correu para dentro e entrou no quarto. Tudo estava em desordem, livros, revistas e roupas de dormir no chão, a mesa tombada, a cama virada de lado. Eles não tinham poupado nada. Alguns objetos foram quebrados. Ele pisou na máquina de escrever, que estava no chão.

Correu direto para o quartel-general da Stasi. Somente quando já estava lá, percebeu que não sabia o nome do homem de bigode; as pessoas na recepção não entendiam o que ele dizia. Pediu que o deixassem ir até o corredor para que ele mesmo encontrasse o homem, no entanto o recepcionista apenas balançou a cabeça. Ele investiu contra a porta que conduzia ao corredor, mas ela estava trancada. Chamou por Lothar. O recepcionista tinha saído de trás de sua mesa e pedido ajuda. Três homens apareceram e arrastaram-no para longe da porta. Naquele exato instante, ela abriu e o homem de bigode entrou.

"O que você fez com ela?", ele rugiu. "Deixe-me vê-la!" Ele gritou no corredor: "Ilona! Ilona!".

O homem de bigode bateu a porta atrás de si e berrou ordens para os outros, que o agarraram e o levaram para fora. Ele esmurrou a porta da frente e gritou por Ilona, mas sem sucesso. Sua ansiedade o levava ao desespero. Eles haviam prendido Ilona e ele estava convencido de que a mantinham naquele prédio. Precisava vê-la, precisava ajudá-la, conseguir que a soltassem. Ele faria qualquer coisa.

Lembrou-se de ter visto Lothar no campus de manhã e saiu apressado. Um bonde passava pelo campus e ele pulou a bordo. Desceu perto da universidade, com o bonde ainda em movimento, e encontrou Lothar sentado sozinho a uma mesa do refeitório. Havia poucas pessoas lá. Sentou-se em frente a Lothar, ofegante, o rosto vermelho de preocupação, de medo e de tanto correr.

"Está tudo bem?", perguntou Lothar.

"Eu faço qualquer coisa para vocês se a soltarem", disse sem preâmbulos.

Lothar olhou-o por um longo tempo, observando seu sofrimento de maneira quase filosófica.

"Quem?", perguntou.

"Ilona — você sabe de quem eu estou falando. Farei qualquer coisa, se vocês a soltarem."

"Eu não sei do que você está falando", disse Lothar.

"Vocês prenderam Ilona na hora do almoço."

"Nós? 'Nós' quem?"

"A polícia de segurança. Ilona foi presa hoje de manhã. Karl estava com ela quando eles chegaram. Você não vai falar com eles? Não vai dizer que eu farei o que for preciso para que ela seja libertada?"

"Acho que você não é mais importante", disse Lothar.

"Você pode me ajudar?", perguntou ele. "Pode intervir?"

"Se ela foi presa, não há nada que eu possa fazer. É tarde demais. Infelizmente."

"O que eu posso fazer?", ele exclamou, quase explodindo em lágrimas. "Diga-me o que eu posso fazer."

Lothar ficou olhando para ele durante um bom tempo.

"Volte para a Poechestrasse", disse por fim. "Vá para casa e espere pelo melhor."

"Que tipo de pessoa é você?", disse, sentindo a raiva correr por seu corpo. "Que tipo de filho da puta é você? O que faz você agir como... como um monstro? O quê? De onde vem esse impulso incrível para dominar, essa arrogância? Essa desumanidade!"

Lothar olhou para as poucas almas sentadas no refeitório. Então sorriu.

"As pessoas que brincam com fogo se queimam, mas elas sempre ficam surpresas quando isso acontece. Sentem-se sempre fodidamente inocentes e surpresas quando isso acontece."

Lothar se levantou e se inclinou sobre ele.

"Vá para casa. Espere pelo melhor. Vou falar com eles, mas não prometo nada."

Em seguida, afastou-se com passos lentos, com toda a calma, como se nada daquilo o preocupasse. Ele ficou na lanchonete e enterrou o rosto nas mãos. Pensou em Ilona e tentou se convencer de que eles apenas a tinham pego para interrogá-la e que ela logo seria liberada. Talvez a estivessem intimidando, como haviam feito com ele dias antes. Eles exploravam o medo. Alimentavam-se dele. Talvez ela já tivesse voltado para casa. Levantou-se e saiu da lanchonete.

Quando deixou o prédio da universidade, encontrou tudo estranhamente inalterado onde quer que olhasse. As pessoas agiam como se nada tivesse acontecido. Andavam apressadas pelas calçadas ou conversavam em pé. Seu mundo tinha desabado, mas nada parecia ter mudado. Como se tudo ainda estivesse em ordem. Ele voltaria para o quarto deles e esperaria por ela. Talvez ela já tivesse voltado. Talvez voltasse mais tarde. Ela tinha que vir. Por que eles a haviam detido? Por se encontrar com pessoas e conversar com elas?

Ele não sabia mais o que fazer quando correu para casa. Fazia tão pouco tempo que os dois tinham estado ali, deitados e aconchegados um no outro e que ela lhe contara que aquilo de que ela suspeitava havia algum tempo tinha se confirmado. Ela sussurrou no ouvido dele. Provavelmente fora no final do verão.

Ele ficou paralisado, olhando para o teto, sem saber como reagir diante da notícia. Em seguida, abraçou-a e disse que queria viver com ela por toda sua vida.

"Conosco...", ela sussurrou.

"Sim, com vocês", ele disse, pousando a cabeça no ventre dela.

A dor na mão o fez voltar a si. Muitas vezes, quando seu pensamento se voltava para o que tinha acontecido na Alemanha

Oriental, ele cerrava os punhos até suas mãos doerem. Relaxou os músculos, perguntando-se, como sempre, se poderia ter evitado tudo aquilo. Se poderia ter feito outra coisa. Alguma coisa que teria mudado o curso dos acontecimentos. Nunca chegou a uma conclusão.

Levantou-se com dificuldade da cadeira e caminhou até a porta que conduzia ao porão. Abrindo-a, acendeu a luz e desceu com cuidado os degraus de pedra. Eles estavam gastos depois de décadas de uso e podiam estar escorregadios. Entrou no porão espaçoso e acendeu as luzes. Várias quinquilharias tinham se acumulado ali por anos e anos. Procurava jamais jogar nada fora. O lugar só não estava desarrumado porque ele mantinha tudo em ordem — cada coisa em seu lugar.

Ao longo de uma parede havia uma bancada. Às vezes ele fazia entalhes. Produzia e pintava pequenos objetos de madeira. Era seu único passatempo. Pegar um bloco quadrado de madeira e criar algo vivo e bonito com ele. Mantinha alguns animais no andar de cima do apartamento. Os que o satisfaziam mais. Quanto menores conseguia fazê-los, mais gratificante era esculpi-los. Havia esculpido um cão pastor islandês, com rabo curvo e orelhas levantadas, um pouco maior do que a unha de um polegar.

Pôs a mão sob a bancada e abriu a caixa que guardava lá. Sentiu o cano e em seguida tirou a pistola do lugar. O metal era frio ao toque. Às vezes as lembranças o atraíam até o porão para acariciar a arma ou apenas tranquilizar a si mesmo, constatando que ela estava em seu devido lugar.

Não se arrependia do que havia acontecido todos aqueles anos depois. Muito depois que ele voltou da Alemanha Oriental.

Muito depois do desaparecimento de Ilona.

Jamais iria se arrepender daquilo.

23.

A embaixadora alemã em Reykjavík, Frau Doktor Elsa Müller, recebeu-os em seu escritório ao meio-dia. Era uma mulher imponente, com mais de sessenta anos, que imediatamente começou a olhar para Sigurdur Óli. Erlendur, com seu casaco de lã marrom sob o paletó surrado, atraiu menos atenção. Ela disse que sua profissão original era historiadora, daí o doutorado. Havia biscoitos alemães e café à espera deles. Sentaram-se e Sigurdur Óli aceitou o oferecimento de café. Não quis ser indelicado. Erlendur recusou. Queria fumar, mas não teve coragem de perguntar se podia.

Eles trocaram amabilidades, os detetives sobre os esforços que a embaixada alemã tinha feito, a dra. Muller sobre como era natural tentar ajudar as autoridades islandesas.

A investigação do DIC islandês sobre Lothar Weiser tinha passado por todos os canais apropriados, ela disse — ou, melhor, disse a Sigurdur Óli, porque todas as suas palavras dirigiram-se quase inteiramente a ele. Eles conversavam em inglês. Ela confirmou que um alemão com aquele nome tinha trabalhado como adido da delegação comercial da Alemanha Oriental na década de 1960. Havia se revelado particularmente difícil obter informações sobre ele, pois na época fora um agente do serviço secreto da Alemanha Oriental e tinha ligações com a KGB em Moscou. Ela lhes contou que um grande número de arquivos da Stasi havia sido destruído após a queda do Muro de Berlim, e as poucas informações que restaram foram, em grande parte, obtidas de fontes da inteligência da Alemanha Ocidental.

"Ele desapareceu sem deixar vestígios na Islândia em 1968", disse Frau Müller. "Ninguém soube o que aconteceu com ele. Na época, pensou-se que o mais provável era que tivesse feito algo errado e..."

Frau Müller parou de falar e deu de ombros.

"Foi excluído", Erlendur completou a frase para ela.

"É possível, mas ainda não temos confirmação disso. Ele também pode ter cometido suicídio e ter sido mandado para casa em uma remessa diplomática."

Ela sorriu para Sigurdur Óli como um sinal de que aquela era uma observação humorística.

"Sei que vocês vão achar isto divertidamente absurdo", disse ela, "mas em termos de serviço diplomático a Islândia é o fim do mundo. O clima é terrível. As tempestades incessantes, a escuridão, o frio. Dificilmente haveria castigo pior do que mandar as pessoas para cá."

"Então ele estava sendo punido por algo quando foi enviado para cá?", perguntou Sigurdur Óli.

"Tanto quanto conseguimos descobrir, ele trabalhava para a polícia de segurança em Leipzig. Quando jovem." Ela folheou alguns papéis na mesa à sua frente. "Entre 1953 e 1957 ou 1958, sua tarefa era fazer com que os alunos estrangeiros da universidade local, que eram, na maioria, se não todos, comunistas, trabalhassem para ele ou se tornassem informantes. Não era propriamente espionagem. Era mais vigiar o que os alunos faziam."

"Informantes?", disse Sigurdur Óli.

"Sim, não sei como você chamaria isso", disse Frau Müller. "Espionar as pessoas ao seu redor. Lothar Weiser era considerado muito bom para levar os jovens a trabalhar para ele. Oferecia dinheiro e até mesmo bons resultados nos exames. A situação era instável na época, por causa da Hungria e tudo isso. Os jovens mantinham um olhar atento no que estava acontecendo lá. A polícia de segurança mantinha um olhar atento nos jovens. Weiser infiltrava-se em suas fileiras. E não apenas ele. Via de regra, havia pessoas como Lothar Weiser em todas as universidades da Alemanha Oriental e em todos os países comunistas. Eles queriam controlar seu pessoal, saber o que eles estavam pensando. Os estudantes estrangeiros poderiam ser perigosamente influenciados, embora a maioria fosse consciente, como estudantes e como socialistas."

Erlendur se lembrou de ter ouvido falar do domínio que Lothar tinha do islandês.

"Havia estudantes islandeses em Leipzig na época?", perguntou.

"Eu realmente não sei", disse Frau Müller. "Acho que vocês conseguem descobrir isso."

"E quanto a Lothar?", perguntou Sigurdur Óli. "Depois que esteve em Leipzig?"

"Isso tudo deve soar um tanto estranho para vocês, eu imagino", observou Frau Müller. "Serviço secreto e espionagem. Vocês só sabem disso por meio de rumores que chegam aqui no meio do oceano, não é?"

"Provavelmente", disse Erlendur, sorrindo. "Eu não me lembro de termos tido um único espião competente."

"Weiser tornou-se um espião do serviço secreto da Alemanha Oriental. Ele não trabalhava mais para a polícia de segurança na época. Viajou muito e trabalhou em embaixadas do mundo todo. Entre outros postos, foi mandado para cá. Ele tinha um interesse especial neste país, o que se comprova pelo fato de ter aprendido islandês quando jovem. Lothar Weiser era um linguista extremamente talentoso. Como em todos os outros lugares, o papel dele aqui era fazer com que a população local trabalhasse para ele, então tinha o mesmo tipo de função que teve em Leipzig. Se os ideais deles se mostrassem vacilantes, ele poderia lhes oferecer dinheiro."

"Algum islandês trabalhava para ele?", perguntou Sigurdur Óli.

"Ele não fez nenhum progresso aqui", respondeu Frau Müller.

"E quanto aos funcionários da embaixada que trabalharam com ele em Reykjavík?", perguntou Erlendur. "Há algum vivo?"

"Temos uma lista do pessoal daquela época, mas não conseguimos identificar alguém que esteja vivo e tivesse conhecido Weiser ou soubesse o que aconteceu com ele. Tudo o que sabemos até o momento é que a história dele parece terminar aqui na Islândia. Como isso ocorreu, não sabemos. É como se ele simplesmente tivesse desaparecido no ar. É verdade que os arquivos do antigo serviço secreto não são muito confiáveis. Há muitas lacunas, assim como nos arquivos da Stasi. Quando eles se tornaram públicos após a unificação, ou pelo menos a maioria deles, muitos tinham desaparecido. Para dizer a verdade, a nossa informação sobre o que aconteceu com Lothar Weiser é insatisfatória, mas vamos continuar procurando."

Eles ficaram em silêncio. Sigurdur Óli mordiscou um biscoito. Erlendur ainda ansiava por um cigarro. Não via cinzeiro em lugar nenhum e sua esperança de acender um cigarro provavelmente era vã.

"Na verdade, há um ponto interessante em tudo isso", disse Frau Müller, "considerando que se trata de Leipzig. Os cidadãos de Leipzig sentem muito orgulho de terem iniciado, de fato, o levante que derrubou Honecker e o Muro. Houve protestos maciços em Leipzig contra o governo comunista. O centro da revolta foi a igreja de São Nicolau, perto do centro da cidade. As pessoas se reuniram ali para protestar e orar, e uma noite os manifestantes deixaram a igreja e invadiram a sede da Stasi, próxima dali. Em Leipzig, pelo menos, isso é considerado como o início dos desdobramentos que levaram à queda do Muro de Berlim."

"De fato", disse Erlendur.

"É estranho um espião alemão desaparecer na Islândia", comentou Sigurdur Óli. "De certa forma é..."

"Ridículo?" Frau Müller sorriu. "De certa forma era conveniente para o assassino dele — se é que ele foi assassinado — que Weiser fosse um agente secreto. Vocês podem perceber isso pela reação da delegação comercial da Alemanha Oriental aqui; eles não tinham uma verdadeira embaixada naquele momento. Eles não fizeram nada. Uma reação típica para encobrir um escândalo diplomático. Ninguém diz absolutamente nada. É como se Weiser nunca tivesse existido. Não há evidência de nenhuma investigação de seu desaparecimento."

Ela olhou de um para o outro.

"O desaparecimento dele não foi informado para a polícia daqui", disse Erlendur. "Verificamos isso."

"Isso não faz pensar que tenha sido um assunto interno?", perguntou Sigurdur Óli. "Que um dos colegas dele o matou?"

"Poderia ser", admitiu Frau Müller. "Ainda sabemos muito pouco sobre Weiser e seu destino."

"A senhora não acha que a esta altura o assassino já deve ter morrido?", perguntou Sigurdur Óli. "Foi há muito tempo. Isto é, se Lothar Weiser foi mesmo assassinado."

"Vocês acham que ele é o homem no lago?", perguntou Frau Müller.

“Não temos ideia”, respondeu Sigurdur Óli. Eles não tinham passado para a embaixada nenhum detalhe sobre a descoberta. Ele olhou para Erlendur, que assentiu com a cabeça.

“O esqueleto que encontramos”, prosseguiu Sigurdur Óli, “estava amarrado a um dispositivo russo de escuta da década de 1960.”

“Sei”, disse Frau Müller, pensativa. “Um dispositivo russo? E daí? O que isso significa?”

“Há uma série de possibilidades”, respondeu Sigurdur Óli.

“O dispositivo poderia ter vindo através da embaixada da Alemanha Oriental, ou da delegação, ou seja lá o nome que vocês davam?”, perguntou Erlendur.

“Claro”, disse Frau Müller. “Os países do Pacto de Varsóvia cooperavam intensamente entre si, inclusive no campo da espionagem.”

“Quando a Alemanha foi unificada”, disse Erlendur, “e as embaixadas aqui em Reykjavík se fundiram, vocês encontraram algum dispositivo desse tipo nas mãos dos alemães orientais?”

“Nós não nos fundimos. A embaixada da Alemanha Oriental foi extinta sem o nosso conhecimento”, explicou Frau Müller. “Mas vou verificar sobre os dispositivos.”

“Como a senhora vê o fato de termos encontrado um dispositivo de escuta russo com o esqueleto?”, quis saber Sigurdur Óli.

“Eu não sei. O meu trabalho não é fazer especulações.”

“Não, claro”, disse Sigurdur Óli. “Mas tudo o que temos são especulações, portanto...”

Erlendur pôs a mão no bolso do paletó e segurou seu maço de cigarros. Não se atreveu a tirá-lo do bolso.

“O que *você* fez de errado?”, perguntou ele.

“Como assim o que eu fiz de errado?”, disse Frau Müller.

“Por que foi enviada para este país horrível? Para o cu do mundo?”

Frau Müller deu um sorriso que Erlendur considerou bastante ambíguo.

"Você acha que essa é uma questão pertinente?", perguntou ela. "Não se esqueça que eu *sou* a embaixadora alemã na Islândia."

Erlendur deu de ombros.

"Desculpe", disse, "é que você descreveu o trabalho diplomático aqui como algum tipo de punição. Mas não é da minha conta, claro."

Um silêncio constrangedor desceu sobre o ambiente até que Sigurdur Óli reagiu, limpando a garganta e agradecendo a ajuda dela.

Com frieza, Frau Müller disse que entraria em contato se surgisse alguma coisa sobre Lothar Weiser que pudesse ser útil. Eles podiam apostar, pelo tom de voz dela, que Frau Müller não iria correr para o telefone mais próximo.

Na frente da embaixada, eles se perguntaram se teria havido estudantes islandeses em Leipzig que conheceram Lothar Weiser. Sigurdur Óli disse que iria investigar.

"Você não foi um pouco rude com ela?", perguntou.

"Essa conversa de cu do mundo me dá nos nervos", disse Erlendur, acendendo o tão esperado cigarro.

24.

Quando naquela noite Erlendur voltou para casa depois do escritório, Sindri Snaer esperava por ele no apartamento. Estava dormindo no sofá, mas quando Erlendur chegou, ele acordou.

"Onde você andava se escondendo?", perguntou Erlendur.

"Por aí", disse Sindri Snaer, sentando-se.

"Você já comeu?"

"Não, tudo bem."

Erlendur pegou pão de centeio, patê de carneiro e manteiga, e fez café. Sindri disse que não estava com fome, mas Erlendur notou como ele devorou o patê e o pão. Pôs o queijo na mesa, que também desapareceu.

"Você tem notícias de Eva Lind?", perguntou Erlendur, tomando café, quando a fome de Sindri Snaer parecia ter sido saciada.

"Tenho", ele disse, "eu falei com ela."

"Ela está bem?"

"Mais ou menos", disse Sindri pegando um maço de cigarros. Erlendur fez o mesmo. Sindri acendeu o cigarro do pai com um isqueiro barato. "Acho que já faz muito tempo desde que Eva esteve bem", disse.

Ficaram fumando sentados e em silêncio, tomando café puro.

"Por que está tão escuro aqui?", perguntou Sindri, olhando para a sala, onde as cortinas grossas afastavam o sol da tarde.

"Está muito claro lá fora", respondeu Erlendur. "No fim da tarde e à noite", acrescentou, após uma pequena pausa. Não se estendeu mais sobre o assunto. Não disse a Sindri que preferia os dias curtos e a escuridão à luz perpétua do sol e à interminável luz que ele irradiava. Ele mesmo não sabia por quê. Não sabia por que se sentia melhor no inverno escuro que durante os verões claros.

"De onde você a desenterrou?", perguntou ele. "Onde encontrou Eva?"

"Ela me mandou uma mensagem. Eu liguei para ela. Nós sempre mantivemos contato, até mesmo quando eu estava fora da cidade. Nós sempre nos demos bem."

Parou de falar e olhou para o pai.

"Eva é uma alma boa."

"É", disse Erlendur.

"É sério", disse Sindri. "Se você a tivesse conhecido quando ela..."

"Você não tem que me dizer nada sobre isso", disse Erlendur, sem perceber como estava sendo rude. "Eu sei tudo sobre isso."

Sindri ficou em silêncio, observando o pai. Então apagou o cigarro. Erlendur fez o mesmo. Sindri se levantou.

"Obrigado pelo café."

"Você vai sair?", perguntou Erlendur, levantando-se também e seguindo Sindri para fora da cozinha. "Aonde você vai?"

Sindri não respondeu. Pegou sua jaqueta jeans surrada que estava em uma cadeira e a vestiu. Erlendur ficou olhando para ele. Não queria que Sindri fosse embora zangado.

"Eu não quis...", ele começou. "É só que... Eva é tão... Eu sei que vocês são bons amigos."

"O que você acha que sabe sobre Eva?", perguntou Sindri. "Por que você acha que sabe alguma coisa sobre Eva?"

"Não a transforme em uma mártir", disse Erlendur. "Ela não merece. E também não gostaria que você fizesse isso."

"Não vou fazer isso, mas não se iluda pensando que conhece Eva. Não pense isso. E o que você sabe sobre o que ela merece?"

"Eu sei que ela é uma maldita viciada", rosnou Erlendur. "Existe mais alguma coisa que eu deva saber? Ela não faz nada para tentar se colocar em ordem. Você sabe que ela teve um aborto espontâneo. Os médicos disseram que foi o melhor que podia acontecer depois de tanta droga que ela tomou durante a gravidez. Não venha dar uma de superior quando o assunto é a sua irmã. Aquela idiota mais uma vez perdeu o juízo e eu não quero passar por toda aquela merda de novo."

Sindri tinha aberto a porta e estava quase saindo. Fez uma pausa e olhou para Erlendur. Então se virou, voltou ao apartamento e fechou a porta. Aproximou-se de Erlendur.

"Dar uma de superior quando o assunto é a minha irmã?", disse.

"Você tem que ser realista", disse Erlendur. "É tudo que estou dizendo. Enquanto ela não quiser fazer nada para se ajudar, não há porra nenhuma que a gente possa fazer."

"Eu me lembro bem de Eva quando ela não estava usando drogas", disse Sindri. "Você se lembra?"

Ele estava mais perto do pai, e Erlendur podia ver raiva em seus movimentos, em seu rosto, em seus olhos.

"Você se lembra de Eva quando ela não usava drogas?", repetiu.

"Não. Não me lembro. Você sabe disso muito bem."

"Sim, eu sei disso muito bem."

"Não venha jogar essas bobagens na minha cara", disse Erlendur. "Ela já fez muito isso."

"Bobagens?", disse Sindri. "Nós somos só isso, bobagens?"

"Puta merda", gemeu Erlendur. "Para com isso. Eu não quero discutir com você. Eu não quero discutir com ela e muito menos *sobre* ela."

"Você não sabe de nada, não é?", disse Sindri. "Eu vi Eva. Anteontem. Ela está com um cara chamado Eddi que é dez, quinze anos mais velho que ela. Ele estava transtornado. Ia me esfaquear porque pensou que eu fosse um bandido. Pensou que eu tinha ido cobrar uma dívida. Os dois traficam, mas eles consomem muito também, então precisam de mais e os bandidos voltam para pegar o dinheiro. Tem pessoas atrás deles agora. Talvez você conheça esse Eddi, já que é da polícia. Eva não quis me dizer onde ela está dormindo — está se cagando de medo. Eles estão em algum antro perto do centro da cidade. Eddi fornece drogas para ela, e ela o ama. Nunca vi um amor tão verdadeiro. Entendeu? Ele é o traficante dela. Ela estava suja; não, estava *imunda*. E você sabe o que ela queria saber?"

Erlendur fez que não com a cabeça.

"Se eu tinha visto você. Não acha estranho? A única coisa que ela queria saber era se eu tinha visto você. O que você acha que isso significa? Por que você acha que ela está preocupada com uma coisa dessa? No meio de toda aquela sordidez e miséria? Por que você acha que ela queria saber de você?"

"Eu não sei", disse Erlendur. "Eu deixei de tentar entender Eva há muito tempo."

Erlendur poderia ter dito que ele e Eva haviam passado maus pedaços juntos. Que embora o relacionamento deles fosse difícil e frágil, e de forma alguma livre de atritos, ainda assim era uma relação. Às vezes era até muito bom. Ele se lembrou do Natal, quando ela estava tão deprimida com a perda do bebê que ele pensou que ela poderia tentar fazer alguma estupidez. Ela passou o Natal e o Ano-Novo com ele e os dois conversaram sobre o bebê e a culpa que a atormentava. Então, certa manhã ela foi embora.

Sindri olhou para ele.

"Ela estava preocupada com você. Como *você* estava!"

Erlendur não disse nada.

"Se pelo menos você a tivesse conhecido antes", disse Sindri. "Antes dela começar a se drogar, se você a tivesse conhecido como eu conheci, você teria ficado chocado. Fazia tempo que eu não a encontrava, e quando a vi a aparência dela... eu... queria..."

"Acho que eu fiz tudo que pude para ajudá-la", disse Erlendur. "Há limites para o que pode ser feito. E quando você sente que não há um desejo real de fazer nada em troca..."

Suas palavras se apagaram.

"Ela tinha cabelos ruivos", disse Sindri. "Quando éramos crianças. Um cabelo ruivo espesso que a mamãe disse que ela deve ter puxado do seu lado da família."

"Eu me lembro do cabelo ruivo", disse Erlendur.

"Quando ela fez doze anos, ela cortou bem curto e tingiu de preto."

"Por que ela fez isso?"

"A relação dela com mamãe era difícil quase o tempo todo. Nunca minha mãe me tratou do jeito que tratava Eva. Talvez porque ela fosse mais velha e fizesse mamãe se lembrar muito de você. Talvez porque Eva estivesse sempre aprontando alguma coisa. Ela era, definitivamente, hiperativa. Ruiva e hiperativa. Ela se dava mal com os professores. Mamãe a mandou para outra escola, o que só piorou as coisas. Ela era importunada por ser nova na escola, então aprontava de tudo para chamar a atenção. E perturbava os outros porque achava que isso iria ajudá-la a se ajustar. Mamãe foi a milhões de reuniões na escola por causa dela."

Sindri acendeu um cigarro.

"Ela nunca acreditou no que mamãe dizia sobre você. Ou apenas dizia que não acreditava. Elas brigavam como cão e gato, e Eva era brilhante ao usar você para atormentá-la. Dizia que não era nenhum espanto você a ter deixado. Que ninguém poderia viver com ela. Ela defendia você."

Sindri olhou em volta, o cigarro na mão. Erlendur apontou um cinzeiro na mesa de café. Depois de tragar, Sindri sentou-se à mesa. Tinha se acalmado e a tensão entre os dois havia diminuído. Contou a Erlendur como Eva inventara histórias sobre ele quando teve idade suficiente para fazer perguntas plausíveis sobre o pai.

Os filhos de Erlendur podiam sentir a animosidade da mãe com ele, mas Eva não acreditava no que ela dizia e retratava o pai da maneira que achava adequada, com imagens completamente diferentes das que a mãe apresentava. Eva tinha fugido de casa duas vezes, com nove e onze anos, para procurá-lo. Ela mentia para seus amigos, dizendo que seu verdadeiro Pai — não aqueles sujeitos que costumavam ficar atrás de sua mãe — estava sempre no exterior. Toda vez que ele voltava, trazia presentes maravilhosos. Ela não podia mostrar nenhum presente, porque o pai não queria que ela ficasse se gabando deles. Para os outros, dizia que seu pai morava em uma mansão enorme aonde ela às vezes ia para ficar e podia ter qualquer coisa que imaginasse, porque ele era muito rico.

Quando ela começou a crescer, suas histórias sobre o pai tornaram-se mais desinteressantes. Uma vez sua mãe lhes disse que, pelo que ela sabia, ele ainda estava na força policial. Apesar de todos os seus problemas na escola e em casa, quando ela começou a fumar tabaco e haxixe, e a beber com treze ou catorze anos, Eva Lind sempre soube que seu pai estava em algum lugar da cidade. Conforme o tempo foi passando, ela começou a não ter mais certeza se queria encontrá-lo.

Talvez, ela disse a Sindri certa vez, seja melhor mantê-lo na minha cabeça. Ela estava convencida de que ele seria uma decepção, como tudo em sua vida.

"E foi mesmo o que aconteceu", disse Erlendur.

Ele se sentou em sua poltrona. Sindri pegou o maço de cigarros novamente.

"E ela não causou uma boa impressão com todos aqueles pregos no rosto", disse Erlendur. "Ela sempre cai na mesma rotina. Nunca tem dinheiro, se agarra a algum traficante e anda com ele, e não importa o quanto eles a tratem mal, ela sempre fica com eles."

"Vou tentar falar com ela", disse Sindri. "Mas o que eu realmente acho é que ela está esperando que você vá salvá-la. Acho que ela está no final de suas forças. Ela esteve mal muitas vezes, mas nunca a vi assim."

"Por que ela cortou o cabelo?", perguntou Erlendur. "Com doze anos."

"Alguém tocou nela, acariciou seus cabelos e falou besteiras para ela", disse Sindri.

Ele contou isso sem hesitar, como se pudesse procurar na memória por vários incidentes como esses.

Sindri correu os olhos pela estante na sala. Não havia quase nada no apartamento, apenas livros.

A expressão de Erlendur permaneceu inalterada, os olhos frios como mármore.

"Eva disse que você estava sempre investigando pessoas desaparecidas", comentou Sindri.

"É verdade."

"Por causa do seu irmão?"

"Talvez. Provavelmente."

"Eva me contou que você disse a ela que você era a pessoa desaparecida dela."

"Sim", disse Erlendur. "Só porque as pessoas desaparecem, não significa que estejam necessariamente mortas", acrescentou, e em sua cabeça surgiu a imagem de um Ford Falcon preto fora da estação rodoviária de Reykjavík, sem uma das calotas.

Sindri não queria ficar. Erlendur convidou-o para dormir no sofá, mas Sindri recusou e eles se despediram. Muito tempo depois que seu filho tinha ido embora, Erlendur ficou sentado em sua poltrona pensando em seu irmão e em Eva Lind — o pouco que se lembrava dela quando era pequena. Ela tinha dois anos quando eles se separaram. A descrição que Sindri havia feito da infância dela atingira um nervo, e ele viu sua relação tensa com Eva sob uma luz diferente, mais triste.

Quando adormeceu, pouco depois da meia-noite, ainda estava pensando em seu irmão, em Eva, em Sindri e em si mesmo, e teve um sonho esquisito. Os três, ele e seus filhos, tinham ido passear de carro. As crianças estavam no banco de trás, ele estava ao volante e não conseguia dizer onde se encontravam, porque havia uma luz brilhante em volta e ele não conseguia enxergar direito. No entanto, ainda sentia o carro em movimento e que precisava dirigir com mais cuidado que de costume, porque não conseguia ver nada. Olhando para as crianças no banco de trás pelo espelho retrovisor, não conseguia identificar seus rostos. Pareciam crianças que poderiam ser Sindri e Eva, mas seus rostos estavam, de alguma forma, turvos ou envoltos em nevoeiro. Pensou que as crianças não poderiam ser outra pessoa. Eva não parecia ter mais de quatro anos. Viu que os dois estavam de mãos dadas.

No rádio do carro uma voz feminina e sedutora cantava:

I know tonight you will come to me...

De repente ele viu um caminhão gigantesco vindo em sua direção. Tentou buzinar e pisar com força no freio, mas nada aconteceu. Pelo espelho retrovisor, percebeu que as crianças tinham desaparecido e sentiu uma indescritível sensação de alívio. Olhou para a estrada à frente. Estava se aproximando do caminhão a toda a velocidade. A colisão era inevitável.

Quando já era tarde demais, sentiu uma presença estranha a seu lado. Olhou de relance para o banco do passageiro e viu Eva Lind sentada lá, olhando para ele e sorrindo. Não era mais uma garotinha, e sim uma adulta. Sua aparência era terrível, com um casaco azul imundo, crostas de sujeira no cabelo, olheiras profundas, maçãs do rosto afundadas e lábios escuros. Notou que, em seu sorriso largo, faltavam alguns dentes.

Ele queria dizer algo para ela, mas não conseguia articular as palavras. Queria gritar para que ela se jogasse do carro, mas alguma coisa o deteve. Algum tipo de calma em relação a Eva Lind. Total indiferença e paz. Ela desviou o olhar para o caminhão e começou a rir.

Segundos antes de atingir o caminhão, ele acordou e chamou o nome da filha. Demorou algum tempo para se recompor, depois deitou a cabeça no travesseiro e uma canção estranhamente melancólica o envolveu aos poucos e o conduziu de volta para um sono sem sonhos.

I know tonight you will come to me...

25.

Níels não se lembrava muito bem de Jóhann, o irmão de Haraldur, nem conseguia entender por que Erlendur estava fazendo tanto alarde por ele não ter sido mencionado nos relatórios sobre a pessoa desaparecida. Níels falava ao telefone quando Erlendur o interrompeu em seu escritório. Conversava com a filha que estudava medicina nos Estados Unidos — uma pós-graduação em medicina pediátrica, contou Níels com orgulho quando desligou o telefone, como se nunca tivesse contado isso a ninguém. Na verdade, ele quase não falava de outra coisa. Erlendur não estava nem um pouco interessado. Níels se aproximava da aposentadoria e agora cuidava acima de tudo de crimes insignificantes, roubos de carro e assaltos menores, invariavelmente dizendo para as pessoas tentarem esquecer o ocorrido, não prestar queixa, pois seria um desperdício de tempo. Se descobrissem os culpados, eles fariam um relatório, mas sem uma verdadeira finalidade. Os infratores seriam liberados imediatamente após o interrogatório e o caso nunca iria a julgamento. Se isso por acaso acontecesse, quando um número suficiente de pequenos delitos tivesse se acumulado, a sentença seria ridícula e um insulto às vítimas.

"O que você lembra de Jóhann?", perguntou Erlendur. "Você o conheceu pessoalmente? Chegou a ir à fazenda deles perto de Mosfellsbaer?"

"Você não deveria estar investigando os equipamentos russos de espionagem?", retrucou Níels, tirando um cortador de unha do bolso do colete e começando a aparar uma das unhas. Ele olhou para o relógio. Logo estaria na hora de um longo e vagaroso almoço.

"Ah, sim", disse Erlendur. "Há muito o que fazer."

Níels parou de cortar as unhas e olhou para ele. Algo no tom da voz de Erlendur o desagradava.

"Jóhann, ou Jói, como seu irmão o chamava, era meio engraçado", disse Níels. "Ele era deficiente mental, ou um retardado, como a gente podia dizer antigamente. Antes da política do politicamente correto passar a língua a ferro, trocando tudo por expressões educadas."

"Deficiente como?", perguntou Erlendur. Ele concordava com Níels sobre a questão da língua. Ela se tornara absolutamente impotente em consideração a todas as minorias possíveis.

"Ele era apenas obtuso", disse Níels, voltando a cuidar da unha. "Fui até lá duas vezes e conversei com os irmãos. O mais velho falava pelos dois — Jóhann não falava muito. Eles eram completamente diferentes. Um não passava de pele e osso, com um rosto cheio de sulcos, enquanto o outro era mais gordo, com uma expressão meio infantil, envergonhada."

"Eu não estou conseguindo imaginar Jóhann muito bem", disse Erlendur.

"Eu não me lembro dele muito bem, Erlendur. Ele meio que se agarrava ao irmão como um menino e estava sempre perguntando quem éramos. Mal conseguia falar, apenas balbuciava as palavras. Ele era como você imaginaria um fazendeiro de algum vale distante com palha no cabelo e bota de borracha nos pés."

"E Haraldur conseguiu convencê-lo de que Leopold nunca esteve na fazenda deles?"

"Eles não precisaram me convencer", disse Níels. "Encontramos o carro fora da estação rodoviária. Nada sugeria que Leopold tivesse estado com os irmãos. Nós não tínhamos nada com que trabalhar. Não mais do que você tem hoje."

"Você não acha que os irmãos levaram o carro até lá?"

"Não havia nenhum indício disso", respondeu Níels. "Você sabe como são esses casos de pessoas desaparecidas. Você teria feito exatamente o mesmo com as informações que tínhamos."

"Eu encontrei o Falcon", disse Erlendur. "Sei que aconteceu há muito tempo e que o carro deve ter andado por toda parte desde aquela época, mas algo que poderia ser esterco de vaca foi encontrado nele. Ocorreu-me que, se você tivesse se dado ao trabalho de investigar o caso corretamente, poderia ter encontrado o homem e poderia tranquilizar a mulher que esperava por ele na época, e que tem esperado desde então."

"Que monte de bobagens", disse Níels soltando um suspiro e erguendo os olhos da unha que cortava. "Como você pode imaginar algo tão estúpido? Só porque encontrou um pouco de bosta de vaca no carro trinta anos depois. Você está ficando maluco?"

"Você teve a chance de encontrar algo útil", disse Erlendur.

"Você e suas pessoas desaparecidas", disse Níels. "Aonde você quer chegar, afinal? Quem pôs você nisso? É um caso real? Quem disse? Por que você está reabrindo um falso caso de trinta anos de idade que, de qualquer maneira, ninguém consegue entender, e por que está tentando transformá-lo em alguma coisa? Você encheu aquela mulher de esperanças? Você disse a ela que pode encontrá-lo?"

"Não."

"Você é maluco", disse Níels. "Eu sempre disse isso. Desde que você começou aqui. Eu disse a Marion. Não sei o que Marion viu em você."

"Eu quero fazer uma busca nos campos", disse Erlendur.

"Uma busca?", rugiu Níels com espanto. "Você está doido? Onde você vai procurar?"

"Em torno da fazenda", disse Erlendur, sereno. "Há riachos e valas na parte inferior da colina que levam até o mar. Quero ver se encontramos alguma coisa."

"Com base em quê? Numa confissão? Em algum fato novo? Porra nenhuma. Apenas por causa de um pedaço de bosta em um monte de sucata velha!"

Erlendur se levantou.

"Eu só queria te dizer que se você planeja ficar se gabando do que fez nessa investigação, eu vou mostrar a má qualidade da investigação inicial, porque há mais furos nela do que em um..."

"Faça como quiser", disse Níels interrompendo-o com um olhar de ódio. "Faça papel de idiota se quiser. Você nunca vai conseguir um mandado!"

Erlendur abriu a porta e saiu para o corredor.

"Não vá cortar os dedos", disse, e fechou a porta atrás de si.

Erlendur teve um breve encontro com Sigurdur Óli e Elínborg sobre o caso do lago Kleifarvatn. A busca por mais informações sobre Lothar Weiser mostrava-se lenta e difícil. Todas as perguntas precisavam passar pela embaixada alemã, que Erlendur conseguira ofender, e eles tinham poucas pistas. Como formalidade, enviaram um inquérito à Interpol e a resposta provisória foi a de que nunca tinham ouvido falar de Lothar Weiser. Quinn, da embaixada dos Estados Unidos, estava tentando persuadir um dos funcionários da embaixada tcheca daquela época a conversar com a polícia islandesa. Ele não sabia dizer no que essas ações iriam resultar. Lothar não parecia ter se associado muito aos islandeses. As consultas entre os antigos funcionários do governo não levaram a lugar nenhum. As listas de convidados da embaixada da Alemanha Oriental tinham se perdido havia muito tempo. Não existiam listas de convidados das autoridades islandesas naqueles anos. Os detetives não faziam ideia de como descobrir se Lothar havia conhecido quaisquer islandeses. Ninguém parecia se lembrar do homem.

Sigurdur Óli havia solicitado a ajuda da embaixada alemã e do Ministério da Educação Islandês, pedindo que lhe fornecessem uma lista de estudantes islandeses na Alemanha Oriental. Sem saber que período focar, começou perguntando sobre estudantes que tivessem estado no país entre o fim da guerra e 1970.

Enquanto isso, Erlendur teve um bom tempo para tratar de seu assunto favorito, o homem do Falcon. Ele percebeu claramente que não tinha quase nada para prosseguir, se quisesse obter um mandado de busca em grande escala por um corpo na terra dos irmãos perto de Mosfellsbaer.

Decidiu ir à casa de Marion Briem, cujo estado havia melhorado um pouco. O tanque de oxigênio ainda estava a postos, mas a paciente parecia melhor, falando de novos medicamentos mais eficientes que os anteriores e praguejando contra o médico, por ele não saber a diferença entre sua bunda e seu cotovelo. Erlendur viu que Marion Briem estava voltando à sua velha forma.

"Por que você anda fuçando por aqui o tempo todo?", perguntou Marion, sentando-se na poltrona. "Não tem coisa melhor para fazer?"

"Tenho muita coisa melhor para fazer", disse Erlendur. "Como está se sentindo?"

"Não estou tendo sorte para morrer. Pensei que eu pudesse morrer na noite passada. Engraçado. Claro que pode acontecer quando você está à toa, sem nada para fazer senão esperar pela morte. Eu estava certa que tudo tinha acabado."

Marion tomou um gole de água com seus lábios ressecados.

"Acho que é o que eles chamam de projeção astral", disse Marion. "Você sabe que eu não acredito nessa porcaria. Foi um delírio enquanto eu cochilava. Sem dúvida causado por esses novos medicamentos. Mas eu estava flutuando lá em cima", disse Marion, olhando para o teto, "e olhei para baixo, para o meu ser imprestável. Pensei que estivesse indo embora completamente reconciliada com ele no meu coração. Mas é claro que eu não estava morrendo. Foi só um sonho esquisito. Fui fazer um check-up hoje de manhã e o médico me achou um pouco mais animada. Meu sangue está melhor do que tem estado há semanas. Mas ele não me deu nenhuma esperança para o futuro."

"Os médicos não sabem de nada", disse Erlendur.

"O que você quer de mim? É sobre o Ford Falcon? Por que você está bisbilhotando esse caso?"

"Você se lembra se o agricultor que ele ia visitar perto de Mosfellsbaer tinha um irmão?", perguntou Erlendur, esperançoso. Ele não queria cansar Marion, mas também sabia que sua antiga chefe gostava de tudo que era misterioso e estranho.

Com os olhos fechados, Marion refletiu.

"Aquele preguiçoso do Níels comentou que o irmão era um pouco engraçado."

"Ele disse que era retardado, mas não sei o que isso significa exatamente."

"Se bem me lembro, ele era deficiente mental. Grande e forte, mas com a mente de uma criança. Acho que ele não conseguia nem falar. Apenas balbuciava umas bobagens."

"Por que essa linha de investigação não foi seguida, Marion?", perguntou Erlendur. "Por que deixaram que a investigação fosse encerrada? Teria sido possível fazer muito mais."

"Por que você diz isso?"

"As terras dos irmãos deveriam ter sido investigadas com pente-fino. Todo mundo deu como certo que o vendedor nunca tinha ido até lá. Nenhuma dúvida jamais foi levantada. Ficou tudo estabelecido: eles concluíram que o homem cometeu suicídio ou deixou a cidade e voltaria quando lhe conviesse. Mas ele nunca voltou, e não estou certo de que se matou."

"Você acha que os irmãos o mataram?"

"Eu gostaria de examinar essa possibilidade. O deficiente está morto, mas o irmão mais velho está em um lar de idosos aqui em Reykjavík, e acho que ele seria capaz de atacar alguém ao menor pretexto."

"E que pretexto teria sido esse?", perguntou Marion. "Você sabe que não tem um motivo. O homem estava indo vender-lhes um trator. Eles não tinham motivo para matá-lo."

"Eu sei. Se eles o fizeram foi porque alguma coisa aconteceu quando ele foi até a fazenda. Uma cadeia de acontecimentos foi posta em movimento, talvez por pura coincidência, o que levou à morte do homem."

"Erlendur, você sabe muito bem como são essas coisas", disse Marion. "Isso tudo é fantasia. Pare com esse absurdo."

"Eu sei que não tenho nenhum motivo e nenhum corpo, e que aconteceu anos atrás, mas alguma coisa não encaixa, e eu gostaria de descobrir o que é."

"Há sempre alguma coisa que não encaixa, Erlendur. A gente nunca consegue equilibrar todas as colunas. A vida é mais complicada do que isso, como você, melhor do que ninguém, deveria saber. Onde o agricultor teria conseguido o equipamento de espionagem russo para amarrar ao corpo e afundá-lo no Kleifarvatn?"

"É, eu sei, mas esse poderia ser outro caso, não relacionado com o homem do Ford Falcon."

Marion olhou para Erlendur. Não era nenhuma novidade detetives que se envolviam nos casos que estavam investigando e que depois ficavam completamente obcecados por eles. Isso tinha acontecido muitas vezes com Marion, que sabia que Erlendur tendia a se envolver de maneira profunda nos casos mais sérios. Ele tinha uma sensibilidade rara, que tanto era uma bênção quanto uma maldição.

"No outro dia você estava falando sobre o John Wayne", disse Erlendur. "Quando vimos aquele faroeste."

"Você descobriu?", perguntou Marion.

Erlendur fez que sim com a cabeça. Ele havia perguntado a Sigurdur Óli, que sabia tudo sobre coisas norte-americanas e era um poço de informações a respeito de celebridades.

"O nome dele também era Marion", disse Erlendur. "Não era? Vocês são xarás."

"Engraçado, não é?", disse Marion. "Por causa do meu jeito."

26.

Benedikt Jónsson, o importador de máquinas agrícolas aposentado, cumprimentou Erlendur na porta e convidou-o para entrar. A visita de Erlendur havia sido adiada. Benedikt tinha ido ver sua filha que morava em Copenhagen. Ele acabara de voltar e deu a impressão de que teria gostado de ficar lá por mais tempo. Disse que se sentia muito à vontade na Dinamarca.

Erlendur assentia a intervalos enquanto Benedikt divagava sobre a Dinamarca. Viúvo, ele parecia viver bem. Era baixo, com dedos gordos e pequenos e um rosto avermelhado de aparência inofensiva. Morava sozinho em uma casa pequena e limpa. Erlendur notou um jipe Mercedes novo fora da garagem. Pensou consigo que o velho empresário provavelmente tinha sido esperto e poupado para a velhice.

"Eu sabia que ia acabar respondendo a perguntas sobre aquele homem", disse Benedikt quando finalmente chegou ao ponto.

"Sim, eu queria conversar sobre Leopold", disse Erlendur.

"Foi tudo muito misterioso. No fim das contas, alguém ia

começar a se perguntar. Eu talvez devesse ter dito a verdade na época, mas..."

"A verdade?"

"Sim", disse Benedikt. "Posso perguntar por que você está investigando sobre esse homem agora? Meu filho disse que você também conversou com ele, e quando falei com você por telefone, você se mostrou bastante cauteloso. Por que esse súbito interesse? Pensei que vocês tivessem investigado e esclarecido o caso na época. Na verdade, eu estava esperando que isso tivesse acontecido."

Erlendur contou sobre o esqueleto encontrado no lago Kleifarvatn e que Leopold era uma das várias pessoas desaparecidas que estavam sendo investigadas em conexão com o caso.

"Você o conheceu pessoalmente?", perguntou Erlendur.

"Pessoalmente? Não, não posso dizer isso. E ele não vendeu muito também, no curto espaço de tempo em que trabalhou para nós. Se bem me lembro, fez muitas viagens para fora da cidade. Todos os meus vendedores faziam um trabalho regional — nós vendemos máquinas agrícolas e equipamentos de terraplenagem —, mas nenhum viajou tanto como Leopold, e nenhum foi um vendedor tão ruim."

"Então ele não trouxe muito dinheiro para você?"

"Em primeiro lugar, eu não queria contratá-lo", disse Benedikt.

"É mesmo?"

"Sim, não, não é isso que estou querendo dizer. Na verdade, eles me obrigaram a contratá-lo. Precisei despedir um homem muito bom para abrir espaço para ele. A empresa nunca foi muito grande."

"Espere um pouco, repita isso. Quem o obrigou a contratá-lo?"

"Disseram-me que eu não deveria contar a ninguém, portanto... Não sei se eu deveria estar tagarelando assim. Eu me senti muito mal com toda aquela trama. Eu não sou de fazer as coisas pelas costas das pessoas."

"Isso aconteceu décadas atrás", lembrou Erlendur. "Dificilmente pode fazer algum mal agora."

"É, acho que não. Eles ameaçaram mudar a franquia para outro lugar. Se eu não contratasse aquele sujeito. Foi como se eu tivesse sido pego pela Máfia."

"Quem o forçou a contratar Leopold?"

"O fabricante na Alemanha Oriental, como era chamado o país naquela época. Eles tinham bons tratores, e muito mais baratos que os norte-americanos. Também máquinas de terraplenagem e escavadoras. Nós vendemos um monte delas, embora não fossem consideradas clássicos como Massey Ferguson ou Caterpillar."

"Eles opinavam sobre os funcionários que você contratava?"

"Foi assim que eles me ameaçaram", disse Benedikt. "O que eu podia fazer? Não podia fazer nada. É claro que eu o contratei."

"Eles deram uma explicação? Por que você deveria recrutar aquela pessoa especificamente?"

"Não. Nenhuma. Nenhuma explicação. Eu o contratei, mas nunca o conheci. Disseram que era um arranjo temporário e, como eu falei, ele não ficava muito na cidade, apenas passava o tempo andando de lá para cá no país todo."

"Um arranjo temporário?"

"Eles disseram que ele não precisaria trabalhar para mim por muito tempo. E estabeleceram condições. Ele não podia aparecer na folha de pagamentos. Tinha que ser pago como fornecedor, por baixo do pano. Isso era muito difícil. Meu contador estava sempre questionando essa situação. Mas não era muito dinheiro, nem perto do suficiente para viver, então ele devia ter alguma outra renda também."

"Qual seria o motivo deles?"

"Não faço a menor ideia. Então ele desapareceu e nunca mais ouvi falar de Leopold, a não ser por vocês da polícia."

"Você relatou o que está me dizendo agora na época em que ele desapareceu?"

"Eu não contei a ninguém. Eles me ameaçaram. Eu precisava pensar no meu pessoal. Meu sustento dependia daquela empresa. Mesmo que não fosse grande, nós estávamos ganhando um pouco de dinheiro, e então os projetos das hidrelétricas começaram. As estações de Sigalda e Búrfell. Elas precisaram de nossas máquinas e equipamentos pesados na ocasião. Fizemos uma fortuna com os projetos hidrelétricos. Foi na mesma época. A empresa estava crescendo. Eu tinha outras coisas em que pensar."

"Então você simplesmente procurou esquecer o assunto?"

"Isso mesmo. Achei que aquilo não me dizia respeito. Eu o tinha contratado porque o fabricante quis que eu fizesse aquilo, mas Leopold não tinha nada a ver comigo."

"Você tem ideia do que possa ter acontecido com ele?"

"Nenhuma. Ele deveria ir atender umas pessoas perto de Mosfellsbaer, mas pelo que sabemos não apareceu. Talvez apenas tenha adiado o encontro ou mesmo desistido dele. Isso é admissível. Talvez tivesse algum negócio urgente a tratar."

"Você não acha que o fazendeiro que ele deveria ter ido ver estava mentindo?"

"Sinceramente, não sei."

"Quem contatou você sobre a contratação de Leopold? Ele mesmo?"

"Não, não foi ele. Um funcionário da embaixada deles na rua Aegisída me procurou. Na verdade, o que eles tinham lá era uma delegação comercial, e não uma embaixada propriamente dita. Depois tudo ficou muito maior. Na verdade, ele me encontrou em Leipzig."

"Leipzig?"

"Sim, costumávamos ir a feiras anuais lá. Eles organizavam exposições imensas de produtos industriais e máquinas, e um grupo grande de islandeses que faziam negócios com os alemães orientais sempre ia para lá."

"Quem era esse homem que conversou com você?"

"Ele nunca se identificou."

"Você conheceu alguém chamado Lothar? Lothar Weiser. Um alemão oriental."

"Nunca ouvi falar. Lothar? Nunca ouvi falar dele."

"Você poderia descrever esse funcionário da embaixada?"

"Foi há muito tempo. Ele era bem gordo. Um sujeito muito legal, acho, embora tenha me forçado a contratar esse vendedor."

"Você não acha que deveria ter repassado essa informação para a polícia na época? Não acha que poderia ter ajudado?"

Benedikt hesitou. Então deu de ombros.

"Tentei agir como se aquilo não tivesse a ver comigo ou com a minha empresa. Eu realmente não achei que fosse da minha conta. O homem não fazia parte da minha equipe. Na verdade ele não tinha nada a ver com a empresa. E eles me ameaçaram. O que eu poderia fazer?"

"Você se lembra da namorada de Leopold?"

"Não", disse Benedikt depois de pensar um pouco. "Não, não posso dizer que me lembro. Ela ficou...?"

Ele parou, como se não soubesse o que dizer sobre uma mulher que havia perdido o homem que amava e que nunca recebeu nenhuma informação sobre o que havia acontecido com ele.

"Sim, ela ficou", disse Erlendur. "Ficou inconsolável. E ainda está."

* * *

Miroslav, o ex-funcionário da embaixada tcheca, morava no sul da França. Era um homem idoso, mas com boa memória. Falava francês, porém seu inglês também era bom, e estava preparado para conversar com Sigurdur Óli por telefone. Quinn, da embaixada dos Estados Unidos em Reykjavík, que os tinha posto em contato com a embaixada da República Tcheca, atuou como intermediário. No passado, Miroslav fora condenado por espionagem contra seu próprio país e passara vários anos preso. Não foi considerado um espião ativo ou importante, tendo passado a maior parte de sua carreira diplomática na Islândia. Nem ele mesmo se definia como um espião. Contou que havia sucumbido à tentação quando lhe foi oferecido dinheiro para informar os diplomatas norte-americanos sobre algum acontecimento excepcional em sua embaixada ou nas dos outros países da Cortina de Ferro. Nunca, porém, teve nada a dizer. Nunca aconteceu nada na Islândia.

Era meio de verão. O esqueleto de Kleifarvatn tinha deixado os holofotes nas férias de verão. Fazia tempo que a mídia não se referia a ele. O pedido de Erlendur de um mandado de busca ao homem do Falcon nas terras dos irmãos ainda não recebera uma resposta porque os funcionários estavam de férias.

Sigurdur Óli havia passado quinze dias na Espanha com Bergthóra e voltado bronzeado e feliz. Elínborg tinha viajado pela Islândia com Teddi e passado duas semanas no chalé de verão de sua irmã no Norte. Ainda havia um interesse considerável por seu livro de culinária, e uma revista sofisticada publicara uma nota em sua coluna Gente em Notícia dizendo que já havia "outro no forno".

Um dia, no final de julho, Elínborg sussurrou para Erlendur que Sigurdur Óli e Bergthora finalmente tinham conseguido.

"Por que você está sussurrando?", perguntou Erlendur.

"Finalmente", disse Elínborg, soltando um suspiro de prazer. "Bergthóra acabou de me contar. Ainda é segredo."

"O quê?"

"Bergthóra está grávida!", disse Elínborg. "Foi tão difícil para os dois. Eles tiveram que fazer fertilização in vitro, e agora finalmente funcionou."

"Sigurdur Óli vai ter um bebê?", perguntou Erlendur.

"Vai. Mas não fale nada sobre isso. Não é para ninguém saber."

"Pobre garoto", disse Erlendur em voz alta, e Elínborg foi embora xingando baixinho.

A princípio, Miroslav pareceu ansioso para ajudá-los. A conversa aconteceu na sala de Sigurdur Óli, com Erlendur e Elínborg presentes. Um gravador foi ligado ao telefone. No dia e hora combinados, Sigurdur Óli pegou o telefone e discou.

Após uma série de toques, uma voz feminina atendeu, Sigurdur Óli se apresentou e perguntou por Miroslav. Pediram-lhe que aguardasse. Sigurdur Óli olhou para Erlendur e Elínborg e encolheu os ombros como se não soubesse o que esperar. Por fim, um homem veio ao telefone e disse que se chamava Miroslav. Sigurdur Óli mencionou mais uma vez que ele era um detetive de Reykjavík e apresentou seu pedido. Miroslav imediatamente disse que sabia do que se tratava. Ele mesmo falava um pouco de islandês, embora tivesse pedido que a conversa transcorresse em inglês.

"É melhor para eu", disse em islandês.

"Sim, sem dúvida. É sobre o funcionário da delegação comercial da Alemanha Oriental em Reykjavík nos anos 1960", disse Sigurdur Óli em inglês. "Lothar Weiser."

"Pelo que entendi, vocês encontraram um corpo em um lago e acham que é ele", disse Miroslav.

"Ainda não chegamos a uma conclusão", disse Sigurdur Óli. "É só uma das várias possibilidades", acrescentou depois de uma pausa curta.

"Vocês costumam encontrar corpos amarrados a equipamentos de espionagem russos?", disse Miroslav, rindo. Quinn tinha claramente passado a ele todas as informações. "Não, eu entendo. Entendo que você queira fazer um jogo seguro e não dizer muito, principalmente por telefone. Eu recebo algum dinheiro pela minha informação?"

"Infelizmente, não", respondeu Sigurdur Óli. "Não estamos autorizados a negociar esse tipo de coisa. Fomos informados de que o senhor iria cooperar."

"Cooperar, certo", disse Miroslav. "Não dinheiros?", perguntou em islandês.

"Não", disse Sigurdur Óli, também em islandês. "Sem dinheiro."

O telefone ficou em silêncio e todos se entreolharam, espremidos na sala de Sigurdur Óli. Algum tempo se passou até que ouviram o tcheco novamente. Ele gritou alguma coisa que eles acharam ser tcheco e ouviram uma voz feminina ao fundo responder-lhe.

As vozes estavam meio abafadas, como se ele estivesse com a mão sobre o bocal do telefone. Mais palavras foram trocadas. Eles não podiam afirmar que era uma discussão.

"Lothar Weiser foi um dos espiões da Alemanha Oriental na Islândia", disse Miroslav sem rodeios quando voltou ao telefone. As palavras se derramaram, como se a conversa com a mulher o tivesse incitado. "Lothar falava islandês muito bem, ele aprendeu em Moscou, vocês sabiam disso?"

"Sim, sabíamos", disse Sigurdur Óli. "O que ele fez aqui?"

"Ele era chamado de adido comercial. Todos eles eram."

"Mas ele foi mais alguma outra coisa?", perguntou Sigurdur Óli.

"Lothar não era funcionário da delegação comercial, ele trabalhava para o serviço secreto alemão oriental", disse Miroslav. "Sua especialidade era recrutar pessoas para trabalhar para ele. E era brilhante nisso. Usava todos os tipos de truques e tinha um talento especial para explorar as fraquezas. Ele chantageava. Criava armadilhas. Utilizava prostitutas. Todos eles faziam isso. Tirava fotos comprometedoras. Sabe o que estou querendo dizer? Ele foi incrivelmente criativo."

"Será que ele teve, como devo dizer, colaboradores na Islândia?"

"Não que eu saiba, mas isso não significa que ele não tivesse."

Erlendur encontrou uma caneta na mesa e começou a anotar uma ideia que havia lhe ocorrido.

"O senhor se lembra se ele era amigo de algum islandês?", perguntou Sigurdur Óli.

"Eu não sei muito sobre o contato dele com os islandeses. Não cheguei a conhecê-lo muito bem."

"O senhor poderia descrever Lothar para nós com mais detalhes?"

"Tudo o que interessava a Lothar era ele mesmo", disse Miroslav. "Ele não se importava com quem ele traía, se pudesse se beneficiar com isso. Tinha uma porção de inimigos, e uma porção de pessoas com certeza o queriam morto. Pelo menos foi isso que eu ouvi."

"O senhor conheceu alguém que quisesse vê-lo morto?"

"Não."

"E sobre o equipamento russo? De onde poderia ter vindo?"

"De qualquer uma das embaixadas comunistas em Reykjavík. Todos nós utilizávamos equipamentos russos. Eles os fabricavam e todas as embaixadas os usavam. Transmissores, gravadores, aparelhos de escuta, rádios e também os horrorosos televisores russos. Eles nos inundavam com esse lixo e éramos obrigados a comprá-lo."

"Nós acreditamos ter encontrado um dispositivo de escuta usado para monitorar os militares americanos na base de Keflavík."

"Isso foi realmente tudo o que fizemos", disse Miroslav. "Colocávamos escutas em outras embaixadas. E as forças americanas estavam estacionadas em todo o país. Mas não quero falar sobre isso. Pelo que o Quinn me disse, você só queria saber sobre o desaparecimento de Lothar em Reykjavík."

Erlendur estendeu um bilhete a Sigurdur Óli, que leu a pergunta que também já havia lhe passado pela cabeça.

"Você sabe por que Lothar foi enviado para a Islândia?"

"Por quê?", disse Miroslav.

"Fomos levados a acreditar que estar metido aqui na Islândia não era algo muito popular entre os funcionários de embaixada", acrescentou Sigurdur Óli.

"Foi bom para nós, tchecoslovacos", disse Miroslav. "Mas não tenho conhecimento de que Lothar tenha feito alguma coisa para merecer ser enviado para a Islândia como punição, se é isso que você quer dizer. Sei que uma vez ele foi expulso da Noruega. Os noruegueses descobriram que ele estava tentando fazer um alto funcionário do Ministério das Relações Exteriores trabalhar para ele."

"O que você sabe sobre o desaparecimento de Lothar?", perguntou Sigurdur Óli.

"A última vez que o vi foi em uma recepção na embaixada soviética. Foi um pouco antes de começarmos a ouvir que ele tinha desaparecido. Foi em 1968. Eram tempos difíceis, claro, por causa do que estava acontecendo em Praga. Nessa recepção, Lothar estava recordando o levante húngaro de 1956. Eu só ouvi trechos da conversa, mas me lembro, porque o que ele disse era típico dele."

"E o que foi?", perguntou Sigurdur Óli.

"Ele estava falando sobre os húngaros que conheceu em Leipzig. Especialmente de uma garota que andava com os alunos islandeses lá."

"O senhor consegue se lembrar do que ele disse?", perguntou Sigurdur Óli.

"Ele disse que sabia como lidar com os dissidentes, com os rebeldes na Tchecoslováquia. Que deviam prender todos e enviá-los para o gulag. Estava bêbado quando disse isso, e não sei exatamente do que ele estava falando, mas essa foi a essência da conversa."

"E logo depois você soube que ele tinha desaparecido?"

"Ele deve ter feito alguma coisa errada", disse Miroslav. "Pelo menos é o que todos pensaram. Houve rumores de que eles mesmos o tinham eliminado. Os alemães orientais. Que o tinham mandado para casa pelo malote diplomático. Eles poderiam facilmente fazer isso. A correspondência das embaixadas nunca era examinada e podíamos trazer para dentro do país ou despachar para fora o que quiséssemos. As coisas mais incríveis."

"Ou então o jogaram no lago", disse Sigurdur Óli.

"Tudo que sei é que ele desapareceu e nunca mais se ouviu falar dele."

"Você sabe que crime ele poderia ter cometido?"

"Pensamos que ele tivesse pulado a cerca."

"Pulado a cerca?"

"Se vendido para o outro lado. Acontecia com frequência. Basta ver o meu caso. Mas os alemães não eram tão misericordiosos quanto nós, os tchecos."

"O senhor quer dizer que ele vendia informações...?"

"Você tem certeza que não há dinheiro nisso?", Miroslav interrompeu Sigurdur Óli. A voz da mulher no fundo havia retornado, mais alta do que antes.

"Infelizmente, não", disse Sigurdur Óli.

Eles ouviram Miroslav dizer alguma coisa, provavelmente em tcheco. Então, em inglês: "Eu já disse o bastante. Não me liguem mais".

E em seguida desligou. Erlendur estendeu a mão para o gravador e o desligou.

"Você é um cuzão", disse a Sigurdur Óli. "Não podia ter mentido para ele? Prometer dez mil coroas? Alguma coisa. Não foi possível mantê-lo no telefone mais tempo?"

"Fica frio", disse Sigurdur Óli. "Ele não queria contar mais nada. Não queria mais falar com a gente. Você ouviu."

"Estamos mais perto de saber quem estava no fundo do lago?", perguntou Elínborg.

"Eu não sei", disse Erlendur. "Um adido comercial da Alemanha Oriental e um dispositivo de espionagem russo. Seria bem apropriado."

"Acho que é óbvio", disse Elínborg. "Lothar e Leopold eram a mesma pessoa e eles o afundaram no Kleifarvatn. Ele fez alguma bobagem e eles tiveram que se livrar dele."

"E a mulher na loja de laticínios?", perguntou Sigurdur Óli.

"Ela não tem a mínima noção das coisas", disse Elínborg. "Não sabe nada desse homem, exceto que a tratava bem."

"Talvez ela fosse parte do disfarce dele na Islândia", sugeriu Erlendur.

"Talvez", disse Elínborg.

"Acho que é significativo o fato de o dispositivo não estar funcionando quando foi usado para afundar o corpo", disse Sigurdur Óli. "Como se fosse obsoleto ou tivesse sido destruído."

"Eu queria saber se o dispositivo veio necessariamente de uma das embaixadas", disse Elínborg. "Se ele não poderia ter entrado no país por outro canal."

"Quem iria querer contrabandear equipamentos de espionagem russos para a Islândia?", perguntou Sigurdur Óli.

Eles ficaram em silêncio, todos pensando, cada um a seu modo, que o caso estava além de sua compreensão. Eles estavam mais acostumados a lidar com crimes islandeses simples, sem dispositivos misteriosos nem adidos comerciais que não eram adidos comerciais, sem embaixadas estrangeiras ou Guerra Fria, apenas a realidade islandesa: local, sem intercorrências, mundana e infinitamente distante das zonas de conflito do mundo.

"Será que não conseguimos encontrar um ponto de vista islandês nisso tudo?", perguntou enfim Erlendur, apenas para dizer alguma coisa.

"E quanto aos alunos?", lembrou Elínborg. "Não deveríamos tentar localizá-los? Saber se algum deles se lembra desse Lothar? Ainda temos isso para verificar."

No dia seguinte, Sigurdur Óli tinha obtido uma lista de estudantes islandeses que haviam frequentado universidades da Alemanha Oriental entre o final da guerra e 1970. A informação foi prestada pelo Ministério da Educação e pela embaixada alemã. Eles começaram devagar, primeiro com os alunos de Leipzig em 1960 e voltando no tempo. Como não havia pressa, prosseguiram com o caso junto com outras investigações que tinham aparecido, a maioria roubos e furtos. Eles sabiam que Lothar se matriculara na Universidade de Leipzig em 1950, mas que também poderia estar ligado a ela por muito mais tempo do que isso, e estavam determinados a fazer um bom trabalho. Decidiram investigar retroativamente, a partir do momento em que ele desapareceu da embaixada.

Em vez de falar com as pessoas por telefone, pensaram que seria mais produtivo fazer visitas-surpresa a suas casas. Erlendur acreditava que a primeira reação a uma visita policial muitas vezes fornecia pistas fundamentais. Como na guerra, um ataque surpresa poderia mostrar-se crucial. Uma simples mudança de expressão quando eles mencionassem o motivo da visita. As primeiras palavras pronunciadas.

Então, em um dia de setembro, quando a investigação sobre os alunos islandeses chegara a meados dos anos 1950, Sigurdur Óli e Elínborg bateram na porta de uma mulher chamada Rut Bernhards. De acordo com as informações que levantaram, ela havia abandonado os estudos em Leipzig após um ano e meio.

Ela abriu a porta e ficou apavorada ao ouvir que era a polícia.

27.

Rut Bernhards ficou piscando para Sigurdur Óli e depois para Elínborg, incapaz de entender como eles podiam ser da polícia. Sigurdur Óli teve que dizer a ela três vezes antes de ela entender e perguntar o que eles queriam. Elínborg explicou. Isso foi por volta das dez da manhã. Eles estavam em um bloco de apartamentos não muito diferente do de Erlendur, mas ainda mais sujo, o tapete mais desgastado e um mau cheiro de umidade vindo de cada andar.

Rut ficou ainda mais surpresa depois que Elínborg contou o motivo da visita.

"Os estudantes de Leipzig?", ela disse. "O que vocês querem saber sobre eles? Por quê?"

"Talvez pudéssemos entrar por um minuto", sugeriu Elínborg. "Não vamos demorar."

Ainda muito em dúvida, Rut pensou um pouco antes de abrir a porta para eles. Entraram em um pequeno corredor que levava à sala. Havia quartos no lado direito, e depois da sala ficava a cozinha. Rut convidou-os a se sentar e perguntou se queriam chá ou alguma outra coisa, desculpando-se, porque ela nunca tinha falado com a polícia. Notaram que estava muito confusa quando ela parou na porta da cozinha. Elínborg achou que Rut iria se recompor se fizesse um pouco de chá, por isso aceitou o oferecimento, para desgosto de Sigurdur Óli. Ele não estava interessado em participar de um chazinho e olhou para Elínborg com uma expressão que indicava isso. Ela apenas sorriu para ele.

No dia anterior, Sigurdur Óli tinha recebido mais um telefonema do homem que havia perdido a mulher e a filha em um acidente de carro. Ele e Bergthóra haviam acabado de voltar do médico, que lhes disse que a gravidez progredia bem, o feto estava se desenvolvendo e que eles não tinham com que se preocupar. Mas as palavras do médico não serviram de conforto. Ele já havia falado daquela maneira antes. Eles estavam sentados na cozinha, discutindo o futuro com muito cuidado, quando o telefone tocou.

"Eu não posso falar com você agora", disse Sigurdur Óli quando ouviu quem era.

"Eu não queria incomodá-lo", disse o homem, educado como sempre. O estado de espírito dele nunca mudava, nem o tom da voz; falava com o mesmo tom calmo que Sigurdur Óli atribuía a tranquilizantes.

"Isso mesmo, não me incomode de novo, disse Sigurdur Óli."

"Eu só queria lhe agradecer", disse o homem.

"Não há necessidade disso, eu não fiz nada. Você não precisa me agradecer de maneira alguma."

"Acho que estou superando tudo aquilo aos poucos", disse o homem.

"Que bom", disse Sigurdur Óli.

Houve um silêncio no telefone.

"Eu sinto tanta falta dela", disse o homem por fim.

"Claro que sente", disse Sigurdur Óli, olhando para Bergthóra.

"Eu não vou desistir. Por causa delas. Vou tentar assumir uma postura mais corajosa."

"Isso é ótimo."

"Desculpe incomodá-lo. Eu não sei por que estou sempre ligando para você. Esta vai ser a última vez."

"Tudo bem."

"Eu preciso continuar."

Sigurdur Óli estava prestes a se despedir, quando o homem desligou de repente.

"Ele está bem?", perguntou Bergthóra.

"Não sei. Espero que sim."

Sigurdur Óli e Elínborg ouviram Rut preparando o chá na cozinha, depois ela saiu, segurando xícaras e um açucareiro, e perguntou se eles queriam leite com o chá. Elínborg repetiu o que tinha dito na porta da frente sobre a procura por alunos islandeses em Leipzig, acrescentando que isso estava potencialmente ligado — apenas potencialmente, repetiu — a um pessoa que tinha desaparecido em Reykjavík um pouco antes de 1970.

Rut ouviu-a calada, até que a chaleira começou a apitar na cozinha. Ela saiu e voltou com o chá e alguns biscoitos em um prato. Elínborg sabia que ela já tinha passado dos setenta anos e achou que ela havia envelhecido em boa forma. Era magra, quase da mesma altura que ela, o cabelo tingido de castanho e rosto bastante alongado com uma expressão séria sublinhada por rugas, mas um sorriso bonito que ela parecia usar com moderação.

"E você acha que esse homem estudou em Leipzig?", ela perguntou.

"Não fazemos ideia", disse Sigurdur Óli.

"De que pessoa desaparecida vocês estão falando?", perguntou Rut. "Eu não me lembro de nada, desde a notícia de que..." Sua expressão voltou a ficar pensativa. "A não ser o caso do lago Kleifarvatn na primavera. Você está falando do esqueleto do lago Kleifarvatn?"

"Ele se encaixa." Elínborg sorriu.

"Tem ligação com Leipzig?"

"Não sabemos", disse Sigurdur Óli.

"Mas vocês devem saber alguma coisa, se vieram aqui para falar com uma ex-aluna de Leipzig", disse Rut com firmeza.

"Temos algumas pistas", disse Elínborg. "Elas não são convincentes o suficiente para nos dizer muito, mas estávamos pensando que você talvez pudesse nos ajudar."

"De que maneira isso está ligado a Leipzig?"

"O homem não tem que estar necessariamente ligado a Leipzig", disse Sigurdur Óli num tom ligeiramente mais ríspido do que antes. "Você foi embora depois de um ano e meio", disse para mudar de assunto. "Você não terminou seu curso ou o quê?"

Sem responder, ela serviu o chá e acrescentou leite e açúcar para si própria. Mexeu com uma colherinha, os pensamentos em algum outro lugar.

"Era um homem no lago? Você disse 'o homem'."

"Era", confirmou Sigurdur Óli.

"Pelo que sei, você é professora", afirmou Elínborg.

"Eu fiz faculdade de pedagogia quando voltei para a Islândia", disse Rut. "Meu marido também era professor. Ambos éramos professores de escola primária. Acabamos de nos divorciar. Agora deixei de lecionar. Aposentada. Não precisam mais de mim. Parar de trabalhar é como parar de viver."

Ela tomou um gole do chá, e Sigurdur Óli e Elínborg fizeram o mesmo.

"Eu fiquei com o apartamento", acrescentou.

"É sempre triste quando...", começou Elínborg, mas Rut a interrompeu como se para dizer que não estava pedindo a simpatia de uma estranha.

"Éramos todos socialistas", disse ela, olhando para Sigurdur Óli. "Todos nós em Leipzig."

Fez uma pausa enquanto sua mente vagava de volta para os anos em que fora jovem, com toda a vida pela frente.

"Nós tínhamos ideais", disse, dirigindo o olhar para Elínborg. "Não sei se alguém ainda os tem. Os jovens, quero dizer. Ideais autênticos para uma sociedade melhor e mais justa. Não acredito que alguém pense sobre isso nos dias de hoje. Hoje em dia, todo mundo só pensa em ficar rico. Ninguém costumava pensar em ganhar dinheiro ou possuir alguma coisa. Não existia esse consumismo implacável. Ninguém tinha nada a não ser, talvez, belos ideais."

"Baseados em mentiras", disse Sigurdur Óli. "Não foi assim? Mais ou menos?"

"Eu não sei", disse Rut. "Baseados em mentiras? O que é uma mentira?"

"Não", exclamou Sigurdur Óli em um tom peculiarmente impetuoso. "O que estou querendo dizer é que o comunismo foi abandonado em todo o mundo, exceto nos lugares em que ocorrem graves violações dos direitos humanos, como China, Cuba. Quase ninguém mais admite ter sido comunista. É quase um termo pejorativo. Então, não era assim nos velhos tempos, ou o quê?"

Elínborg olhou para ele, chocada. Não acreditava que Sigurdur Óli estava sendo grosseiro com a mulher. Mas deveria ter esperado aquilo. Ela sabia que a postura política de Sigurdur Óli era conservadora e já o ouvira falar dos comunistas islandeses como se até hoje eles devessem se penitenciar por terem defendido um sistema que sabiam ser inútil e que, em última análise, tinha oferecido nada mais que ditadura e repressão. Como se os comunistas ainda tivessem que acertar contas com o passado, porque o tempo todo já sabiam da verdade e foram responsáveis pelas mentiras. Talvez ele tivesse considerado Rut um alvo mais fácil do que a maioria. Talvez apenas tivesse perdido a paciência.

"Você teve que desistir de seus estudos", Elínborg apressou-se a dizer, para conduzir a conversa para águas mais seguras.

"Na nossa maneira de pensar, não havia nada mais nobre", disse Rut, ainda olhando para Sigurdur Óli. "E isso não mudou. O socialismo em que acreditávamos na época, e em que acreditamos agora, permanece o mesmo, e desempenhou um papel no estabelecimento do movimento sindical, garantindo um salário decente e hospitais gratuitos para cuidar de você e da sua família, educou você para que se tornasse policial, estabeleceu o sistema nacional de seguros, configurou o sistema nacional de previdência. Mas isso não é nada comparado com os valores socialistas implícitos pelos quais todos nós vivemos, você e eu e ela, de modo que a sociedade possa funcionar. É o socialismo que nos torna seres humanos. Portanto, não zombe de mim!"

"Você tem certeza de que o socialismo realmente estabeleceu tudo isso?", disse Sigurdur Óli, recusando-se a ceder. "Pelo que me lembro, foram os conservadores que criaram o sistema nacional de seguros."

"Besteira", respondeu Rut.

"E o sistema soviético?", disse Sigurdur Óli. "E quanto *àquela* mentira?"

Rut não disse nada.

"Por que você acha que tem algum tipo de conta a acertar comigo?", perguntou.

"Eu não tenho contas a acertar com você", disse Sigurdur Óli.

"As pessoas podem muito bem ter pensado que precisavam ser dogmáticas", disse Rut. Poderia ter sido necessário na época. Você nunca entenderia isso. Épocas diferentes surgem e as atitudes mudam, as pessoas mudam. Nada é permanente. Eu não consigo entender essa raiva. De onde ela vem?"

Ela olhou para Sigurdur Óli.

"De onde vem essa sua raiva?", ela repetiu.

"Eu não vim aqui para discutir", disse Sigurdur Óli. "Não era esse o objetivo."

"Você se lembra de alguém de Leipzig chamado Lothar?", perguntou Elínborg, constrangida. Ela estava esperando que Sigurdur Óli inventasse alguma desculpa para ir para o carro, mas ele continuou sentado a seu lado, os olhos fixos em Rut. "Lothar Weiser", acrescentou.

"Lothar?", disse Rut. "Sim, mas não muito bem. Ele falava islandês."

"Entendi", disse Elínborg. "Então se lembra dele?"

"Apenas vagamente. Ele às vezes aparecia para jantar conosco no dormitório. Mas nunca cheguei a conhecê-lo bem. Eu estava sempre com saudades de casa e... as condições não eram tão especiais, o alojamento era ruim... eu... aquilo não serviu para mim."

"Não, com certeza as coisas não estavam em boas condições após a guerra", disse Elínborg.

"Era horrível", disse Rut. "A Alemanha Ocidental foi se reconstruindo dez vezes mais rápido, com o apoio do Ocidente. Na Alemanha Oriental, as coisas aconteceram muito devagar, quando aconteceram."

"Pelo que sabemos, o papel de Lothar era fazer com que os alunos trabalhassem para ele", disse Sigurdur Óli. "Ou monitorá-los de alguma forma. Você sabia disso?"

"Eles nos vigiavam", disse Rut. "Sabíamos disso, todo mundo sabia disso. Era chamado de vigilância interativa, outro termo para espionagem. As pessoas deveriam se apresentar por iniciativa própria e relatar tudo o que ofendesse os princípios socialistas. Não fizemos isso, é claro. Nenhum de nós. Eu nunca notei Lothar tentando nos aliciar. Todos os estudantes estrangeiros tinham um elemento de ligação com quem eles podiam contar, mas que também os vigiava. Lothar era um desses."

"Você ainda tem contato com seus amigos que estudaram em Leipzig?", perguntou Elínborg.

"Não. Faz tempo que não os vejo. Não mantivemos contato; se eles mantêm, eu não sei. Deixei o partido quando voltei. Ou talvez não tenha saído, mas apenas perdido o interesse. É o que devem chamar de afastamento."

"Nós temos os nomes de alguns alunos da época em que você estava lá: Karl, Hrafnhildur, Emil, Tómas, Hannes..."

"Hannes foi expulso", interrompeu Rut. "Disseram-me que ele parou de ir às palestras e aos desfiles do Dia da República e que não se enquadrava mais. Nós devíamos participar de tudo isso. E fazíamos trabalho socialista no verão. Nas fazendas e nas minas de carvão. Pelo que sei, Hannes não gostou do que viu e ouviu. Ele queria terminar o curso, mas não deixaram. Talvez vocês devessem falar com ele. Não sei se ainda está vivo."

Rut olhou para eles.

"Foi ele que vocês encontraram no lago?", perguntou.

"Não", disse Elínborg. "Não é ele. Pelo que sabemos, ele vive em Selfoss e tem uma hospedaria lá."

"Eu me lembro que ele escreveu sobre suas experiências em Leipzig quando voltou para a Islândia, e eles acabaram com ele por causa disso. A velha guarda do partido. Denunciaram-no como traidor e mentiroso. Os conservadores lhe deram as boas-vindas, como a um filho pródigo, e o defenderam. Imagino que ele não tenha se importado com isso. Acho que só quis dizer a verdade como a viu, mas é claro que havia um preço a pagar. Eu o encontrei uma vez poucos anos depois, e ele parecia muito deprimido. Talvez achasse que eu ainda estivesse ativa no partido, mas eu não estava. Vocês deveriam falar com ele. Ele deve ter conhecido Lothar melhor. Eu fiquei lá muito pouco tempo."

De volta ao carro, Elínborg repreendeu Sigurdur Óli por deixar que suas opiniões políticas influenciassem a investigação policial. Ele devia manter a boca fechada e não atacar as pessoas, disse ela, especialmente mulheres idosas que viviam sozinhas.

"O que há de errado com você, afinal?", ela disse enquanto se afastavam do conjunto de apartamentos. "Nunca ouvi uma besteira dessa. O que você estava pensando? Concordo com a pergunta dela: de onde vem toda essa sua raiva?"

"Ah, não sei. Meu pai era um comunista desse tipo, nunca entendeu as coisas", acrescentou Sigurdur Óli por fim. Foi a primeira vez que Elínborg o ouviu falar do pai.

Erlendur tinha acabado de chegar em casa quando o telefone tocou. Levou algum tempo para perceber que era Benedikt Jónsson, e então de repente se lembrou. O homem que tinha empregado Leopold em sua empresa.

"Estou incomodando, telefonando para sua casa assim?", perguntou Benedikt educadamente.

"Não", disse Erlendur. "Há alguma coisa que...?"

"Tem a ver com o homem."

"Que homem?"

"O da embaixada da Alemanha Oriental, ou da delegação comercial, ou seja lá o que fosse", disse Benedikt. "A pessoa que me mandou contratar Leopold e disse que a empresa na Alemanha iria tomar medidas, se eu não o fizesse."

“Sim”, disse Erlendur. “O gordo. O que tem ele?”

“Pelo que me lembro”, disse Benedikt, “ele sabia islandês. Na verdade, acho que ele falava a língua muito bem.”

28.

Em todos os lugares ele se deparava com a antipatia e a total indiferença das autoridades de Leipzig. Ninguém lhe dizia o que havia acontecido com ela, para onde fora levada, onde estava detida, o motivo de sua prisão, que departamento de polícia respondia pelo seu caso. Tentou pedir ajuda a dois professores universitários, mas eles disseram que não podiam fazer nada. Tentou pedir que o vice-reitor da universidade interviesse, porém ele se recusou. Tentou fazer com que o presidente da FDJ investigasse, mas a associação estudantil o ignorou.

No final, telefonou para o Ministério das Relações Exteriores da Islândia, que prometeu investigar o assunto, mas sem resultado: Ilona não era cidadã islandesa, eles não eram casados, a Islândia não tinha interesse no assunto e não mantinha relações diplomáticas com a Alemanha Oriental. Seus amigos islandeses na universidade tentaram animá-lo, mas achavam-se igualmente perdidos sobre o que fazer. Não entendiam o que estava acontecendo. Talvez fosse tudo um mal-entendido. Mais cedo ou mais tarde ela apareceria e tudo seria esclarecido. Os amigos de Ilona e outros húngaros da universidade, que estavam tão determinados quanto ele a encontrar respostas, diziam o mesmo. Todos tentavam consolá-lo e diziam para ele manter a calma — no final, tudo seria explicado.

Ele descobriu que Ilona não fora a única pessoa presa naquele dia. A polícia de segurança invadiu o campus e amigos dela das reuniões, entre outros, foram levados sob custódia. Ele sabia que ela os tinha avisado depois de ele haver descoberto que estavam sendo vigiados e que a polícia possuía fotos deles. Alguns foram liberados no mesmo dia. Outros permaneceram detidos por mais tempo e alguns ainda estavam presos quando ele foi deportado. Ninguém sabia nada sobre Ilona.

Ele contatou os pais de Ilona, que tinham ouvido falar de sua prisão, e eles escreveram cartas comoventes perguntando se ele sabia do paradeiro dela. Pelo que os pais diziam, ela não fora enviada de volta para a Hungria. Eles não tinham recebido nenhuma notícia dela desde que a filha lhes escrevera uma semana antes de desaparecer. Nada sugeria que estivesse em perigo. Seus pais descreveram suas tentativas infrutíferas de persuadir as autoridades húngaras a investigar o destino de sua filha na Alemanha Oriental. As autoridades não estavam particularmente preocupadas com o desaparecimento dela. Dada a situação no país, os funcionários não estavam alarmados com a prisão de uma suposta dissidente. Seus pais disseram que lhes fora recusada autorização para viajarem para a Alemanha Oriental a fim de investigar o desaparecimento de Ilona. Eles pareciam ter dado em um beco sem saída.

Ele escreveu de volta, dizendo-lhes que ele próprio procurava respostas em Leipzig. Queria lhes dizer tudo o que sabia, como ela tinha espalhado propaganda clandestina contra o partido comunista, contra a FDJ, que era um braço do partido, contra as palestras e contra as restrições à liberdade de expressão, de associação e imprensa. Que ela tinha mobilizado os jovens alemães e organizado reuniões clandestinas. E que ela não poderia ter previsto sua prisão. Não mais do que ele poderia. Mas sabia que não podia escrever esse tipo de carta. Tudo o que enviasse seria censurado. Precisava ser cuidadoso.

Em vez disso, prometeu que não descansaria até descobrir o que tinha acontecido com Ilona e garantir sua libertação.

Ele parou de assistir às aulas. Durante o dia, ia de um gabinete do governo a outro, pedindo para ver as autoridades e procurando ajuda e informações. À medida que o tempo passava, fazia isso mais por hábito, uma vez que nunca conseguia respostas e, percebeu, jamais conseguiria. À noite, imerso em angústia, andava de um lado para o outro no quartinho deles. Quase não dormia, cochilando apenas por algumas horas. Caminhava para a frente e para trás na esperança de que ela iria aparecer, que o pesadelo chegaria ao fim, que eles a soltariam com uma advertência e ela voltaria para ele para que pudessem ficar juntos novamente. Acordava com cada som na rua. Se um carro se aproximava, ele ia até a janela. Se a casa rangia, parava e ficava atento, pensando que podia ser ela. Mas nunca era. E então um novo dia amanhecia e ele se sentia terrivelmente sozinho.

Por fim, reuniu coragem para escrever outra carta para os pais de Ilona, dizendo-lhes que ela estava grávida dele. Sentia como se ouvisse os gritos deles a cada tecla que ele apertava na velha máquina de escrever dela.

Agora, passados todos aqueles anos, ele tinha nas mãos as cartas que trocara com os pais de Ilona. Relendo-as, sentia de novo a raiva contida no que eles escreveram e, em seguida, desespero e incompreensão. Eles nunca mais viram a filha. Ele nunca mais viu sua namorada.

Ilona havia desaparecido para sempre.

Soltou um suspiro profundo, como sempre acontecia quando se permitia mergulhar em suas lembranças mais dolorosas. Não importava quantos anos se passassem, sua dor seria sempre dilaceradora, sua perda incompreensível. No presente evitava imaginar o destino dela. Antes, torturava-se interminavelmente com pensamentos sobre o que teria acontecido com ela depois que foi presa. Pensou em interrogatórios. Viu a cela ao lado do pequeno escritório na sede da polícia de segurança. Será que ela havia sido trancafiada lá? Por quanto tempo? Sentiu medo? Será que ela resistiu? Será que chorou? Será que foi espancada? E, claro, a pergunta mais importante: qual foi o seu destino?

Durante anos, ele ficou obcecado por essas questões; não havia muito espaço para outras coisas em sua vida. Nunca se casou ou teve filhos. Tentou ficar em Leipzig enquanto pôde, mas pelo fato de não comparecer às palestras e estar desafiando a polícia e a FDJ, sua bolsa de estudos foi cancelada. Tentou convencer a imprensa local e o jornal estudantil a publicar uma fotografia de Ilona com uma reportagem sobre sua prisão ilegal, mas todos os seus pedidos foram recusados e, por fim, ordenaram que ele deixasse o país.

Havia várias possibilidades, a julgar pelo que leu mais tarde, ao investigar o tratamento dado naquela época aos dissidentes na Europa Oriental. Ela poderia ter morrido nas mãos da polícia de Leipzig ou em Berlim Oriental, onde se localizava a sede da polícia de segurança, ou enviada a uma prisão, como o castelo de Honecker, para morrer ali. Esta era a maior prisão feminina de presos políticos da Alemanha Oriental. Outra prisão infame para os dissidentes foi Bautzen II, apelidada de "Desgraça Amarela" por causa da cor de suas paredes de tijolos. Os prisioneiros enviados para lá eram culpados de "crimes contra o Estado". Muitos dissidentes foram libertados logo após sua primeira prisão — isso era considerado um aviso. Outros foram soltos após um período curto, sem julgamento. Alguns foram enviados para a prisão e saíram anos mais tarde; alguns jamais saíram. Os pais de Ilona nunca receberam nenhuma notificação de sua morte e, durante anos, viveram na esperança de que ela voltaria, mas isso nunca aconteceu. Não importava o quanto implorassem às autoridades na Hungria e na Alemanha Oriental, eles nunca receberam nem uma informação sequer, nem mesmo se ela estava viva. Era simplesmente como se Ilona nunca tivesse existido.

Como estrangeiro em um país que ele não conhecia bem e entendida menos ainda, ele dispunha de poucos recursos. Estava ciente do quão pouco podia fazer contra o poder do Estado, de sua impotência à medida que ia de um gabinete a outro, de um chefe de polícia a outro, de um funcionário a outro. Ele se recusou a desistir. Recusou-se a aceitar que alguém como Ilona pudesse ser trancafiada por ter opiniões que não coincidiam com a linha de pensamento oficial.

Ele, repetidamente, perguntava a Karl o que havia acontecido quando Ilona foi presa. Karl fora a única testemunha da invasão da polícia à casa deles. Ele tinha ido buscar um manuscrito de poemas de um jovem dissidente húngaro que Ilona traduzira para o alemão e que ia lhe emprestar.

"E o que aconteceu?", perguntou a Karl pela milésima vez, sentado diante dele na lanchonete da universidade, com Emil. Três dias haviam se passado desde o desaparecimento de Ilona e ainda havia esperança de que ela fosse libertada; ele esperava ter notícias dela a qualquer momento, até mesmo vê-la entrar na lanchonete. Olhava constantemente para a porta. Estava transtornado de preocupação.

"Ela me ofereceu um chá", disse Karl. "Eu aceitei e ela pôs a água para ferver."

"Sobre o que vocês conversaram?"

"Nada realmente, apenas sobre os livros que estávamos lendo."

"O que ela falou?"

"Nada. Foi apenas uma conversa vazia. Não falamos nada de especial. Não sabíamos que ela seria presa dali a pouco."

Karl podia ver como ele estava sofrendo.

"Ilona era uma amiga de todos nós", disse. "Eu não entendo isso. Não entendo o que está acontecendo."

"E depois? O que aconteceu depois?"

"Bateram na porta", disse Karl.

"Sim."

"Na porta do apartamento. Estávamos no quarto dela, quero dizer, no quarto de vocês. Eles bateram com força na porta e gritaram alguma coisa que não entendemos. Ela foi até a porta e eles invadiram no momento em que ela a abriu."

"Quantos eram?"

"Cinco, talvez seis, não me lembro exatamente, algo assim. Eles se amontoaram na sala. Alguns estavam de uniforme como a polícia de rua. Outros usavam ternos comuns. Um deles era o líder. Eles obedeciam às ordens dele. Perguntaram o nome dela. Se ela era Ilona. Eles tinham uma fotografia. Talvez dos arquivos da universidade. Eu não sei. Em seguida, eles a levaram embora."

"Eles viraram tudo de cabeça para baixo!", disse ele.

"Eles levaram alguns documentos e alguns livros. Não sei quais foram", disse Karl.

"E o que Ilona fez?"

"Naturalmente ela quis saber o que eles tinham vindo fazer e ficou perguntando isso para eles. Eu também. Eles não responderam, nem para ela e nem para mim. Perguntei quem eles eram e o que queriam. Eles nem sequer olharam para mim. Ilona pediu para dar um telefonema, mas eles recusaram. Estavam lá para prendê-la e nada mais."

"Você não conseguiu perguntar para onde eles a estavam levando?", indagou Emil. "Não deu para fazer alguma coisa?"

"Não havia nada que pudesse ser feito." Karl ficou aborrecido. "Vocês têm que entender isso. Não podíamos fazer nada. Eu não podia fazer nada! Eles queriam levá-la e a levaram."

"Ela estava com medo?", perguntou ele.

Karl e Emil olharam para ele compassivos.

"Não", disse Karl. "Ela não estava com medo. Ela os provocou. Perguntou o que eles estavam procurando e se ela poderia ajudá-los a encontrar. Em seguida, eles a levaram. Ela me pediu para lhe dizer que tudo ficaria bem."

"O que ela falou?"

"Era para eu lhe dizer que tudo ficaria bem. Ela disse isso. Disse para eu transmitir isso a você. Que tudo ficaria bem."

"Ela disse isso?"

"Então eles a colocaram no carro. Eles estavam em dois carros. Eu corri atrás deles, mas não teve jeito, é claro. Eles viraram na primeira esquina e desapareceram. Foi a última vez que vi Ilona."

"O que eles querem?", ele disse, soltando um suspiro. "O que fizeram com ela? Por que ninguém me diz nada? Por que não temos todas as respostas? O que vão fazer com ela? O que eles podem fazer com ela?"

Apoiou os cotovelos na mesa e segurou a cabeça.

"Meu Deus", gemeu. "O que aconteceu?"

"Talvez tudo acabe bem", disse Emil, tentando consolá-lo. "Talvez ela já tenha voltado para casa. Talvez apareça amanhã."

Ele olhou para Emil visivelmente desanimado. Karl continuou sentado, em silêncio.

"Vocês sabiam que... não, é claro que não sabiam."

"O quê?", perguntou Emil. "O que é que não sabíamos?"

"Ela me contou um pouco antes de ser presa. Ninguém sabia."

"Ninguém sabia o quê?", perguntou Emil.

"Ela está grávida. Tinha acabado de saber. Estamos esperando um bebê. Vocês entendem? Percebem como isso é nojento? Essa porra de vigilância interativa do caralho! O que eles são? Que tipo de pessoas eles são? Pelo que estão lutando? Eles vão construir um mundo melhor espionando uns aos outros? Quanto tempo eles planejam governar pelo medo e pelo ódio?"

"Ela estava grávida?", gemeu Emil.

"Eu é que deveria estar com ela naquela hora, Karl, não você", disse ele. "Eu jamais teria permitido que eles a levassem. Jamais."

"Você está me culpando?", perguntou Karl. "Não havia nada a fazer. Eu estava impotente."

"Não", disse ele, enterrando o rosto entre as mãos para esconder as lágrimas. "Claro que não. Claro que não foi culpa sua."

Mais tarde, quando estava prestes a sair do país depois de lhe ordenarem que deixasse Leipzig e a Alemanha Oriental, ele procurou Lothar pela última vez e o encontrou no escritório da FDJ na universidade. Ele ainda não tinha uma única pista do paradeiro de Ilona. O medo e a ansiedade que o dominaram nos primeiros dias e semanas haviam dado lugar a uma quase intolerável carga de desesperança e tristeza.

No escritório, Lothar contava piadas a duas garotas que riam de algo que ele tinha dito. Os três ficaram em silêncio quando o viram entrar na sala. Ele pediu para falar com Lothar.

"O que é agora?", disse Lothar sem se mover. As duas garotas olharam para ele, sérias. Toda a alegria tinha abandonado seus rostos. A notícia da prisão de Ilona se espalhara pelo campus. Ela havia sido denunciada como traidora e dizia-se que fora mandada de volta para a Hungria. Ele sabia que era mentira.

“Eu só quero falar com você”, disse ele. “Pode ser?”

“Você sabe que eu não posso fazer nada por você. Eu já lhe disse isso. Deixe-me em paz.”

Lothar virou-se para continuar entretendo as garotas.

“Você teve alguma participação na prisão de Ilona?”, ele perguntou, falando em islandês.

Lothar virou as costas para ele e não respondeu. As garotas apenas observavam o que estava acontecendo.

“Foi você quem mandou prendê-la?”, perguntou, levantando a voz. “Foi você quem lhes disse que ela era perigosa? Que ela precisava sair de circulação? Que ela estava distribuindo propaganda antissocialista? Que ela dirigia uma célula de dissidentes? Foi você, Lothar? Foi esse o seu papel?”

Fingindo não ouvir, Lothar disse alguma coisa para as duas garotas, que sorriram tolamente para ele. Ele caminhou até Lothar e o segurou.

“Quem é você?”, ele perguntou, calmo. “Me diga.”

Lothar virou-se e o empurrou com força, em seguida caminhou até ele, agarrou-o pela lapela do paletó e jogou-o contra os armários, que chacoalharam com estrondo.

“Me deixe em paz!”, disse Lothar com os dentes cerrados.

“O que você fez com Ilona?”, ele perguntou no mesmo tom de voz tranquilo, sem tentar revidar. “Onde ela está? Me diga.”

“Eu não fiz nada”, disse Lothar entredentes. “Olhe mais de perto, seu islandês estúpido!”

Então Lothar jogou-o no chão e saiu furioso do escritório.

Quando voltava para a Islândia, ele recebeu a notícia de que o exército soviético tinha esmagado um levante na Hungria.

Ele ouviu o velho relógio dar meia-noite e pôs as cartas de volta em seu lugar.

Tinha visto pela televisão o Muro de Berlim cair e a Alemanha ser reunificada. Viu as multidões escalarem o muro e acertá-lo com martelos e picaretas como se golpeassem a própria desumanidade que o construiu.

Quando a reunificação alemã foi concluída e ele se sentiu pronto, viajou para a antiga Alemanha Oriental pela primeira vez desde que tinha estudado lá. Agora levou metade de um dia para chegar a seu destino. Voou para Frankfurt e pegou uma conexão para Leipzig. Do aeroporto pegou um táxi para o hotel, onde jantou sozinho. Não era longe do centro da cidade e do campus. Havia apenas dois casais idosos e alguns homens de meia-idade no restaurante do hotel. Talvez vendedores, pensou. Um acenou para ele quando seus olhares se encontraram.

À noite, fez uma longa caminhada, lembrou-se da primeira vez que tinha passeado pela cidade quando chegou lá como estudante e refletiu sobre como o mundo havia mudado. Deu uma olhada no bairro universitário. Seu dormitório, o antigo casarão, havia sido restaurado e agora era sede de uma empresa multinacional. O velho prédio da universidade onde ele tinha estudado estava mais sombrio na escuridão da noite do que ele se lembrava. Caminhou em direção ao centro da cidade e olhou para dentro da igreja de São Nicolau, onde acendeu uma vela em memória dos mortos. Atravessando a velha praça Karl Marx em direção à igreja de São Tomás, olhou para a estátua de Bach embaixo da qual tantas vezes eles estiveram.

Uma velha se aproximou e convidou-o a comprar flores. Com um sorriso, ele comprou um pequeno ramalhete.

Pouco depois, foi ao lugar para onde seus pensamentos tantas vezes tinham retornado. Ficou contente em ver que a casa ainda estava de pé. Ela fora parcialmente restaurada e havia luz na janela. Por mais que desejasse, não se atreveu a espiar lá dentro, mas teve a impressão de que uma família morava lá. Um aparelho de televisão exalava uma luz bruxuleante no cômodo que fora a sala da velha senhoria que havia perdido a família na guerra. Agora tudo lá dentro seria diferente, é claro. Talvez o filho mais velho estivesse dormindo em seu antigo quarto.

Ele beijou o ramalhete de flores, colocou-o diante da porta e fez o sinal da cruz sobre ele.

Alguns anos antes, ele havia voado para Budapeste e conhecido a mãe idosa de Ilona e dois irmãos. O pai dela já havia morrido, sem nunca ter conhecido o destino da filha.

Ele passou o dia com a mãe de Ilona, que lhe mostrou fotografias de quando a filha era bebê até seus anos de estudante. Os irmãos, que como ele estavam começando a envelhecer, disseram o que ele já sabia: a busca por respostas sobre Ilona tinha dado em nada. Podia sentir a amargura deles, a resignação que criara raízes havia muito tempo.

No dia seguinte à sua chegada a Leipzig, ele foi à antiga sede da polícia de segurança, ainda localizada no mesmo edifício, na rua Dittrichring, 24. No saguão, em vez de policiais na recepção, havia agora uma jovem que sorriu ao lhe entregar um folheto. Ainda capaz de falar um alemão passável, ele se apresentou como turista e pediu para dar uma olhada por ali. Outras pessoas estavam no prédio com o mesmo objetivo e entravam e saíam por portas destrancadas, livres para ir aonde quisessem. Quando ouviu seu sotaque, a jovem perguntou de onde ele era. Em seguida lhe contou que um arquivo estava sendo criado nos antigos escritórios da Stasi. Ele era bem-vindo para ouvir uma palestra que iria começar em instantes e depois passear pelo edifício. Ela lhe mostrou o corredor que levava ao local onde cadeiras haviam sido dispostas, todas ocupadas. Algumas pessoas da plateia estavam de pé, encostadas na parede. A palestra foi sobre a prisão de escritores dissidentes nos anos 1970.

Após a palestra, ele foi à sala onde Lothar e o homem de bigode espesso o tinham interrogado. A porta da próxima cela estava aberta e ele entrou. Pensou mais uma vez que Ilona poderia ter estado ali. Havia pichações e arranhões nas paredes, feitos com colheres, ele supôs.

Ele tinha feito um pedido formal para olhar os arquivos, quando os registros da Stasi foram abertos após a queda do Muro de Berlim. O propósito era ajudar as pessoas a pesquisarem o destino de seus entes queridos que haviam desaparecido ou encontrar informações sobre si mesmas recolhidas por vizinhos, colegas, amigos e familiares, sob o sistema de vigilância interativa. Jornalistas, acadêmicos e pessoas que suspeitavam ter sido documentados nos arquivos podiam solicitar o acesso, o que ele tinha feito por carta e telefone, da Islândia. Os solicitantes deviam explicar em detalhe por que precisavam analisar os arquivos e o que estavam procurando. Ele sabia que milhares de sacos enormes de papel marrom repletos de documentos haviam sido retalhados nos últimos dias do regime da Alemanha Oriental; uma enorme equipe fora destacada para remontá-los. A quantidade de registros era inacreditável.

A viagem dele à Alemanha Oriental não produziu resultados. Não importava como pesquisasse, não conseguiu encontrar uma única informação sobre Ilona. Disseram-lhe que o arquivo dela provavelmente tinha sido destruído. Tudo indicava que ela fora enviada a um campo de trabalho ou gulag na antiga União Soviética, portanto havia uma pequena chance de ele encontrar algum registro sobre ela em Moscou. Também era possível que tivesse morrido sob custódia da polícia em Leipzig ou em Berlim, se tivesse sido enviada para lá.

Ele também não encontrou nenhuma informação nos arquivos da Stasi sobre quem tinha sido o traidor que havia entregado sua amada à polícia de segurança.

* * *

Ele se sentou e esperou a polícia ligar. Foi assim durante todo o verão; agora era outono e nada tinha acontecido ainda. Certo de que mais cedo ou mais tarde a polícia bateria à sua porta, ele às vezes se perguntava como iria reagir. Será que se comportaria com indiferença, negando as acusações e fingindo surpresa? Ia depender de que evidências eles teriam. Ele não fazia ideia do que poderia ser, mas imaginava que seriam substanciais, se tivessem conseguido ligar uma pista até ele.

Olhou para o espaço e se deixou levar mais uma vez para os anos de Leipzig.

Quatro palavras de seu último encontro com Lothar tinham permanecido gravadas em sua mente até hoje, e lá permaneceriam para sempre. Quatro palavras que diziam tudo.

Olhe mais de perto.

29.

Erlendur e Elínborg chegaram sem avisar, sabendo muito pouco sobre o homem que estavam indo ver, exceto que seu nome era Hannes e que havia estudado em Leipzig. Ele administrava uma hospedaria em Selfoss e cultivava tomates como atividade secundária. Eles sabiam onde ele morava, então foram direto para lá e estacionaram em frente a um bangalô idêntico a todos os outros da pequena cidade, a não ser pelo fato de não receber pintura há muito tempo e ter uma área cimentada na frente, onde antes talvez houvesse uma garagem. O jardim ao redor da casa era bem cuidado, com sebes e flores e uma pequena casa de pássaros.

No jardim viram um homem que eles julgaram estar na casa dos setenta anos lutando com um cortador de grama. O motor não pegava e ele estava claramente ofegante por ficar puxando o cordão de partida, que, assim que era solto, disparava de volta para seu buraco como se fosse uma cobra. Ele não notou a presença dos dois até vê-los de pé a seu lado.

"Uma sucata velha, não é?", observou Erlendur olhando para o cortador de grama e tragando a fumaça do cigarro. Ele o havia acendido assim que saiu do carro. Elínborg o proibira de fumar no trajeto. Seu carro já era ruim o bastante de qualquer maneira.

O homem levantou a cabeça e olhou para aqueles dois desconhecidos em seu jardim. Tinha barba grisalha e cabelos grisalhos que estavam começando a ficar ralos, uma testa alta e inteligente, sobrancelhas grossas e olhos castanhos alertas. Sobre o nariz, óculos que deviam ter estado na moda uns trinta anos antes.

"Quem são vocês?", perguntou.

"Seu nome é Hannes?", respondeu Elínborg com outra pergunta.

O homem disse que sim, avaliando-os com o olhar.

"Vocês querem tomates?", perguntou.

"Talvez", disse Erlendur. "Estão bons? A Elínborg aqui é uma especialista."

"O senhor não estudou em Leipzig nos anos 1950?", perguntou Elínborg.

O homem olhou para ela como se tivesse entendido a pergunta, mas não a razão de ela estar sendo feita. Elínborg repetiu.

"O que significa isso? Quem são vocês? Por que estão me perguntando sobre Leipzig?"

"O senhor foi para lá pela primeira vez em 1952, não foi?", afirmou Elínborg.

"Isso mesmo", disse ele, surpreso. "E daí?"

Elínborg explicou que a investigação sobre o esqueleto encontrado no lago Kleifarvatn na primavera havia apontado para estudantes islandeses na Alemanha Oriental. Essa tinha sido apenas uma das muitas questões levantadas que se ligavam ao caso, ela disse, sem mencionar o dispositivo de espionagem russo.

"Eu... o quê... quero dizer...", gaguejou Hannes. "O que isso tem a ver com quem estudou na Alemanha?"

"Leipzig, para ser absolutamente preciso", disse Erlendur.

"Estamos investigando um homem em especial, um homem chamado Lothar. Esse nome o faz lembrar de alguma coisa? Um alemão. Lothar Weiser."

Hannes olhou para eles espantado, como se tivesse acabado de ver um fantasma. Olhou para Erlendur e de novo para Elínborg.

"Eu não posso ajudá-los", disse.

"Não vamos demorar muito", disse Erlendur.

"Desculpe, esqueci tudo aquilo. Foi há muito tempo."

"Se o senhor pudesse, por favor...", disse Elínborg, mas Hannes a interrompeu.

"Por favor, vão embora. Não tenho nada para dizer a vocês. Não posso ajudá-los. Não tenho falado sobre Leipzig há muito tempo e não vou começar agora. Esqueci e não pretendo ser interrogado. Vocês não vão conseguir nada falando comigo."

Ele voltou para a corda de arranque de sua máquina de cortar grama e mexeu no motor. Erlendur e Elínborg se entreolharam.

"O que o faz pensar isso?", disse Erlendur. "O senhor nem sabe o que queremos."

"Não sei e nem quero saber. Deixem-me em paz."

"Isto não é um interrogatório", disse Elínborg. "Mas se o senhor quiser, podemos levá-lo para um interrogatório. Se o senhor preferir."

"Você está me ameaçando?", disse Hannes, levantando os olhos do cortador de grama.

"Que mal há em responder algumas perguntas?", disse Erlendur.

"Eu não sou obrigado a fazer isso se não quiser, e eu não pretendo fazer isso. Adeus."

Elínborg estava prestes a dizer alguma coisa que, a julgar pela expressão de seu rosto, seria uma repreensão, mas antes que ela tivesse a chance, Erlendur pegou-a pelo braço e arrastou-a em direção ao carro.

"Se ele pensa que vai longe com esse papo furado...", Elínborg começou a dizer quando eles estavam sentados no carro, mas Erlendur a interrompeu.

"Vou tentar acalmar as coisas e, se isso não funcionar, problema dele. Então nós o levamos para um interrogatório formal", disse Erlendur.

Ele saiu do carro e voltou para Hannes. Elínborg observou-o. Hannes tinha finalmente conseguido dar a partida na máquina e estava cortando a grama. Ele ignorou Erlendur, que se postou à sua frente e desligou a máquina.

"Eu levei duas horas para conseguir dar a partida!", gritou Hannes. "Do que se trata tudo isto?"

"Temos que fazer isso", disse Erlendur calmamente, "mesmo que não seja divertido para nenhum de nós. Desculpe. Podemos fazê-lo agora e ser rápidos ou então enviarmos um carro da polícia para vir buscá-lo. E talvez o senhor não vá dizer nada no dia, por isso vamos mandar buscá-lo de novo no dia seguinte, e no outro, até que o senhor se torne um dos nossos frequentadores habituais."

"Eu não gosto de que as pessoas me pressionem!"

"Nem eu", disse Erlendur.

Ficaram se encarando, com o cortador de grama entre eles. Nenhum queria ceder. Elínborg ficou olhando o impasse de dentro do carro, balançou a cabeça e pensou: Homens!

"Tudo bem", disse Erlendur. "Nos vemos em Reykjavík."

Ele se virou e caminhou de volta para o carro. Franzindo a testa, Hannes ficou olhando para ele.

"Isso vai para os seus arquivos?", gritou nas costas de Erlendur. "Se eu falar com vocês?"

"O senhor tem medo de arquivos?", perguntou Erlendur, virando-se.

"Eu não quero ser citado. Não quero nenhum arquivo sobre mim ou sobre o que eu disser. Não quero nenhuma espionagem."

"Tudo bem", disse Erlendur. "Eu também não quero."

"Eu não penso sobre isso há décadas", disse Hannes. "Tentei esquecer."

"Esquecer o quê?", perguntou Erlendur.

"Foram tempos estranhos. Fazia tempo que eu não ouvia o nome de Lothar. O que ele tem a ver com o esqueleto em Kleifarvatn?"

Por um bom tempo Erlendur apenas ficou olhando para ele, até que Hannes limpou a garganta e disse que talvez eles devessem entrar. Erlendur assentiu com a cabeça e acenou para Elínborg, chamando-a.

"Minha mulher morreu há quatro anos", disse Hannes ao abrir a porta. Contou que seus filhos às vezes passavam por lá para um passeio de domingo pelo campo, mas que, fora isso, ele vivia sozinho e preferia assim. Perguntaram-lhe sobre outros detalhes de sua vida e quanto tempo ele morava em Selfoss. Ele disse que se mudara há cerca de vinte anos. Ele era engenheiro e teve uma grande empresa ligada a projetos hidrelétricos, mas perdera o interesse pelo assunto, mudando-se de Reykjavík e se estabelecendo em Selfoss, onde gostava de viver.

Quando trouxe o café para a sala, Erlendur perguntou-lhe sobre Leipzig. Hannes tentou explicar como fora ser um estudante lá em meados dos anos 1950 e, antes que pudesse se dar conta, estava contando a eles sobre os racionamentos, o trabalho voluntário, a limpeza dos escombros, os desfiles do Dia da República, Ulbricht, a presença obrigatória em palestras sobre o socialismo, as opiniões dos estudantes islandeses sobre o socialismo, atividades antipartidárias, a Juventude Livre Alemã, o poder soviético, a economia planificada, os coletivos e a vigilância interativa, que assegurava que ninguém ficasse impune por causar problemas e que eliminava todas as críticas. Contou-lhes sobre as amizades que se formaram entre os estudantes islandeses, os ideais que eles discutiam e sobre o socialismo como uma alternativa real ao capitalismo.

"Não acho que ele esteja morto", disse Hannes, como se chegasse a algum tipo de conclusão. "Acho que ele está muito vivo, mas de uma forma diferente daquela que chegamos a imaginar. É o socialismo que torna suportável para nós viver sob o capitalismo."

"O senhor ainda é socialista?", perguntou Erlendur.

"Sempre fui", disse Hannes. "O socialismo não tem relação com a desumanidade escancarada em que Stálin o transformou nem com as ridículas ditaduras que se desenvolveram na Europa Oriental."

"Mas todo mundo não se juntou para cantar louvores a esse engodo?", disse Erlendur.

"Não sei", disse Hannes. "Eu não fiz isso, depois de ver como o socialismo era praticado na Alemanha Oriental. Na verdade, fui deportado por não ser submisso o suficiente. Por não querer chafurdar na rede de espiões que eles mantinham e que era descrita tão poeticamente como interativa. Eles achavam aceitável que crianças espionassem os pais e os denunciassem se eles se desviassem da linha do partido. Isso nada tem a ver com socialismo. É medo de perder o poder. O que, é claro, no fim acabou acontecendo."

"E o que seria chafurdar?", perguntou Erlendur.

"Eles queriam que eu espionasse meus companheiros islandeses. Eu me recusei. Outras coisas que vi e ouvi lá fizeram com que eu me rebelasse. Eu não ia às palestras obrigatórias. Eu criticava o sistema. Não abertamente, é claro, porque você nunca criticava coisa alguma em voz alta, apenas discutia as falhas do sistema com pequenos grupos de pessoas em quem você confiava. Havia células dissidentes na cidade, jovens que se reuniam secretamente. Cheguei a conhecê-los. É Lothar quem vocês encontraram no Kleifarvatn?"

"Não", disse Erlendur. "Ou melhor, não sabemos."

"Quem eram 'eles'?", perguntou Elínborg. "O senhor disse que 'eles' queriam que o senhor espionasse seus companheiros."

"Lothar Weiser, por exemplo."

"Por que ele?", perguntou Elínborg. "O senhor sabe?"

"Na teoria, ele era um estudante, mas não parecia levar as coisas a sério e fazia o que lhe dava vontade. Falava um islandês fluente, e acreditávamos que ele estava lá explicitamente sob as ordens do partido ou da organização estudantil, o que dava na mesma. Não havia dúvida que uma de suas funções era manter um olho nos alunos e tentar obter a cooperação deles."

"Que tipo de cooperação?", perguntou Elínborg.

"De todo tipo", disse Hannes. "Se você conhecesse alguém que ouvia rádios ocidentais, deveria informar um funcionário da FDJ sobre essa pessoa. Se alguém comentasse que não dava a mínima para a limpeza dos escombros ou para fazer trabalho voluntário, você deveria informar sobre essa pessoa. E havia infrações mais graves, como ventilar pontos de vista antissocialistas. Não comparecer ao desfile do Dia da República também era visto como um sinal de oposição, em vez de simples preguiça de ir. O mesmo acontecia se você cabulasse aquelas palestras inúteis da FDJ sobre valores socialistas. Tudo estava sob um controle rígido, e Lothar era um dos que participavam disso. Éramos incentivados a relatar as atividades dos outros. Você não estaria demonstrando o espírito correto se não informasse."

"Lothar poderia ter pedido a outros islandeses que lhe passassem informações?", perguntou Erlendur. "Ele poderia ter pedido que outras pessoas espionassem seus companheiros?"

"Sem dúvida. Tenho certeza que ele fez isso", disse Hannes. "Eu imagino que ele tentou com cada um deles."

"E?"

"E nada."

"Existia algum tipo de recompensa especial por ser cooperativo? Ou era algo puramente idealista?", perguntou Elínborg. "Espionar os vizinhos?"

"Havia sistemas de recompensa àqueles que desejavam impressionar. Às vezes, um aluno ruim que era leal à linha do partido e politicamente idôneo ganhava uma bolsa de estudos maior do que a de um estudante brilhante que tinha notas muito mais altas mas não era politicamente ativo. O sistema funcionava desse jeito. Quando um aluno indesejável era expulso, como eu fui no final das contas, era importante para os outros alunos mostrar que estavam aliados aos burocratas do partido. Os alunos ganhavam créditos quando denunciavam um infrator para mostrar lealdade com a linha geral do partido, como era chamada. A Juventude Livre Alemã encarregava-se da disciplina. Era a única organização estudantil autorizada a atuar, e tinha muito poder. Não pertencer a ela era malvisto. O mesmo se dava com o comparecimento às palestras."

"O senhor disse que havia células dissidentes", observou Erlendur.

"Nem sei se poderíamos chamá-las de células dissidentes", disse Hannes. "Mas havia jovens que se reuniam para ouvir emissoras de rádio ocidental e falar sobre Bill Haley e Berlim Ocidental, onde muitos deles haviam estado, ou até mesmo sobre religião, de que os funcionários do partido não gostavam muito. E havia grupos dissidentes de fato, que queriam lutar por reformas na estrutura política, por democracia real, liberdade de expressão e de imprensa. Estes foram esmagados."

"O senhor disse que Lothar Weiser, 'por exemplo', pediu-lhe que espionasse. Quer dizer que havia outros como ele?", perguntou Erlendur.

"Sim, claro. A sociedade era estritamente controlada, tanto a universidade quanto a população em geral. E as pessoas temiam a vigilância. Os comunistas ortodoxos participaram disso integralmente, os céticos tentaram evitá-la e lidaram com o fato de ter de viver debaixo dela, mas acho que a maioria das pessoas percebeu um conflito com tudo o que o socialismo significa."

"O senhor conheceu algum estudante islandês que tivesse trabalhado para Lothar?"

"Por que você está perguntando isso?", indagou Hannes.

"Precisamos saber se ele esteve em contato com algum islandês quando veio para cá como adido comercial na década de 1960", explicou Erlendur. "É uma verificação perfeitamente normal. Não estamos querendo espionar as pessoas, apenas reunindo informações por causa do esqueleto que encontramos."

Hannes olhou para eles.

"Não conheço nenhum islandês que tivesse dado muita atenção ao sistema, exceto, talvez, Emil", disse. "Acho que ele estava agindo sob disfarce. Eu disse isso a Tómas uma vez, quando ele me fez a mesma pergunta. Na verdade, isso foi muito depois. Ele veio aqui me fazer exatamente a mesma pergunta."

"Tómas?", disse Erlendur. Ele se lembrou do nome na lista de estudantes na Alemanha Oriental. "O senhor mantém contato com ex-alunos de Leipzig?"

"Não, não tenho muito contato com eles, e nunca tive", afirmou Hannes. "Mas Tómas e eu tínhamos uma coisa em comum: nós dois fomos expulsos. Como eu, ele voltou para casa antes de terminar o curso. Mandaram-no embora. Ele me procurou quando voltou para a Islândia e me contou sobre sua namorada, uma garota húngara chamada Ilona. Eu a conhecia vagamente. Ela não era do tipo que seguia a linha do partido, para dizer o mínimo. Sua formação foi bastante diferente. Na época, o clima na Hungria era mais liberal. Os jovens estavam começando a dizer o que pensavam sobre a hegemonia soviética que recobria toda a Europa Oriental."

"Por que ele lhe contou sobre ela?", perguntou Elínborg.

"Ele estava arrasado quando veio me ver. Era uma sombra do que havia sido. Lembrava-me dele quando estava feliz, confiante e cheio de ideais socialistas. Lutou por eles. Veio de uma família íntegra da classe trabalhadora."

"Por que ele estava arrasado?"

"Porque ela desapareceu", disse Hannes. "Ilona foi presa em Leipzig e nunca mais foi vista. Isso o destruiu. Ele me contou que Ilona estava grávida quando desapareceu. Contou com lágrimas nos olhos."

"E ele veio vê-lo novamente mais tarde?", perguntou Erlendur.

"Foi muito estranho, na verdade. Ele aparecer depois de todos aqueles anos para relembrar. Eu tinha esquecido do assunto todo, mas era óbvio que Tómas não. Lembrava-se de tudo. Cada detalhe, como se tivesse acontecido ontem."

"O que ele queria?", perguntou Elínborg.

"Ele me perguntou sobre Emil", disse Hannes. "Se ele trabalhava para Lothar. Se eram próximos. Não sei por que ele queria saber, mas eu lhe disse que tinha provas de que Emil precisava estar nas boas graças de Lothar."

"Que tipo de prova?", perguntou Elínborg.

"Emil era um estudante incompetente. Ele realmente não pertencia à universidade, mas era um bom socialista. Tudo o que dizíamos ia direto para Lothar, e Lothar garantia que Emil conseguisse uma boa bolsa de estudos e boas notas. Tómas e Emil foram bons amigos."

"Que provas o senhor tinha?", repetiu Elínborg.

"Meu professor de engenharia foi quem me contou, quando me despedi dele. Depois que fui expulso. Ele ficou triste por não me deixarem terminar o curso. Todo o corpo docente comentava sobre isso, ele disse. Os professores não gostavam de estudantes como Emil, mas não podiam fazer nada. Também não gostavam de Lothar e dos da sua laia. O professor contou que Emil devia ser valioso para Lothar porque dificilmente havia um estudante pior que ele por lá, mas Lothar ordenara às autoridades universitárias que não o reprovassem. A FDJ sancionou a medida e Lothar estava por trás dela."

Hannes fez uma pausa.

"Emil era o mais leal de todos nós", disse ele depois de um tempo. "Um comunista linha-dura e stalinista."

"Por que...", começou Erlendur, mas Hannes continuou como se sua mente estivesse em outro lugar.

"Foi tudo um grande choque", disse, olhando para a frente. "O sistema todo. Testemunhamos a ditadura absoluta do partido, medo e repressão. Alguns tentaram contar aos membros do partido daqui sobre isso quando voltaram, mas não houve nenhum progresso. Sempre achei o socialismo praticado na Alemanha Oriental uma espécie de sequela do nazismo. Daquela vez eles estavam sob o tacão russo, é claro, mas logo fiquei com a sensação de que o socialismo na Alemanha Oriental era, essencialmente, apenas outro tipo de nazismo."

30.

Hannes pigarreou e olhou para eles. Os dois podiam ver como ele estava tendo dificuldades em falar sobre seus dias de estudante. Ele não parecia ter o hábito de recordar os anos em Leipzig. Erlendur o obrigara a se sentar e a se abrir.

"Há alguma coisa que vocês precisem saber?", perguntou Hannes.

"Então Tómas aparece anos depois de ter deixado Leipzig para lhe perguntar sobre Emil e Lothar, e o senhor diz a ele que tem prova de que eles atuavam juntos", disse Erlendur. "Emil realizava a importante tarefa de monitorar os alunos e informar Lothar sobre eles."

"Sim", disse Hannes.

"Por que Tómas esteve aqui perguntando sobre Emil, e quem é Emil?"

"Ele não me disse por quê, e eu sei muito pouco sobre Emil. A última coisa que ouvi é que ele estava vivendo no exterior. Acho que desde que estudamos na Alemanha. Ele nunca voltou para cá, pelo que sei. Há alguns anos, encontrei um dos estudantes de Leipzig, Karl. Nós dois estávamos viajando por Skaftafell, começamos a falar dos velhos tempos e ele disse que achava que Emil havia decidido morar no exterior após a universidade. Ele nunca mais o tinha visto nem ouvido falar dele desde então."

"E Tómas, o senhor sabe alguma coisa sobre ele?", perguntou Erlendur.

"Na verdade, não. Ele fez engenharia em Leipzig, mas não sei se trabalhou na área. Foi expulso. Eu só o encontrei uma vez depois que ele voltou da Alemanha, quando veio me perguntar sobre Emil."

"Conte-nos sobre isso", disse Elínborg.

"Não há muito para contar. Ele apareceu e nós relembramos os velhos tempos."

"Por que ele estava interessado em Emil?", perguntou Erlendur.

Hannes olhou para os dois novamente.

"Acho que vou fazer mais um pouco de café", disse e se levantou.

Hannes contou-lhes que naquela época morava em uma casa nova no bairro Vogar, em Reykjavík. Uma noite, a campainha tocou. Quando ele abriu, Tómas estava parado nos degraus. Era outono e o clima estava ruim, o vento sacudia as árvores do jardim e a chuva batia contra a casa. A princípio, Hannes não reconheceu o visitante e se surpreendeu ao perceber que era Tómas. Ficou tão perplexo que não lhe ocorreu convidá-lo para sair da chuva.

"Desculpe incomodá-lo desse jeito", disse Tómas.

"Não, tudo bem", disse Hannes. Então se deu conta: "Que tempo horrível. Entre, entre".

Tómas tirou o casaco e cumprimentou a mulher de Hannes; os filhos do casal saíram para olhar quem havia chegado e ele sorriu para os dois. Hannes tinha um pequeno estúdio no porão e, quando eles terminaram de tomar café e de conversar sobre o tempo, convidou Tómas para descer. Sentiu Tómas pouco à vontade, alguma coisa parecia corroê-lo. Ele se mostrava nervoso e um pouco constrangido por estar visitando pessoas que ele na verdade não conhecia. Eles não tinham sido amigos em Leipzig. A mulher de Hannes nunca ouvira o nome de Tómas ser mencionado.

Depois de se acomodarem no porão, relembraram os anos de Leipzig por algum tempo; os dois sabiam onde alguns alunos estavam, mas de outros nada sabiam. Hannes percebeu Tómas avançar lentamente na direção do objetivo daquela visita, e pensou que teria gostado de conhecê-lo melhor. Lembrou-se da primeira vez que o viu na biblioteca da universidade. Recordou a impressão de timidez educada que ele lhe passara.

Ciente do desaparecimento de Ilona, ele se lembrou da vez em que Tómas o procurara, recém-chegado da Alemanha Oriental, um homem completamente mudado, para lhe contar o que tinha acontecido. Sentiu pena de Tómas. Em um momento de raiva, Hannes lhe enviara um bilhete culpando-o por sua expulsão de Leipzig. Mas quando a raiva desapareceu e ele estava de volta à Islândia, percebeu que a culpa não era de Tómas, mas sua, por ter desafiado o sistema. Tómas mencionou o bilhete e disse que aquilo corroía sua mente. Hannes disse-lhe que o esquecesse, que tinha sido escrito em um ataque de raiva e que não representava a verdade. Eles se reconciliaram. Tómas contou que havia entrado em contato com os líderes do partido para saber de Ilona e que eles tinham prometido fazer investigações na Alemanha Oriental. Foi severamente criticado por ter sido expulso, por abusar de sua posição e da confiança que haviam depositado nele. Tómas contou ter admitido seu erro e que estava arrependido. Disse-lhes o que eles queriam ouvir. Seu único objetivo era ajudar Ilona. Foi tudo em vão.

Tómas mencionou o boato de que Ilona e Hannes já tinham saído juntos algumas vezes e que Ilona queria se casar para deixar o país. Hannes disse que aquilo era novidade para ele. Tinha participado de algumas reuniões e visto Ilona lá, mas depois desistiu de se envolver com política.

E agora Tómas estava sentado à sua frente mais uma vez, em sua casa. Fazia doze anos desde a última vez que tinham se encontrado. Ele começou a falar sobre Lothar e, finalmente, parecia estar chegando ao ponto.

"Eu queria lhe perguntar sobre Emil", disse Tómas. "Você sabe que fomos bons amigos na Alemanha."

"Sim, eu sei."

"Será que Emil tinha, digamos, alguma ligação especial com Lothar?"

Ele assentiu com a cabeça. Embora não gostasse de difamar as pessoas, não era amigo de Emil e achava que sabia que tipo de pessoa ele era. Hannes repetiu as palavras do professor sobre Emil e Lothar. Como elas confirmaram suas suspeitas. Que Emil tinha estado ativamente empenhado na vigilância interativa e se beneficiado de sua lealdade para com a organização estudantil e o partido.

"Você já se perguntou se Emil desempenhou algum papel na sua expulsão?", perguntou Tómas.

"É impossível dizer. Qualquer um poderia ter me dedurado para a FDJ — mais de uma pessoa, mais de duas. Eu culpei você, como se lembra. Escrevi aquele bilhete para você. Fica muito complicado falar com as pessoas quando você não sabe o que pode dizer. Mas não fiquei remoendo isso. Já acabou e passou há muito tempo. Enterrado e esquecido."

"Você sabia que Lothar está na Islândia?", perguntou Tómas de repente.

"Lothar? Na Islândia? Não, não sabia."

"Ele está ligado à embaixada da Alemanha Oriental, é algum tipo de funcionário lá. Eu o encontrei por acaso — na verdade não o encontrei; eu o vi. Ele estava indo para a embaixada e eu caminhava pela Aegisída. Moro no lado oeste da cidade. Ele não me viu. Eu estava um pouco distante, mas era ele, sem dúvida. Em Leipzig o acusei de estar envolvido no desaparecimento de Ilona e ele me disse: 'Olhe mais de perto'. Mas não entendi o que ele quis dizer. Agora acho que entendo."

Eles pararam de falar.

Hannes olhou para Tómas e percebeu como seu antigo colega estava se sentindo impotente e sozinho no mundo, e quis fazer alguma coisa por ele.

"Se eu puder ajudá-lo com... você sabe, se eu puder fazer alguma coisa por você..."

"O professor disse que Emil estava trabalhando para Lothar e que se favorecia disso?"

"Disse."

"Você sabe o que aconteceu com Emil?"

"Ele não está morando no exterior? Acho que não voltou depois que terminou o curso."

Eles ficaram em silêncio novamente.

"Essa história sobre mim e Ilona, quem lhe disse isso?", perguntou Hannes.

"Lothar."

Hannes não sabia como continuar.

"Não sei se devo lhe contar", acrescentou por fim, "mas ouvi mais alguma coisa um pouco antes de ir embora. Você estava tão chateado quando voltou da Alemanha e eu não quis espalhar boatos. De qualquer forma, já há muitos por aí. Mas me disseram que Emil estava tentando sair com Ilona antes de vocês começarem a sair."

Tómas olhou para ele.

"Foi o que eu ouvi", disse Hannes, vendo Tómas empalidecer diante da informação. "Pode não ser verdade."

"Você está dizendo que eles saíram juntos antes que eu...?"

"Não, Emil estava tentando. Ele costumava bisbilhotar a vida dela, fazia trabalho voluntário com ela e..."

"Emil e Ilona?", gemeu Tómas sem acreditar, como que incapaz de captar a ideia.

"Ele estava apenas tentando, isso foi tudo que ouvi", Hannes apressou-se a dizer, imediatamente lamentando suas palavras. Pela expressão no rosto de Tómas, concluiu que nunca deveria ter mencionado aquilo.

"Quem lhe disse isso?", perguntou Tómas.

"Não me lembro, e pode não ser verdade."

"Emil e Ilona? Ela não gostava dele?"

"Não", disse Hannes. "Foi o que eu ouvi. Ela não estava interessada nele. Mas Emil ficou magoado."

Eles fizeram uma pausa.

"Ilona nunca comentou com você?"

"Não", disse Tómas. "Nunca."

"Então ele foi embora", disse Hannes, olhando para Erlendur e Elínborg. "Eu nunca mais o vi e não faço ideia se está vivo ou morto."

"Deve ter sido uma experiência desagradável para o senhor em Leipzig", comentou Erlendur.

"As piores coisas eram ser espionado e as suspeitas sem fim. Mas foi um bom lugar para estar de muitas outras maneiras. Talvez não estivéssemos todos felizes por ver de perto o glorioso rosto do socialismo, mas a maioria de nós tentou viver com os inconvenientes. Alguns tiveram mais facilidade que outros. Em termos de educação, era uma instituição modelo. Uma maioria esmagadora de alunos era filha de agricultores e operários. Isso nunca aconteceu em lugar nenhum depois, e nem antes havia acontecido."

"Por que Tómas apareceu depois de todos aqueles anos lhe perguntando sobre Emil?", disse Elínborg. "O senhor acha que ele foi procurar Emil?"

"Eu não sei. Ele nunca me falou."

"Essa garota, Ilona", disse Erlendur, "sabe-se alguma coisa sobre ela?"

"Acho que não. Eram tempos estranhos por causa da Hungria, onde mais tarde tudo entrou em erupção. Eles não iam deixar o mesmo acontecer em outros países comunistas. Não havia margem de manobra para troca de pontos de vista, crítica ou debates. Não acho que alguém saiba o que aconteceu com Ilona. Tómas nunca descobriu. Pelo menos eu acho que não, embora isso não tenha nada a ver comigo. Nem esse período em minha vida. Eu o deixei para trás há muito tempo e não gosto de falar sobre ele. Foram tempos horríveis. Horríveis."

"Quem lhe contou sobre Emil e Ilona?", perguntou Elínborg.

"Um sujeito chamado Karl", disse Hannes.

"Karl?", disse Elínborg.

"Isso mesmo."

"Ele estava em Leipzig também?", perguntou ela.

Hannes assentiu com a cabeça.

"O senhor conhece algum islandês que pudesse ter um dispositivo de escuta russo na década de 1960?", perguntou Erlendur. "Quem poderia estar metido em espionagem?"

"Um dispositivo de escuta russo?"

"Sim, não posso entrar em detalhes, mas será que lhe ocorre alguém?"

"Bem, se Lothar era um adido da embaixada, ele seria um candidato", disse Hannes. "Eu não consigo imaginar isso... você está... você não está falando de um espião islandês, está?"

“Não, acho que seria uma coisa bizarra”, disse Erlendur.

“É como eu falei, não tenho uma resposta para isso. Quase não tive contato com o grupo de Leipzig. Não sei nada sobre espionagem russa.”

“Por acaso o senhor não teria uma fotografia de Lothar Weiser?”, perguntou Erlendur.

“Não”, disse Hannes. “Não tenho muitos objetos daqueles anos.”

“Emil parece ter sido uma figura discreta”, comentou Elínborg.

“Pode ser. Como eu disse, acho que ele sempre morou no exterior. Na verdade eu... a última vez que o vi... foi logo depois que Tómas me fez aquela visita estranha. Vi Emil no centro de Reykjavík. Eu não o via desde Leipzig, e foi apenas um vislumbre, mas tenho certeza de que era Emil. Mas, como eu digo, não sei mais nada sobre o homem.”

“Então o senhor não falou com ele?”, perguntou Elínborg.

“Falar com ele? Não, não consegui. Ele entrou num carro e foi embora. Só o vi por uma fração de segundo, mas sem dúvida era ele. Lembro-me disso por causa do choque de, de repente, reconhecê-lo.”

“O senhor se lembra que tipo de carro era?”, perguntou Erlendur.

“Que tipo?”

“O modelo, cor?”

“Era preto”, disse Hannes. “Eu não entendo de carros, mas me lembro que era preto.”

“Poderia ter sido um Ford?”

“Não sei.”

“Um Ford Falcon?”

“Como eu disse, só lembro que era preto.”

31.

Ele colocou a caneta em cima da mesa. Tentara ser o mais claro e sucinto possível em seu relato sobre os eventos em Leipzig e, mais tarde, na Islândia. O texto tinha mais de setenta páginas cuidadosamente escritas que ele levou vários dias para produzir, e ainda não tinha terminado a conclusão. Ele estava decidido. Conformado com o que ia fazer.

Tinha chegado ao ponto, em sua narrativa, em que estava andando pela rua Aegisída quando viu Lothar Weiser se aproximando de uma das casas. Embora não visse Lothar havia anos, reconheceu-o imediatamente. Com a idade, Lothar havia engordado e agora andava com mais dificuldade; não percebeu que alguém o observava. Tómas tinha estacado e olhado com espanto para Lothar. Assim que a surpresa passou, sua primeira reação foi manter-se fora de vista, por isso deu meia-volta e muito lentamente refez seus passos. Observou Lothar passar pelo portão, fechá-lo com cuidado e desaparecer atrás da casa. Ele supôs que o alemão tinha entrado pela porta dos fundos. Notou uma placa que dizia: "Delegação Comercial da República Democrática Alemã".

Do lado de fora, na calçada, olhava para a casa, paralisado. Era hora do almoço e ele tinha saído para uma caminhada porque o tempo estava bom. Normalmente, usaria seu intervalo de uma hora de almoço para ir para casa. Trabalhava em uma companhia de seguros no centro da cidade. Estava lá havia dois anos e gostava de seu emprego de garantir bons seguros para as famílias. Olhou para o relógio e percebeu que estava na hora de voltar.

No final da tarde, saiu para outra caminhada, como às vezes fazia. Por ser sistemático, geralmente percorria as mesmas ruas no quadrante oeste e perto da praia na Aegisída. Andava devagar e olhava através das janelas da casa, esperando ter um vislumbre de Lothar, mas não viu nada. Apenas duas janelas achavam-se iluminadas e ele não conseguiu perceber ninguém lá dentro. Estava prestes a voltar para casa, quando um Volga preto saiu de repente da entrada para carros ao lado da casa e entrou na Aegisída, afastando-se dele.

Não sabia o que estava fazendo. Não sabia o que esperava ver ou o que iria acontecer. Mesmo que visse Lothar sair da casa, não sabia se deveria chamá-lo ou simplesmente segui-lo. O que iria dizer a ele?

Nas noites seguintes, ele caminhava sempre pela Aegisída e passava pela casa, até que uma noite viu três pessoas saindo de lá. Duas entraram em um Volga preto e foram embora, enquanto a terceira, Lothar, depois de se despedir delas, entrou na rua Hofsvallagata em direção ao centro da cidade. Eram quase oito da noite, e ele o seguiu. Lothar foi caminhando devagar até a rua Túngata, entrou na Gardastraeti e seguiu até a rua Vesturgata, onde entrou no restaurante Naustid.

Ele permaneceu duas horas esperando do lado de fora do restaurante, enquanto Lothar jantava. Era outono e as noites começavam a ficar muito mais frias, mas ele estava vestido de maneira adequada, com um casaco de inverno, um cachecol e um boné com abas para proteger as orelhas. Participar daquele jogo infantil de espiões o fazia se sentir um pouco tolo. Manteve-se principalmente na rua Fischersund, tentando não perder de vista a porta do restaurante. Lothar enfim reapareceu, desceu a Vesturgata e seguiu pela Austurstraeti em direção ao bairro Thingholt. Na rua Bergstadastraeti, parou diante de um pequeno barracão no quintal de uma casa não muito longe do Hotel Holt. A porta abriu e alguém deixou Lothar entrar. Ele não viu quem era.

Não conseguia imaginar o que estava acontecendo e, levado pela curiosidade, aproximou-se hesitante do barracão. As luzes da rua não chegavam tão longe e ele avançou com cuidado, quase no escuro. Havia um cadeado na porta. Moveu-se lenta e cautelosamente até uma pequena janela na lateral do barracão e olhou para dentro. Uma lâmpada fora acesa sobre uma bancada e com a ajuda de sua luz ele viu dois homens.

Um deles estendeu a mão para pegar algo sob a luz. De repente ele viu quem era e afastou o rosto rapidamente da janela. Foi como se tivesse sido atingido no rosto.

Era seu velho amigo e também estudante em Leipzig, que ele não tinha visto durante todos aqueles anos.

Emil.

Afastou-se cuidadosamente do barracão e voltou para a rua, onde esperou um longo tempo até Lothar reaparecer. Emil estava com ele. Emil desapareceu na escuridão ao lado do barracão, enquanto Lothar se pôs a caminhar novamente na direção oeste da cidade. Ele não fazia ideia de que tipo de contato Emil e Lothar mantinham. Pelo que sabia, Emil morava no exterior.

Revirou essa informação em sua mente, sem chegar a uma conclusão. Por fim, decidiu visitar Hannes. Já tinha feito isso uma vez, assim que retornou da Alemanha Oriental, para lhe contar sobre Ilona. Hannes poderia saber alguma coisa sobre Emil e Lothar.

Lothar entrou na casa da Aegisída. Tómas esperou algum tempo a uma distância razoável antes de voltar para casa. De repente, as palavras estranhas e incompreensíveis do alemão no último encontro que tiveram penetraram em sua mente:

Olhe mais de perto.

32.

Na viagem de volta de Selfoss, Erlendur e Elínborg discutiram no carro a história de Hannes. Era noite e não havia muito tráfego em Hellisheidi. Erlendur pensou no Falcon preto. Dificilmente haveria muitos deles andando pelas ruas naquela época. No entanto, o Falcon era popular, segundo Teddi, marido de Elínborg. Pensou em Tómas, cuja namorada tinha desaparecido na Alemanha Oriental. Iriam visitá-lo na primeira oportunidade. Ainda não conseguia estabelecer a ligação entre o corpo no lago e os alunos de Leipzig da década de 1960. Pensou em Eva Lind, que estava se destruindo, apesar de suas tentativas de salvá-la, e em seu filho Sindri, que ele mal conhecia. Misturava tudo isso na cabeça sem conseguir organizar os pensamentos. Olhando-o de lado, Elínborg perguntou no que ele estava pensando.

"Nada."

"Deve haver alguma coisa", disse Elínborg.

"Não", disse Erlendur. "Não é nada."

Elínborg deu de ombros. Erlendur pensou em Valgerdur, de quem ele não tinha notícias fazia vários dias. Sabia que ela precisava de um tempo, e ele também não estava com pressa. O que ela via nele era um enigma para Erlendur. Não conseguia entender o que atraía Valgerdur para um homem solitário e depressivo que morava em um bloco de apartamentos sombrio. Às vezes se perguntava se merecia até mesmo a amizade dela.

No entanto, sabia exatamente do que gostava em Valgerdur. Soube desde o primeiro instante. Ela era tudo que ele não era e que adoraria ser. Para todos os efeitos, era o oposto dele. Atraente, sorridente e feliz. Apesar dos problemas conjugais com os quais ela precisou lidar e que Erlendur sabia terem tido um efeito profundo sobre ela, Valgerdur tentou não deixar que eles arruinassem sua vida. Ela sempre via o lado positivo de qualquer problema e era incapaz de sentir ódio ou irritação contra qualquer coisa. Não permitia que nada obscurecesse sua perspectiva de vida, que era gentil e generosa. Nem mesmo seu marido, o qual Erlendur considerava um idiota por ter sido infiel a uma mulher assim.

Erlendur sabia perfeitamente o que via nela. Estar com ela o revigorava.

"Diga-me em que você está pensando", implorou Elínborg. Ela estava entediada.

"Nada", disse Erlendur. "Não estou pensando em nada."

Ela balançou a cabeça. Erlendur andara bastante melancólico naquele verão, apesar de ter gasto uma quantidade incomum de tempo depois do expediente com os outros detetives. Ela e Sigurdur Óli haviam conversado sobre isso e pensaram que ele provavelmente estava deprimido por não ter mais quase nenhum contato com Eva Lind. Sabiam que ele estava angustiado por causa dela e que tentara ajudá-la, mas a menina parecia não ter controle sobre si mesma. Ela é uma fracassada era a resposta-padrão de Sigurdur Óli. Duas ou três vezes Elínborg tinha abordado Erlendur para falar sobre Eva e perguntar como ela estava, mas ele fugira do assunto.

Eles continuaram em profundo silêncio até Erlendur parar na frente do sobrado de Elínborg. Em vez de sair imediatamente do carro, ela se virou para ele.

"O que há de errado?", perguntou.

Erlendur não respondeu.

"O que devemos fazer sobre este caso? Falar com esse Tómas?"

"Nós temos que fazer isso", disse Erlendur.

"Está pensando em Eva Lind? Por isso você está tão quieto e sério?"

"Não se preocupe comigo", disse Erlendur. "Vejo você amanhã." Ele a observou subir os degraus até sua casa. Quando ela entrou, ele foi embora.

Duas horas depois, Erlendur estava sentado em sua poltrona de leitura em casa quando a campainha tocou. Levantou-se e perguntou quem era, então apertou o botão para abrir a porta da frente no andar de baixo. Após acender as luzes do apartamento, foi para o corredor, abriu a porta e esperou. Valgerdur logo apareceu.

"Talvez você queira ficar sozinho", ela disse.

"Não, entre."

Ela passou por ele e Erlendur pegou seu casaco. Percebendo um livro aberto ao lado da poltrona, ela perguntou o que ele estava lendo e ele lhe contou que era um livro sobre avalanches.

"E suponho que todos acabam tendo uma morte medonha", disse ela.

Eles tinham conversado muitas vezes sobre o interesse dele por folclore islandês, relatos históricos, biografia e livros sobre provações diante da fúria dos elementos.

"Nem todos. Alguns sobrevivem. Felizmente."

"É por isso que você lê esses livros sobre morte nas montanhas e avalanches?"

"Como assim?
"Porque algumas pessoas sobrevivem?"
Erlendur sorriu.
"Talvez. Você ainda está morando com a sua irmã?"
Ela confirmou com a cabeça. Disse que achava que iria precisar de um advogado para o divórcio e perguntou se Erlendur conhecia algum. Ela disse que nunca havia precisado dos conselhos de um advogado. Erlendur se ofereceu para perguntar no trabalho, onde, segundo ele, havia advogados às dúzias.
"Você ainda tem um pouco daquela coisa verde?", ela perguntou, sentando-se no sofá.
Assentindo com a cabeça, ele pegou o Chartreuse e dois copos. Lembrou-se de ter ouvido certa vez que trinta ingredientes botânicos diferentes eram utilizados para alcançar o sabor correto. Sentou-se ao lado dela e lhe falou desses ingredientes.
Ela contou que havia encontrado o marido mais cedo naquele dia e que ele tinha prometido que iria mudar e tentou persuadi-la a voltar para casa. Mas quando percebeu que ela estava decidida a deixá-lo, ele havia ficado com raiva e, no fim, tinha perdido o controle, gritando com ela e xingando-a. Eles estavam em um restaurante e ele a cobriu de insultos, sem prestar atenção aos clientes, que observavam com espanto. Ela se levantou e foi embora sem olhar para trás.
Depois que ela havia relatado os eventos do dia, eles se sentaram em silêncio e terminaram suas bebidas. Ela pediu mais um copo.
"Então o que devemos fazer?", perguntou ela.
Erlendur tomou de um gole o resto de sua bebida e sentiu a garganta queimar. Encheu novamente os copos, pensando no perfume que tinha notado quando ela entrou pela porta. Era como o cheiro de um verão já vivido, e ele se encheu de uma

estranha nostalgia que estava enraizada muito no passado para que pudesse identificá-la corretamente.

"Vamos fazer o que quisermos", respondeu.

"O que você quer fazer?", ela perguntou. "Você tem sido tão paciente e eu queria saber se é realmente paciência, se não é porque... se, de alguma forma, você não quer se envolver."

Eles ficaram em silêncio. A pergunta pairou no ar.

O que você quer fazer?

Ele terminou seu segundo copo. Essa foi a pergunta que ele tinha feito a si mesmo desde que a conhecera. Não achava que tinha sido paciente. Não fazia ideia do que tinha sido, além de tentar ser um apoio para ela. Talvez não tivesse demonstrado atenção ou carinho suficientes. Ele não sabia.

"Você não queria apressar nada", disse ele. "Nem eu. Há muito tempo não existe uma mulher na minha vida."

Ele parou. Queria dizer a ela que tinha vivido quase sempre sozinho, naquele lugar, com seus livros, e que o fato de ela estar sentada em seu sofá lhe trazia uma alegria especial. Ela era tão completamente diferente de tudo a que ele estava acostumado, era um perfume doce de verão, e ele não sabia como lidar com isso. Como lhe dizer que aquilo era tudo o que ele queria e ansiava desde o momento em que a viu. Estar com ela.

"Eu não quero ser responsável por um impasse", disse ele. "Mas esse tipo de coisa leva tempo, especialmente para mim. E é claro que você... Quero dizer, é difícil passar por um divórcio..."

Ela viu que ele não se sentia à vontade discutindo esse tipo de coisa. Sempre que a conversa tomava esse rumo, ele ficava constrangido, hesitante e se fechava. Via de regra, não falava muito, o que pode ter feito com que ela se sentisse confortável na presença dele. Não havia fingimento com ele. Ele nunca estava representando um papel. Provavelmente ele não teria nenhuma ideia de como se comportar se quisesse tentar ser diferente de alguma forma. Era totalmente honesto em tudo o que dizia e fazia. Ela percebeu isso e isso lhe oferecia uma segurança que ela não tivera durante muito tempo. Nele, ela encontrou um homem em quem sabia que podia confiar.

"Desculpe." Ela sorriu. "Eu não tinha a intenção de transformar isso em algum tipo de negociação. Mas pode ser bom saber como você se posiciona. Sabe como é."

"Perfeitamente", disse Erlendur, sentindo a tensão entre eles aliviar um pouco.

"Tudo leva tempo, vamos ver", disse ela.

"Acho isso bastante sensato", disse ele.

"Tudo bem", disse Valgerdur, levantando-se do sofá. Erlendur levantou-se também. Ela disse algo sobre ter que encontrar seus filhos, que ele não entendeu. Seus pensamentos estavam em outro lugar. Ela caminhou até a porta e quando ele a ajudou a colocar o casaco, ela percebeu que ele mostrava-se indeciso em relação a alguma coisa. Ela abriu a porta para o corredor e perguntou se estava tudo bem.

Erlendur olhou para ela.

"Não vá", disse ele.

Ela parou na porta.

"Fica comigo."

Valgerdur hesitou.

"Tem certeza?"

"Sim", disse ele. "Não vá."

Ela ficou imóvel e olhou para ele por um bom tempo. Ele caminhou até ela, levou-a de volta para dentro, fechou a porta e começou a tirar-lhe o casaco sem que ela fizesse objeção.

Eles fizeram amor lenta, suave e ternamente, ambos sentindo um pouco de hesitação e incerteza, que aos poucos superaram. Ela lhe disse que ele era o segundo homem com quem dormia.

Enquanto estavam na cama, ele olhou para o teto e contou que às vezes ia para o leste da Islândia, aos lugares de sua infância, e ficava em sua antiga casa. Não havia nada além de paredes nuas, um telhado parcialmente desabado e poucos indícios de que sua família tinha morado lá. No entanto, permaneciam algumas relíquias de uma vida desaparecida. Pedaços de um tapete do qual ele se lembrava bem. Armários quebrados na cozinha. Peitoris de janela onde outrora pequenas mãos tinham se apoiado. Ele disse que era bom ir até lá, deitar-se com suas memórias e redescobrir um mundo cheio de luz e tranquilidade.

Valgerdur apertou a mão dele.

Erlendur começou a contar uma história sobre as provações de uma jovem que deixou a casa de sua mãe sem nenhuma ideia exata de para onde estava indo. Ela sofreu reveses e era instável — talvez compreensivelmente, porque nunca teve o que desejava acima de tudo. Sentia que algo faltava em sua vida. Tinha a sensação de ter sido traída. Seguia em frente impetuosa, impulsionada por um estranho desejo autodestrutivo, e afundou mais e mais até não suportar ir mais longe, envolta em sua autoaniquilação. Quando a encontraram, foi levada de volta e cuidaram de sua saúde, mas assim que se recuperou ela desapareceu novamente sem aviso. Vagou em tempestades e às vezes buscou abrigo onde seu pai morava. Ele tentou o mais que pôde mantê-la longe do clima tempestuoso, mas ela nunca o ouviu e partiu novamente como se o destino não reservasse nada para ela a não ser destruição.

Valgerdur olhou para ele.

"Ninguém sabe onde ela está agora. Ainda está viva, porque eu ficaria sabendo se ela tivesse morrido. Estou esperando por essa notícia. Entrei nessas tempestades diversas vezes, encontrei-a e arrastei-a de volta para casa e tentei ajudá-la, mas duvido que alguém possa fazer isso."

"Não esteja tão certo", disse Valgerdur após um longo silêncio.

O telefone em sua mesa de cabeceira tocou. Erlendur olhou para ele e não ia atender, mas Valgerdur disse que devia ser importante para alguém ligar tão tarde da noite. Resmungando que deveria ser Sigurdur Óli com alguma ideia brilhante, ele esticou o braço.

Levou algum tempo para perceber que o homem do outro lado era Haraldur. Ele estava ligando da casa dos idosos, disse que tinha entrado furtivamente no escritório e que queria falar com Erlendur.

"O que o senhor quer?", perguntou Erlendur.

"Vou contar o que aconteceu."

"Por quê?", perguntou Erlendur.

"Você quer ouvir ou não?", perguntou Haraldur.

"Calma", disse Erlendur. "Eu passo por aí amanhã. Tudo bem?"

"Faça isso então", disse Haraldur, batendo o telefone.

33.

Ele colocou as páginas que havia escrito em um envelope grande, endereçou-o e deixou-o em cima da mesa. Passando a mão sobre o envelope, pensou na história que ele continha. Havia entrado em conflito consigo mesmo sobre se deveria descrever os eventos, e depois concluiu que isso não poderia ser evitado. O corpo fora encontrado em Kleifarvatn. Cedo ou tarde a trilha levaria até ele. Sabia que, na verdade, mal havia uma ligação entre ele e o corpo no lago, e a polícia teria problemas para estabelecer a verdade sem sua ajuda. Mas não queria mentir. Se tudo o que ele deixasse para trás fosse a verdade, isso seria o suficiente.

Gostou das duas visitas que fez a Hannes. Desde a primeira vez em que se encontraram, tinha gostado dele, apesar das divergências ocasionais. Hannes o ajudara. Havia lançado uma nova luz sobre o relacionamento de Emil com Lothar e revelado que Emil e Ilona se conheciam antes de ele chegar a Leipzig, embora superficialmente. Talvez isso ajudasse a explicar o que aconteceu depois. Ou talvez essa conexão complicasse o assunto. Não sabia o que pensar.

Por fim concluiu que precisava falar com Emil. Tinha que perguntar a ele sobre Ilona, sobre Lothar e toda a chicana que acontecera em Leipzig. Não tinha certeza se Emil seria capaz de lhe dar as respostas, mas precisava ouvir o que ele sabia. Não iria ficar bisbilhotando no barracão de Emil. Aquilo estava abaixo de sua dignidade. Não queria brincar de esconde-esconde.

Outro motivo o impulsionou. Um pensamento que lhe ocorrera depois da visita a Hannes, relacionado com seu próprio envolvimento e o quanto ele tinha sido ingênuo, crédulo e inocente. Se não houvesse outra explicação para o que havia acontecido, então ele teria sido a causa. Precisava saber.

Por isso ele voltou à Bergstadastraeti alguns dias depois de ter seguido Lothar e olhado o interior do barracão. Tinha ido até lá para enfrentar Emil assim que ele chegasse do trabalho. Começava a ficar escuro e o tempo estava frio. Sentia o inverno se aproximando.

Entrou no quintal onde ficava o barracão. Ao se aproximar, percebeu a porta destrancada. O cadeado, aberto. Empurrou a porta e espiou lá dentro. Emil estava sentado, debruçado sobre a bancada. Ele entrou devagar. O barracão estava cheio de quinquilharias velhas que ele não conseguiu identificar no escuro. Uma única lâmpada pendia acima da bancada.

Emil não o percebeu até ele estar de pé a seu lado. Seu paletó estava sobre a cadeira e parecia como se tivesse sido rasgado em uma briga. Emil resmungava consigo mesmo e parecia zangado. De repente Emil pareceu sentir uma presença no barracão. Levantou os olhos de seus mapas, virou a cabeça devagar e olhou para Tómas. Ele viu que demorou um pouco para Emil perceber quem era.

"Tómas", ele disse com um suspiro. "É você?"

"Olá, Emil. A porta estava aberta."

"O que você está fazendo?", Emil disse. "O que..." Ele emudeceu. "Como você sabia..."

"Segui Lothar até aqui. Eu o segui desde a Aegisída."

"Você seguiu Lothar?", disse Emil, incrédulo. Ele se levantou sem tirar os olhos do visitante. "O que está fazendo?", repetiu. "Por que seguiu Lothar?" Ele olhou para fora através da porta como se esperasse mais visitantes indesejáveis. "Você está sozinho?"

"Sim, estou sozinho."

"O que veio fazer aqui?"

"Você se lembra de Ilona. Em Leipzig."

"Ilona?"

"Nós estávamos saindo juntos, eu e Ilona."

"É claro que me lembro de Ilona. O que tem ela?"

"Você pode me dizer o que aconteceu com ela? Pode me dizer agora, depois de todos esses anos? Você sabe?"

Não querendo parecer excessivamente transtornado, tentou manter a calma, mas era inútil. Ele podia ser lido como um livro, os anos de agonia em relação à garota que tinha amado e perdido eram evidentes.

"Do que você está falando?", perguntou Emil.

"De Ilona."

"Você ainda está pensando em Ilona? Mesmo agora?"

"Você sabe o que aconteceu com ela?"

"Eu não sei de nada. Não sei do que você está falando. Você não deveria estar aqui. Você precisa ir embora."

Tómas olhou em volta do barracão.

"O que você está fazendo?", perguntou. "Para que serve este barracão? Quando você voltou para casa?"

"Você precisa ir embora", repetiu Emil, olhando ansiosamente através da porta. "Alguém sabe que estou aqui?", acrescentou após um momento. "Mais alguém sabe sobre mim aqui?"

"Você sabe me dizer?", repetiu Tómas. "O que aconteceu com Ilona?"

Emil olhou para ele e de repente perdeu a paciência.

"Cai fora, já disse. Vá embora! Eu não posso te ajudar com essa merda."

Emil o empurrou, mas ele permaneceu firme.

"O que você ganhou para passar informações sobre Ilona?", perguntou ele. "O que você ganhou deles, garoto de ouro? Será que lhe deram dinheiro? Conseguiu boas notas? Conseguiu um bom trabalho com eles?"

"Não sei do que você está falando", disse Emil. Estivera quase sussurrando, mas agora levantou a voz.

Emil parecia ter mudado muito desde Leipzig. Continuava magro como sempre, mas parecia adoentado, com olheiras fundas, os dedos manchados de amarelo de tanto fumar, a voz rouca. Seu pomo de adão saliente se movia para cima e para baixo quando ele falava, o cabelo começara a cair. Não tinha visto Emil por um longo tempo e lembrava-se dele apenas como um jovem. Agora parecia cansado e abatido, com barba de vários dias no rosto; dava a impressão de alguém que bebia muito.

"Foi minha culpa, não foi?", disse Tómas.

"Pare de ser tão estúpido", disse Emil, aproximando-se para empurrá-lo novamente. "Saia daqui! Esqueça isso."

Ele saiu do caminho.

"Fui eu quem lhe contou o que Ilona estava fazendo lá, não foi? Chamei sua atenção para ela. Se eu não tivesse lhe contado, ela poderia ter fugido. Eles não teriam sabido das reuniões. Eles não teriam nos fotografado."

"Saia daqui!"

"Eu conversei com Hannes. Ele me contou de você e Lothar e de como Lothar e a FDJ conseguiram que a universidade o recompensasse com boas notas. Você nunca foi um grande aluno, não é, Emil? Nunca vi você abrir um livro. O que você conseguiu por dedurar seus camaradas? Seus amigos? O que eles lhe deram para espionar seus amigos?"

"A mim ela não conseguiu converter com aquela pregação, mas você caiu na conversa dela", rosnou Emil. "Ilona era uma traidora."

"Porque ela te traiu? Porque não quis nada com você? Foi tão doloroso assim? Foi tão doloroso assim ser rejeitado por ela?"

Emil olhou para ele.

"Não sei o que ela viu em você", disse, um sorriso minúsculo nos lábios. "Não sei o que ela viu no idealista inteligente que queria fazer uma Islândia socialista, mas que mudou de ideia no momento em que ela o levou para a cama. Não sei o que ela viu em você!"

"Então você queria vingança. Foi isso? Vingar-se dela?"

"Vocês se mereciam", disse Emil.

Ele olhou para Emil e uma frieza estranha percorreu-lhe o corpo. Já não conhecia seu velho amigo, não sabia quem ou o que Emil havia se tornado. Sabia que estava olhando para o mesmo mal inabalável que tinha visto em seus anos de estudante, e sabia que deveria se deixar consumir pelo ódio e pela raiva, e atacar Emil, mas de repente não sentiu impulso de fazer isso. Não sentiu necessidade de descontar anos de insegurança, preocupação e medo sobre ele. E não só porque nunca tinha cometido nenhuma ação violenta nem se envolvido em brigas. Desprezava todas as formas de violência. Sabia que deveria estar tomado de tanta raiva que desejaria matar Emil. Mas em vez de explodir de raiva, sua mente esvaziou-se de tudo, menos da frieza.

"Você está certo", continuou Emil, quando os dois se encararam. "Foi você. A culpa é toda sua. Você foi o primeiro a me falar das reuniões dela, das opiniões dela e das ideias para ajudar as pessoas a atacar o socialismo. Foi você. Se era isso que queria saber, eu confirmo. Foi o que você disse que fez Ilona ser presa! Eu não sabia como ela atuava. Você me contou. Lembra? Depois disso eles começaram a observá-la. Depois disso eles o chamaram lá e o alertaram. Mas era tarde demais. A situação já estava em um outro nível. Já estava fora das nossas mãos."

Ele se lembrava bem da ocasião. Várias vezes havia se perguntado se tinha dito alguma coisa a alguém que não deveria ter dito. Sempre acreditou que podia confiar em seus companheiros islandeses. Confiar que eles não iriam espionar uns aos outros. Que o pequeno grupo de amigos era imune à vigilância interativa. Que a polícia do pensamento nada tinha a ver com os islandeses. Foi acreditando nisso que contou a Emil sobre Ilona, seus companheiros e suas ideias.

Olhando para Emil, reconheceu a desumanidade dele e como sociedades inteiras podiam ser construídas apenas sobre brutalidade.

"Quando tudo acabou, comecei a pensar numa coisa", ele prosseguiu como se estivesse falando sozinho, como se tivesse sido removido do tempo e do espaço e lançado a um lugar onde nada mais importava. "Quando tudo acabou e nada mais podia ser consertado. Muito depois de eu ter voltado para a Islândia. Fui eu que contei a você sobre as reuniões de Ilona. Não sei por quê, mas fiz isso. Acho que eu estava apenas incentivando você e os outros a irem às reuniões. Não havia segredos entre nós, islandeses. Podíamos discutir tudo sem preocupação. Eu não contava com alguém como você."

Fez uma pausa.

"Nós ficávamos juntos", ele continuou. "Alguém informou sobre Ilona. A universidade era um lugar grande, poderia ter sido qualquer um. Só muito tempo depois é que comecei a considerar a possibilidade de ter sido um dos islandeses, um dos meus amigos."

Olhou fixamente para os olhos de Emil.

"Eu fui um idiota de pensar que éramos amigos", disse em voz baixa. "Éramos apenas crianças. Mal tínhamos passado dos vinte anos."

Ele se virou para deixar o barracão.

"Ilona era uma vagabunda de merda", Emil rosnou atrás dele.

No momento em que essas palavras foram cuspidas, ele notou uma pá em cima de um armário velho e empoeirado. Agarrou-a pelo cabo, girou o corpo em um semicírculo e soltou um rugido poderoso enquanto com toda a força acertava Emil com a pá, atingindo-o na cabeça. Viu a luz se apagar nos olhos de Emil quando ele caiu no chão.

Ficou olhando o corpo imóvel de Emil como se estivesse em um mundo só seu, até que uma frase há muito esquecida voltou à sua mente.

"É melhor matá-los com uma pá."

Uma poça escura de sangue começou a se formar no chão e ele percebeu imediatamente que tinha dado um golpe fatal em Emil. Sentia-se à parte daquele momento e lugar. Calmo e sereno, enquanto observava Emil imóvel no chão e a poça de sangue crescendo. Olhava como se aquilo não tivesse a ver com ele. Não tinha ido ao barracão para matá-lo. Não havia planejado assassiná-lo. Tinha acontecido sem nenhuma premeditação.

Não fazia ideia de quanto tempo ficou ali parado até registrar o fato de que havia alguém a seu lado, falando com ele. Alguém que o cutucou e lhe deu um tapa no rosto de leve e disse algo indistinto. Olhou para o homem, mas não o reconheceu na hora. Viu-o curvar-se sobre Emil. Viu-o colocar um dedo na jugular dele, como se para verificar se havia pulsação. Sabia que não tinha mais jeito. Sabia que Emil estava morto. Ele havia matado Emil.

O homem se levantou e se virou para ele. Ele agora via quem era. Havia seguido aquele homem por Reykjavík; ele o tinha levado a Emil.

Era Lothar.

34.

Karl Antonsson estava em casa quando Elínborg bateu à sua porta. A curiosidade dele foi despertada no momento em que ela lhe disse que a descoberta do esqueleto no lago Kleifarvatn os levara a investigar os estudantes islandeses em Leipzig. Convidou Elínborg para entrar na sala de visitas. Ele e a mulher estavam a caminho do campo de golfe, ele lhe disse, mas isso podia esperar.

Antes, naquela manhã, Elínborg havia telefonado para Sigurdur Óli e perguntado como Bergthóra estava se sentindo. Ele disse que ela se sentia bem. Tudo caminhava bem.

"E aquele homem? Ele parou de ligar para você à noite?"

"Tenho notícias dele de vez em quando."

"Ele não era suicida?"

"Patológico", respondeu Sigurdur Óli, e acrescentou que Erlendur estava esperando por ele. Eles iam se encontrar com Haraldur no casa de repouso, como parte da ridícula busca de Erlendur por Leopold. O requerimento para uma busca em grande escala nos terrenos perto de Mosfellsbaer tinha sido indeferido, para desgosto de Erlendur.

Karl morava em Reynimelur, em uma bela casa dividida em três apartamentos com um jardim muito bem cuidado. Sua mulher, Ulrika, era alemã e ela apertou a mão de Elínborg com firmeza. O casal havia envelhecido em boa forma. Talvez fosse o golfe, pensou Elínborg. Eles ficaram muito surpresos com aquela visita inesperada e se entreolharam, sem entender direito, quando ouviram o motivo dela.

"É alguém que estudou em Leipzig que vocês encontraram no lago?", perguntou Karl. Ulrika foi até a cozinha fazer café.

"Ainda não sabemos", disse Elínborg. "Um de vocês se lembra de um homem chamado Lothar em Leipzig?"

Karl olhou para sua mulher, parada na porta da cozinha.

"Ela está perguntando sobre Lothar", disse ele.

"Lothar? O que tem ele?"

"Estão pensando que é ele no lago", explicou Karl.

"Não é bem assim", disse Elínborg. "Não estamos sugerindo que esse seja o caso."

"Nós pagamos para ele limpar tudo", disse Ulrika. "Uma vez."

"Limpar tudo?"

"Quando Ulrika veio para a Islândia comigo", disse Karl. "Lothar era influente e pôde nos ajudar. Mas por um preço. Meus pais nos socorreram com suas economias, e os pais de Ulrika, em Leipzig, também, é claro."

"E Lothar ajudou vocês?"

"Muito", disse Karl. "Ele cobrou pelo que fez, então não foi apenas um favor, e acho que ele ajudou outras pessoas também, não só nós."

"E tudo o que isso envolveu foi um pagamento em dinheiro?"

Karl e Ulrika trocaram olhares e ela foi até a cozinha.

"Ele mencionou que poderíamos ser contatados mais tarde. Mas nunca fomos e jamais teríamos aceitado a ideia. Jamais. Eu não estava mais no partido depois que voltei para a Islândia, nunca fui às reuniões ou coisa parecida. Desisti de qualquer envolvimento com política. Ulrika nunca se ligou em política, ela tinha aversão a esse tipo de coisa."

"Quer dizer que vocês poderiam receber tarefas?", perguntou Elínborg.

"Não faço ideia", disse Karl. "Nunca chegou a isso. Nunca mais encontramos Lothar. Quando olhamos para trás, às vezes é difícil acreditar no que nós passamos naqueles anos. Era um mundo completamente diferente."

"Os islandeses chamam de 'A Farsa'", acrescentou Ulrika, que tinha voltado. "Sempre achei uma definição apropriada."

"Você tem algum contato com seus amigos universitários?", perguntou Elínborg.

"Muito pouco", disse Karl. "Bem, às vezes nos encontramos na rua ou em festas de aniversário."

"Um deles se chamava Emil", disse Elínborg. "Você sabe alguma coisa sobre ele?"

"Acho que ele não voltou mais para a Islândia", disse Karl. "Ele sempre viveu na Alemanha. Eu não o vejo desde lá... Ele ainda está vivo?"

"Eu não sei", disse Elínborg.

"Eu nunca fui com a cara dele", disse Ulrika. "Era meio desonesto."

"Emil foi sempre um solitário. Ele não conhecia muitas pessoas. Diziam que ele era capacho das autoridades. Nunca vi esse lado dele."

"E você não sabe alguma coisa sobre esse tal de Lothar?"

"Não, nada", respondeu Karl.

"Você tem fotos dos alunos de Leipzig?", perguntou Elínborg. "De Lothar ou de qualquer outra pessoa?"

"De Lothar, não, e com certeza de Emil também não, mas tenho uma de Tómas e de sua namorada, Ilona. Ela era húngara."

Karl se levantou e atravessou a sala em direção a um grande armário. Pegou um álbum antigo e o folheou até encontrar a fotografia, que entregou a Elínborg. Era uma imagem em preto e branco de um jovem casal de mãos dadas. O sol brilhava e eles sorriam para a câmera.

"Foi tirada em frente à igreja de São Tomás", contou Karl. "Alguns meses antes de Ilona desaparecer."

"Eu fiquei sabendo disso", comentou Elínborg.

"Eu estava lá quando eles chegaram para pegá-la", disse Karl. "Foi horrível. A brutalidade. Ninguém descobriu o que aconteceu com ela e acho que Tómas jamais se recuperou."

"Ela foi muito corajosa", disse Ulrika.

"Ela era uma dissidente", acrescentou Karl. "Eles não gostavam disso."

Erlendur bateu na porta de Haraldur na casa de repouso. O café da manhã tinha terminado e o barulho de pratos ainda podia ser ouvido no refeitório. Sigurdur Óli estava com ele. Ouviram Haraldur gritar alguma coisa lá dentro, e Erlendur abriu a porta. Haraldur estava sentado na cama, a cabeça baixa, olhando para o chão. Ele levantou os olhos quando os dois entraram no quarto.

"Quem é esse com você?", perguntou ao ver Sigurdur Óli.

"Ele trabalha comigo", disse Erlendur.

Em vez de cumprimentar Sigurdur Óli, Haraldur lançou-lhe um olhar de advertência. Erlendur sentou em uma cadeira de frente para Haraldur. Sigurdur Óli permaneceu em pé, encostado na parede.

A porta se abriu e outro morador de cabelos grisalhos colocou a cabeça para dentro.

"Haraldur", disse ele, "vai ter ensaio do coral na sala onze esta noite."

Sem esperar por uma resposta, ele fechou a porta novamente.

Erlendur olhou pasmo para Haraldur.

"Ensaio do coral?", disse ele. "Certamente o senhor não participa disso."

"'Ensaio do coral' é um código para bebedeira", grunhiu Haraldur. "Espero não desapontá-lo."

Sigurdur Óli sorriu consigo mesmo. Estava tendo problemas de concentração. O que ele tinha dito a Elínborg de manhã não era bem verdade. Bergthóra fora ao médico, que lhe dissera que as chances eram de cinquenta por cento. Bergthóra tentou se mostrar positiva, mas ele sabia que ela estava atormentada.

"Vamos começar", disse Haraldur. "Talvez eu não tenha lhe contado toda a verdade, mas não consigo entender por que vocês têm que meter o nariz nos assuntos de outras pessoas. Mas... eu queria..."

Erlendur sentiu uma hesitação incomum em Haraldur quando o velho levantou a cabeça para poder olhar para ele.

"Jói não recebeu oxigênio suficiente", disse, olhando para o chão. "Foi por isso. No nascimento. Eles pensaram que estava tudo bem, ele cresceu direito, mas acabou saindo diferente. Ele não era como as outras crianças."

Sigurdur Óli acenou para Erlendur, indicando que não fazia a menor ideia do que o velho queria dizer. Erlendur deu de ombros. Alguma coisa havia mudado em Haraldur. Ele não estava como de costume. De alguma forma, mostrava-se mais moderado.

"Acontece que ele acabou ficando meio engraçado", continuou Haraldur. "Simplório. Retardado. Bom por dentro, mas não tinha paciência, não conseguia aprender, nunca soube ler. Demorou muito tempo para isso emergir e levamos muito tempo para aceitar e lidar com essa situação."

"Deve ter sido difícil para seus pais", observou Erlendur depois de um longo silêncio, uma vez que parecia improvável que Haraldur dissesse mais alguma coisa.

"Acabei cuidando de Jói quando eles morreram", disse Haraldur por fim, os olhos apontados para o chão. "Nós moramos lá na fazenda, mal conseguindo nos sustentar no final. Não havia nada para vender, a não ser a terra. Ela valia bastante, porque era muito perto de Reykjavík, e ganhamos um bom dinheiro no negócio. Pudemos comprar um apartamento e ainda ter algum dinheiro de sobra."

"O que é que o senhor ia nos dizer?", perguntou Sigurdur Óli, impaciente. Erlendur olhou para ele.

"Meu irmão roubou a calota do carro", disse Haraldur. "Esse foi o crime, e agora vocês podem me deixar em paz. Essa é a história toda. Não sei como vocês podem fazer tanto alarde sobre isso. Depois de todos esses anos. Ele roubou uma calota! Que tipo de crime é esse?"

"Estamos falando do Falcon preto?", perguntou Erlendur.

"Sim, era o Falcon preto."

"Então Leopold *realmente* visitou sua fazenda", disse Erlendur. "O senhor está admitindo isso agora."

Haraldur assentiu com a cabeça.

"O senhor acha certo ter escondido essa informação a vida inteira?", censurou Erlendur com raiva. "Ter causado problemas desnecessários a todo mundo?"

"Não venha com sermão", disse Haraldur. "Isso não vai levar a lugar nenhum."

"Há pessoas sofrendo há décadas", disse Erlendur.

"Nós não fizemos nada para ele. Nada aconteceu com ele."

"O senhor prejudicou a investigação policial."

"Me manda para a cadeia, então", desafiou Haraldur. "Não vai fazer muita diferença."

"O que foi que aconteceu?", perguntou Sigurdur Óli.

"Meu irmão era meio simplório. Mas ele nunca machucou aquele homem. Ele não era nem um pouco violento. Achou bonitas aquelas malditas calotas, então roubou uma. Achou que era suficiente o sujeito ficar com três."

"E o que o homem fez?", perguntou Sigurdur Óli.

"Vocês estavam procurando um homem desaparecido", prosseguiu Haraldur, olhando para Erlendur. "Eu não queria complicar as coisas. E vocês teriam complicado se eu contasse que Jói roubou a calota. Então vocês iriam querer saber se ele o tinha matado, o que ele não fez, mas vocês nunca iriam acreditar em mim e teriam levado Jói embora."

"O que o homem fez quando Jói pegou a calota?", repetiu Sigurdur Óli.

"Ele parecia muito tenso."

"E o que aconteceu?"

"Ele agrediu meu irmão", disse Haraldur. "Ele não deveria ter feito isso porque, apesar de estúpido, Jói era forte. Jogou-o a um canto como um saco de penas."

"E o matou", completou Erlendur.

Haraldur levantou a cabeça.

"O que acabei de dizer?"

"Por que deveríamos acreditar no senhor agora, depois de ter mentido todos esses anos?"

"Eu decidi fazer de conta que ele nunca tinha ido na fazenda. Que eu nunca o tinha conhecido. Essa era a coisa óbvia a fazer. Nós nunca tocamos nele, além do fato de Jói ter se defendido. Ele foi embora e estava bem."

"Por que deveríamos acreditar no senhor agora?", disse Sigurdur Óli.

"Jói não matou ninguém. Ele nunca faria isso. Jói nunca fez mal a uma mosca. Só que vocês não teriam acreditado nisso. Tentei fazer com que ele devolvesse a calota, mas ele não quis dizer onde a tinha escondido. Jói era como um corvo. Gostava de coisas bonitas, e aquelas calotas eram bem bonitas e brilhantes. Ele queria ter uma. Simples assim. O sujeito ficou muito irritado e nos ameaçou, e então foi para cima de Jói. Tivemos uma briga e em seguida ele foi embora e nunca mais o vimos."

"Por que eu deveria acreditar nisso?", perguntou Erlendur novamente.

Haraldur bufou.

"Eu não dou a mínima para o que você acredita", disse. "É pegar ou largar."

"Por que o senhor não contou à polícia essa história comovente sobre o senhor e seu irmão quando eles estavam procurando o homem?"

"A polícia não parecia muito interessada em nada", disse Haraldur. "Eles não pediram nenhum esclarecimento. Pegaram uma declaração minha, e só."

"E depois da briga o homem foi embora?", perguntou Erlendur, pensando no preguiçoso Níels.

"Foi."

"Sem uma das calotas?"

"Isso mesmo. Ele foi embora furioso, mas sem se preocupar com a calota."

"O que vocês fizeram com ela? O senhor a encontrou depois?"

"Eu a enterrei. Depois que vocês começaram a perguntar sobre o sujeito. Jói me contou onde ele a tinha colocado e eu cavei um pequeno buraco atrás da casa e a enterrei no chão. É lá que você vai encontrá-la."

"Tudo bem", disse Erlendur. "Nós vamos verificar atrás da casa e ver se a encontramos. Mas ainda acho que o senhor está mentindo."

"Pouco me importa", disse Haraldur. "Pense o que quiser."

"Mais alguma coisa?", perguntou Erlendur.

Haraldur continuou sentado, sem dizer uma palavra. Talvez achasse que já havia dito o suficiente. Não se ouvia nenhum som em seu pequeno quarto. Alguns ruídos vinham do refeitório e do corredor: os velhos andando pelos corredores, à espera da próxima refeição. Erlendur se levantou.

"Obrigado", disse. "Isso vai ser útil. Deveríamos ter sido informados disso há trinta anos, porém..."

"Ele deixou cair a carteira", disse Haraldur.

"A carteira?"

"Na briga. O vendedor. Ele deixou a carteira cair. Só encontramos depois que ele já tinha ido embora. Estava onde ele estacionou o carro. Jói achou e a escondeu. Ele não era assim *tão* estúpido."

"O que o senhor fez com ela?", perguntou Sigurdur Óli.

"Eu a enterrei junto com a calota", respondeu Haraldur com um repentino sorriso vago no rosto. "Vocês vão encontrar lá também."

"O senhor não quis devolvê-la?"

"Eu tentei, mas não consegui encontrar o nome na lista telefônica. Então vocês começaram a perguntar sobre o sujeito, e eu a escondi junto com a calota."

"O senhor quer dizer que Leopold não estava na lista telefônica?"

"Não, nem o outro nome."

"O outro nome?", disse Sigurdur Óli. "Ele tinha outro nome?"

"Não consegui descobrir por quê, mas alguns documentos na carteira tinham o nome como ele se apresentou, Leopold, e em outros havia um nome diferente."

"Que nome?", perguntou Erlendur.

"Jói era engraçado", disse Haraldur. "Estava sempre zanzando perto do lugar onde enterrei a calota. Às vezes deitava no chão ou se sentava sobre o lugar onde sabia que a calota estava.

Mas nunca se atreveu a desenterrá-la. Nunca ousou tocá-la novamente. Ele sabia que tinha feito uma coisa errada. Ele chorou nos meus braços depois da briga. Pobre garoto."

"Que nome era?", perguntou Sigurdur Óli.

"Não me lembro", disse Haraldur. "Eu já disse tudo que vocês precisam saber, então vão embora daqui. Me deixem em paz."

Erlendur dirigiu até a fazenda abandonada nos arredores de Mosfellsbaer. Um vento frio que vinha do norte começava a soprar e o outono descia aos poucos sobre a terra. Ele sentiu frio enquanto andava por trás da casa. Fechou bem o paletó. Em algum momento tinha havido uma cerca ao redor de todo o quintal, mas ela estava quebrada havia muito tempo e agora o mato cobria a maior parte do quintal. Antes de irem embora, Haraldur tinha dado a Erlendur uma descrição bastante detalhada de onde havia enterrado a calota.

Ele pegou uma pá na casa da fazenda, mediu a distância em passos a partir da parede e começou a cavar. A calota não estaria enterrada muito fundo. A escavação fez com que sentisse calor, então ele parou para descansar e acendeu um cigarro. Depois, prosseguiu. Cavou cerca de um metro, mas não encontrou sinal da calota. Começou a alargar o buraco. Fez mais uma pausa para descansar. Fazia muito tempo que não realizava nenhum tipo de trabalho braçal. Acendeu outro cigarro.

Cerca de dez minutos depois, ouviu um ruído metálico quando empurrou a lâmina da pá para baixo, e percebeu que tinha encontrado a calota do Falcon preto.

Cavou com cuidado ao redor do lugar, em seguida ficou de joelhos e passou a tirar a terra com as mãos. Logo a calota inteira ficou visível e ele a retirou com cuidado da terra. Embora enferrujada, era claramente de um Ford Falcon. Erlendur levantou-se e bateu-a contra a parede, e a terra grudada na calota caiu no chão. A calota fez um som agudo ao se chocar contra a parede.

Erlendur colocou-a no chão e olhou dentro do buraco. Ainda precisava encontrar a carteira que Haraldur havia descrito. Ela não estava visível, então ele se ajoelhou novamente, inclinou-se sobre o buraco e cavou a terra com as mãos.

Tudo o que Haraldur tinha dito era verdade. Erlendur encontrou a carteira no chão ali perto. Depois de retirá-la com cuidado, ele se levantou. Era uma carteira comprida, de couro preto comum. A umidade do solo tinha feito a carteira começar a se decompor e foi preciso manuseá-la com muito cuidado, pois ela estava se desmanchando. Quando a abriu, viu um talão de cheques, algumas notas islandesas há muito retiradas de circulação, alguns pedaços de papel e uma carteira de habilitação em nome de Leopold. A umidade tinha penetrado no interior do plástico e a fotografia estava danificada. Em outro compartimento, encontrou outro cartão. Parecia uma carteira de habilitação estrangeira e a fotografia não estava tão avariada. Olhou para ela, mas não reconheceu o homem.

Pelo que Erlendur conseguiu perceber, a habilitação tinha sido emitida na Alemanha, mas se encontrava em tão mau estado que só uma ou outra palavra era legível. Podia ver o nome do proprietário claramente, mas não o sobrenome. Erlendur ficou segurando a carteira no alto.

Reconheceu o nome na habilitação.

Reconheceu o nome de Emil.

35.

Lothar Weiser sacudiu-o, gritou com ele e o estapeou várias vezes no rosto. Aos poucos, ele caiu em si e viu como a poça de sangue sob a cabeça de Emil tinha se espalhado por todo o chão sujo de concreto. Olhou para o rosto de Lothar.

"Eu matei Emil", disse.

"O que diabos aconteceu?", disse Lothar, sibilando. "Por que você o atacou? O que você sabe dele? Como o encontrou? O que está fazendo aqui, Tómas?"

"Eu segui você", disse ele. "Eu vi você e segui ele. E agora o matei. Ele falou alguma coisa de Ilona."

"Ainda está pensando nela? Você nunca vai esquecer isso?"

Lothar foi até a porta e fechou-a com cuidado. Olhou ao redor do barracão como se procurasse alguma coisa. Tómas estava imóvel, olhando para Lothar como se em transe. Seus olhos tinham se ajustado à escuridão e agora ele via melhor o interior do barracão. O lugar estava cheio de quinquilharias velhas: cadeiras e ferramentas de jardinagem, móveis e colchões. Espalhadas por toda a bancada, notou várias peças de equipamentos, alguns dos quais ele não conhecia. Havia telescópios, câmeras de diferentes tamanhos e um gravador de grande porte que parecia ligado a algo parecido com um rádio transmissor. Também notou diversas fotografias, mas não conseguiu ver claramente o que elas mostravam. No chão ao lado da bancada, havia uma grande caixa preta com mostradores e botões cuja função ele desconhecia. Ao lado havia uma mala marrom na qual a caixa preta podia ser colocada. Ela parecia danificada, com mostradores quebrados, a parte traseira aberta e a tampa caída no chão.

Ele ainda estava como hipnotizado. Em um estado estranho, semelhante a um sonho. O que ele tinha feito era tão irreal e improvável que ele não conseguia nem sequer começar a encará-lo. Olhou para o corpo no chão e para Lothar, mexendo nele.

"Achei que o tivesse reconhecido..."

"Emil podia ser um verdadeiro filho da puta", disse Lothar.

"Foi ele? Foi ele quem contou a você sobre Ilona?"

"Foi, ele nos alertou para as reuniões dela. Ele trabalhava para nós em Leipzig. Na universidade. Não se importava com quem ele traía ou que segredos revelava. Até mesmo os melhores amigos dele não estavam seguros. Como você", disse Lothar, se levantando novamente.

"Pensei que estivéssemos seguros", disse ele. "Os islandeses. Nunca desconfiei..." Parou no meio da frase. Estava voltando a si. A neblina que turvara seus pensamentos se dissolvia e eles estavam mais claros. "Você não foi nem um pouco melhor", disse. "Você também não foi nem um pouco melhor. Foi exatamente a mesma coisa que ele, só que pior."

Os dois se olharam.

"Eu preciso ter medo de você?", perguntou ele.

Ele não tinha nenhum sentimento de medo. Pelo menos ainda não. Lothar não representava nenhuma ameaça para ele. Pelo contrário, Lothar já parecia estar se perguntando o que fazer com Emil deitado no chão sobre seu próprio sangue. Lothar não o atacou. Nem mesmo havia tomado a pá dele. Por alguma razão absurda, ele ainda segurava a pá.

"Não", disse Lothar. "Você não precisa ter medo de mim."

"Como posso ter certeza?"

"Eu estou lhe dizendo."

"Eu não posso confiar em ninguém", disse. "Você deveria saber disso. Foi você quem me ensinou."

"Você tem que sair daqui e tentar esquecer isso", disse Lothar, segurando o cabo da pá. "Não me pergunte por quê. Eu me encarrego de Emil. Não vá fazer nada estúpido como chamar a polícia. Esqueça-o. Como se nunca tivesse acontecido. Não cometa nenhuma estupidez."

"Por quê? Por que está me ajudando? Eu pensei..."

"Não pense nada", interrompeu Lothar. "Vá embora e nunca conte isso a ninguém. Não tem nada a ver com você."

Eles ficaram frente a frente. Lothar agarrou a pá com mais força.

"É claro que tem a ver comigo!"

"Não", disse Lothar com firmeza. "Esqueça isso."

"O que você quis dizer com aquela sua pergunta?"

"Qual?", quis saber Lothar.

"Como eu sabia sobre ele. Como eu o segui. Ele está vivendo aqui há muito tempo?"

"Aqui na Islândia? Não."

"O que está acontecendo? O que vocês estão fazendo juntos? O que é todo esse equipamento neste barracão? O que são essas fotografias na bancada?"

Lothar continuou segurando o cabo da pá, tentando desarmá-lo, mas ele segurava com firmeza, sem soltar.

"O que Emil estava fazendo aqui?", perguntou ele. "Eu pensei que ele morava no exterior. Na Alemanha Oriental. Pensei que não tivesse mais voltado depois da universidade."

Lothar ainda era um enigma para ele, mais agora do que nunca. Quem era aquele homem? Será que estivera enganado sobre Lothar o tempo todo? Ou ele era o mesmo animal arrogante e traiçoeiro que tinha sido em Leipzig?

"Volte para casa", disse Lothar. "Não pense mais nisso. Não tem nada a ver com você. O que aconteceu em Leipzig não está relacionado com isto."

Ele não acreditou.

"O que aconteceu lá? O que aconteceu em Leipzig? Diga-me. O que eles fizeram com Ilona?"

Lothar disse um palavrão.

"Nós temos tentado fazer com que vocês, islandeses, trabalhem para nós", disse ele depois de um tempo. "Não está dando certo. Todos vocês informaram sobre nós. Dois de nossos homens foram presos há poucos anos e deportados depois que eles tentaram fazer com que alguém de Reykjavík tirasse algumas fotografias."

"Fotografias?"

"De instalações militares na Islândia. Ninguém quer trabalhar para nós. Então conseguimos Emil."

"Emil?"

"Ele não tinha nenhum problema com isso."

Vendo o olhar de descrença no rosto de Tómas, Lothar começou a lhe contar sobre Emil. Era como se Lothar estivesse tentando convencê-lo de que podia confiar nele, que ele tinha mudado.

"Nós lhe oferecemos um emprego que permitia que ele viajasse por todo o país sem levantar suspeitas", disse Lothar. "Ele ficou muito interessado. Sentia-se um verdadeiro espião."

Lothar olhou para o corpo de Emil.

"E talvez fosse", acrescentou.

"E ele devia fotografar as instalações militares norte-americanas?"

"Sim, e até mesmo trabalhar temporariamente em lugares próximos a elas, como a base em Heidarfjall, em Langanes, ou Stokksnes, perto de Höfn. E em Hvalfjördur, onde fica depósito de óleo. Straumsnesfjall, nos fiordes a oeste. Ele trabalhou em Keflavík e levou aparelhos de escuta consigo. Ele vendia máquinas agrícolas, então sempre tinha um motivo para estar em algum lugar. Tínhamos um papel ainda maior para ele no futuro", disse Lothar.

"Como o quê?"

"As possibilidades são infinitas", respondeu Lothar.

"E você? Por que está me contando tudo isso? Você não é um deles?"

"Sou", disse Lothar. "Eu sou um deles. Vou cuidar de Emil. Esqueça tudo isso e nunca conte a ninguém, entendeu?! Nunca."

"Não havia risco dele ser descoberto?"

"Ele arranjou um disfarce", disse Lothar. "Dissemos que era desnecessário, mas ele queria usar uma identidade falsa e tudo mais. Se alguém o reconhecesse como Emil, ele ia dizer que estava em uma visita rápida, mas, caso contrário, ele se chamaria Leopold. Sei lá de onde ele tirou esse nome. Emil gostava de enganar as pessoas. Ele tinha um prazer perverso em fingir ser outra pessoa."

"O que você vai fazer com ele?"

"Às vezes, nos livramos do lixo em um pequeno lago a sudoeste da cidade. Não vai ser problema."

"Eu odiei você durante anos, Lothar. Você sabia disso?"

"Para dizer a verdade, eu tinha me esquecido de você, Tómas. Ilona foi um problema e ela teria sido descoberta mais cedo ou mais tarde. O que eu fiz é irrelevante. Totalmente irrelevante."

"Como você sabe que eu não vou sair daqui e ir direto para a polícia?"

"Porque você não se sente culpado em relação a ele. É por isso que deve esquecê-lo. Porque isto nunca aconteceu. Não vou dizer o que aconteceu e você vai esquecer que eu existo."

"Mas..."

"Mas o quê? Você vai confessar que cometeu um assassinato? Não seja tão infantil!"

"Nós éramos apenas moleques, apenas moleques. Como foi terminar assim?"

"A gente tenta se virar", disse Lothar. "É tudo que podemos fazer."

"O que você vai dizer a eles? Sobre o Emil? O que você vai dizer que aconteceu?"

"Vou dizer que o encontrei desse jeito e que não sei o que diabos aconteceu. Mas o principal é livrar-se dele. Eles entendem isso. Agora vá embora! Saia daqui antes que eu mude de ideia!"

"Você sabe o que aconteceu com Ilona?", perguntou ele. "Você pode me dizer o que aconteceu com ela?"

Ele já estava na porta do barracão quando se virou e fez a pergunta que havia muito o atormentava. Como se a resposta pudesse ajudá-lo a aceitar acontecimentos irreversíveis.

"Eu não sei muito", disse Lothar. "Ouvi dizer que ela tentou escapar. Ela foi levada ao hospital e isso é tudo que eu sei."

"Mas por que ela foi presa?"

"Você sabe muito bem", disse Lothar. "Ela se arriscou; ela sabia o que estava em jogo. Ela era perigosa. Incitava a revolta. Trabalhava contra eles. Eles tinham a experiência do levante de 1953. Não iam deixar aquilo se repetir."

"Mas..."

"Ela sabia dos riscos que estava correndo."

"O que aconteceu com ela?"

"Pare com isso e vá embora!"

“Será que ela morreu?”

“Deve ter morrido”, disse Lothar, olhando pensativamente para a caixa preta com os mostradores quebrados. Ele olhou para o banco e viu as chaves do carro. O chaveiro tinha um logotipo da Ford.

“Nós vamos fazer a polícia pensar que ele saiu da cidade”, Lothar disse quase para si mesmo. “Eu tenho que convencer os meus homens. Pode ser difícil. Eles quase não acreditam mais em uma palavra do que eu digo.”

“Por que não?”, ele perguntou. “Por que não acreditam em você?”

Lothar sorriu.

“Eu tenho sido um pouco desobediente”, disse Lothar. “E acho que eles sabem disso.”

36.

Erlendur estava na garagem em Kópavogur, olhando para o Ford Falcon. Segurando a calota, ele se inclinou e prendeu-a em uma das rodas dianteiras. Ela se encaixou perfeitamente. A mulher tinha ficado bastante surpresa ao ver Erlendur de novo, mas deixou que ele entrasse na garagem e ajudou-o a tirar a pesada lona que recobria o carro. Erlendur ficou olhando o acabamento, a pintura preta brilhante, as lanternas traseiras redondas, o estofamento branco, o grande e delicado volante e a velha calota de volta ao lugar depois de todos aqueles anos, e de repente foi tomado por um poderoso desejo. Há muito tempo não sentia um desejo assim por alguma coisa.

"É a calota original?", perguntou a mulher.

"Sim", disse Erlendur, "nós a encontramos."

"Foi um grande feito", disse a mulher.

"Você acha que ele ainda funciona direito?", perguntou Erlendur.

"Que eu saiba, sim. Por que a pergunta?"

"É um carro bem especial", disse Erlendur. "Eu estava pensando se... ele estaria à venda..."

"À venda? Eu tenho tentado me livrar dele desde que meu marido morreu, mas ninguém se interessa. Tentei até colocar um anúncio, mas os únicos telefonemas que recebi foram de velhos malucos que não estavam dispostos a pagar nada. Só queriam que eu lhes desse o carro. De jeito nenhum que eu vou dar o carro para eles!"

"Quanto você quer por ele?", perguntou Erlendur.

"Você não precisa ver primeiro se ele dá a partida, esse tipo de coisa?", lembrou a mulher. "Fique à vontade para dirigi-lo por alguns dias. Eu preciso conversar com meus meninos. Eles sabem mais sobre esses assuntos do que eu. Eu não entendo nada de carros. Tudo que sei é que eu nem sonharia em dar o carro de graça. Eu quero um preço justo por ele."

Os pensamentos de Erlendur se voltaram para a sua lata velha japonesa, desmoronando de tanta ferrugem. Ele nunca tinha se importado com bens materiais, não via razão em acumular objetos sem vida, mas alguma coisa em relação ao Falcon despertou seu interesse. Talvez fosse a história do carro e sua conexão com um caso misterioso de décadas atrás envolvendo uma pessoa desaparecida. Por alguma razão, Erlendur sentiu que precisava possuir aquele carro.

Sigurdur Óli teve dificuldade para esconder seu espanto quando Erlendur foi buscá-lo na hora do almoço no dia seguinte. O Ford funcionava perfeitamente. A mulher disse que seus filhos vinham a Kópavogur de tempos em tempos para se certificar de que o carro funcionava bem. Erlendur tinha ido direto a uma concessionária da Ford, onde o carro foi revisado, lubrificado e protegido contra ferrugem, e a parte elétrica revista e consertada. Disseram-lhe que o carro estava como novo, os bancos exibiam poucos sinais de desgaste, todos os instrumentos funcionavam e o motor estava em condições razoáveis, apesar de ter sido pouco utilizado.

"Onde você está com a cabeça?", perguntou Sigurdur Óli quando sentou no banco do passageiro.

"Onde estou com a cabeça?"

"O que está planejando fazer com este carro?"

"Dirigi-lo."

"E você pode fazer isso? Ele não é uma evidência?"

"Isso nós vamos descobrir."

Eles estavam indo conversar com um dos alunos de Leipzig, Tómas, sobre quem Hannes havia lhes contado. Erlendur tinha visitado Marion naquela manhã. A doente estava de volta ao normal, perguntando sobre o caso do lago Kleifarvatn e sobre Eva Lind.

"Já encontrou sua filha?", perguntou sua antiga chefe.

"Não", disse Erlendur. "Eu não sei dela."

Sigurdur Óli contou a Erlendur que ele tinha feito uma pesquisa sobre as atividades da Stasi na internet. Mais do que qualquer outro país, a Alemanha Oriental havia chegado o mais próximo da vigilância quase total de seus cidadãos. A polícia de segurança contava com sedes em 41 edifícios, 1181 casas para uso de seus agentes, 305 casas para férias de verão, 98 recintos desportivos, 18 mil apartamentos para reuniões de espionagem e 97 mil empregados, dos quais 2171 trabalhavam na leitura de correspondência, 1486 na instalação de escutas telefônicas e 8426 na escuta telefônica e de transmissões de rádio. A Stasi tinha mais de 100 mil colaboradores em atividade, mas não oficiais; 1 milhão de pessoas forneciam informações ocasionais para a polícia; relatórios sobre 6 milhões de pessoas foram compilados e um dos departamentos da Stasi tinha como única função vigiar outros membros da polícia de segurança.

Sigurdur Óli terminou de recitar seus números no exato instante em que ele e Erlendur pararam diante da porta da casa de Tómas. Era um pequeno bangalô com porão bem necessitado de uma reforma. Havia bolhas na pintura do telhado de ferro corrugado, enferrujado até as calhas. Havia rachaduras nas paredes, sem pintura há um bom tempo, e o mato do jardim tinha crescido demais. A casa era bem localizada, com vista para a praia na parte mais ocidental de Reykjavík, e Erlendur admirou a paisagem marítima. Sigurdur Óli tocou a campainha pela terceira vez. Parecia não haver ninguém em casa.

Erlendur viu um navio no horizonte. Um homem e uma mulher caminhavam depressa ao longo da calçada em frente à casa. O homem dava passos largos e seguia um pouco à frente da mulher, que se esforçava para acompanhá-lo. Eles conversavam, o homem por cima do ombro e a mulher com uma voz um pouco alta, para que ele a ouvisse. Nenhum deles notou os dois policiais na casa.

"Então isso significa que Emil e Leopold eram a mesma pessoa?", disse Sigurdur Óli, tocando a campainha de novo. Erlendur lhe contara sobre sua descoberta na fazenda dos irmãos perto de Mosfellsbaer.

"Parece que sim."

"É ele o homem no lago?"

"Tudo indica."

Tómas estava no porão quando ouviu a campainha. Sabia que era a polícia. Pela janela do porão, tinha visto dois homens descerem de um carro velho preto. Foi por puro acaso que aconteceu de eles chegarem bem naquele momento. Estava esperando por eles desde a primavera, esperou todo o verão, e agora o outono tinha chegado. Sabia que eles acabariam vindo. Sabia que, se tivessem alguma competência, acabariam batendo à sua porta, à espera de que ele os atendesse.

Olhou pela janela do porão e pensou em Ilona. Uma vez eles tinham ficado sob a estátua de Bach ao lado da igreja de São Tomás. Era um lindo dia de verão e estavam abraçados. À volta deles havia pedestres, bondes e carros, mas era como se estivessem sozinhos no mundo.

Ele segurou a pistola. Era britânica, da Segunda Guerra Mundial. Pertencera a seu pai, presente de um soldado britânico, e ele a tinha dado ao filho, juntamente com alguma munição. Ele a tinha lubrificado, polido e limpado, e alguns dias antes fora até a reserva natural de Heidmörk para testá-la. Havia uma bala na arma. Ele ergueu o braço e colocou o cano contra sua têmpora.

Ilona ergueu os olhos da fachada da igreja em direção ao campanário.

"Você é o meu Tómas", disse ela, e beijou-o.

Bach estava acima deles, silencioso como um túmulo, e ele sentiu que havia um sorriso nos lábios da estátua.

"Para sempre", disse ele. "Serei sempre o seu Tómas."

"Quem é esse homem?", perguntou Sigurdur Óli, em pé em frente à porta com Erlendur. "Ele é importante?"

"Só sei o que Hannes nos contou", respondeu Erlendur. "Ele estava em Leipzig e tinha uma namorada lá."

Ele tocou a campainha de novo. Eles esperaram.

Não foi bem o som de um tiro que chegou aos ouvidos deles. Foi mais como uma pancada surda vinda de dentro da casa. Como um martelo batendo em uma parede. Erlendur olhou para Sigurdur Óli.

"Ouviu isso?"

"Há alguém lá dentro", disse Sigurdur Óli.

Erlendur bateu na porta e girou a maçaneta. Não estava trancada. Eles entraram e gritaram, mas não receberam resposta. Perceberam a porta e os degraus que levavam até o porão. Erlendur desceu a escada cautelosamente e viu um homem deitado no chão com uma pistola antiquada a seu lado.

"Tem um envelope para nós", disse Sigurdur Óli, descendo os degraus com um envelope grosso e amarelo nas mãos, onde estava escrito "Polícia".

"Ah", disse ao ver o homem no chão.

"Por que você fez isso?", disse Erlendur, como se para si mesmo.

Caminhou até o corpo e olhou para Tómas.

"Por quê?", sussurrou.

Erlendur foi ver a namorada do homem que escolhera para si o nome de Leopold, mas que se chamava Emil. Disse-lhe que o esqueleto de Kleifarvatn era, de fato, os restos mortais da pessoa que ela tinha amado um dia e que depois desaparecera de sua vida sem deixar vestígios. Passou muito tempo sentado na sala, contando a ela sobre o relato que Tómas tinha escrito antes de descer ao porão, e respondeu às suas perguntas o melhor que pôde. Ela recebeu a notícia com calma. Sua expressão permaneceu inalterada quando Erlendur contou que possivelmente Emil trabalhava em segredo para os alemães orientais.

Embora a história a surpreendesse, Erlendur sabia que, quando a noite chegasse e ele finalmente se despedisse, a questão sobre o que Emil fazia, ou sobre sua verdadeira identidade, não era a que iria ocupar os pensamentos dela. Erlendur não pôde responder à pergunta que sabia que a consumia mais do que qualquer outra. Será que Emil a tinha amado? Ou simplesmente a usara como álibi?

Ela tentou transformar a pergunta em palavras antes de ele ir embora. Ele percebeu como era difícil para ela e pôs o braço em seus ombros. Ela lutava contra as lágrimas.

"Você sabe", disse ele. "Você realmente sabe, não é?"

Dias depois, Sigurdur Óli voltou para casa do trabalho e encontrou Bergthóra em pé na sala, confusa e desamparada, olhando-o com olhos desesperados. Ele percebeu imediatamente o que tinha acontecido. Correu para ela e tentou consolá-la, mas ela explodiu em um ataque incontrolável de lágrimas que fez tremer todo o seu corpo. A música tema do noticiário da noite tocava no rádio. A polícia havia anunciado o desaparecimento de um homem de meia-idade. Em seguida houve uma breve descrição dele. Em sua mente, Sigurdur Óli viu de repente uma mulher em uma loja, segurando uma caixinha de morangos frescos.

37.

O inverno tinha chegado, trazendo ventos cortantes do norte e rodamoinhos de neve. Erlendur foi de carro até o lago onde o esqueleto de Emil havia sido encontrado na primavera. Era de manhã e havia pouco tráfego ao redor do lago. Erlendur estacionou o Ford Falcon ao lado da estrada e caminhou até a beira d'água. Lera nos jornais que o lago tinha parado de escoar e começava a se encher novamente. Técnicos da Agência Nacional de Energia previam que ele voltaria a seu tamanho anterior. Erlendur deu uma olhada na lagoa vizinha de Lambhagatjörn, que tinha secado, revelando um leito lamacento avermelhado. Olhou para Sydri-Stapi, uma ribanceira saliente no lago, e para a cadeia de montanhas circundantes, e se surpreendeu com a ideia de que aquele pacífico lago pudesse ter servido de cenário para espionagem na Islândia.

Viu as águas do lago ondulando ao vento norte e pensou que tudo voltaria ao normal ali. Talvez a providência tivesse determinado tudo aquilo. Talvez a única finalidade do escoamento do lago tivesse sido revelar aquele crime antigo. O local onde um esqueleto havia jazido logo voltaria a ser profundo e frio, guardando uma história de amor e traição em um país distante.

Ele tinha lido e relido o texto que Tómas deixara antes de tirar a própria vida. Leu sobre Lothar e Emil e os estudantes islandeses, e o sistema que eles encontraram — desumano e incompreensível, e condenado a ruir e desaparecer. Leu as reflexões de Tómas sobre Ilona e o curto espaço de tempo deles juntos, sobre o amor que tinha por ela e sobre a criança que estavam esperando e que ele nunca iria ver. Sentiu uma profunda simpatia por aquele homem que ele nunca conheceu e que só viu deitado no próprio sangue com uma pistola velha ao lado. Talvez aquela tenha sido a única saída para Tómas.

Ninguém, afinal, deu pela falta de Emil, exceto a mulher que o conheceu como Leopold. Emil era filho único, com poucos parentes. Em Leipzig, havia se correspondido muito esporadicamente com um primo até meados da década de 1960. O primo praticamente já tinha se esquecido da existência de Emil quando Erlendur começou a investigar sobre ele.

A embaixada americana forneceu uma fotografia de Lothar do tempo em que ele servira como adido na Noruega. A namorada de Emil não se lembrava de ter visto o homem da fotografia. A embaixada alemã em Reykjavík também forneceu fotografias antigas dele, e veio à tona a suspeita de que ele fosse um agente duplo que provavelmente morrera em uma prisão de Dresden algum tempo antes de 1978.

"Está enchendo de novo", Erlendur ouviu uma voz atrás de si. Ele se virou. Uma mulher que ele reconheceu vagamente sorria para ele. Ela estava usando um casaco pesado e um boné.

"Desculpe..."

"Sunna", disse ela. "A hidrologista. Fui eu que encontrei o esqueleto na primavera. Talvez você não se lembre de mim."

"Ah, sim, eu me lembro."

"Onde está o outro rapaz que estava com você?", ela perguntou, olhando em volta.

"Sigurdur Óli, você quer dizer. Deve estar trabalhando."

"Você já descobriu quem era?"

"Mais ou menos."

"Eu não vi nada no noticiário."

"Não, ainda não fizemos o comunicado", disse Erlendur. "E você, como vai?"

"Bem, obrigada."

"Ele está com você?", perguntou Erlendur, olhando ao longo da costa para um homem que atirava pedras na superfície do lago.

"Está", disse Sunna. "Eu o conheci no verão. Então, quem era? No lago?"

"É uma longa história", disse Erlendur.

"Talvez eu a leia nos jornais."

"Talvez."

"Bom, até mais."

"Adeus", disse Erlendur sorrindo.

Ficou observando Sunna ir até o homem; eles caminharam de mãos dadas para um carro estacionado à beira da estrada e partiram na direção de Reykjavík.

Erlendur fechou mais o casaco e olhou o lago. Seus pensamentos se voltaram para Tomé, o equivalente de Tómas no Evangelho de João. Quando os outros apóstolos lhe disseram ter visto Jesus ressuscitado dos mortos, Tomé respondeu: "Se eu não vir as marcas dos pregos nas mãos dele, não colocar meu dedo onde estavam os pregos e não puser a mão em seu flanco, não acreditarei".

Tómas tinha visto a marca dos pregos e tinha colocado a mão nas chagas, mas, ao contrário de seu equivalente bíblico, havia perdido a fé no ato da descoberta.

"Bem-aventurados os que não viram e creram", sussurrou Erlendur, e suas palavras foram levadas pelo vento norte para além do lago.

1ª EDIÇÃO [2013] 1 reimpressão

ESTA OBRA FOI COMPOSTA EM ELECTRA PELO ACQUA ESTÚDIO E IMPRESSA
PELA LIS GRÁFICA EM OFSETE SOBRE PAPEL PÓLEN SOFT DA SUZANO S.A.
PARA A EDITORA SCHWARCZ EM OUTUBRO DE 2019

A marca FSC® é a garantia de que a madeira utilizada na fabricação do papel deste livro provém de florestas que foram gerenciadas de maneira ambientalmente correta, socialmente justa e economicamente viável, além de outras fontes de origem controlada.